我是夏始之

余耕 著

作家出版社

图书在版编目（CIP）数据

我是夏始之 / 余耕著. -- 北京：作家出版社，2021.5
ISBN 978-7-5212-1395-9

Ⅰ. ①我… Ⅱ. ①余… Ⅲ. ①中篇小说 – 小说集 –
中国 – 当代 Ⅳ. ①I247.5

中国版本图书馆CIP数据核字（2021）第065260号

我是夏始之

作　　者：余　耕
责任编辑：宋辰辰
装帧设计：意匠文化·丁奔亮
出版发行：作家出版社有限公司
社　　址：北京农展馆南里10号　　邮　　编：100125
电话传真：86-10-65067186（发行中心及邮购部）
　　　　　86-10-65004079（总编室）
E-mail:zuojia@zuojia.net.cn
http://www.zuojiachubanshe.com
印　　刷：北京盛通印刷股份有限公司
成品尺寸：152×230
字　　数：298千
印　　张：30　　　　插　　页：8
版　　次：2021年5月第1版
印　　次：2021年5月第1次印刷
ISBN　978-7-5212-1395-9
定　　价：68.00元

献给我曾经挚爱过的女人

我是余耕，原名王兵。

打过篮球，没进过省队国家队；做过警察，没破过大案要案。开过攀岩俱乐部，没攀岩之前有恐高症，不攀岩后更加恐高。干过银行，进银行工作前对数字不敏感，进入银行后对数字越发混乱。最喜欢的工作是做记者，因为它看上去不像份工作，不打卡不坐班，不用夸女同事瘦了，也不用拍主编马屁，一切成就拿稿子说话。

跳来换去，诸事无成。年近不惑，迷惘至极。

想写份遗嘱，写着写着写成了小说——《德行》，这是我的第一部小说。于是，我这样一个拧巴的人在虚构的世界里苟活下来。先后带来了杨苍山、魔伽咤、余欢水、夏始之、余未来、金枝、玉叶……常有人问我，你的小说风格为什么多变？我的任何回答都有吹牛之嫌，真正的答案是：我要把此生不敢干的事儿在我的小说里统统干一遍！包括爱情。

我偶尔回到现实世界里吹吹牛，自诩是打篮球里面写小说最好的，直到我遇见冯骥才先生。我有时也贱兮兮出台刷刷存在感，但是跟我合影女演员说，你写的余得水真好看。我嗫嚅着解释：那个是驴，我是余……屡遭尴尬，方才得悟：

天生拧巴人，识得二三字。

换钱沽杯酒，笑话人间事。

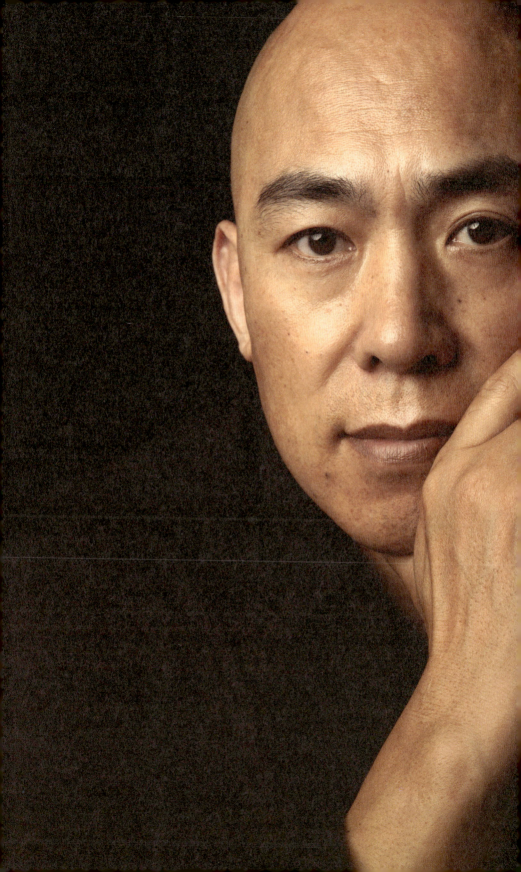

目录 / CONTENTS / / / / / / / /

我是夏始之

一

夏始之走过万豪酒店华丽的大堂时，心中泛起一阵悲酸：丈夫从未带她住过五星级酒店。

以前经济拮据，两个人偶尔出去旅行，住的大多是经济型酒店。后来，丈夫问亲戚朋友借了十万块钱付了首付，他们在东五环买了第一套两居室的房子。每个月还银行房贷，不是个大数，也不算是个小数。再后来，有了儿子小豪，儿子一个人的开销快抵上每个月的银行房贷。自从买了按揭房、有了儿子，旅行对于夏始之和丈夫来说，更是一件奢侈的事。所以，与丈夫结婚八年以来，夏始之从未住过五星级酒店。

而此刻，丈夫徐中来正在五星级万豪酒店的2019房跟情人幽会。是的，夏始之是到万豪酒店来捉奸的。上周，她支付了一笔不菲的劳务费，聘请一位私家侦探，暗中调查丈夫有无出轨行为。女人的直觉往往是准确的，尤其是在情感方面，每个女人都是爱情侦探。据说女人在这方面的天赋源于女人们之间的八卦，在八卦的过程中可以体验不同同性的感受和经验。可夏始之不是一个喜欢八卦的女人，她的疑虑主要是来自丈夫的冷淡。大半年以来，丈夫跟她的亲热都是点到为止，临睡前抱一抱，还没等亲吻，丈夫转身就把台灯关上了。关闭台灯的隐台词相当于是在说：累了，睡觉吧。

有一回，丈夫关上台灯，照例背对着夏始之准备睡觉。夏始之先是用脚钩住丈夫的脚，用脚趾挠着丈夫的脚心，徐中来懒懒的缩蜷起腿来，一副全身心拒绝的姿态。看他如此反应，夏始之侧过身，把胸口紧紧贴住徐中来的身体，他竟然微微起了鼾声。夏始之略有些懊恼，她干脆侧起身半搂过去，顺势还打开了台灯。柔和的灯光照亮卧室，也照亮夏始之的欲望，亮晃晃的让人无法忽视。夏始之自信自己的容貌和身材好过绝大多数三十六岁的女人。丈夫当然明白妻子的意图，就在他皱着眉头找托词的时候，突然，对过的房间里传来儿子小豪的哭声。六岁的儿子胆子很小，经常在噩梦里被吓哭，平时大都是夏始之去安抚儿子。这一回，徐中来翻身下床去了儿子房间，等把儿子安抚睡了，他也就懒得挪窝，在儿子的床上睡着了。接下来的半年，夏始之跟丈夫只有过两回性生活，而且都是她主动要求。最后一次做爱，夏始之觉得简直是自己强奸了丈夫，而且在她尚未尽兴的时候，便被徐中来粗暴地推下身来。

夏始之是一个要面子的女人，不仅在社会上在公司里要面子，在家里也要面子。被丈夫从身上推下来那一刻，夏始之的性欲就像一只遭遇断崖跌停的股票，她的性欲也跟着跳崖自杀了。没有了欲望也就没有了期待，没有了期待，夏始之开始寻找答案。无论是生活中，还是影视剧里，丈夫的表现都是出轨才应该有的状态。于是，她开始在徐中来身上排查蛛丝马迹。为了不混淆自己的嗅觉，夏始之不再用香水，甚至连以前没有用完的香水也通通扔掉。把家里的香水清理干净，是为了更好地捕捉丈夫身上有没有别的女人留下的香水味。夏始之还花了一千六百元，给自己配了一副眼镜，就为了偶尔经过丈夫身边的时候，能够看清楚他在跟谁聊微信。夏始之本来有一点轻度近视，出于经济和漂亮的双重考虑，一直拒绝配戴眼镜。

戴上眼镜的夏始之，立刻引起丈夫的警觉，他问妻子怎么戴眼镜了。

夏始之反问丈夫："我戴眼镜的样子很丑吗？"

徐中来赶忙关闭掉手机屏幕，回复道："挺好挺好，很斯文。"

接下来，徐中来明显减少了在手机里聊微信的频率。非要看微信的时候，也是调整好身体角度，面对着夏始之打开手机的微信页面，只要看到夏始之身体稍有晃动起伏，立刻关闭手机页面。徐中来只要拿起手机，夏始之也变得勤快起来，不是给丈夫端茶递水，就是给丈夫削苹果洗草莓，找一切可以接近丈夫的机会，只为了一窥徐中来微信里的秘密。有一回，趁着丈夫喝多了酒，鼾声打得山响，夏始之半夜起来，从丈夫的枕头底下悄悄摸出他的手机，然后去了洗手间，破译四位数密码。从丈夫的生日、儿子的生日到自己的生日，然后是丈夫的月份加儿子的日子，儿子的月份加丈夫的日子，丈夫的月份加自己的日子，自己的月份加丈夫的日子……她把三组六个数字进行了三十次不同组合，也没有打开丈夫的手机。她甚至想回到床上，拿起丈夫右手食指用指纹解锁，可那么做太过冒险了，万一吵醒丈夫，又该如何解释自己的行为呢？她本来也可以直接问丈夫要手机来看，可那样做的话，两个人的面子都挂不住。夏始之忍住了，她不想把脸撕破，因为她很依赖丈夫，尤其是在精神层面。从确认恋爱关系那天起，夏始之每天要给徐中来发短信，少则十几条，多则几十条。通信进入4G时代之后，夏始之更加勤快，连微信加图片一天能给丈夫发上百条，哪怕丈夫老半天后只有一个字的回复：嗯。

徐中来每一个有应酬的夜晚，夏始之在家里都会坐立不安，想象着饭局上的女人会不会跟徐中来眉来眼去，酒酣之际会不会和徐中来加微信，加了微信之后会不会搞暧昧，搞暧昧距离上床只差一个合适的机会……她沉浸在焦虑中，对小豪的哭闹声要么听而不闻，要么心烦意乱。

夏始之悄悄回到床上，轻轻地把手机塞回到丈夫的枕头下面。丈夫翻一个身，嘴里含糊不清地念叨了一句，夏始之觉得丈夫念叨的很像是一个女人的名字。她支起耳朵，在黑暗中静静地候着徐中来能够再念叨一遍，一直候到天蒙蒙亮，丈夫睡得很沉很香，没再说一个字的梦呓。

夏始之不再使用香水，似乎也被徐中来觉察，他的反制策略是自己开始使用香水，而且使用中性香水，并经常变换香水牌子，像是故意在混淆妻子的嗅觉。

　　几个月的暗中较量，夏始之没有找到任何有效证据，能够证明徐中来有了外遇。但是两个人的相处状况依旧没有改善，且有渐行渐远的迹象，因为相互生了提防之心，心和心就再难以靠近了。无奈之下，夏始之只好求助于外力，找了私家侦探来调查丈夫。私家侦探的电话，是她在公司写字楼的便利店门口捡的，跟"包小姐"的名片一样，零零散散撒在人流密集的写字楼群中。夏始之试着拨通名片上的电话，电话里传来一个浑厚的男低音，一口地道懒散的京片子口音，让夏始之觉得有些不靠谱。男低音听了夏始之的简单描述后，口吻有些不屑，说这类小事一个礼拜就能搞定，而且能够拿到法院认可的铁证，但是要支付取证费。

　　见到私家侦探文更生是上周二的中午，夏始之约他在写字楼群里的一家咖啡店见面。夏始之比约定的时间早到五分钟，这是她的习惯，所有约会从不迟到。因为从小在福利院长大，按时起床、按时吃饭、按时上课、按时熄灯、按时换洗衣服、按时发放牙膏和手纸……遵守时间，成了夏始之日常行为意识里的重要组成部分。文更生迟到至少一刻钟，待确认夏始之是他的客户后，他连一声"抱歉"都没有，大刺刺地坐在星巴克窄小的椅子上，左右两侧还宽余地能蹲上两条狗。

　　夏始之对文更生的印象越发差了，她觉得坐在对面这个体格瘦小的男人不仅言谈举止缺少教养，连长相都让人生厌。他的脸像是在诠释"稀疏"这个词，两个小眼睛的眼距超过一个半眼睛；稀疏的眉毛若是长在女人脸上，倒是能省掉修眉这道工序；矜持的鼻子只在鼻尖处凸显出来，告诉别人这里是鼻子；他的牙齿里出外进不太整齐，偏偏又遇到两片不含分界线的薄嘴唇。文更生用脊梁顶住椅背，把一侧屁股掀起来，从后裤兜里掏出一个很小又很脏的简易记事本，对夏始之说："把你老公的资料给我写清楚，姓名、年龄、工作单位、手机号、身份证号……"

夏始之迟疑一下，没有用文更生不知从哪里掏出来的半截铅笔，而是从挎包里拿出自来水笔。她一边在简易记事本上写着丈夫徐中来的资料，一边暗自怀疑眼前这个形象猥琐的私家侦探：这货色不会是骗子吧？他真能探察出丈夫的子丑寅卯？这么好听的男低音怎么会从那么难看的嘴巴里发出来？

疑虑归疑虑，夏始之最终还是支付了百分之八十的佣金一万六千块钱，剩下的钱要等文更生取证之后，一次性付清。踌躇好几回，夏始之才在手机银行输入密码。她的踌躇不单单是对文更生能力的怀疑，更多原因是家里本来就没有多少存款。

文更生等手机收到银行汇款信息后，把记事本重又揣回后裤兜，站起身来就要走。夏始之起身拦住他，问他为什么不签合同？

文更生懒懒的回问道："你是不是还想要发票？"

夏始之说："至少得有个收据之类的凭证吧。"

文更生说:"我们这一行还处于灰色地带,不会留下任何凭证,我们的生意跟小姐差不多,靠信誉,靠口碑。"

说完,文更生便朝门口走去。临出咖啡店的时候,他把手中的半截铅笔丢进一位女服务员围裙的肚兜里,女服务员在文更生的背后,把嘴撇到腮帮子上。

时间过了整一个礼拜,也就是今天上午,夏始之接到文更生的电话,说是丈夫徐中来跟情妇今天中午幽会,地点就在万豪酒店2019房。文更生还问夏始之,要不要他跟着去酒店录像取证?捉奸录像取证需要再缴纳一万块钱。

夏始之少作犹豫,便拒绝了文更生。拒绝不完全是因为钱的事,虽然夏始之也心疼钱,主要原因是她不想把捉奸的事情张扬出去。因为徐中来供职事业单位,去年刚刚提拔成为部门的处长,单位领导和同事们都看好他年轻有为的仕途。

文更生虽然没有挣到帮忙录像取证的钱,还是不忘用他浑厚的男低音叮嘱一句:"都在气头上,带上几个娘家人过去,省得吃亏。"

夏始之沉默片刻:"我在福利院长大,没有娘家人。"

文更生一时间不知道该如何接话,夏始之便挂断了电话。

万豪酒店大堂有一个酒吧,夏始之路过酒吧的时候,招呼侍者给她一杯酒。

侍者问她要什么酒?

夏始之没有去过酒吧，不知道该要什么酒，她问道："什么酒劲儿大?"

侍者说："伏特加、杜松子、威士忌还有白兰地，都是高度酒。"

夏始之接着问道："白兰地多少钱一杯?"

侍者从吧台里面拿起一个酒瓶："这种法国白兰地，二百六十一杯。"

夏始之头也不回，转身走出万豪酒店，进了酒店旁边一家便利店，从货架上拿了一瓶二十一块钱的牛栏山二锅头。她站在便利店门口，打开二锅头，对着瓶嘴"咕咚咕咚"喝下两大口。一股火辣辣的感觉，从口腔直窜进胃里。夏始之从未遇到过捉奸这样尴尬的事情，她想喝点酒给自己壮壮胆气。两口烈酒咽下去，胆气没有壮多少，倒是勾起了心底的难过：如果不是被亲生父母抛弃，何至于到了这个时候连个娘家人都没处找……等她再次仰起脖子喝酒的时候，两行热泪顺着她两个眼角浅浅的鱼尾纹滑落下来。

二

站在2019门口，夏始之像一尊雕像一样伫立了半个小时，房间里隐约传来男女调笑的声音，那声音就像刀子一样，正在一刀一刀剜割着她的心。

夏始之举起手，准备按2019房间的门铃，她的手却在半空中停了下来。敲开门会怎么样？夫妻自此反目成仇，狗撕猫咬一番后离婚？小豪才刚刚六岁，以后便要在单亲家庭里长大，他的心里会不会像自己一样，留下一个巨大的缺爱的黑洞？离婚后，儿子小豪跟谁？跟着爸爸生活，继母会不会虐待他？跟着妈妈生活，自己能给儿子与这座现代大都市相匹配的物质生活吗？不管怎么样，只要丈夫在自己身边，这还是一个完整的家。有没有正常的性生活不重要，再说了，外人也不会知道自己半年只做两次爱……

想到这些实际问题，夏始之缓缓放下停在半空中的手。

一位送餐侍者推着餐车走过来。夏始之从侍者的眼神里看出来，餐车是送往2019房间的。

夏始之冲着侍者微微一笑，很有风度地笑了一下，轻声说道："敲错了门，打扰了一对野鸳鸯。"

说罢，夏始之转身往电梯间走去。错身经过餐车的时候，她看到餐车上放着两副刀叉碗筷，两只高脚水晶酒杯，四只乳白色陶瓷汤盅，汤盅上面盖着纹饰精美的陶瓷盖子，不知道里面盛着什么菜品。但是，冰桶里的酒瓶再一次刺痛夏始之的心，那瓶酒就是酒吧侍者向她推荐的白兰地，二百六十元一杯的法国白兰地。

从鞋子到服装，再到背包，夏始之浑身上下没有一件名牌。她平时买衣服，全都是在淘宝的小店里扒拉，发现一件合适的东西，还要去其他商铺比对价格，尽量挑选最便宜的购买。而丈夫与情人幽会，不仅跑到五星级酒店里开房，还要点整瓶的法国白兰地……泪水在夏始之的眼圈里打转，她微微仰起头来，不想泪水弄花了脸上的彩妆，那是她刚刚喝完二锅头，去大堂洗手间里补好的妆容。她觉得一会儿就要跟情敌面对面，自己从外表和气势上都不能输。

夏始之没有叫电梯，而是拐进安全出口，一直等到送餐侍者离开。她觉得必须敲开2019的房门，问问丈夫哪里来的底气，让他可以像一个土豪一样在这种地方挥金如土。撕破脸就撕破，丈夫有了外心，名存实亡的婚姻只会让自己平添恶心。离婚就要牵扯财产分割，财产怎么分割？虽然家里存款交了侦探费后，只剩下两万七千块钱，可北京的房子值钱啊，七八年来房价翻了好几番。房子的首付款是丈夫问亲戚借的，可一直都是夫妻二人在偿还房贷，房子应该算作夫妻共有财产。但是，丈夫出轨在先，作为过错方，他没有资格跟自己争房子。是的，为了房子也得敲开房门。不仅要敲开房门，还要大闹一场，闹到丈夫的单位去，让丈夫身败名裂。凭丈夫的工资，他不敢也不可能到五星级酒店消费。丈夫的部门是单位里的肥缺，他手里握着道桥大工程的第一道审批权，想贿赂他的人排着队。这些话都是出自徐中来的嘴，是他的正处级公示完毕那天晚上，他在家里喝了酒，得意忘形后的狂言。

站在2019房间门前，夏始之又开始犹豫了：让丈夫身败名裂，断送丈夫的仕途前程，儿子将来读书和就业就得不到丈夫的提携，儿子会怎么看待自己？离婚预示一个女人的失败，而按响门铃就预示着决裂。夏始之再一次放下按门铃的手，可就在此刻，2019房间里传来女人兴奋的叫床声……

妒火中烧的夏始之没有按门铃，她直接用拳头敲打房门，"砰砰砰"，她连续擂了十几下房门，直到房间里传来徐中来的声音。当他确定门外站着的人是夏始之之后，便再无声息。夏始之变得有些失控，她开始用更大力气砸门，2019的房门依旧纹丝不动。砸门声把其他房间的住客惊动了，两三个房门打开，有几个人伸头缩脑探望走廊，当他们弄清楚夏始之砸门的原因后，脸上露出幸灾乐祸的神情。

突然，夏始之的手机铃声响起，她从背包里掏出电话，看到手机屏幕上显示的是小豪的班主任小何老师。夏始之不敢怠慢，急忙接听小何老师的电话，竟然是小豪在学校食堂门口的台阶上摔断了胳膊，此刻正在积水潭医院急救室。夏始之挂断电话，大脑瞬间一片空白，她不知道自己接下来该做什么。她从背包里取出剩下的半瓶二锅头，"咕咚咕咚"又给自己灌了两口，喘了一声粗气，对着2019房间大声喊道："徐中来，刚才小何老师来电话，说小豪在学校里摔断胳膊，现在已经送到积水潭医院了，你开开门，咱们之间的事先往后放，你赶紧跟我一起去医院。"

2019房间还是没有丝毫动静。夏始之终于爆发了，她使足全身力气，用脚踢门，并大声骂道："徐中来你还有人性吗？你儿子躺在医院急救室，你却跟狐狸精躺在五星级酒店里胡搞，你就不怕遭雷劈吗？!"

就在此刻，酒店的大堂经理带着两名保安走过来。夏始之冲着2019房间喊道："好吧，徐中来，本来我还想给你留下情面，冲你今天的举动，我夏始之非跟你拼个鱼死网破！"

三

夏始之赶到积水潭医院的时候，儿子徐小豪的胳膊已经打上石膏固定，班主任小何老师坐在病床边上相陪。小豪看到妈妈，眼泪忍不住地流，像是有一肚子委屈。看见受伤的儿子，夏始之顿时打起十二分精神来，因为她在小何老师的家长群里一直都是热情、开朗、乐于助人的正能量形象。夏始之甚至没有安慰儿子，便堆起一脸耐心的神情，听小何老师讲述小豪受伤的经过。

小何老师有些诧异，她觉得夏始之跟儿子似乎不亲，不像大多数家长那样，见不得自己孩子受一点点伤害。

病床前只有一只凳子，小何老师只好站起身来跟夏始之讲话："吃完午餐，小豪跟几个同学一起往食堂外面走，走到食堂门口的时候，他们开始打闹推搡，结果，小豪被挤下门口的台阶，摔断了胳膊。得知小豪被推下台阶受伤的消息，我和学校领导第一时间赶赴现场，进行了果断有效的处置，我怀抱着小豪，教务主任亲自驾驶自己家的车辆，把孩子送到骨创伤最专业的积水潭医院，我跑步进了急救室挂号，经过几方专家会诊后，骨科医生对小豪骨折的胳膊进行了行之有效的处理。目前，孩子的状态非常稳定，您看看，他的神态多么自如。"

夏始之很有耐心地听完小何老师新闻稿似的讲述，先对小何老师表达感谢，转而问小豪道："你怎么那么不小心？"

小豪嘴巴张了张，没有出声，眼泪又流了下来。

小何老师在一旁握着拳头鼓励道："刚才不是已经答应何老师了，见到妈妈不哭吗？男子汉要坚强哦。"

小豪强忍着哭腔："不是我不小心……是卢浩天推了我。"

夏始之心里已经明白了七八分，她了解自己的儿子，小豪胆子很小，今年刚刚上一年级，平时不怎么合群，怎么可能跟同学打闹？自从入学以来，小豪经常会在晚上睡觉的时候做噩梦，在梦里呼天抢地地喊救命，想必是遭遇了校园霸凌。夏始之的内心开始自责，这半年以来，自己把心思全都放在捕捉丈夫有没有外遇的事情上，忽略了对刚刚入学的儿子的关注。事实证明男人是看不住也防不住的，有没有外遇全凭个人道德约束，可当下中国男人的道德底线比狗还不如，这是一个全民出轨的时代，只要有机会。

夏始之抱着儿子的头，轻轻地把他揽在怀中。这个弱小的生命此时正需要父母呵护的时刻，他的父亲却在忙着跟情人约会，而他的母亲正在倾尽全部心思捉奸。夏始之觉得自己和丈夫都愧对儿子，她决心把丈夫出轨的事情放在一边，集中精力先来处理儿子的事情。

夏始之定了定神，她对小何老师说："我去学校的食堂帮过厨，包过水饺，我知道食堂门口装着摄像机位，我想先到学校调看监控录像，以确定小豪是不是遭遇到校园霸凌。"

小何老师脸上露出不悦的神情，她觉得夏始之对她不够信任："这个……我们学校领导会调看监控录像。"

夏始之看出小何老师的神情有异，立刻解释道："小何老师您别误会，小豪这半年来晚上经常做噩梦，其实我早就该跟您沟通，可是……可是我一直忙于工作，这次出了这么大的事情，我正好想借此机会搞清楚，小豪在学校里是不是总被人欺负。"

夏始之把儿子摔断胳膊这件事上升到"校园霸凌"，并非是空穴来风。她好几回在家长群里看到过类似消息，有的家长向卢浩天的妈妈投诉，说是卢浩天欺负他家的孩子。有一个家长还说卢浩天恐吓自己的女儿，说他爸爸是法院里的法官，谁都不敢拿他怎么样……每当出现这些言论的时候，小何老师就会出来制止。孩子就像是握在班主任手中的人质，家长们立刻蔫了，不再有人敢控诉卢浩天。夏始之曾经也问过儿子，问他有没有受过卢浩天的欺负，小豪支支吾吾地岔开话题。把这半年的信息证据串联起来，夏始之十分笃定：卢浩天平时没少欺负小豪。

夏始之没有再深入这个话题，她准备先安抚好儿子的情绪，明天再去学校，她一定要看到学校食堂的监控录像。

就在此刻，病房里呼啦啦进来三个女人，小何老师立刻起身迎上去，拉住打头的那个微胖的女人，向夏始之介绍说："这是卢浩天的妈妈，她得知消息后，第一时间就赶来医院看望和慰问小豪。"

卢浩天妈妈一把抓住夏始之的手，另一只手抚摸着小豪的头，说道："这些小孩子们真是不懂事，嬉笑打闹起来不知道轻重，看看可怜的孩子，真让阿姨心疼。"

夏始之试着抽回自己的手，却被卢浩天妈妈紧紧握住不放。跟在卢浩天妈妈身后的两个年轻女人，一人手里拎着一个大塑料袋，挤上前来把两大塑料袋零食全都堆放在小豪的病床上。

小何老师在一旁解说道："这是卢浩天妈妈的一点心意，给孩子吃的。"

卢浩天妈妈没有松手，她还抽回抚摸小豪的手，握住夏始之的另一只手，真诚且用力地说："小豪的医药费全部由我们负担，这一点你放心，绝不会给你们增加额外的经济负担。"

夏始之突然觉得鼻腔里一阵酸痒，她想抽回一只手来捂住鼻嘴，双手却被卢浩天妈妈紧紧地握着。一个喷嚏以排山倒海之势爆发开来，像一片霰弹一样的液体均匀地喷射在卢浩天妈妈细腻的手背上。四只手瞬间尴尬地分开，两个女人面面相觑，一时间冷了热烈的气氛。冷场倒不是因为没有合适的话解围，而是卢浩天妈妈觉得夏始之的喷嚏喷在自己手上，她应该道歉。可夏始之觉得自己的双手被死死握住，导致她当场出丑，卢浩天的妈妈才应该道歉。

小何老师赶忙打圆场，她像是对着卢浩天妈妈身后两个女人说："浩天妈妈工作很忙，在百忙之中抽出时间来看望小豪，还主动为孩子支付治疗费用，如果所有家长都能这么通情达理，我这个班主任就好做了。"

夏始之转头看着躺在病床上的小豪，说道："治疗费用是小事，我现在要确定两件事，一是小豪的胳膊会不会留下残疾，二是这次伤害事件是不是校园霸凌。"

夏始之话音刚落，手机铃声便响起来，她看到是公司同事蔡萌萌的电话，赶忙接听。电话那头，蔡萌萌用很低的声音说道："刘总两点等你汇报工作，你在哪儿？"

夏始之说："呀！我全给忘了……我现在积水潭医院，我儿子在学校里摔断胳膊了。"

蔡萌萌说："真的是孩子摔断胳膊了？"

夏始之很是纳闷："是真的，你怎么不相信我？"

蔡萌萌说："没有不相信你，以为你忘了汇报工作，胡乱找个借口呢。"

蔡萌萌是徐中来大学的同班同学，夏始之就是通过她介绍才进入公司的。平时在公司里，蔡萌萌对夏始之多有提携，两个人成了闺密。接完蔡萌萌的电话，夏始之瞬间脸色煞白，一早通过秘书预约了刘总下午两点汇报工作的事儿，早就被丈夫和儿子的事情冲淡忘得一干二净。

四

按照社会惯例，关键部位的关键时段出现监控故障，夏始之没有看到学校食堂门口的监控录像。就算是看不到录像，夏始之也没有表现出应有的愤怒，因为孩子是学校的人质。事情闹大了，吃亏的还是自己孩子。可如果息事宁人，儿子还会继续被卢浩天欺负。这才是一年级上学期，接下来还有五年半的时间，儿子的童年时光会是多么黯淡，她不敢细想下去。

　　夏始之走出学校大门，步入沉沉稠稠的雾霾中，她感觉胸口愈发沉闷，嗓子眼里像是插进一根棒槌，一直顶到心脏。昨天，闺密蔡萌萌给她打完电话，部门经理申明才的电话就跟着进来，他就差破口大骂了，说公司上下五百多号人，没有人敢让刘总坐等两个小时的。要是搁在平时，夏始之肯定会为自己辩白几句，因为丈夫是事业单位的正处级干部，她不是非要死乞白赖耗着这份工资，大不了换一家公司工作。结婚七年以来，夏始之换了三份工作，三份工作都是搞后勤行政，去哪个公司都是差不多的工作程序，没有任何门槛障碍。夏始之大学本科读的是哲学，在现代社会众多领域里毫无用处，她只能做行政工作。

　　夏始之听完申明才的训斥，忙不迭地道歉，道歉的间隙小心翼翼地解释了一下儿子在学校里摔断胳膊的因由。挂断电话，夏始之也不明白自己怎么突然变得唯唯诺诺起来，虽说这是她从前最为熟悉的状态，谨小慎微谁也不敢得罪，树叶飘下来都怕打破头。自打与丈夫徐中来结婚后，尤其是两口子在北京买了属于自己的房子，还生下儿子小豪，夏始之找回了一个社会正常女人该有的状态。

夏始之是个弃儿，被遗弃在朝阳区儿童福利院的门口，当时身边放着一条破毯子。福利院的工作人员只在毯子里面找到一张火车票，火车票是从韩麻营站到昌平北站的。车票的背面歪歪扭扭写了一串数字：1983、2、16，大概是孩子的生日。有工作人员建议把孩子送回韩麻营，说韩麻营是一个小镇，不难查出孩子是谁家的。

　　院长老严摇了摇头，说农村搞计划生育，不想让女孩子占了名额，就算是送回韩麻营，也不会有人承认。院长老严把那张硬纸板车票塞进档案袋里，递给新来的保育员明秀，说是给孩子建个档案。

　　明秀接过档案袋，问院长老严："给孩子起个什么名字？"

　　院长老严挠了挠半秃的大脑袋，说道："今天是中国的第一个夏时制的第一天，就叫夏时制吧。"

　　明秀掂量半天，觉得一个女孩子叫夏时制实在别扭，就自作主张改成了夏始之。

　　夏始之结婚的时候，请来了明秀院长，而且把明秀院长当作唯一的娘家人。在婚礼上，明秀阿姨对夏始之说："孩子，你要是愿意，就喊我一声妈，这些年来，我也一直把你当自己的闺女看待。"

　　夏始之愣了一下，随之眼圈发红，眼泪差点流出来。是啊，那个本该被称呼"妈妈"的人，被她在心里怨恨了许多年。在最为难熬的日子里，夏始之甚至在心里诅咒过"妈妈"。"妈妈"是她心里的一个黑洞，随着年龄渐大，黑洞也就越大。明秀是这个世界上能够让夏始之感受到温暖的人，如果要找一个最有温度的称呼，肯定是"明秀阿姨"，而不是"妈妈"。

夏始之仰起头来，用两个手掌轻轻地按了按两个下眼睑，努力地把眼泪吸收回去。她拉起明秀阿姨的手，说道："您就是我的亲人，'妈妈'在我心里被恨了二十八年，所以，您要原谅我，我不能管您叫妈妈……"

夏始之向公司请了假，她原以为今天会在学校里耽误一天时间，没想到校长一句"摄像头坏了"，就把她顶了回来。她本来想跟丈夫商量一下，如何跟学校掰扯孩子受伤的事，卢浩天的爸爸是法官，小豪的爸爸也是正处级干部，凭什么让自己儿子白受欺负。可丈夫昨天晚上压根儿就没有回家。不回家是什么意思？难道是丈夫做错了事害怕自己跟他闹？还是丈夫铁了心要离婚？

昨天晚上，夏始之陪着小豪在医院观察室一直待到十点，确定没有其他并发症，这才带着儿子打车回到家。回到家里，发现丈夫徐中来还没有到家，夏始之便给丈夫发了一条微信，说是要跟他商量儿子受伤的事情。一直候到半夜，没有收到回信，她才开始给徐中来打电话，但始终无人接听。早晨，夏始之又给丈夫发微信，说自己要去学校处理儿子的事情，希望丈夫回家照顾小豪。直到夏始之走出学校大门，才收到徐中来的回复：我在上海出差。

夏始之心头袭来一阵恐惧，因为丈夫明显在撒谎，他不可能什么物品都不带就去上海出差。以前，徐中来每一次出差，都是夏始之帮他收拾行李箱。这些年来，丈夫逐渐学会讲究，出差要带的东西多起来，除了衬衣、领带、西装，还要带香水、剃须泡沫、电动牙刷。如果丈夫没有出差，他晚上会去哪里？难道会住在情人的家里？如果能住到情人家里，他们为什么还要去五星级酒店开房？能够住到情人家里，说明情人是个单身女性，单身女性肯定比自己年轻。想到这里，夏始之下意识地摸了一把自己松弛的腹部。自打生完孩子，肚皮就像一坨被扔在沙滩上的水母，失去了生气。斑驳的妊娠纹比蛇皮还恶心，缝合的刀口就是一条丑陋的死蜈蚣，自己都不忍心看。

夏始之的身材和长相都不错，属于中等偏上，的确要比她的同龄人更显年轻，只是产后恢复得不好，尤其是晚上脱下收腹腰带，就像从真空塑料袋掏出的羽绒服，瞬间蓬松在床上。她甚至一度怨儿子小豪，小豪出生的时候八斤六两，属于超大胎儿，才会把她的腹部撑出妊娠纹。

夏始之急匆匆往家里赶，她要给儿子做午餐。对于儿子，夏始之很多时候觉得苦恼，她不知道该如何跟儿子相处，甚至不愿意跟儿子对视。像大多数母亲一样，夏始之也会因为孩子无助的眼神而心生怜悯，可她又很抵触这样的怜悯。夏始之无数回反思，她觉得这种心态的形成源于自己的身世：一个弃婴从未感受过亲情之爱，才导致她不知道该如何爱自己的儿子。

五

丈夫徐中来整一个月没有回家，其间回来过几趟取东西，都是在夏始之白天上班的时间。第二次回家，徐中来给妻子留下一封长信，表达了他想离婚的想法。信是手写的，说明徐中来很认真，他在信中写道："我们曾经有过美好的爱情，那个时候你像一头被惊吓坏了的小鹿，喜欢受到我安静的庇护……"

读到此处，夏始之哭了。恋爱的时候，包括刚刚结婚那段时光，夏始之的确能够感受到美好的爱情，丈夫对她呵护有加，她以为一辈子都可以这样过下去。她甚至觉得这个世界是公平的，自己的人生也是公平的，她被亲生父母遗弃，没有享受过亲情，却得到美好爱情的滋养。这份滋养是雨露，让她干裂的心田被浇灌；这份滋养也是阳光，照亮她心底的黑洞。

徐中来接下来写道："都说爱情是有保质期的，爱情过后的柴米油盐生活是现实又残酷的，虽然我做好了心理准备，可没承想它来得这么猝不及防。部委公务人员的工作压力本来就大，而你对我的关注，就像勒在我脖子上的一根绳索，越来越紧……"

这一个月以来，夏始之也在问自己：我的爱毫无保留地给了丈夫，甚至有时候疏忽了儿子，可丈夫为什么还会在外面另寻新欢呢？当她读到这封信的时候，简直难过到了极点，自己一腔无私之爱竟成了丈夫脖子上的一根绳索。长达九页的信笺里，大部分都是丈夫对她的控诉，对于出轨一事，徐中来却只字未提。

读罢丈夫的信，夏始之觉得天旋地转，她扑倒在床上大哭一场。大哭也不是放声号啕，她用一条被子蒙住脑袋，在黑暗里悄无声息地流眼泪，这是夏始之自幼在福利院养成的哭的习惯。

夏始之能够接受的是丈夫回家负荆请罪，上演忏悔的戏码，可徐中来没有按照电视剧的剧本往下走，而是直接进入到离婚的高潮部分，这让夏始之乱了方寸。她曾经在心里预演了无数回接受道歉的场景：等到丈夫回家痛哭流涕的时候，她决不能轻易原谅，首先要搞清楚那个女的是谁，怎么认识的？谁先勾引的谁？第一次性关系发生在哪里？不正当关系持续了多久？每一次做爱的时长是多少？做爱的时候都用过哪些花样？以后还会不会继续犯这样的错误？……即便是得到肯定的承诺，她也要绷住劲儿冷一阵子，时间是一个礼拜或半个月，才能缓和双方关系。而徐中来似乎早已预料到这些戏码，他在信中写道："作为一个来自苏北的农民子弟，能够进入国家部委工作，还能在北京买上房子、拥有一个自己的家，我很满足。我对这个家、对儿子都有万分不舍。可我心里清楚，这件事过后，即便你可以原谅我，我脖子上的绳套也会越勒越紧，一直到我窒息。人生苦短，只有这一辈子，我不想我的生命在这样的氛围里消耗殆尽……"

一个月后，夏始之所在的公司在司马台搞团建活动，四五百人的团建队伍占满整个度假村，夏始之主动要求跟蔡萌萌同住一间房。分居已近三个月，这是夏始之人生最黑暗的时刻。她没有能够交心的朋友，似乎是害怕朋友窥见自己心里的黑洞，夏始之对人有很强的防备心。这种防备心理是从小养成的，在福利院长大的孩子很难信任别人。蔡萌萌算是唯一能够说几句真心话的人，夏始之想好了，她准备趁着公司团建的机会，向她唯一的闺密倾倒一下心里的苦水。

司马台的度假村赢在环境，欧式轻奢的室内布局，配上窗外的崇山峻岭和古老长城，别有一番恍如隔世的风情。两个女人进到客房，扑倒在各自的床上，夏始之没说几句话，就把话题引到自己的家事上。蔡萌萌像是有意回避，她从床上坐起身来，说是要出去看看司马台长城的险峻风光。夏始之略有些失望，她好不容易鼓起勇气，要把自己和丈夫分居闹离婚的事情向闺密倾诉一番，却遭遇了软拒绝。夏始之想把家事告诉蔡萌萌，主要是因为蔡萌萌是徐中来的大学同学，两个人的关系也不见外，彼此能够说得上话。蔡萌萌出门要去看风景，似乎也没有邀请夏始之同去的意思。"砰"的一声房门关上了，只留下夏始之独自一人傻愣愣地躺在床上。敏感的夏始之反复琢磨蔡萌萌的态度，难道是自己要求跟她住同一个房间，她不高兴了吗？公司的中层以上的领导都是单独一间客房，蔡萌萌属于市场部的总监，她跟申明才住隔壁，都是单间。夏始之是普通员工，她原本跟同部门的小刘住一间房。因为自觉跟蔡萌萌是闺密，所以，她便主动要求跟蔡萌萌同住。夏始之这样想：是不是丈夫要跟自己离婚的事情，蔡萌萌已经知晓了，因为她跟徐中来是很亲密的同学关系，因此，蔡萌萌开始疏离自己了？

团建的晚宴七点钟准时开始，度假村的宴会厅里热闹异常，大家全都沉浸在欢乐的气氛里，相互间频频举杯畅饮。夏始之没有跟上情绪的节奏，只跟上喝酒的节奏，她一杯接一杯地喝着啤酒和红酒。公司里几个喜欢恶作剧的坏小子，一口一个夏姐叫着，给夏始之换了白酒。本已微醺的夏始之几杯白酒喝下去，三个月以来的委屈化成泪水，止不住地流。

坐在邻桌上的蔡萌萌把一切看在眼里，她用胳膊肘碰了碰坐在身旁的申明才，示意他看夏始之。申明才望着流泪的夏始之，问蔡萌萌怎么回事，蔡萌萌悄声说道："跟丈夫分居三个月了，正在闹离婚，大概是心情不好吧。"

申明才笑道："离婚是大趋势啊。"

蔡萌萌说："作为后勤部领导，你得多关心自己的属下才对。"

小刘给夏始之递上一张纸巾，她接过纸巾擦泪的那一刻，突然间崩溃了，趴在桌子上止不住地抽泣起来，这是她这辈子第一次人前失态。女人出嫁前，可以把委屈发泄给父母。女人结婚后，可以把委屈发泄给丈夫。可夏始之从未体验过父母的呵护。她刚刚学会在生活中倚靠一个男人，她还不敢对他发泄情绪，这个男人便舍弃她另寻新欢。于是，夏始之三十六年来的委屈像是滔滔洪水，在这一刻决堤了。

申明才一看情况不妙，担心夏始之的眼泪影响团建晚宴的氛围，赶忙起身走到夏始之跟前，小声催促她回房间歇息。谁知道夏始之酒劲上了头，趴在桌子上一会儿哭一会儿笑，旁若无人。申明才无奈，只好搀扶起她绵软的身体，急匆匆走出宴会厅。

此刻，夏始之已经完全失去了意识，她倚靠在申明才身上，被他半拖半拽地送回客房。申明才问夏始之要房卡，夏始之早已神志不清，申明才不得不摸她身上的口袋。摸着夏始之凹凸有致的身材，带着酒劲的申明才禁不住心中一动，他把摸到的房卡又塞回夏始之的裤兜里。然后，他掏出自己的房卡，打开旁边的客房门，把烂醉的夏始之搀扶进了自己房间。

清晨时分，夏始之醒过来，感觉头疼欲裂。突然，她发现身边竟然睡着一个男人，而且是自己的部门经理申明才。瞬间，夏始之便蒙了，她努力地回想昨天晚上发生的事情，但只能回忆到自己趴在桌子上哭，其他事情一概回想不起来。夏始之转过身子，用被子蒙住头，眼泪无声地流了下来。

六

时间又过去一个月，夏始之和徐中来的离婚陷入僵局。离婚离成僵局，主要问题出在夏始之这里。不是夏始之不想离婚，而是她看到丈夫情义已绝，就算是她把身段放到最卑微处，也不可能挽回这场失败的婚姻。夏始之曾经发微信暗示过徐中来，意思是自己可以原谅他的出轨行为，并且揭过这一页，重新接受他回归家庭。徐中来接到微信后，过了三天只回复了六个字：谢谢！我要离婚。

收到这六个字的微信时，夏始之正在陪着小豪写作业。孩子上学，累死家长，这是自小豪读幼儿园以来，夏始之经常抱怨的一句话。孩子的作业、手工、读听写、社会实践，甚至连一些校规政令，都要父母参与和背诵。

小豪大概觉得妈妈有些异样，他抬起头来问道："是爸爸的微信吗？"

夏始之像是受到了惊扰。她冲着小豪呵斥道："写你的作业。"

小豪感到受了委屈，一大颗泪水滴在作业本上。夏始之突然觉得有些心疼小豪。而且，她还想到以后的岁月，也许就是她跟儿子相依为命……夏始之一把搂住儿子的头，这是她跟儿子间少有的亲热举动。小豪顿时哭出了声，他环搂住妈妈的腰，很委屈地抽噎着。这一回，夏始之没有流泪，她知道从这一刻起，自己又回到了从前，回到那个无亲无靠无依托的世界，而且身边还多了一个孩子。夏始之不像别的妈妈那样痛惜溺爱自己的孩子，对于小豪，她更像在承担义务，一个把小豪养大成人的义务。

等到夏始之同意离婚后，双方便进入实质性谈判，谈判的主要对象是孩子和房子。徐中来明确表示自己工作忙，孩子还小，他照顾不了。但是，他愿意每个月多支付儿子一千块钱的抚养费。夏始之也担心小豪太小，将来不免会在继母那里受气，所以她答应接受儿子的抚养权。

最终导致离婚成为僵局的是房子。徐中来说房子现在价值五百八十万，需要还贷一百一十万，他让夏始之付给他七十万现金，房子便归属夏始之和儿子。夏始之咨询过律师，律师觉得这个条件可以接受。夏始之对律师说，丈夫出轨在先，属于过错方，房子应该完全归自己所有。律师说她没有拿到丈夫出轨的证据，仅凭个人陈述，法庭不会采信。

夏始之在这个世界上没有一个亲人，短时间内如何筹集七十万现金？她只有一个闺密蔡萌萌，偏偏蔡萌萌又是丈夫的大学同学，关系还比较亲密，她又如何肯帮自己呢？还有，夏始之觉得蔡萌萌最近的态度有所变化，好像在有意无意地疏远自己。另外一个与夏始之关系比较近的人是明秀院长，明秀院长的丈夫前年去世，只有一个儿子已经移民美国，并且在美国娶妻生子。明秀院长还有三年就退休了，去年，明秀院长把自己的所有积蓄一百五十万元全部捐献给了福利院，她手里应该也拿不出七十万现金。于是，夏始之跟丈夫徐中来的离婚离成了僵局。

夏始之有些焦头烂额，觉得生活变得一团糟糕，她开始整夜整夜地失眠。在失眠的深夜里，她甚至想起团建那天晚上醉酒的事情，从自己早晨的着装判断，申明才肯定跟自己发生了性关系。夏始之既气愤又恼怒，她一度想报案，举报申明才强奸。可她自己无法陈述强奸的过程，而且，一个女人在外醉酒本身就不是一件体面的事情。何况自己又处在离婚的漩涡里，如果让丈夫抓住把柄，完全可以给自己扣上婚外一夜情的帽子，自己不仅名声扫地，房子的归属权就成了徐中来的。经过左右权衡，夏始之决定忍气吞声。

夏始之吃了哑巴亏还不算完，另外一件闹心事也让她心绪烦乱，她的例假已经拖后半个月。她很担心自己怀孕，因为团建醉酒的那个晚上，自己还处在排卵期的边缘。当然也不排除另外一种可能，由于近期情绪波动造成例假滞后，高考那一年夏天，由于情绪紧张，她曾经两个月没有来例假……夏始之在心里不停地这样暗示自己。

清晨，夏始之起床给儿子做早餐，她只做了儿子一个人的早餐，因为她今天要参加公司组织的体检，需要空腹。把小豪送到学校后，夏始之还要步行一站地，乘坐地铁赶往体检中心。在拥挤的地铁里，她听到背包里手机铃声响起，可她无法把手插进人缝里掏手机，直到地铁到了四惠换乘站，她才有机会掏出手机。手机显示来电竟是私家侦探文更生，夏始之犹豫了一下，回拨了文更生的电话。文更生用低沉且懒散的京片子催她支付尾款，还嘲讽她没有信誉。

夏始之嗫嚅着应付道："我现在地铁里，说话不方便，微信里说吧。"

说完，夏始之挂断电话。因为车厢里拥挤，她只能单手举着手机，给文更生发送了一条微信：你承诺我可以拿到法院采信的证据，可我现在什么证据都没有，离婚还要给我丈夫支付七十万房款。

不一会儿，夏始之收到文更生的回复：我提议跟你去酒店取证，你拒绝了，责任不在我，请你及时支付尾款。

夏始之没有再理会文更生，她举着手机，挤出地铁车厢。车厢门口站着一个中年男人，他用肩膀蹭了夏始之的胸口，嘴角还翘起几分猥琐的得意。在地铁里被揩油，对于夏始之来说早已习惯，她回头冲着即将关闭的车门骂道："臭不要脸！"

走进体检中心，大半都是熟悉的面孔，夏始之按照体检惯例，先去抽血排尿，然后就可以去体检中心的餐厅用早餐。夏始之端着小便塑料杯，刚刚走出厕所门口，背包里的手机又响起了铃声，她只好一手端着粘贴着二维码的尿杯，一手接电话。电话还是文更生打来的，义正词严地声称再收不到尾款就要给夏始之发律师函……

恰在此时，蔡萌萌端着空尿杯走过来，她看到夏始之在接电话，便顺手接过夏始之手里的尿杯，并小声说道："我帮你送化验室。"

夏始之冲着蔡萌萌递过去一个谢意的眼神，急匆匆走出体检中心，跟文更生理论去了。文更生有些恼火，他在电话里继续质问夏始之没有契约精神。

夏始之反驳文更生："我没有拿到出轨证据，是你没有契约精神。"

文更生说："你也算是帝都CBD的一白领，你能不能拿出一点白领的素质来。"

夏始之说："好吧,让我们心平气和地来解决这件事情,你继续帮我取证,如果拿到证据,我就支付尾款。"

文更生说："再次取证没有问题,你还得再支付取证费。"

夏始之说："你这个人怎么就知道钱钱钱,简直是贪得无厌。"

文更生回道："你要证据,难道不是为了钱?"

七

国贸CBD地铁站,正值下班高峰期,人流像浑浊的洪水流进地铁的入口。

在夏始之的眼里,地铁就是黑夜的入口,晚上吞噬着劳作了一天的白领,早晨再把他们吐出来继续工作。地铁像是一个黑洞,吞噬光吞噬人也吞噬灵魂,要不早晨走出地铁的人怎么会脸上无光、浑身没劲儿像是丢了魂一样;黑洞吞噬了人的灵魂,目的是把人变成工作的奴隶,让奴隶们以为工作是天经地义的事情。

今天,也许是夏始之这一辈子最漫长的一个工作日。早晨送完小豪,走进公司的时候,看见工位上摆着她的体检报告。夏始之对于自己的身体很是自信,这也是她唯一自信之处。她随意地翻看几页体检报告,正准备把它塞进文件夹里,突然发现尿常规检查的页码多了一行字:尿HCG(+),建议进行彩超检查,排除宫外孕或者其他滋养细胞疾病……

尿检HCG加减号对于已婚妇女再熟悉不过了，减号是没有怀孕，而加号则是怀孕。多日来的担心终于被验证，真是越怕什么就越来什么，夏始之赶忙把体检报告锁进抽屉里，然后木呆呆地坐在工位上发愣。其间，申明才召集开了一次部门会议，夏始之一句都没有听进去。申明才婆婆妈妈很啰嗦，部门里的员工私下都管他叫"蔡明婶"。申明才啰唆完了，让部门员工谈谈自己的看法，夏始之几经催促，才知道轮到她发言。夏始之茫然地看了一眼申明才，说道："我刚才头晕，没有听清楚……"

开完部门会议，夏始之的微信收到丈夫徐中来发来的一张图片，正是她尿检HCG结果的截图。丈夫随后又发来一条微信：我们分居半年，你对自己的怀孕做何解释？

夏始之一时间有些发蒙，觉得自己的头大了一圈：徐中来怎么知道这件事的？自己才刚刚看到体检报告……这么短的时间，丈夫能够得到自己体检报告的图片，夏始之第一时间想到了蔡萌萌。她站起身来，直奔蔡萌萌的办公室，却发现蔡萌萌的工位上空着。部门的同事告诉夏始之，说蔡萌萌今天一大早来公司，向公司人事部递交了休年假的申请。

夏始之离婚了。

房子的所有权归属丈夫，徐中来最后给了她二十万元的安置费，并让她月底搬家另寻安置处。

为了小豪读书方便，夏始之想在小豪的学校周边租房子，可学区房的租赁价格要比周边高出一千元左右。夏始之一个周末跑了六家房产中介公司,也没有找到合适的房源。其实,合适的房源有一大把,主要是价格太高,夏始之只能量入为出,把两居室的目标降低为一居室。

夏始之从一家房产中介走出来,在门口跟一个男人撞了个正着,这个男人一把拉住夏始之,说道:"尾款到底什么时候给我?"

这个男人正是文更生,他今天戴了一顶棒球帽,夏始之差点没有认出他来。夏始之觉得自己的运气背到了家,最近诸事不顺,租房子还能碰上要账的。夏始之不想在中介公司门口丢人现眼,因为没准儿还要在这家中介租房子,她看中一个一居室,月租金五千五百元,就等着中介公司的中介费打八五折。她示意文更生往前走,找个合适的地方谈。文更生便跟着夏始之走到一个商贸中心,在星巴克门口寻了一张空桌坐下。

文更生打趣道:"请我喝咖啡,也免不了付尾款。"

夏始之说:"这是星巴克,不点咖啡也能坐。"

文更生说:"大头都付了,剩下点尾款还要我三催四催,你不烦,我都烦了。"

夏始之说:"我算是吃了没钱的亏,因为缺钱,所以算计,因为算计,越发吃亏。"

文更生掏出半盒皱巴巴的中南海香烟,抽出一根来点上:"那就别跟我算计,赶紧把尾款给我。"

夏始之说:"教训我接受了,但是钱不能给你。"

文更生问道："为什么?"

夏始之说："我已经离婚了，因为你没有帮我拿到前夫出轨的证据，他逼迫我给他七十万，因为我借不到七十万，只好把房子给他，而我现在只好带着儿子出来租房子住。"

夏始之避重就轻，没有说出前夫拿到自己婚内怀孕的证据，才导致失去房子的所有权。

文更生皱了一下稀疏的眉宇，大概是想攒一个同情的神情，因为五官过于松散，他的同情只相当于做了一个鬼脸。

文更生咂巴了一下薄嘴唇，说道："这个事儿，我多多少少有一点责任，看你一个中年妇女还要带着一个孩子，我就不跟你计较了……你刚才去中介租房子?"

夏始之听文更生不要尾款了，心中暗暗长舒了一口气，她冲着眼前这个其貌不扬的男人点点头。

文更生说："这样吧，我在这附近正好有一套房子要往外出租，咱们俩君子协定，就不要通过中介浪费中介费了。"

夏始之问道："多大的房子?"

文更生说："两居室，八十九平方米，二十六层，南北朝向。"

夏始之说："两居室太贵了，我想租一居室。"

文更生摘下棒球帽，使劲地拍在桌子上，说道："算了，我好人做到底，按照一居室的租价给你。"

八

夏始之抱着最后一个纸箱子，准备锁门的时候，她环顾一圈客厅，眼泪禁不住涌出眼眶。这是她生活过八年的房子，也是她人生中第一栋属于自己的房子，原以为，自己这一辈子都会住在这里。从这一天开始，除了回忆，这栋房子跟她再也没有任何关系了。忽然，夏始之看到墙上还有一张她和小豪的照片，她把纸箱子放在门口，走过去从墙上取下相框，塞进纸箱子。临要锁门的时候，夏始之忽然又想起了什么，她奔进厨房，拎出来一袋子五常大米和一大桶调和油。因为徐中来不会做饭，油和米留给他肯定会坏掉，她觉得自己日后要精打细算过日子。最后，夏始之往客厅里投去仪式感很强的深情一瞥，才"咣当"一声合上防盗门。

搬家公司的工人把大大小小的箱子堆在新房子客厅里，幸亏文更生的两居室还算宽敞，夏始之懒得归置，她想等闲下来再细细收拾，反正以后多得是空闲时光。她躺在床上缓会儿腰，自打生完孩子，夏始之就落下了腰疼病，稍微劳累就觉得腰疼难忍。躺了十多分钟，夏始之便咬牙坐起身来，她要去学校接小豪放学。此时，她才意识到，自己的生活不是回到了从前，而是比从前还要辛苦。从前没有亲人可以依靠，也没有儿子需要照料。现在，她还是没有亲人依靠，可儿子还要依靠她。

夏始之在一楼电梯间里遇见文更生，她愣怔一下。

文更生歪着嘴笑了笑，把他的薄嘴唇扯得更薄了，他解释道："我在这个小区里有两套房子，我就住你楼下，有什么事儿跺两脚地板，我就上去了。"

夏始之点点头，一边往外走一边说："有钱任性，一次买两套房子。"

刚刚走进电梯的文更生，趁着电梯门还没有关闭，冲着夏始之的后背说："我是坐地户，拆迁补了两套房子……"

夏始之站在14号线地铁口犹豫了三秒钟，她决定再往前走五百米，搭乘公交大巴去学校接儿子。因为公交大巴只要五毛钱，而乘坐地铁需要三块钱。夏始之为自己刚才的犹豫有一点不好意思。转念又一想，她觉得没有人能够看出来自己刚才的踌躇是为了省下两块五毛钱。在钱币贬值和物价飞涨的双重作用下，生活在北京这座城市里的人，大概已经没有人会为十块钱的事儿费脑子。家庭主妇对物价都保持着极高的敏感，上个周末，小豪想吃苹果，年前还是四块钱一斤的红富士苹果，现在已经涨到了十六块钱一斤，整整翻了三倍。夏始之咬牙挑选了八个苹果，称重后居然要五十七块钱。夏始之苦笑一下，自己车厘子自由尚未实现，平民水果的苹果已经直奔车厘子去了。过苦日子对于夏始之来说，算不得什么了不起的事情，因为她打小就是一个人苦过来的。

在学校门口接到小豪，夏始之对儿子说："妈妈今天搬家搬累了，咱们在外面吃饭吧。"

小豪的胳膊已经痊愈了，学校的处理意见是孩子们之间嬉笑打闹造成的意外伤害。夏始之本想让徐中来去找区教育局理论，可徐中来担心日后孩子在学校的境遇，便劝说夏始之息事宁人。接下来，已经离婚的夏始之更没有孤军奋战的心气，她只能告诫小豪远离卢浩天。想起这件事情，夏始之便觉得沮丧，因为自己能力有限，眼看着儿子又将成为另一个缺乏安全感的自己。夏始之更多在意的是自己的感受，似乎不太在意小豪的想法，因为她觉得小豪远比自己的童年幸福得多，他至少还有母亲养育，他至少知道自己的父亲是谁。

看小豪没有反应，夏始之追问一句："你想吃什么？"

小豪迟疑着，最后小声说道："我想吃肯德基的炸鸡。"

夏始之说："要少吃油炸的垃圾食品，这里有家沙县小吃，要不咱俩一人吃一个酸辣粉，再给你加两个饼。"

今天是周四，夏始之请了两天假，加上周末两天，她有四天的休息时间。她把请假报告交给申明才的时候，申明才讪讪地笑了笑，小声说道："上回酒后无德，大家都是成年人，心照不宣好了，这也不能……不能成为你三天两头请假的理由呀。"

夏始之冷着脸："我请假做人流。"

申明才不敢再问了，赶紧抓起笔在请假报告上签了字。

夏始之拿着挂号单，坐在妇产科外候诊已经有两个钟头，前边还有两位患者就轮到她了。周围候诊的基本都是挺着大肚子的孕妇，孕妇们大都由丈夫陪伴着，脸上浮现出一层即将为人母的傲骄神情。也有几个落单的年轻女士，她们既没有男人陪伴也没有挺着大肚子，从她们愁云惨雾的脸色上，大致能够判断出，她们多半是来做人流的。

终于轮到夏始之了，她忐忑着走进三号诊室，接待她的是一位男医生。

夏始之心里暗骂：女人倒霉的时候，做个人流都遇到男医生。

男医生倒也和蔼，他问夏始之哪里不舒服。

夏始之说怀孕了，要做人流。

男医生一边询问她最后一次来例假的时间，一边开了一张收费单，并对夏始之说："先去做个B超，要确定不是宫外孕。"

突然间，夏始之觉得小腹一阵坠胀，她拿着收费单，急忙走出诊室，去了卫生间。等她从马桶上站立起来的时候，红彤彤的马桶把她吓了一大跳，竟然是来月经了。突如其来的月经，让她有些吃不消，她手里捏着收费单，脚下竟然有些踉跄。夏始之觉得自己活成了一个冷笑话，在等待做流产的时候，突然来了月经……

夏始之木然地走出卫生间，在经过妇产科手术室的时候，突然看见前夫徐中来的身影，他搀扶着一个面色苍白的女人从手术室走出来。

一位女医生跟在徐中来的身后，用嗔怪的口吻说道："以后注意避孕措施，一年做两次人流，以后还想不想要孩子了?!"

那个面色苍白的女人没有吱声，她把头靠在徐中来的肩膀上，散乱的长发从她的面庞滑落开来，夏始之这才看清楚，这个女人竟然是蔡萌萌。

一时间，夏始之有些浑然不知所措。她甚至不知道把脚迈向哪里，神情恍惚地走出门诊大厅，走到一处人少的地方，一屁股坐在台阶上。夏始之愣怔怔地望着眼前的一辆灵车，过了许久，她才反应过来，自己坐在医院太平间的台阶上。

九

夏始之大概用一个月的时间，做了一个决定，她主动申请去公司的销售部。在行政部门工作，每个月拿的是平均工资，而销售部却是公司的突击队，有的销售精英曾经有个月拿过二十一万的销售提成。当然，销售部也是全公司最辛苦的部门。在市场化的社会里，想要别人选择你推销的产品，就得吃下别人吃不了的苦。夏始之所在的公司代理一款美国的保健品，这些年随着人们对健康养生的重视，国外保健品开始大行其道。

放下清闲饭不吃，主动要求去销售部，夏始之主要基于两点：一是要赚钱，二是回避申明才。其实，夏始之最初的想法是辞职，她想离开这家公司，以避免跟蔡萌萌和申明才打交道。可是，辞职再找新工作需要时间，而一个人支撑一个家的时候，最害怕的就是失业。因此，夏始之决定在公司里先换一份工作，换一份有挑战性、也能养家的销售工作。申明才在行政部，蔡萌萌在市场部，她则要去销售部。蔡萌萌和申明才这两个人，现在是夏始之恨之入骨的人，超过她对自己父母亲的憎恨。如果申明才没有趁她醉酒占便宜，她会很清楚自己不可能怀孕，也就不会把房子让给徐中来。至于蔡萌萌，她本想去找蔡萌萌理论，当面质问她是不是故意把自己的尿液置换。可夏始之权衡再三，还是忍住了，因为蔡萌萌很清楚自己当晚没有回房间睡觉，她如果撒泼把自己和申明才的事情说出来，自己在公司里还怎么待得下去。曾经有丈夫有家庭的夏始之，把婚姻后积攒起来的勇气，随着婚姻的瓦解也消散得无影无踪了。夏始之清晰地觉察到，她又回到曾经那个胆小、怯弱、唯恐被树叶砸破头的夏始之。甚至在耀眼的阳光下，她都能看见自己心底的那个黑洞，较之从前更加大，更加深了。

夏始之很清楚自己心底的黑洞，那是从小因为缺失亲情之爱造成的伤害。在福利院里，每当铃声响起，她的心里都会紧张，哪怕有些仅仅是吃饭的铃声，也会让夏始之坐在餐桌前抖动半天，甚至拿不住筷子。在十几年的福利院集体生活中，夏始之身边的小伙伴们时不时会被人认养，只有见到生人就害怕到哆嗦的她，没有人认养，大人们大概都觉得她有些神经质。在那段难熬的时光里，幸亏有明秀阿姨的悉心照料，一直到夏始之过了十岁以后才不那么怕生人。而福利院的孩子一旦超过十岁，也很少有家庭会认养他们。福利院剩下的二十多个大孩子，大都有肢体或精神方面的残疾，只有夏始之算是一个肢体和精神都健全的人。随着年龄渐大，夏始之出众的相貌也渐渐显山露水。明秀阿姨十分喜爱夏始之，鼓励她读书考大学，用知识来改变自己的命运。夏始之不负众望，高考时虽然没有考取名牌大学，好歹进了北京联合大学，并就读哲学系。她相信明秀阿姨的建议，用哲学帮助自己解决精神层面的痛苦。她在大一开学的日记本上，写下这样一句话：如果没有哲学，你将撑不过那些艰难的岁月。

与众多八〇后有个性的女孩不一样，夏始之身上几乎没有任何个性，她就像一只吓破胆子的小白兔，惊恐地提防着周边的一切，她会提防新买的羽绒服藏着针，甚至提防呼吸的空气里有人为她混合了神经性毒气……

哲学并不是灵丹妙药，从小被亲生父母遗弃的伤害，在她心底掘了一个无底洞，仅凭哲学是填不满的。婚姻曾经为她心底的黑洞照进一缕曙光，她在婚姻的滋养中，渐渐地积攒了勇气和自信，开始像一个社会人一样面对生活。但是，婚姻的突然坍塌，又让她的黑洞陡然间扩张。夏始之觉得自己的婚姻已经不能用"失败"两个字概括，而是比失败更让人痛苦百倍千倍的构陷。因此，对于蔡萌萌和申明才两个人，夏始之现在恨不得食其肉、寝其皮，她现在要把仇恨深埋进心底的黑洞，先赚钱。

在调去销售部的当天下午，夏始之去接小豪回家的路上，她对儿子说："妈妈换工作了，以后会很忙，你得锻炼着自己坐公交车上下学，好不好？"

小豪紧贴着妈妈的身体，妈妈的身体随着公交车摇晃，他随着妈妈的身体摇晃。小豪许久没有说话，乘坐公交车是他跟妈妈最亲近的时刻，在他的记忆里，妈妈从未像其他妈妈那样拥抱过自己，所以他很珍惜在摇摇晃晃的公交车上紧贴着妈妈大腿的时刻。而妈妈却在此刻告诉他，以后他要自己乘坐公交车上下学，小豪的心里顿觉失落和灰暗。

今天的公交车司机大概是一个新手，一路上急起急停急刹车，夏始之不得不用双手紧抓住车厢里的拉环。她见儿子不作声，便用膝盖顶了顶小豪的身体，问道："你听见了没有？"

不知道是为自己一个人上下学，还是因为被妈妈的膝盖顶得有些生疼，小豪觉得很委屈，他带着哭腔应道："听见了。"

在小区门口，夏始之遇见正要出门的文更生。文更生说自己想吃爆肚了，他还主动邀请夏始之和小豪一起去。

夏始之有些犹豫，文更生低下身子问小豪："那家爆肚的羊肉串不赖，你想不想吃？"

小豪点点头，说他也爱吃爆肚，还要拌进两份芝麻酱去。

十

两个月过去，夏始之只拿到三个很小的订单，她的月收入在销售部垫底，甚至比她在行政部的工资还要低两千多块钱。

这两个月以来，销售部的业绩都在下滑，原因是中美打起了贸易战，双方相互提高了商品关税，而上涨的关税则需要消费者来买单。夏始之没有想到，中美贸易战这么大的事儿能影响到自己这个小人物，就像所有消费者的思维一样：中美贸易战关我屁事，凭什么给我涨价？

与众多中年得意或失意的女性一样，夏始之开始品茶、信佛和放生。她出入北京的各大茶城，跟福建茶商聊红茶、白茶、岩茶、乌龙茶，再从晒青、晾青、做青、炒青、初揉、复炒、复揉、走水焙一直聊到簸拣、摊晾、剔拣、复焙、补火。跟云南茶商聊沱茶、生普、熟普、冰岛、老班章，然后再从萎凋、渥堆、风干陈化一直聊到云南仓和广东仓。信佛得信藏传佛教，还得拜一上师，并让师父取一个曲珍、拉姆或者卓玛之类的名字。接下来还要布施和放生，主要是去餐馆买蛇、买鱼、买牛蛙放生，惹得家住护城河附近的老北京土著们一通谩骂，因为牛蛙叫得山响，吵得北京大爷大妈们整宿整宿睡不着觉。

夏始之也开始失眠，也整夜整夜睡不着觉，一直到她把朋友圈刷完，还是毫无倦意。她想起销售部经理说过的话，一个好的销售人员的朋友圈至少应该保有三千人。

夏始之叹一口气，因为她的朋友圈只有二百六十一人，能够互动的也就二三十人，且大多都是同学，从小学一直到大学的同学。就在夏始之要关掉手机，准备强迫自己入睡的时候，她看到一个叫冉伟的高中男同学在朋友圈发了一个帖子，帖子的内容是他所在单位组织退休干部到梁家河参观。夏始之知道冉伟在一个大型国企工作，好像是做办公室主任之类的角色。她想如果冉伟能够帮自己一把，采购一点保健品作为退休干部的福利，自己的业绩将会大幅度提升。想到这里，夏始之点开冉伟的微信，斟字酌句半天，才给他发送了五个字：嗨！老同学好。

夏始之之所以斟字酌句，是因为在读高二的时候，冉伟曾经对她示好过。冉伟戴一副黑框眼镜，长得秀气有余，气势不足。夏始之一心想找一个高大健壮、能够让她倚靠的男生，所以她对冉伟的示好装傻充愣，不做任何回应。时过境迁，不知道自己当年的"软拒绝"，会不会在冉伟心里留下阴影。夏始之正在漫无边际地瞎琢磨，冉伟的微信便来了：美女还不睡觉啊？

夏始之很是开心，这么多年过去了，说明自己在冉伟心中还是有位置的，他不仅称呼自己是美女，还体贴地问自己为什么还不睡觉……她即刻回复道：心情不好，睡不着。

夏始之还后缀上一个悲伤的表情，这才按了发送键，然后捧着手机，静待冉伟的回复。

冉伟的回复速度也够快：谁惹我们的班花了？是不是跟老公吵架了？

夏始之脸上绽放出久违的笑容，因为冉伟称呼她是班花。当时班里的男生推选出四大美女，夏始之虽然名列其中，但她觉得自己顶多排第四位，绝对不敢称班花。夏始之抿着嘴角，在微信里写道：老公去欺负别的女人了，我已经离婚半年了。

冉伟回复微信：很抱歉！我不知情。

接下来，两个人你来我往，足足在微信里聊了一个半小时。两个人最后商定，周五晚上在雍和宫附近的一个酒吧见面。冉伟让夏始之把保健品的资料带齐全了，他需要全面了解产品后，才能上报给领导审批。

夏始之第二天没有去公司，销售部实行弹性工作制，除了每周一参加一下部门的例会，其他时间自行安排。因为前一天晚上跟冉伟聊天聊得太晚，她一觉睡到九点半，居然都没有起床给小豪做早餐。小豪已经接受独自上下学这个事实，好在小豪个头比同龄孩子显高，看上去像个大男孩。夏始之内心有些自责，她对儿子虽说缺少爱的互动，但是作为母亲的职责和义务，她还是会尽最大努力去完成。

正在内疚着的夏始之突然想起另一件事，她答应周五晚上陪小豪去看电影《复仇者联盟4》，而且电影票已经买好了，还选了影院正中间的位置。一时间，夏始之有些懊恼，懊恼单身女人带着一个孩子还要忙工作……突然，手机铃声响起，夏始之拿起手机发现是文更生的电话，她接听问道："什么事？"

文更生说该交下半年房租了。

夏始之说："你个催债鬼，认识你以来，问我要钱就是你的主旋律。"

文更生说："两居室的房子按照一居室的价码租给你，半年期的房租都拖了一个月了，像我这样的中国好房东，你去哪儿找？"

夏始之跟文更生说话从来不见外，她有些不耐烦："别催了，我这就微信转给你……对了，你今天晚上有事吗?"

文更生语气有些兴奋，忙说道:"没事，没事。"

夏始之说:"这样吧，拖了你一个月房租，我请你看'复联4'补偿一下。"

文更生笑道:"算你懂人事，本房东就赏你这个脸。"

夏始之说:"今晚七点半的IMAX，别耽误了。"

文更生说:"看IMAX，我从来不会错过银针落地的声音。"

夏始之说:"好的，时间差不多的时候，你上楼来接小豪。"

文更生有些诧异:"你……不去啊?"

文更生和小豪在去电影院的路上时，夏始之也在前去酒吧赴约的路上。她几乎用了整个下午来洗澡、化妆和换衣服，服装换了大概有十几身，有一身是今年最流行的"薄露透"蕾丝纱裙，她上周买的还没有穿过。为了配合这身"薄露透"，她又换了三四个胸罩和内裤，最后决定放弃这身性感的蕾丝纱裙。夏始之骨子里还是一个保守的女人，她觉得这么重要的约会，穿一身没有经过大众眼神确认的新衣服，多少有点冒险。历经一下午的穿上脱下，再穿上再脱下，夏始之把先前化好的妆已经弄花了，只得在临出门时重新补妆。最后，她决定穿能彰显自己一双长腿的短裙，这条短裙已经穿了两年，既诱惑而且保险。

夏始之几乎没有去过酒吧，她在那间酒吧周围转悠了好久也没有找到门，最后是冉伟让她打开"位置共享"，她才走进一个门脸丝毫不张扬的酒吧。十几年不见面，夏始之发现冉伟胖了不少，原先单薄的小圆脸现今已经饱满到赘肉累累。他满脸堆起笑意，来了一个亲密同学间的熊抱，两只小胖手还不停地拍打和抚摸夏始之的后背。夏始之没有拒绝老同学的热情，甚至还将身体主动贴近上去，任由冉伟足足熊抱了半分钟之久。两个人的身体松开后，冉伟的热情高涨起来，他问夏始之："喝什么？"

夏始之说："随便。"

冉伟似乎觉得"随便"二字饱含深意，便愈发兴致勃发，他冲着吧台的服务生喊道："来一瓶马爹利干邑。"

服务生爽快地应着，把一个很漂亮的酒瓶双手托给冉伟。

冉伟点点头，让服务生打开。

夏始之认识这个酒瓶，这便是万豪酒店卖二百六一杯的法国白兰地。她禁不住瞅了冉伟一眼，小声说道："这个酒太贵了，换个便宜点的吧。"

冉伟冲着服务生一挥手，意思是尽管开瓶。他转过头，把嘴凑到夏始之的耳畔，小声说道："放心吧，不花我自己的钱，吃吃喝喝这点小事儿，我一支笔签个字就管用。"

夏始之学着冉伟的样子，把自己的嘴巴凑到冉伟的耳边，说道："那你赶紧帮我签个单子，给你们的退休干部发点保健品，我都快穷死了。"

冉伟赶紧把脑袋缩回去，瞅着夏始之说："公司对外采购都是透明的，这跟吃吃喝喝不一样，我一个人签字不管用，只能往上报批。"

夏始之问道:"那……有戏吗?"

冉伟把服务生倒好的酒杯推到夏始之跟前,说道:"事在人为,只要去努力,就有戏。"

夏始之端起酒杯:"我感谢老同学的努力,先干为敬了。"

接下来,两个人推杯换盏,临近半夜时分,把一瓶法国白兰地全部喝光。其间,冉伟几次把手放到夏始之的大腿上。这时候,夏始之坚持的底线是可以把手放在腿上,但是不能摩挲。

从夏始之几次推开他的手,冉伟也心中有数:今天晚上没戏。

十一

自从得知夏始之离婚以来,明秀阿姨几乎每个礼拜都会来看望小豪。说是看望小豪,明秀阿姨其实更多牵挂的是夏始之。她至今还记得夏始之高考前夕的状态,整夜整夜地睡不着觉,最后甚至连饭都吃不下。其时,明秀阿姨已经升任福利院院长,她特意开会做了叮嘱,希望大家给予夏始之更多理解和支持,因为这是福利院历史上第一位参加高考的学生。明秀阿姨还请来京城著名的中医为夏始之把脉,亲自给她熬汤煮药进行调理,最终帮助夏始之顺利通过高考。选择哲学系也是明秀阿姨的建议,她深知夏始之被父母遗弃后的心理伤害有多大,而她偏偏又是一个敏感脆弱的性格。填报高考志愿那天,明秀阿姨跟夏始之聊了许久。明秀阿姨说人这一辈子什么都把控不了,只有自己的信念能由自己掌握，所以当人在难熬的时候，最重要的是向内求，而不是向外求，这便是"君子求诸己"。明秀阿姨还说，哲学除了引导你做一个好人，还能教会人如何掌握自己的信念，如果没有哲学，你将撑不过那些艰难的岁月。开学后，夏始之把这句话写在自己的笔记本上。

明秀阿姨带来一袋子苹果，还有一盒车厘子，她一边在厨房里洗水果，一边跟小豪聊天。

明秀阿姨问小豪："妈妈什么时候回来？"

小豪管明秀阿姨叫姥姥，他对姥姥说："妈妈最近工作很忙，经常会很晚才回来。"

明秀阿姨问小豪："晚上怎么吃饭？"

小豪说："有时候煮速冻水饺吃，有时候跟着文叔叔在饭馆吃。"

明秀阿姨愣了愣，继续问道："你妈妈怎么从来没有对我说过这个文叔叔？"

小豪说："文叔叔好像喜欢我妈妈，可我妈妈好像不喜欢文叔叔。"

明秀阿姨把洗好的车厘子端到餐桌上，推到小豪跟前："小豪喜欢文叔叔吗？"

小豪抓起一把车厘子，接连往嘴里塞了好几颗，鼓胀着嘴巴含糊不清地回道："文叔叔是个私家侦探，什么都懂，我挺喜欢他的。"

一老一小聊着天，一直聊到晚上十点钟，明秀阿姨要赶晚班车，她穿好衣服在门口换鞋的时候，夏始之回来了，还带着一身酒气。看到明秀阿姨要走，夏始之没有进门，她挽着明秀阿姨的手臂，一直把她送到汽车站。

明秀阿姨问道："最近有没有拿到销售单子？"

夏始之叹一口气："也许我不是做销售的料，没想到卖东西给别人会有这么难。"

明秀阿姨说："不要着急，你算是刚刚入销售行，等你积累到很多经验的时候，才会有好的销售业绩。"

夏始之说："我没法不着急，带着一个孩子，还要付房租，我觉得自己快撑不下去了……"

明秀阿姨拍着夏始之的手背，宽慰道："撑不下去的时候，还有明秀阿姨呢，最近福利院面向社会招聘一名副院长，事业编制，你要是有兴趣可以去试一试。"

见夏始之没有反应，明秀阿姨又说："有时间去一趟韩麻营吧，那是一个小镇，要想找到你的亲生父母，应该不是什么难事。"

夏始之愤愤地说："我不会去找他们的，就算是我的亲生父母站在我的面前，我都不会叫他们一声爸妈。"

明秀阿姨摇了摇头，长叹一口气："抱怨是女人最大的不幸，你也是人到中年了，有些事情该放下就得放下，背负着一肚子怨气生活，你这辈子都不会轻松的。"

公交车来了，明秀阿姨拍了拍夏始之的手背，转身不疾不徐地走上公交车。末班车上有很多空座，明秀阿姨没有坐下，而是透过车窗玻璃冲着夏始之挥着手，示意她早点回家。

望着远去的公交车，夏始之眼睛有些湿润，明秀阿姨就像她灰暗人生中的一支蜡烛，给她光明，给她温暖。烛火的光亮和热度虽然有限，却是她凉薄世界里唯一能够看到的希望。

夏始之这些天来有些沮丧，她已经陪着冉伟去了五次酒吧，光是法国干邑喝了有几万块钱，但是订单迟迟还没有拿到。夏始之很心疼那几万块的酒钱，她觉得自己喝什么酒都差不多，无论是二百六一杯的白兰地，还是十八块钱一瓶的牛栏山二锅头，都是同样的辛辣和眩晕。去了五回酒吧，冉伟有三回趁着酒劲儿对她动手动脚，都被她半就半推地推开。尤其是今天晚上，冉伟甚至在亲吻她的时候，把舌头伸进她的嘴里。夏始之没有用舌头迎合另一条舌头，而是本能地咬紧牙关，任凭冉伟的口水滴到自己的腿上。带着几分醉意的冉伟在舌头抽离后，说出一个诱人的数字，他说如果把下面的七个分厂和四个子公司的退休干部加在一起，至少会下一个六七十万的订单。

夏始之在心里盘算了一下，六七十万的订单至少能够拿到十二万的销售提成，足够她打破眼下的窘境。

遭遇到一个更软的拒绝后，冉伟有些意兴阑珊，他抬起手腕看了一眼手表，示意服务生结账。这一回，他已经懒得为夏始之叫车，而是自己钻进一辆网约的商务车，独自先行离开了。夏始之打了一个酒嗝，心中暗骂道："许多年过后，那些曾经的翩翩少年，都他妈的变成了龌龊男。"

十二

　　文更生躺在急诊室的连椅上，等着护士帮他处理伤口。他给自己的伤口处一一拍照，待护士来了，流着血又让护士帮他再拍一遍。原来，文更生是下午去一家酒店帮当事人取证的时候，被人打伤的。在酒店捉奸数年，都是被捉奸的人犯怂，没想到这一回被"奸夫们"揍个鼻青脸肿。在酒店的大堂里，文更生问当事人要了一万块钱的取证费，便随同当事人一起上了楼。文更生打开手机录像功能，冒充服务员骗奸夫开了房间门，结果发现房间里有三个奸夫。他的当事人被推出房间，他则被摁在洗手间里暴揍一顿。文更生抱紧脑袋，任凭三个赤条精光的男人拳脚相加，间歇的时候，一丝不挂的女人又进来踹了他两脚。那个女人虽说力气不大，可是两脚都踹在文更生的私处，疼得他直犯恶心。

　　在医院收费处交费的时候，文更生接到夏始之的一条微信，说自己要出公差，问他能不能帮忙照看小豪。

　　文更生回复道：骗鬼去吧！开房就说开房，周末出什么公差。

　　夏始之回道：没有骗你，的确是公事。

　　文更生道：公事私办，当心被捉奸！

　　夏始之回道：闭上你的乌鸦嘴！

夏始之纠结了好几天，最终还是下了决心，她准备满足冉伟的私欲，拿下这个大单。因为冉伟还向她暗示过，一年可以给老干部们发放两次保健品，再私下动员几个老干部给董事长写几封感谢信，夸大一下保健品的疗效，现任领导们也不会拒绝，没准儿还能成为他们集团的礼品。按照冉伟的说法，这个采购量能到三百多万。三百万的提成就有六十万，还不带公司百万阶梯的升级提成。

夏始之也有说服自己的理由：我现在是单身，跟谁谈恋爱都是正常的；高中时候看不上冉伟，因为他不够强大，现在的冉伟呼风唤雨，我喜欢上他属于正常；我已问过冉伟的婚姻状况，他说自己已经离婚了……

夏始之狠拍了一下自己的大腿，决定拿下这个大单。她拿起手机，主动给冉伟发了一条微信：一周没有你的消息了，最近很忙吗？

冉伟老半天才回复了一个字：嗯。

夏始之能觉察到这一个"嗯"字背后的疏离，她赶紧回复道：万豪酒店的酒吧不错，我们以后再约会换个环境吧。

冉伟很快回复：择日不如撞日，那就今天晚上吧。

夏始之也没有迟疑：嗯。

夏始之随后便给文更生发信息，让他帮忙照顾小豪，因为她心里清楚，今天晚上该发生的事情肯定会发生。下午时分，夏始之开始梳洗打扮，她顺手打开电视机，想让屋里有一点人的声响。画眼线的时候，细心的夏始之发现自己的眼角略有些低垂，这是面部走向衰老的表现，她的心中掠过一丝恐慌。

电视机里传来一位歌手的演唱："是不是我们都不长大，你们就不会变老？是不是我们再撒撒娇，你们还能把我举高高……"夏始之抓起遥控器把电视机关掉。

看了一眼手机上的时间，夏始之觉得该出门了，因为小豪快放学了。如果让小豪看到自己拿一只手包出门，就没法谎称是出公差了，如果不是出公差又怎么解释在外面过夜呢。穿戴整齐后，夏始之推开防盗门，发现脸上敷着绷带和创可贴的文更生正站在楼道里抽烟。

夏始之吃了一惊，问文更生发生了什么事儿。

文更生把烟蒂扔在地上，讥讽道："拿着个手包出公差呀。"

夏始之有些恼羞："你来监视我？"

文更生一只脚踏在烟蒂上使劲踩了一下："切！我来等小豪放学。"

夏始之不再辩解，赶紧按开电梯，逃也似的钻进电梯间。

文更生今年四十四岁，一直未婚，前后相亲不下三十回，也谈过七八个女朋友，但是时间都不长。文更生总结过原因，他觉得看重外貌的女人也是没有耐心的女人，都等不到了解他的内涵就着急分手。自此，他便拒绝相亲，并且改变了对待女人的策略：他要跟女人先成为朋友，再在朋友的基础上发展爱情。他自觉跟夏始之从客户发展成了朋友，可是，从朋友到爱情的过程却迟迟不能展开。从第一次见到夏始之，文更生就心生好感，因为夏始之的眼睛和眼神都是他喜欢的那种类型。夏始之长了一双杏核眼，大多数男人都喜欢，没有什么特别之处。夏始之的眼神是散乱的，游移不定，竟是文更生喜欢的。文更生喜欢这样的眼神，也有自己的一番道理，他觉得高傲自信女人的眼神多是坚毅又笃定的，这样的眼神冰冷且拒人千里。而夏始之的眼神里散乱着一种让人心疼的怯意，能够激发男人保护女人的豪情和荷尔蒙。多半年以来，文更生的豪情和荷尔蒙始终澎湃着，可夏始之却视而不见。

电梯门打开，小豪背着书包走出来。看见满脸是伤的文更生，小豪露出一脸惊恐，他问道："文叔叔您跟人打架了吗?"

文更生摇摇头："文叔叔被人打了。"

小豪说："那还是打架了。"

文更生说："不对，打架是拳来脚去有来有往，被打是单方面的，抱着脑袋生生地挨揍。"

小豪问道："为什么要抱着脑袋挨揍?"

文更生说："男人这一辈子会打很多架，动手之前就要有预判，如果觉得这一架势在必输，那就抱着脑袋挨揍，免得激怒对手挨更多揍，你听懂了没有?"

小豪点点头，说懂了。

文更生拍拍小豪的脑袋："去，把书包放下，叔带你去吃爆肚撸串。"

小豪听说去吃爆肚撸串，很是开心："不等我妈?"

文更生说:"你妈出差了,你今晚到叔叔那里写作业、睡觉。"

小豪爽快地应道:"好嘞!我要拌上两份芝麻酱。"

文更生说:"两份芝麻酱。"

十三

夏始之终于夺得11月份的销售冠军,提成加上工资有十三万多。

一个月就赚了一年的薪水,这让夏始之信心大增,觉得自己半年前的选择是正确的。年底快到了,她决心再努一把力,争取让冉伟帮自己再拿下那个三百多万的大单。如果这个单子做成了,她将成就公司有史以来的最大订单。憧憬着未来的销售业绩,夏始之感觉好极了,整个身体像是要飘起来一样轻松愉悦。钱对于一个缺失爱的女人来说,才是实实在在的安全感。谁说幸福的感觉只能向内求,有了外在的钱,夏始之觉得自己的幸福感更强。她嘴里哼着一首与欢快心情不太相符的曲子,正在厨房里剥一块三文鱼的鱼皮,因为今天晚上冉伟要来家里做客。冉伟到家里做客的起因,得从昨天的邀约说起。昨天下午,夏始之给冉伟发微信,说一周没见面,有点想念了。

过了半天,临近傍晚时分,她才收到冉伟的回信:上级主管的巡视组进驻企业,最近不能外出消费。

夏始之回道:那明天晚上来我家吧,你还没有尝过我的厨艺呢。

之所以邀请冉伟来家里吃饭，夏始之是想把两个人的关系更进一步。这回冉伟来了自己家，下一回她便可以去冉伟家。据冉伟说，他有一个五岁的女儿，正好可以跟小豪做个伴儿。一个男孩加上一个女孩，是二婚再组家庭的理想搭配，不会像两个男孩那么争吵打闹，也不会像两个女孩那般暗中积怨。夏始之越想越开心，禁不住嘴里哼起了"桃叶那尖上尖，柳叶儿遮满了天，在其位的这个明啊公细听我来言呐，此事哎出在了京西蓝靛厂……"

夏始之打开冰箱门取出冰块，拿着冰锥凿冰块，准备给冉伟配威士忌。突然，门铃声响起，夏始之看一眼厨房里的报时钟，觉得兴许是冉伟想她了，所以提前来了。夏始之赶忙摘掉围裙，欢快地打开门，却发现站在门口的是文更生。

夏始之问道："你不是跟小豪出去吃爆肚了吗？"

文更生说："吃完回来了，小豪在楼下写作业呢。"

夏始之有些纳闷："那……你什么事儿？"

文更生往屋里看了一眼餐桌上的蜡烛，揶揄道："今晚来什么客人，搞得这么隆重？"

夏始之翘了一下嘴角："当然是我男朋友啦。"

文更生从牛仔裤的后屁兜里掏出一沓折叠过的A4打印纸，递给夏始之："你男朋友叫冉伟吧？结婚六年，有一个五岁的女儿，老婆现在怀孕七个月，岳父在某部委高就，冉伟攀龙附凤才有今天的位置。"

夏始之伸开打印纸，匆匆扫了几眼，怒气冲冲地说："谁让你背后调查人家了？你……真是太过分，太卑鄙了。"

文更生仍是神情自若，用他低沉磁性的声音说道："我哪里过分了？拿奸情当爱情的人才卑鄙！"

文更生点上一支香烟，把语气缓和下来，说道："我拿你当朋友，所以我希望你拥有阳光下的爱情。"

夏始之冷冷地说："我需要什么样的爱情与你无关。"

说完，夏始之用力关上防盗门。

文更生没有着急回家，抽着烟在街上转悠一圈，他给小豪买了两块烤红薯和一支冰糖葫芦，这才回到家中。小豪已经写完作业，正在看宫崎骏的动画片《悬崖上的金鱼姬》。文更生情绪有些低落，把烤红薯和冰糖葫芦放在餐桌上，使劲儿地咳嗽一声，算作示意小豪来吃，他便独自一人躺进沙发里闷闷地抽烟。

小豪业已懂事，他似乎觉察到文更生情绪有异，便按了暂停键，幽幽地说："我刚才上楼，看见那个男人了，我不喜欢他。"

文更生坐起身来："你喜欢不喜欢不重要，关键是你妈喜欢。"

小豪沉默了一会儿，问道："我爸爸一直在谈恋爱，我妈也恋爱了，文叔叔怎么不谈恋爱？"

文更生吐出一口浓浓的烟雾，学着赵忠祥的腔调说道："在求偶的季节里，那些善于鸣叫和展示自己的白头雀，总是会率先得到配偶。"

小豪被文更生逗乐了,他笑着问道:"文叔叔为什么不鸣叫?"

文更生说:"叔叔的声带受过伤,叫的声音不好听。"

这个时候,楼上传来一阵"吱嘎吱嘎"有节奏的声响。

小豪看了文更生一眼,问道:"这是什么声音?"

文更生撇着嘴:"鸟叫了。"

十四

　　眼看着到了年底,夏始之没再拿到任何单子。她先前只瞄着冉伟那个六七百万的大单,便没去拓展新的业务,年底是公司按业绩评功封赏的日子,夏始之的12月份却颗粒未收,她的心情也跌到谷底。心情跌到谷底,并不仅仅是因为没有拿到那个六七百万的大单,还有半个月以来,冉伟音信皆无,发微信不回,打电话关机。这种感觉让夏始之的心情很糟糕,她本来觉得自己再次找到恋爱的感觉,可冉伟此举哪里像是谈恋爱,分明就是始乱终弃。难道文更生说的都是真的?冉伟没有离婚,而且妻子怀孕已经七个月……选择不相信文更生,是因为文更生一直在追求自己,这一点,夏始之心知肚明。作为"情敌",文更生利用职业之便抹黑冉伟,是再正常不过的事。夏始之当时就是这么排解自己的困惑,因为她宁可信其无。

　　明天是圣诞节,徐中来刚刚把小豪接走,说是要一起过平安夜。望着窗外阴冷的灯光,夏始之心底泛起一丝惶惑的不安。

她觉得自己与冉伟先是高中同学关系，而后发展至恋爱关系，即便是冉伟不想往下谈了，至少也该跟自己打个招呼。这般无声无息地不理不睬，拿自己当什么了？突然，门铃声响起，夏始之的心脏一阵狂跳，因为她几乎没有朋友，按门铃的人没准儿就是冉伟。她趿拉着拖鞋，抢着小碎步划过客厅，打开房门的时候却失望至极，站在门口的又是文更生。文更生拎着两只装满食品的大塑料袋，把他本就松垮的上肢坠成两个溜肩膀，看上去没有丝毫男人的气度。

文更生往上提了提两只大塑料袋，对夏始之说："小豪不在家，我怕你一个人寂寞，来陪你过个平安夜。"

自打知道文更生的磁性嗓音是因伤所致，夏始之便觉得磁性消失了，非但不是磁性，简直像是沾着沙粒的鞋底踩在铁板上的声音，既刺耳又扰心。此刻的夏始之的确很寂寞，也很焦虑，但她期待天鹅的时候，飞来一只秃鹫，却是如何都不能接受的。

夏始之用倾尽全力的温和口气对文更生说："对不起，我想一个人清净一下，想理清楚一些问题。"

文更生很是尴尬，有些难以收场，他把两塑料袋子食品放在地上，又从口袋里面摸出一个玻璃球，塞进夏始之的手里："要是一个人想不清楚的话，就把这个玻璃球扔在地上，我就会上来陪你。"

说完，文更生主动关上防盗门。夏始之倚靠在门口的鞋柜上，长吁了一口气。文更生的频频示好，她早就感受到了，可双鱼座是无可救药的颜值控，她对文更生的外观如何都提不起兴趣。文更生跟小豪倒是相处融洽，俩人几乎快成了忘年交。文更生没有社会地位，可他手里至少有两套北京的房子，他算是北京土著加土豪。即便如此，夏始之还是从内心排斥这个五官松弛的男人。

夏始之刚要转身继续卧回沙发里，突然门铃再次响起，她皱起眉头对着防盗门说道："让我一个人清净清净好不好！"

门外传来一个陌生的男音："你是夏始之吗？"

夏始之愣了一下："我是。"

门外男音："我们是西城区检察院的，请你开开门，配合一下我们的工作。"

夏始之心中一惊，手里的玻璃珠子"吧嗒"一声跌落在地板上，弹了几下，滚进了鞋柜下面。

十五

夏始之被审查了九天才放出来。

在审查的过程中，她才逐渐明晰：冉伟出事了！因为所有问题都是围绕着她和冉伟的关系展开的。其实，夏始之被从家中带走的时候，她心里就已经估摸出来了。夏始之清楚自己从来不做违法的事情，即便是通过冉伟的关系销售保健品，自己从中扮演的角色顶多算是道德层面的事情，构不成违法。想到这里，她心里还算坦然，跟着检察院的人等电梯的时候，夏始之看见文更生穿着一身睡衣从安全楼道里出来。原来，文更生听见玻璃珠子落地的声音，不由得心中狂喜，连睡衣都顾不上换，便从安全楼梯爬上来。看到眼前的场景，文更生当即傻眼了，他拦住检察院的人询问什么事。

检察院的人着便装，便有人向文更生解释，说是西城区检察院的工作人员，还向他出示了工作证件。

文更生看了夏始之一眼，眼神中颇有些责怪的意味，但他对夏始之说道："认真配合调查，大大方方谈恋爱没有什么丢人的，小豪有我照顾，你就放心吧。"

对夏始之来说，这九天似乎有一年那么长。她把自己与冉伟的交往过程反反复复交代了好几遍，甚至讲过做爱的过程，但她始终咬定自己在跟冉伟谈恋爱，这也是那天晚上得到了文更生的暗示。在她即将被带进电梯间的时候，文更生叮嘱道："大大方方谈恋爱没有什么丢人的……"

而几天前，文更生还在讥讽她，说她"拿奸情当爱情"。接下来的状况印证了文更生的说法，夏始之虽然嘴上不承认，但心里知道文更生说得没错，自己就是在用爱情做麻醉剂，以掩盖自己为了钱上床的事实。文更生肯定是自费调查了冉伟，才会理直气壮地来找自己"问罪"。既然他如此笃定，不可能几天后就180度的大转弯，把奸情说成爱情。没错！文更生是在暗示自己，自己是在跟冉伟谈恋爱。这就对了，恋人之间相互帮忙无可厚非。在这煎熬的九天里，夏始之突然觉得文更生其实也没有那么讨厌了，如果此刻文更生出现在自己面前，她甚至会觉得亲切。

第七天和第八天的时候，已经没有人来找夏始之谈话了。第九天，一位工作人员走进来，对夏始之说："对你调查算是告一段落，你先回去，该干吗就干吗，关于调查内容，你要严格保密，不准对任何人泄露。"

夏始之问道："我犯法了吗？"

工作人员说："犯不犯法，法院说了算，你要做好退还赃款的心理准备。"

夏始之道："我光明正大地谈恋爱，我以团队最低价卖保健品给冉伟的企业，我赚的是公司的销售提成，凭什么说是赃款？"

工作人员严厉地说："你已经涉嫌权色交易，关于案件定性，还要看我们接下来的调查取证。"

夏始之回来的那天晚上，文更生在全聚德烤鸭店订了一个包房，说是要给她接风洗尘带压惊。等夏始之和文更生进包间的时候，明秀阿姨和她的混血孙子早已候在里面。明秀阿姨抢前两步，与夏始之抱在一起，两个女人开始抽泣抹眼泪。文更生嬉笑着把两个人劝说开来，四个人刚刚坐定，徐中来和小豪一步闯进来。这一回，是夏始之主动拥抱了儿子，小豪有点受宠若惊，眼泪在眼圈里打转，因为妈妈对她很少有亲昵的肢体接触。

徐中来也走到夏始之的跟前，他似乎不知道该做什么，也不知道该说什么，他用一只手扶住夏始之的胳膊，嗫嚅道："等小豪放了寒假，你来挑个地方去度假吧，我来安排。"

夏始之微微侧身，不经意地撇开徐中来的胳膊，冷冷地对徐中来说："我哪里都不能去，要留在北京等待调查。"

文更生急忙起身打圆场，他热情地拉着徐中来入座，徐中来有些尴尬，说他只是过来送儿子的。

文更生不容分说，就把徐中来按坐在椅子上，还在他的耳边悄声说道："她现在需要亲情的陪伴。"

徐中来小声回道："我们离婚了，情分早就疏远了。"

文更生说："那也比我近。"

徐中来眨巴着眼睛，回味文更生说的话，有点不明就里。

席间，众人没有询问夏始之接受调查的情形，大家尽量说一些开心的事，要么就逗两个男孩说笑。

明秀阿姨问夏始之，接下来有什么打算。

夏始之窘了瞬间，说道："我压根儿就不是做销售的料，所以，我也不想在原来的公司干了。"

明秀阿姨说："那就去福利院应聘副院长吧，你的各方面条件都合适。"

夏始之犹豫着："我现在还在接受调查……"

文更生接过话："根据我的经验判断，你如果有事，或者是要处置你，他们是不会现在放你出来的。"

文更生举起酒杯，跟徐中来干了一个满杯，一副深谙此道的样子，继续说道："既然放你走，就不能不对关了你九天有个说法，所以才会危言耸听让你有所忌惮。放心吧，人家不是暗示你了，该干吗就干吗，听明秀阿姨的，应聘副院长去。"

大家都把话往宽处说，夏始之的脸色这才舒展开来。

看着文更生和徐中来推杯换盏，明秀阿姨很是开心，她小声对夏始之说："最近没啥事，去一趟韩麻营吧，带上你的侦探男朋友。"

夏始之的脸上即刻恢复成冷色调："我为什么要去找我这辈子最恨的人。"

明秀阿姨说："就算是这辈子化解不开这份愤恨，你至少也得知道你恨的是谁吧。"

夏始之瞅着坐在对面的小豪，处在愣神的状态里，她没有说要去，也没有拒绝。她的神情像一只被忘了采摘的茄子，被霜冻摧残得皱皱巴巴，从皮色到茄子心正在缓缓变成黑色。

十六

寒假第二天，文更生开着车，载着夏始之和小豪驶出拥挤的北京城。黑色越野车飞驰在京承高速公路上，刚刚挣脱城市的拥塞，转而一头扎进无边无际的雾霾里。夏始之慵懒地闭上眼睛养神，车窗外的雾霾让她觉得呼吸不畅，干脆眼不见为净。

自从记事起，夏始之的内心就充满恐惧，感觉自己生活在丛林里，任何一个个头比自己大的动物都可以威胁到她。她没有可以倚靠的怀抱，每一位阿姨的温暖都是暂时的，只要把她放下，她便重新置身丛林，虽无性命之忧，可内心的恐惧一刻都不曾消失。年龄渐大以后，夏始之开始懂事了，从小积攒起来的恐惧变成了对亲生父母的怨恨，恐惧有多深，怨恨就有多重。带着这么多深重的怨恨，即便是找到亲生父母，又能怎样？

经不住明秀阿姨和文更生的絮叨，夏始之踏上了前往韩麻营的寻亲之路。早在动身前，她便在心里拟好了台词，见到亲生父母后，她一定要问问他们：你们当初为什么要抛弃我？你们这些年来过得心安吗？你们后悔过吗？

一阵猛烈的颠簸，惊得夏始之睁开眼睛，发现文更生已经把越野车驶离高速公路。文更生导航的目的地是韩麻营派出所，历经六个小时的车程，终于找到派出所。文更生跟一位当值的副所长说明来意，副所长很是热心，他叫来一位管户籍的民警帮忙查找 1983 年 2 月 16 日出生的女孩登记。而后，副所长又找来一位民警，让他查找丢失人口的登记。查询档案需要时间，副所长让文更生一行三人先出去吃饭。

韩麻营四面环山，人口不多，街道上却说不上冷清，因为有三条省道汇聚在小镇上，街道两侧有很多吃饭、修车加补胎的店铺。文更生挑选了一家门脸稍大的"四海大酒店"，点了一份烤羊排、一只叫花鸡、一份西芹百合，还要了一盆酸辣汤。店里客人不多，菜上得很快。夏始之没有什么胃口，小豪和文更生早就饥肠辘辘，烤羊排和叫花鸡不消多时，便被梳理成一堆骨头。

文更生打了一个满足的饱嗝，又给自己盛了一碗酸辣汤，这才腾出嘴巴对夏始之说："在这荒山野岭的地儿，家里没有男人是不成的，你出生那个年月，计划生育抓得紧，我估摸着你被遗弃十有八九跟这个事儿有关。"

夏始之用勺子搅动着碗里的酸辣汤，没有说话，也没有喝汤。

文更生接着又说道："到了现在这个岁数，你也没有必要跟自己的亲生父母怄气，他们也是迫不得已，那是当时的国情。"

三个人吃完饭，正待要离去，副所长拿着一沓资料走进来，一脸笑意冲着夏始之打招呼："找到了，找到了，南窝子村的，你叫韩春英。"

即便是对父母有再多怨恨，夏始之还是觉得有些期待，她问道："他们在哪儿？"

副所长坐下来，不紧不慢地说道："很不幸，你的父亲十五年前就因病去世了，母亲是前年去世的。"

夏始之的眼神里闪过一丝失望的神色，轻轻地吁了一口气，心里竟也生出几许难过。她在心里反复品味着突然间涌出来的难过情绪，到底是为亲生父母？还是为自己？被她怨恨的亲生父母已经不在了，而这份怨恨的情绪也就无处安放了。此前，那些早就拟好的质问和情绪，要发泄到何处才能使得自己心安呢？自己原来叫韩春英，从这一天开始，我还是夏始之吗？夏始之在心里问自己。

文更生看了一眼夏始之，对副所长说道："你们韩麻营人挺逗的，这算是哪门子找到人了？"

副所长仍是一副不急不躁的样子，他让文更生别着急，转头对夏始之说："你还有一个姐姐，叫韩春玲，嫁在本村，还住南窝子。"

十七

越野车在一条坑洼的土路上开了一个多小时，终于看到了南窝子村。坐在车里如同坐在船上，前后左右摇摆个不停。

小豪从未到过这种地方，心中不免惊喜，他问夏始之："妈妈，农村是这样啊？"

文更生接着小豪的话，对夏始之说："你差一点就在这里长大了。"

文更生随口说出来的一句话，正是夏始之所思。她望着车后面扬起来的滚滚黄土，脑补着自己在这方土地上一步步长大的画面。突然，一个急刹车，车里的三个人的身体都往前倾覆，夏始之和文更生幸好都绑着安全带，后座的小豪则撞到前椅靠背又弹回车座上，小脸上挂满惊慌。

文更生放下车窗玻璃，冲着倒在车前的一个五十多岁的男人大声吼道："我车里装了行车记录仪，别想跟我玩碰瓷。"

五十多岁的男人胡子拉碴，板着一张像是好久没有洗过的脸，从地上坐起身来，不紧不慢地对文更生说："啥行车记录仪，在俺们这儿啥都不好使，恁快掏钱给俺瞧病。"

文更生说："碰瓷你都不够敬业，距离我的车还有一米多远，你的伤在哪里？"

胡子脸倒也听话，坐在地上往车前挪了挪身子，说道："俺受了内伤，肋骨断了。"

文更生被胡子脸气乐了："人家都去大城市碰瓷，你怎么在家门口干这种勾当，就不怕乡里乡亲笑话？"

胡子脸说："笑贫不笑娼，俺们这里没人笑话赚钱养家的人。"

此处已经快到南窝子村村口，文更生和胡子脸一问一答之际，村里已经有不少闲人围拢过来。一个中年男人冲着胡子脸喊道："村里半个月没进外地车了，韩老三今日里好运气呀。"

另外一个年长一点的女人，冲着文更生说："撞了人就别赖了，多多少少赔俩钱得了。"

其他人也随声附和，帮着韩老三向文更生要钱。

文更生摇了摇头，叹了口气，他指着坐在副驾驶座上的夏始之，对村民大声喊道："车里面坐着的这个人，就是你们南窝子村的，你们这回是武松抢了林冲，自家人打劫自家人了。"

夏始之打开车门，她的脚一落地，黄土面子就淹没了她的皮鞋。夏始之皱了皱眉头，她走到韩老三跟前，瞅了他一眼，对围观的村民们说道："我叫韩春英，出生在这个村子里，我还有个姐姐叫韩春玲，你们认识吗？"

听完夏始之的话，围观的人群几乎同时发出一阵惊呼，先前那个帮腔的中年男人窃笑道："韩老三，你碰了你小姨子的瓷了。"

韩老三一骨碌从地上爬起来，对着夏始之看个仔细，说道："还真挺像……俺听婆娘说过，说她有个妹妹，你这是打哪儿来？"

年长的女人跟着打趣道："还是个有钱的小姨子，这车怎么也得值三四十万吧，直接送给姐夫得了。"

韩老三脸上也露出兴奋之色，他拉开车门，一屁股坐上副驾驶，冲着车外的夏始之和文更生喊道："妹子、连襟，咱们回家。"

村子中间的小胡同无法进车，韩老三让文更生把车停下，四个人下得车来继续往里走，进了一个很破败的院落。

韩老三指着四间老房子，对夏始之说："你姐姐在屋里呢。"

接着，韩老三冲着屋里喊道："春玲，春玲，你妹子来看你了。"

夏始之看了一眼四周，虽说都是农村的平房，但还算有模有样，唯独姐姐家显得败落。"吧嗒"一声屋门打开，一位面容憔悴的中年妇女走出来，她望着院子里站着的三个陌生人，又瞅瞅韩老三，一时间竟有些不知所措。

韩老三急忙上前，牵过中年妇女的手，把她拉到夏始之面前，对她说道："你以前不是提过你有个妹妹，被你娘送去北京了，你瞅瞅，你妹子回来看你了。"

中年妇女伸出一双粗糙的大手，握住夏始之的手，两眼直勾勾地盯着夏始之看了半晌，突然间，两行眼泪涌出眼眶，她嘴唇哆嗦着说道："真的是春英，真的是春英，眼睛、鼻子、嘴巴，跟咱娘一个模子……"

透过中年妇女憔悴的脸色和凌乱的短发，夏始之发现眼前这个女人的眉角眼梢，还有鼻子，真的跟自己有几分相像。按说，一个农村妇女有这样的长相，算是出类拔萃的，可是韩春玲的右眼角有一条斜过脸颊的伤疤，把一张俊脸生生给毁了。

韩春玲从炕上的柜子里摸索出一把卷得紧紧的纸币，抽出一张百元纸币，递给丈夫韩老三，让他去买猪肉和韭菜包饺子。

韩老三接过钱，瞅了一眼文更生："咱们连襟好不容易凑成块儿，得喝二两。"

文更生说得喝，便领着小豪跟着韩老三一起出门买酒去了。

屋里只剩下姐妹二人，夏始之竟然觉得自己无话可说，眼前这个女人的脸上除了那道丑陋的伤疤，还镶嵌着磨难镌刻过的皱纹，看上去浑像是一张五十岁的农村妇女的脸。

韩春玲似乎比夏始之放得开，她走近妹妹，伸出双手抓起夏始之的手，把头抵在夏始之的胸口，号啕着哭出声来。夏始之也不由自主地抱紧韩春玲，这是她平生第一次感受到来自血缘亲情的拥抱，眼泪也禁不住流下来。一对同胞姐妹相拥而泣。

十八

夏始之让文更生送她去韩麻营火车站，她说她要坐火车回北京。

文更生查了一下购票信息，说道："一天就一趟慢车，要坐八个多小时，还只能到昌平北站，那我和小豪去昌平等你吧。"

夏始之说："不用了，我从昌平坐公交车去福利院。"

在前往韩麻营车站的路上，文更生没话找话问道："你觉得你姐姐和姐夫人怎么样？"

夏始之望着车窗外的天空，说道："我们倾其一生都不一定能够认清自己，那些仅有一面之缘的评价，又有什么意义呢？"

文更生听着这句没头没脑没逻辑的话，只是笑了笑，没有作声。

这是夏始之第一次乘坐绿皮火车，穿行在灰黑色的山峦里，满眼都是北方冬季的萧瑟。人生就像是一趟单程的旅行，夏始之错过褪褓里的母爱，也错过父亲的暴戾，她究竟是该喜该悲？逃离了南窝子村淹没脚脖子的黄土，在中国最好的都市里长大，拥有了令亿万人垂涎的北京户口……如果人生重新来过，可以用这些现实的条件来置换遥远山村里的母爱，自己难道真的会毫不犹豫地选择母爱吗？

车过梁底下站后，夏始之从背包里掏出一个皱皱巴巴的牛皮纸信封，里面装着一堆硬纸板火车票。这是母亲去世后，姐姐韩春玲从母亲的箱子底翻出来的，用姐姐的话说："我还以为是妈攒下的钱，结果就是一堆去北京的火车票。"

夏始之把信封里的火车票倒出来，数了数总共四十五张，二十二张韩麻营到昌平北的车票，二十三张昌平北到韩麻营的。夏始之按照时间顺序排列了一下，除了第一张火车票是1983年

5月5日，其他车票都是每年2月16日韩麻营到昌平北，2月17日昌平北到韩麻营，而2月16日正是自己的生日。原来，母亲每年都会在自己生日这一天，坐着绿皮火车辗转到北京，这样的奔波一直持续到自己大学毕业。从出生到大学毕业，在自己生日这一天，都有母亲的眼光相伴，她是躲在哪里看着自己？妈妈确定会在生日那天看见我吗？大三那年的生日，我便不在学校里，是在医院里度过的，因为感冒转成肺炎，妈妈知道吗？

夏始之清晰记得大三那次住院，身边没有一个人陪伴，半夜被查房的护士扰醒后，她发现床头柜上有一碗冲泡的盖面，里面还有两只茶叶蛋，而且还有温度……这一刻，夏始之再也无法自控，她趴在硬纸板车票上哭到哽咽。她几次想止住哭泣，可三十六年来的怨恨统统化作眼泪，止不住地涌出眼眶。

昨天晚上，夏始之跟姐姐睡在一个被窝里，她问过姐姐："把我扔掉，她们是不是想要个儿子？"

韩春玲叹了一口气："咱妈生了你，坐完月子就被拖去结扎了，就算是把你扔了，也生不了儿子。"

夏始之问道："那为什么还要遗弃我？"

韩春玲说："长大后，我也问过妈，她说是想给你找条活路。"

夏始之冷冷地说道："你不是也活得好好的。"

韩春玲突然坐起身来，撩起自己的短发，露出右脸颊的伤疤，对夏始之说："我身上大概有十几处伤疤，都是咱爸打的，我后背上的伤疤是一岁半时留下的，是咱爸用火钩子烧的……他脾气不好，喝上酒，连我带咱妈一起打。我比你大三岁，可我记不得你出生的事，只记着从小挨打的事儿。"

夏始之沉默了好久，又问道："咱……妈怎么知道把我放在福利院门口？"

韩春玲说："咱妈年轻的时候去北京的福利院帮过工，她说福利院吃得好，还能给孩子上北京户口，是个得福报的好地方。"

韩春玲拉着夏始之的手，接着说："别怨咱妈，她心里头一直挂记着你，临走前那几天还跟我念叨过你，说你读完大学就能过上好日子了，我才知道她每年都去北京看你，来回车票要花不少钱，每回回来咱爸都会打一顿咱妈，连我一块儿打。我背后偷偷问过咱妈，为啥不把你认回来？她说她愧对你，知道你的日子好过就得了，她的心就安了……"

火车进昌平北站时，已经临近傍晚。出了车站，夏始之一路打听去了汽车站，乘上开往德胜门的公交车。一路上，夏始之都在体味母亲当年的心境：三十多年前，火车应该更慢，昌平到德胜门的路应该更难走，母亲要赶整整一天的路程才能到北京。她应该不会去住旅馆，因为她没有那么多钱，也没有留下住宿的发票凭证，母亲会在哪里熬过这冰冷的一夜呢？那些在寒冷冬夜蜷缩在街头巷尾的可怜人啊，那里面竟然有生我的母亲，可我对那些孤苦无依的身影从来都不肯多看一眼……

半年过后，夏始之应聘进福利院，并当上了副院长。

周末的时候，夏始之经常带着文更生和小豪去看望明秀阿姨，有时候还会在明秀阿姨家吃饭。吃完饭，四个人还会坐在一起喝茶聊天，邻居们都把夏始之当成明秀阿姨的女儿。

最近一个周末，文更生接手一个调查案件，正忙着帮人家调查取证，没有跟随夏始之去看明秀阿姨。夏始之和小豪在明秀阿姨家吃晚饭的时候，接到福利院的电话，说是有一个刚入院女婴发烧不止。

夏始之放下碗筷，说是要去福利院看看才放心。

夏始之牵着小豪的手往外走，出门口的时候，她回过头来对明秀阿姨说道："中秋节放假，我和小豪再来看您，……妈。"

明秀阿姨听见夏始之管自己叫妈，嘴唇哆嗦了一下，眼里噙满泪水。

2019年6月15日星期六

初稿于广州番禺

以爱之名

一

所有同学都不曾想到，逢博和方竖会结婚，就像项羽和刘邦桃园结义般地让人惊诧。大学四年，逢博和方竖是以死磕状态走过的，两个人针尖对麦芒，谁都不肯承让半分。

11月8日，是方竖的生日，也是逢博和方竖结婚的日子。婚宴只有三桌客人，一桌坐着逢博的父母和至亲，另外两桌是逢博的篮球队和方竖的啦啦队。

大学四年，逢博是篮球队队长，方竖是啦啦队队长。逢博长得很帅，帅到啦啦队的女同学都想做他女朋友。方竖长得很漂亮，漂亮到篮球队的男同学都想做她男朋友。四年时间，篮球队和啦啦队超过半数人谈过恋爱，唯独逢博和方竖保持着相见相杀的有效距离，双方不仅不近雷池半步，还经常隔着雷池相互指责。方竖指责逢博，说他每次暂停上场的时候不应该横穿啦啦队的舞蹈阵型，这是傲慢到无礼无素质无教养无节操的地步。

逢博指责方竖，说她不应该把啦啦操编排得那么长，一分钟的暂停时间被DJ音响搞得听不清教练的战术安排，这样的行为是喧宾夺主本末倒置鸠占鹊巢。

那个时候，逢博是全校女生崇拜的偶像，每逢有篮球队的比赛，体育馆里挤满了不看比赛只看人的女生，只要逢博得分，女生的尖叫声就能掀开屋顶。逢博很喜欢这样的气氛，上场时也更加卖力，运着球左突右冲横冲直撞，直到杀入重围篮下得分，直到体育馆里传来女生爆棚的尖叫声。比赛结束后，体育馆走廊里站着几位大胆的女生，手里握着各色运动饮品，期待着逢博从身边走过。逢博走过时，几乎不怎么正眼看女生，一副睥睨天下的样子，留下一走廊瑟瑟心酸的女生。

体育馆里也有一半不看球只看人的男生，他们是冲着方竖来的，啦啦队队长不仅有一张阳光灿烂的脸，灿烂的脸上还有两个左深右浅的酒窝，不管笑与不笑，两个酒窝都会撑起整张脸的生动。方竖还有一双全校最美的长腿，每当比赛暂停，方竖领着她的啦啦队旋即登场，跟随音乐节拍律动起来的青春肢体，能够点燃体育馆里充斥着荷尔蒙的空气，瞬间抵达高潮。只要有方竖的过顶直踢腿，男生们就会夸张地瞪大眼睛，貌似窥见了最青春的隐秘，而后疯狂地吹起呼哨，把女生们掀开的屋顶再次震飞。

为此，体育馆里经常上演男生与女生的纠纷，比赛稍不称心，男生们就一起狂喊："暂停！暂停！"教练真的暂停后，女生们便尖叫着："开赛！开赛！"

在学校里，每逢方竖生日的清晨，同寝室的女生开门准会吓一跳，门口会堆满生日礼物，全都是男同学献上的殷勤。据隔壁寝室的女生说，这不是全部的生日礼物，还有一些不讲究的男同学，来送自己礼物的时候，顺手会把前面的礼物带走了一部分。生日礼物让人总会有好心情，方竖和寝室姐妹们一起动手拆礼物，有玩具有零食有首饰有手机还有手写情书。偶尔还会出现带着一丝威胁意味的安全套，很像是给仇人寄去的一颗子弹，这种男同学基本上是对无力也无心参与竞争的宣泄，当然也不敢具名。每一次兴高采烈拆完礼物，方竖的眼睛里都会有一丝难以觉察的落寞，浑不似一位收到一堆生日礼物的校花，倒像是一个被众人冷落的丑小鸭。对此，同寝室的女同学很是不解，都说方竖被追她的男生宠坏了，纯属为赋新词强说愁的矫情。方竖不是矫情，她不需要这么多礼物。

逢博和方竖，就是这样一对骄傲的璧人，谁都不肯向对方低下高傲的头。

光阴流逝，四年大学时光倏忽而过，篮球队和啦啦队的鸳鸯们洒泪相别，各奔前程。逢博是最后一个离开寝室的，因为不想回晋南老家，他在北京一家律师事务所找到一份临时工作。望着散落着废旧书刊和空鞋盒子的狼藉寝室，逢博突然悲从中来，觉得自己蹉跎了人生四年最好的光阴，忍不住流下两行热泪。下午，逢博已经辗转打听到了，方竖乘坐当天晚上的夜航班机回厦门。逢博颓废地坐在床板的棉垫子上，从口袋里掏出手机，从通讯录里找到方竖，他想给她发个短信，问问她愿不愿意留下来。逢博把编好的短信删除，因为觉得措辞不妥，显得自己过于卑躬屈膝。于是，一条短信编好删除，删除再编，折腾足足一个小时，居然还没有发出这条短信。

就在这时，寝室的门突然被推开，方竖就像一尊精美的蜡像，背光立在昏暗的走廊，散发着幽蓝惨白的光。一时间，两个人谁都没有吱声，怔怔地对视并对峙着。那一刻，两个年轻人全然忘记了时间，直到很多年之后回忆起这一刻时，逢博说是五分钟，方竖则说是十分钟。

最后，还是方竖先开了口，她僵硬地质问道："你凭什么不对我表白！"

闻听方竖的质问，逢博在那一刻顿时释然，他觉得自己这四年的光阴没有白费。不仅没有辜负四年的光阴，最后还使得全校最骄傲的女生向自己先表白。逢博瞬间恢复往昔的自信和潇洒，他走上前去，几乎是脸对着脸，鼻尖碰到了鼻尖，对方竖说道："表白过程太麻烦，我想直接睡你。"

说完，逢博把方竖拽进来，反手关上寝室的房门，两条矜持了四年的舌头交织在一起。

二

方竖大学毕业前夕，老家厦门市的中级人民法院便同意接收她，能够一毕业就做公务员，她让同学们羡慕加嫉妒。如果没有那次离校前夕的盘桓，如果没有在盘桓的时候鬼使神差地去了男生宿舍，如果没有在男生宿舍里遇见逄博，她此刻应该已经穿上了法官制服。一次戏剧化的邂逅，接一个更戏剧化的反转，最终迎来一个落入俗套的婚礼。

方竖的家人没有前来北京参加婚礼。

身为独生子女，方竖放弃父亲为她安排好的法官工作，而且要跟一个山西男人结婚，这让父母亲很难接受。在环保局当局长的父亲差点为此抓狂，他早就在心里谋划好了一桩政治婚姻，要把女儿嫁给市委书记的儿子。书记的儿子年过三十尚未婚配，除了个子矮一点，五官还算周正，而且已经是经管局的副处级干部。大三暑假的时候，方竖的父亲颇费一番心思组了一个饭局，让书记的儿子与方竖见上了面。书记的儿子非常中意方竖，席间不停地为方竖布菜倒茶，显得非常绅士。在接下来的中秋节晚上，书记的儿子单独上门，陪着方竖的父母过节，虽然方竖已经开学回到北京。在厦门当地，能去对方家里过年或者过中秋节，相当于认可这门亲事。书记儿子不仅主动上门过中秋节，还带来福建最珍贵的大红袍茶，只有一泡茶的量。方竖的父母心里清楚，这个量份肯定是那三棵老茶树上的叶子，去年一克茶拍卖到了八万块钱。当年，尼克松访华时受赠四两茶，时任总理周恩来戏称送出了中国的半壁江山。

在方竖父亲的眼里，这是一桩板上钉钉的婚事。这桩婚事一旦成了，自己的政治生涯肯定还会再上一个台阶，因为市委书记兼省委常委，省委组织部已经露出消息，市委书记年底将去北京上任。女儿毕业在即，方竖爸爸筹划着年底就给两个人完婚，因为爱情和政治都是有年限的，过了时效，分文不值。书记儿子甚至已经跟准岳父准岳母规划婚礼规模了，方竖却打来电话，先是说她不回厦门工作了，接着又说自己准备在北京嫁人了。

在电话里，方竖爸爸对女儿声嘶力竭地下了最后通牒：你跟这个山西男人结婚，这辈子也别想再进方家的门！

方竖也不示弱，她用比父亲还高的一个音阶吼道："我已经是逢家的人，不进方家的门又怎样？"

方竖的母亲是客家人，习惯了唯丈夫的马首是瞻，只是背地里偷偷给方竖的账户上汇了五万块钱，算作是给女儿的陪嫁。

结婚前夕，逢博做通了方竖的工作，并由逢博亲自致电岳父岳母，邀请二老前往北京参加婚礼。方竖爸爸严词拒绝，再次申明自己没有方竖这个女儿。方竖妈妈倒是个软心肠子，跟逢博寒暄几句，推说自己身体有病，无法去北京参加婚礼。最后，方竖妈妈跑到厨房里，小声地为女儿女婿送上祝福，希望两个人不争不吵白头偕老。

饶是如此，举办婚礼的前一天晚上，方竖还是大哭一场。她也拎不清自己为什么哭，反正就是觉得委屈。女人不裹脚都有一百多年了，父母亲居然还要包办女儿的婚姻。父亲为了自己的政治前途，压根儿就不考虑女儿的感受，这里面让她没有感受到丝毫父女亲情。父母亲如此薄情，女儿接下来的任何选择都不为过。远离不爱自己的父母，守在爱自己的男人身边，于情于理都是最好的选择。念至此，一向决绝的方竖擦干眼泪，开始试穿婚纱。

三

逢博没有辜负方竖奋不顾身的爱情，婚后三年来，他一直像个大哥哥一样呵护着妻子。

结婚前夕，逢博在潘家园附近的一个普通社区里，租了一套一居室，两个人从各自的地下室和合租房里搬到一起住。新婚燕尔，两个年轻人除了上班和睡觉，把剩余的精力统统用来做爱，几乎是夜夜春欢不停歇。方竖的皮肤很白，每遇高潮时，她的脸色就会由白渐变成酱红色。这个色变的过程，发生在一张因兴奋而变得似哭非哭似笑非笑的俏脸上，让逢博十分激动，也很享受。做完爱，二人也不舍得分开，逢博会从后面抱着方竖入睡。方竖肩胛骨上的一小块暗红色胎记，差不多有一块钱硬币大小，形状很像一只靴子，逢博喜欢亲吻这块胎记，还用薄纸拓下来给她看。方竖捧着拓片，说这不就是意大利地图吗？

逢博说，这个没准儿是意大利黑手党给你烙的标记。

方竖说，等你以后有钱了，带我去意大利寻找组织吧。

逢博刚刚说出口一个"好"字，便打起了鼾。

年轻人体力恢复快，很多时候，逢博会在早晨眼睛尚未睁开的时候，再次进入方竖的身体。方竖也懒得睁眼，她会在半睡的状态下迎来逢博的骚动，等她睁开眼睛的那一刻，也会在丈夫的肩膀上留下一排整齐的牙印。实用面积不足三十平方米的小屋里，溢满体液和精液的味道，两个人似乎是要把大学四年里没有做过的爱全都补上。

可是好景不长，销魂国里的日子过了不到半年，就发生了一桩意外。

一个周六晚上，大学啦啦队两个闺密来找方竖玩，逢博请三个人吃西北菜，四个人刚刚干掉一条烤羊腿，方竖突然沉默下来，紧接着面色苍白、汗如雨下。坐在身旁的逢博首先觉察到异样，待他要给方竖擦汗的时候，她已经惨叫着翻滚到餐桌下面。餐厅里顿时乱了套，逢博抱着方竖的头坐在地上，一时间，他头上冒出的汗水比方竖还多。旁边一位就餐的老者，看到这幅情景便蹲下身来，他伸手在方竖的腹部用力按了两下，痛得方竖哭出了眼泪。

老者安慰道："应该是阑尾炎，赶紧送医院吧。"

两个闺密拨打了120急救电话，静待救护车到来。躺在地上的方竖却是痛苦不堪，她抓住逢博为她擦拭额头的左手，塞进自己的嘴巴，死死地咬住小拇指。逢博疼得龇牙咧嘴，却丝毫没有要把手抽出来的意思。

一旁的老者递过来一双筷子，对逢博说："让她咬着筷子吧。"

逢博犹豫一下，摇摇头对老者说："会把牙硌坏的。"

方竖的两个闺密在一旁闻听此言，大为感动。

不一会儿，救护车开来，医护人员做了简单的询问后，把方竖抬上担架，连同逢博一起上了救护车，因为方竖始终不肯松开嘴巴。看见方竖两个脸颊紧绷着，逢博在她的耳边说着悄悄话安慰，还用另一只手帮她按摩两颊的咀嚼肌。就这样，一直到方竖被推进医院的手术室，一直等到麻醉师给她做完全身麻醉，她才松了嘴。逢博去水龙头洗去小拇指上的血迹，赶忙又跑去交手术费，等他在手术室门口坐下时，发现小拇指已经肿得比大拇指还粗。

一个半小时后，方竖做完手术被推进病房，脸色稍稍有了红晕。逢博托付两个女同学帮忙照看方竖，他这才去医院骨科拍了片子、打上石膏，小拇指居然被方竖生生咬断了。

阑尾切除手术后，方竖在家休息了一个礼拜。逢博也请了一周的假，天天买菜做饭，精心伺候康复中的爱妻。看着丈夫打着石膏的左手，方竖满心都是愧疚，她嗔怪丈夫把自己宠坏了。

逢博坏笑着说："我就是要把你宠坏，让别的男人对你望而却步。"

方竖望着逢博的眼睛，像是对逢博，又像是对自己，说道："此生此世，别的男人于我再也不相干了。"

因为左手打了石膏，逢博做家务的时候不方便，他又跑了一趟医院，让医生帮他拆了石膏，只给小手指上了一个固定的指套。医生对逢博说，这么快拆掉石膏，很容易造成手指畸形。

逢博对医生说："我长得这么帅，谁会在意我的小拇指是不是畸形。"

夜晚闲暇时，逢博问方竖要不要读书，方竖点点头，让逢博给她找沈从文的《边城》。逢博把书递给方竖，又把书抽回来，说看字费眼神，他要读给方竖听。方竖便让逢博躺到床上，她要躺在逢博的怀里，听他读书。

逢博的声音很好听，男中音底气十足：

由四川过湖南去，靠东有一条官路。这官路将近湘西边境到了一个地方名为"茶峒"的小山城时，有一小溪，溪边有座白色小塔，塔下住了一户单独的人家。这人家只一个老人，一个女孩子，一只黄狗……

四

如果说大学时代的光阴是躁动和颓废，那么，在两个人的世界里，时光似乎慢了下来，可以让你细细品味风霜雨雪四季更替。逢博与方竖像一对形影不离的蝴蝶，翩跹着舞过他们婚姻的第一个春夏秋冬。两个人四季如一日地拥抱、亲吻、做爱，他们偶尔也会为一点琐事争吵，但是接下来很快就由一场床戏化解于无形。用逢博的话说，没有一炮房事解决不了的夫妻矛盾，如果有，那就是老婆还想要。

方竖供职于一家美国的投资顾问公司，偶有出差，她也是三天并作两天，尽量减少在外面停留的时间。每逢公司加班，她的心里也像是长了草，恨不得长出三只手来敲击键盘，巴不得开了天眼来浏览业务资料。因为她知道，在庞大帝都有一间温暖的居室里，逢博已经为她煲好猪肚汤，正在热切地盼着她进门。

大学四年，方竖只看见逢博的骄傲和盛气凌人，谁承想这个高大的男生竟然如此暖人又暖心。她时常感觉庆幸，庆幸自己没有回到厦门做一个法官，庆幸自己没有回到厦门做市委书记的儿媳妇，庆幸自己临离校那天傍晚神游到男生宿舍……

逢博也经常感慨，说是两个人蹉跎了四年大学光阴。方竖却不这么认为，她觉得一切都刚刚好，积蓄四年的能量，就是为了陪伴一辈子的绵长。

自从那一晚夜读之后，方竖就迷恋上了逢博读书的声音。那种略带晋南大舌头口音的普通话，再配上男中音的浑厚，很像是一个在沙漠里即将干枯的旅人，正在"咕咚咕咚"大口吞咽着清冽的甘泉。方竖依偎在逢博的胸口，似迷蒙似陶醉地听书时，会时不时咽下几口唾沫。让她觉得这清冽的甘泉漫进自己心田的每一条缝隙，让她可以在这种音律的浸润中，滋长出灵魂的常青藤，把她和逢博牢牢地捆缠在一起，生生世世都不会分离。逢博为她读完了《边城》，又读福克纳的《喧哗与骚动》，接着还读了格拉斯的《铁皮鼓》，方竖觉得都不如读《边城》的感觉好。

于是，方竖让逢博再读一遍《边城》：

翠翠在风日里长养着，故把皮肤变得黑黑的，触目为青山绿水，一对眸子清明如水晶，自然既长养她且教育她。为人天真活泼，处处俨然如一只小兽物。人又那么乖，如山头黄麂一样，从不想到残忍事情，从不发愁，从不动气。平时在渡船上遇陌生人对她有所注意时，便把光光的眼睛瞅着那陌生人，作成随时皆可举步逃入深山的神气，但明白了面前的人无机心后，就又从从容容的在水边玩耍了……

陶醉在男中音里的方竖，这个时候会躺着把脸侧卧在逢博的胸口，因为是侧卧着，丰满圆润的嘴唇会被自己的脸挤成竖条状，常常会在睡着之后，给丈夫在胸口上流一摊口水。还清醒的时候，方竖会把玩逢博的左手，抚弄着他那个留着自己牙印的小拇指。

读书的间隙，逢博也会轻抚她的齐耳短发，用类似于读《边城》的语调发一声感慨："我的人生因为你变得更加美好。"

这个时候，方竖会把头深埋进逢博的腋下，不是因为害羞，而是不好意思让对方看见自己湿润到模糊的眼睛，喃喃地说："我也一样。"

逢博的优越感是打小养成的，他出身晋南一个富裕的中产家庭，父亲是地方教育局的科级干部，母亲在一家棉纺厂当工会副主席。逢博还有一个哥哥，哥哥因为学习成绩不好，早早辍学做了生意，开了一家不温不火的煤炭公司。能够考上北京的大学，逢博在晋南那个小地方也算是出类拔萃的人才。

租房子和结婚的钱，都是逢博问他哥哥借的。逢博的哥哥凭借着打打杀杀不要命的野劲儿，一分钱没花就入股了老家一座小煤矿，经济上要比弟弟宽裕。逢博很是知足，因为大多数漂在北京的同学们此刻还住在地下室，条件稍好点的，也是几个人合租一套房子。

在结婚后的三年里，逢博做了三件大事：第一件大事是他考取了律师执业资格证，成为一名真正的刑案律师。第二件大事，是他成为一家律师事务所的合伙人。第三件大事，则是他用哥哥援助的首付资金，在南三环买下一套三居室的商品房。

两个漂在北京的年轻人，终于在帝都扎下了根儿。

五

婚后第五个年头的时候，逢博的母亲到北京开会，临回晋南的前天晚上跟儿子和儿媳吃了顿饭。

席间闲聊，妈妈问道："你们俩结婚五年了，怎么还不要孩子呢？"

没想到婆婆突然间问这个问题，方竖有些羞涩，也有些支吾。

逢博赶忙把妈妈的话接过来，说道："我们现在还年轻，想再打拼两年，为孩子创造更好的物质环境，所以决定过三十岁以后再要孩子。"

逢博的妈妈略微皱了皱眉，说了一句意味深长的话："成家立业生孩子，每个人都是这样一步步走过来的，年轻人不能光顾着贪玩儿。"

妈妈的话算是敲打到了点上，逢博和方竖在生不生孩子的事情上，早就达成过共识：还没有过够二人世界。

卿卿我我的少年夫妻，既没有孩子的牵绊，又没有家庭养老负担，两个人都有一份收入不菲的职业，花儿一样的时光就像流水一样悄然而逝。

逢博把《边城》已经读到了第七遍：

> 翠翠见祖父神气极不对，就蹲到他身前去。
>
> "爷爷，你怎么的？"
>
> "天保当真死了！二老生了我们的气，以为他家中出这件事情，是我们分派的！"
>
> 有人在溪边大喊渡船过渡，祖父匆匆出去了。翠翠坐在那屋角隅稻草上，心中极乱，等等还不见祖父回来，就哭起来了。

读到此处，逢博停了下来。

方竖似乎还没有听够，可逢博有些倦怠了："咱们睡觉吧，我明天一早还有个会。"

方竖有些不开心，她甩开逢博的左手，恼怒地质问道："每天只读一点点，就说累，根本就是在敷衍我，你是不是在外面有人了？"

逢博本来有些倦意，此刻却被方竖一副如临大敌的神情惹笑了，笑得他从床上滚到床下。

方竖从床上一个纵跃，跳到地上，她骑在逢博的身上，大声地喊道："我是认真的，我真的生气了，你快说，你是不是在外面有人了？"

不知道是生气还是着急，方竖喊着喊着就流出了眼泪。逢博这才强忍住笑，把方竖抱上床，他一把扯住方竖的内裤，却被对方死死攥住，不肯就范。逢博还想像以往那样，粗暴、简单、直接地解决夫妻间的小摩擦，这一回，却被妻子拒绝了。

大概是察觉到方竖动了真气，逢博只好把扯内裤的手环绕到妻子的肩膀，把她使劲儿地箍到怀里，然后温柔地在她耳边说："有妻如此，夫复何求，我发誓，这一辈子，我只有方竖一个女人。"

又过了两年，生活一如既往地温馨与平静。

在公司的一次招待酒会上，方竖结识了一位国企副总，副总姓潘，叫潘广和。潘广和四十多岁，长了一副与他的大脸盘子相匹配的身高，相貌说不上好看，但也不难看。潘广和的眼神总是充满精光，像一个打通了任督二脉的内功高手。由他锃亮的眼神和宽阔的大脸盘组成的气场，使得他在这个年纪便得到赏识，并成为重点培养的对象。潘广和会看手相，对星座也了解颇多，还能结合星座、属相和血型，进行综合概括。一场酒会下来，潘广和把方竖从上到下、从里到外、从肉体到灵魂，剖析得像是要剥光她似的。

潘广和攥着方竖纤细的小手，试探地评鉴："在你矜持冷傲的外表下，有一颗热情似火的心，对这个世界上所有让你感动的东西，都充满深深的好奇。你想去伸手触碰，可是你的矜持和骄傲又让你却步不前。所以，你人生有一半时间都在纠结，纠结自己该往前还是往后，斟酌自己该偏左还是偏右……"

像每一个初逢大师的女人一样，方竖的视网膜上折射出潘广和眼睛里才有的精光，只剩下嘴巴张了又合，合了又张。

此后不久，赶上方竖所在的外企裁员，业务和业绩平平的方竖理所当然地被裁掉。从不把工作放在第一位的她，觉得无所谓，工作只是一种谋生的手段。方竖待在家里闲了一个多月，便进了潘广和所在的国企，而且作为战略顾问人才被高薪聘任。

逄博说方竖的运气不错，每一份工作都是高薪的体面活。

方竖反驳说，运气只会光顾体面又有才华的人。

与方竖相比，逄博倒是很有事业心，两年来，他的律师事务所从籍籍无名，做成了小有影响力。逄博把大部分精力都投入到了工作中，不免有些疏忽妻子。尤其是在妻子被裁员那一个月，方竖开始学烹饪，每顿晚餐至少做四个菜。每天晚上都要加班的逄博，要么不回家吃饭，要么对着饭菜食不甘味，导致方竖对烹饪很快失去兴趣。

有一天，方竖问逄博："人家都说夫妻间会有七年之痒，我们会有吗？"

逄博正在埋头看一摞厚厚的卷宗，这是一个富二代的儿子强奸另一个富二代女儿的刑事案件，此案件社会影响面极广，备受各方关注。逢博是施暴男方的辩护律师，自打一个月前接手这个案子以来，感觉压力重重，他必须全力以赴地贯注自己的所有精力。律师事务所为这个案子，连续开了好几次会议，几个合伙人最终达成共识，这个案子做好了，可以让律师事务所再上一个新台阶。如果做砸了，势必会影响正在初步接触的几个大案件的委托。因此，逢博一个月以来经常加班加点走访取证，还要翻阅堆积如山的案件卷宗，从精神到精力都无法像从前那样放在家庭和妻子身上。

直到方竖问他第二遍的时候，逢博才抬起头，朝着妻子茫然地点点头，表示自己持相同的观点。方竖把自己正在擦拭的一只花瓶，使劲儿地拍在书桌上。花瓶在逢博的眼前碎成三截，把他吓得打一个激灵，赶紧问方竖有没有伤到手。

方竖把擦花瓶的毛巾扔到逢博的脸上，怒气冲冲地喊道："你居然认为我们会发生七年之痒?!"

逢博依旧一脸茫然："什么七年之痒?"

方竖闻听，更加来气："好哇，你压根儿就没有听我讲话，你是不是在心里正想着别人?"

逢博略有些不耐烦，他继续翻看手上的案卷，头也不抬地说道："我最近工作忙，没工夫跟你扯淡。"

逢博这句话，彻底激怒了妻子。方竖手一挥，把书桌上的卷宗全都扒拉到地上，并夺过逢博手中的案卷撕个粉碎。方竖一边撕扯案卷，一边冲着逢博咆哮。逢博双手抱着头，揪住自己的头发的手在不停地颤抖。过了许久，方竖的咆哮渐渐走弱。

逢博掏出手机，拨通电话："可心，你赶紧帮我再复印一份女受害人7月13日在派出所做的询问笔录，嗯嗯……好的，放在我的办公桌上，我二十分钟后到。"

逢博挂掉电话，开始收拾散落在地上的案卷资料，装进一只大文件箱里，准备出门。方竖坐在沙发上抹眼泪，看着即将出门的逢博，眼神里掠过一丝愧色。她张了张嘴，但是没有出声，她惯有的骄傲不允许张嘴挽留，任由丈夫拎着文件箱跨出门口。

六

为了减轻逢博的压力，事务所给他配了一名助手，是一名海归的法学女硕士，名字叫许可心。许可心身材匀称，长相非常端正，五官单独挑出哪一样都不算是精品，但是合在一起却属治愈系极品。许可心的情商也很高，不管做人还是做事都很周到，刚刚进律师事务所半年，她便赢得全所上上下下一致的好口碑。

许可心为逢博整理出一个完整的辩护方案，逢博看完方案后拍案叫绝，他觉得这是自己从业以来，见到的最清晰、最强有力的辩护思路。根据这份辩护思路，逢博又重新规划查阅辩护所需的资料，这个过程至少需要十天的时间。伏案工作很是辛苦，逢博夜以继日地消化着案情卷宗，有时候会连续工作二十四小时，才能合上眼小睡一会儿。为了便于工作，也为了不跟方竖发生正面冲突，逄博在办公室附近的威斯汀酒店开了一间套房，已经住了半个月。辛苦归辛苦，逄博内心还是充盈着兴奋，因为按照许可心的辩护思路走下去，为当事人脱罪辩护的成功率极高。这场官司一旦胜诉，不仅事务所的业务可以上一个新台阶，他个人在业内的威望也将是一个质的突破和飞跃。

每天早晨，许可心都会给逄博送咖啡。她问酒店前台多领了一张房间门卡，不管逄博起没起床，她都会把一杯热咖啡和一份煎蛋蔬菜卷，放到外套间的书桌上。这天早晨，许可心一开门，便闻到一股呛鼻子的烟味儿，看到逄博坐在烟雾缭绕的书桌后抽烟，显然是又熬了一个通宵。

许可心皱起眉头问道："怎么开始抽烟了？"

许可心讲话的语气拿捏得相当好，让人从这一句话里能够品出责备、嗔怪、关怀和不见外。

逄博咳嗽着站起身来，伸了个懒腰，把身后的窗帘拉开。而后接过许可心递上来的咖啡，不无兴奋地说道："上午十点，约了卖给女孩毒品的毒贩了。"

许可心一副尽在掌控的冷静状态，她收拾着书桌上的杂物，问道："你有把握说服毒贩出庭作证吗？"

逄博"吸溜溜"喝了一口咖啡，说："威逼利诱，他不出庭作证，我的线人就会举报他贩毒。"

许可心说："毒贩即便是出庭作证，也不会争取到宽大政策。"

逄博说："但他可以在出狱后得到一大笔钱。"

许可心问道："他如何知道自己会被判几年刑期？"

逢博说："我会亲自为他辩护，承诺一个量刑底线的刑期。"

许可心又问道："今天上午面谈？"

逢博说："主要谈钱。"

许可心点点头，沉默一会儿说道："以后喝咖啡的时候，尽量不要发出声响，又不是喝热粥。"

逢博尴尬地笑了笑，抬起手腕看了一下时间，对许可心说："时间快到了，我得准备一下。"

就在这时，许可心的手机响了，她接听电话，只说了一句话："好的，我知道了。"

许可心挂断电话，沉思片刻，对逢博说："我加了一晚上班，在您这里冲个澡，反正你也要出门。"

逢博犹豫了一下："去冲吧，浴巾浴袍都是今天早晨刚换的。"

方竖的内心是崩溃的，她怎么也想不到，逢博居然能够搬到酒店里住，而且一住半个月不回家。方竖每天下班，都希望推门能看见逢博，而且是在厨房里给自己煲猪肚汤。但她失望了，不仅没有看见逢博，而且发现他数次回家换取衣物的痕迹。避开下班时间回来取东西，说明逢博不想见自己，不想见自己说明他根本不想回家，不想回家就说明外面有人了。两周之后，方竖终于沉不住气了，她在一个周六的早晨，打车去了逢博的律师事务所。因为开庭在即，事务所有很多人在加班，前台秘书告诉方竖，说逢博住在威斯汀酒店，而且把威斯汀酒店的房间号告诉了她。

威斯汀酒店距离事务所只有四五百米的路程，方竖很快找到酒店，敲开了客房门。

站在门里的逢博看到方竖，眼睛里闪过一丝不安，他问方竖来干吗。

方竖朝房间里面看了一眼，冷冷地问道："这是不让我进门吗？是不是不方便？有什么不方便？"

逢博听到方竖这番腔调，他也提高了声音："我天天都在忙工作，我有什么不方便的？"

逢博话音刚落，套间的房门便被打开，穿着浴袍的许可心披着一头湿漉漉的头发走出来："电吹风在哪儿？"

七

逢博最终胜诉了，为富二代的强奸犯儿子做了无罪辩护。法院采信了男女双方是吸毒后发生的性关系，因为去酒店开房和购买毒品都是女方所为，且有毒贩出庭作证。胜诉归胜诉，逢博却始终兴奋不起来，因为方竖要跟他离婚。

逢博自觉近段时间在工作中投入精力过多，有些怠慢了妻子，他想休一周假，好好陪陪方竖，趁机把许可心在酒店房间冲澡的事情，向她解释清楚。上一回，被方竖碰巧撞见许可心在自己的房间冲澡，逢博真的是有口难辩。方竖倒是没有发飙，只是站在门口流泪，然后就关门而去。逢博追上去向她解释了一路，一直从威斯汀酒店解释出去一公里路程，方竖一个字都没有应声。最后，他接到中间线人打来电话，说是约好的毒贩在威斯汀酒店大堂等他，逢博这才返回来。

等案件了结之后，逢博这才有时间回过头来慢慢理顺这件事情，他总觉得此事有些蹊跷。大清早的，许可心怎么突然提出来要冲澡？她说是整晚上都在加班，可她的状态不像是一晚上没有回家。在她提出冲澡之前接过一个电话，接电话的时候还瞟了自己一眼，逢博以为这个电话跟自己有关系，可她挂上电话就提出要去冲澡。偏偏凑巧的是，妻子居然在这个时间来到酒店的房间……

逢博找到自己的线人，让他从移动公司买了许可心在事发那天的通话记录，才发现那个电话是律师事务所前台打来的。当他找前台小姐了解此事的时候，才发现前台小姐已经换了。逢博找负责行政的主管询问时，得知前台小姐因为工作失误，半个月前就被辞退了。逢博算了一下时间，刚好是妻子去威斯汀酒店的第三天发生的事情。

逢博问行政主管，原来的前台小姐有什么工作失误，行政主管说："她发错了许可心律师给当事人的一个传真件……"

逢博沉思片刻，又让行政主管调出事发当天和前一天的监控录像，他发现许可心前后两天的着装完全不同，说明她当天晚上肯定回过家。

逢博给许可心打了一个电话，他没有说破此事，只说是想找个合适时间，让她向自己的妻子解释一下那天的误会。

许可心闻听，爽快地答应了："没想到会造成这么大的误会，真的很抱歉，您安排时间吧，我一定当面向嫂子把这件事情的来龙去脉解释清楚，还我们逄大律师一个清白。"

逄博压根儿就没想让许可心向妻子来解释，他只想了解这个女人的真正动机。历经数年律师行业的浸淫，他深知从业的危险性，每一起案子不管胜诉还是败诉，都会得罪一个人，乃至一批人。在刚刚胜诉的这起案件中，女方的父亲就差点在法庭上跟自己抢拳头，女孩的父亲一度失控，他冲到自己的眼前怒吼道："你这个人渣律师，你也是做父亲的，你有女儿吗……"

逄博心里清楚，在这些被得罪的人中，就可能有处心积虑算计自己的。自己在明处，算计自己的人在暗处，即便是着了道，都不知道是谁放的冷箭。想到此，他把向妻子解释误会的事情暂且搁置了，因为他要确定许可心构陷自己的动机。

逄博是这样想的，他爱自己的妻子，妻子也很爱他，他们俩的感情基础是深厚的，是牢不可破坚不可摧的，早一天或迟一天解决矛盾，不会影响大局。但是，身边的定时炸弹必须及时排除。何况也不一定是炸弹，因为他能明显感觉到许可心对自己的好感，有些时候甚至是呵护，那是一种既像老朋友又像是妻子，甚至是像母亲对儿子一般的关怀。许可心的业务能力和业务水平没有任何问题，这样的人才历练几年，绝对是行业翘楚，他们的律师事务所想立足京城做大做强，必须吸引像许可心这样不可多得的人才。所以，与其说是逄博急于排除身边的定时炸弹，倒不如说是他想知道许可心到底是敌是友。

八

让方竖更加没有想到的，是逢博的房间里会有一个女人，而且还是刚刚沐浴完的女人。自打那天争吵离家后，逢博就一直没有回家住过，她打电话问过律师所，逢博的一位合伙人跟她解释过，说逢博主抓了一个棘手的大案件，为了工作方便，暂时住进了酒店。方竖这些天来也反思过，觉得自己的确有些小题大做，仅仅觉得丈夫不想读《边城》了，就扯到他在外面有人。但这些情绪只不过是矫情而已，想强化自己在丈夫心中独一无二的地位，没想到他居然赌气搬到酒店里住了。

好在接下来，单位安排方竖连续几趟出差，每次都是跟潘广和一起，先后去了广州、香港和新加坡。最近一次去新加坡，临回国那天的晚宴上，潘广和喝了酒，在方竖的房间里一直待到后半夜，说是谈工作，其实聊的大多是命相玄学。他抚弄着方竖的纤纤玉手，郑重其事地说她此生至少要经历两次婚姻，而且命里不缺贵人相助……这一次看完手相，潘广和握着她的手一直没有松开，直到方竖站起身来，很决绝地走到门口打开房门，潘广和才悻悻离去。反锁上房门后，方竖心乱如麻，她心里已经清楚潘广和想要什么。此前几次出差，潘广和仅仅是在言辞上暧昧，这回到了新加坡，他已经把暧昧落实到行为了。在单位里，方竖已经听到一些关于潘广和的风流韵事，企业里稍有姿色的女人都被他看过"手相"。

自从结婚以来，方竖和丈夫从未分开过一周以上的时间，她已经无法习惯没有逢博的日子。在逢博离家第七天的时候，方竖已经如坐针毡，她觉得丈夫今天肯定会回家。为此，她故意把家里搞得乱乱的，营造出一副没有男主人之后的狼藉颓废。稍待片刻，她又觉得乱糟糟的家里会影响逢博回家的心情，赶紧起身把一切恢复如初。在这样起起伏伏的内心世界里，方竖煎熬了两周。就在她放下骄傲，以主动的姿态去邀请丈夫回家的时候，竟然在逢博的房间里看到了许可心。

怀疑丈夫外面有人的时候可以矫情，待到真刀真枪遭遇了丈夫外面的女人时，方竖反而平静下来，平静到让自己吃惊的地步。她向单位请了假，窝在床上一声不吭地睡了三天，而后漫无目的地在大街小胡同里转悠了三天，直到有一天走到潘家园曾经租住过的出租房前，方竖突然间崩溃了，她跪在枯黄的草地上放声痛哭，一直哭到一楼的住户打电话报警。警察来了，问询半天，方竖只是号啕大哭，不回答任何问题。另一名女警打开方竖的手包，从里面找到一沓方竖的名片，便把电话打到方竖的单位。半个小时之后，潘广和亲自驾车来了，他还给方竖带来一杯滚热的焦糖玛奇朵。潘广和向两位警察致谢后，把还在无声抽泣的方竖扶进自己的凌志轿车。

方竖已经平静下来，她坐进副驾驶座上，没等潘广和发动引擎，便把自己的手伸到潘广和眼前："您第一次看我的手相，说我有两次婚姻，是真的吗？"

潘广和没有接话，他轻轻推开方竖的手，温柔地替她系上安全带，而后用关切的口吻问道："跟老公吵架了？夫妻间闹矛盾是正常的，不要动不动就想离婚。"

方竖说："我老公出轨了，我不想离婚都不行了。"

潘广和说："捉贼拿赃，捉奸拿双，你有什么证据证明你老公出轨了？"

方竖咬着牙，恨恨地说："我找到他住的酒店，一个年轻的女人在他的浴室里洗澡，这算捉奸拿双吗？"

潘广和点点头："人生就是那么回事，别太认真了，中国人的性欲刚刚被唤醒，正处于杯水主义的巅峰，不出轨的夫妻才不正常。"

方竖使劲儿地拍了一把凌志车的仪表台，愤恨地说道："我恨死这个男人了，我希望那个女人得了艾滋病。"

潘广和笑出了声："这就是你们AB血型天蝎座的典型性格，报复心极强的蝎子，对于背叛宁可玉石俱焚，也不肯选择一别两宽各自安好。"

方竖冷笑一声："换作您双子座，会如何面对自己的爱人出轨这个问题呢？"

潘广和说："如果被戴了绿帽子的是我，那我也出轨，回赠她十顶一百顶绿帽子。"

看到方竖不吭声，潘广和问道："我送你去哪儿？"

方竖说："我不想回那个家。"

潘广和眼睛闪过一道精光："那就去酒店吧，我给你去开一间房。"

方竖说："去威斯汀酒店。"

九

逢博搬回家住了。

逢博搬回家的当天，方竖搬进了客房，并把客房的门上了锁，任凭逢博怎么央求，她都是一声不吭。隔着一扇门，逢博把许可心那天在酒店冲澡的经过原原本本解释了一遍，中间只略去了前台小姐打电话通知许可心的细节。之所以这么做，是因为他已经基本摸清了许可心的底细。许可心有三年国外求学经历，回国后，在不到一个月的时间先后接触了三家律师事务所，最终就职于逢博所在的事务所。从节奏上来看，她不具备与国内其他领域的人接触的时间。当然，时间不是逢博唯一的佐证，他在当天下午与许可心的深谈中，对方已经把话挑明，她明确地告诉逢博："我存有私心，因为我喜欢你。"

许可心道出内心隐秘，倒也让逢博松了一口气，至少说明自己周边是安全的。关于酒店那场风波，就当是一场幸福的烦恼，自己有把握平息。

于是，逢博对许可心也表态道："首先，我感谢你对我的喜欢，但是我不能接受。我结婚八年了，我们夫妻感情很好，我不会……"

许可心打断逢博的话："接不接受是你的事，喜不喜欢是我的事，以后我们各行其是好了，直到我遇见一个能取代你的男人。"

　　这场谈话之后，逢博觉得已经排除了身边的定时炸弹。其实，压根儿就不是什么定时炸弹，而是一颗对自己存有私心的蜜糖。自青春期开始，逢博已经习惯了追随在左右的示好者。但这一次有些不一样，不一样的首先是人，许可心身上有很多让他心安的特质。逢博的潜意识里，会不由自主地把许可心的特质拿来与方竖比较，首先，许可心的外貌不像方竖那么张扬，方竖是万千花丛中一眼就能望见的牡丹，雍容艳丽，光彩夺目。而许可心则是曲径幽谷里的一棵丹桂，不见花容，却桂香沁心。

　　逢博甩甩头，像是要把许可心从脑子里甩走，因为他觉得自己这样下意识的比较，是一件很危险的事。既然许可心无虞，就该是处理他和妻子之间问题的时候，他当天晚上便从酒店搬回家中。令逢博没想到的是妻子态度如此决绝，把他关在客房门外一个多小时，让他无法重施用一场房事来解决夫妻矛盾的故技。逢博无奈，只好找来那本已经翻旧了的《边城》，倚坐在客房门口，读完第七遍《边城》的时候，他已经睡着了。

　　方竖一夜没有开客房的门，虽然她很想去一趟洗手间，可还是硬生生憋了一晚上。不开门的心情很复杂，有生气的成分，也有不知道该如何面对逢博的成分。

　　那一夜，潘广和在路上给秘书打了一个电话，让秘书在威斯汀酒店开一间套房，特意强调要酒店顶层的套间。随后，潘广和把凌志车直接开进威斯汀酒店的地下停车场，然后去酒店大堂取了房卡，带着方竖乘电梯上到酒店顶层的套房。进房间后，潘广和先行脱去外套，一副暂时不会离开的架势。他随后打电话给客房服务，让服务员送来一个果盘和两瓶上好的波尔多干红。随后，潘广和又帮着方竖脱下外套。方竖没有拒绝，报复的心态让她觉得此刻做什么都不为过。

阅人无数的潘广和，深知如何抚慰女人受伤的心，每一句话都熨帖到位，还不乏赤裸裸的性暗示。两瓶红酒一个半小时就喝光了，方竖喝下大半，她感觉整个身体飘浮起来。潘广和见时机成熟，他一把握住方竖的手，这一回不是看手相，而是直接把自己的圆盘大脸凑上去，亲吻了方竖。方竖没有避闪，她的灵魂和身体还在空中飘着，她既享受又害怕这种飘浮的感觉，很想找一个着力点，哪怕是一张嘴，或一条舌头……

等方竖再一次拥有意识的时候，天色已经大亮。潘广和冲完澡，赤条条从洗手间走出来。方竖禁不住浑身打一个激灵，她知道自己犯了一个天大的错误，把头埋进被子里的时候，已经泪流满面。

十

方竖向逄博摊牌了，她说："我们离婚吧。"

逄博没有觉察到这是摊牌，他笑着回道："别闹了，真出轨的男人都不离婚，我一个被冤枉出轨的，怎么可能离婚呢。"

方竖冷笑一声："不要狡辩了，就当下中国的男人的节操，一个漂亮的女人大清早在你酒店的房间里洗澡，你说你没有出轨，傻瓜都知道你在撒谎。"

逄博似乎觉察到事情的严重性："方竖，要我怎么做，你才能相信我没有出轨呢？"

方竖冷冷说道："我出轨了。"

逄博上前一步，抱住方竖的肩膀说："不要开这样的玩笑，我会精神崩溃的。"

方竖推开逄博扶过来的手："我已经崩溃过了。"

沉默了足有三分钟，逄博从方竖的神情上判断，觉得她不是赌气，更不是说笑。如果不是赌气，也不是说笑，那就是事实了……逄博眼前一阵眩晕，一层黑幕漫过眼帘，他几乎晕倒在地。逄博扶住五斗橱，做了几个深呼吸，再次抬起头，希望从方竖的脸上得到一个否定答案。可方竖的脸平静得如一潭死水，她的眼睛不知道盯在何处，连眼皮都不眨一下，似乎已经屏蔽了整个世界。

逄博坐进沙发里，他担心自己会摔倒，因为他已经听到内心坍塌的声音，这样的坍塌就算是篮球运动员的躯体也支撑不住。他一张嘴，居然把自己吓一跳，因为那似乎不是自己惯有的男中音，而是像地缝里挤出来的男低音。

逄博赶紧闭上嘴，咳嗽了两声，重新张嘴问道："跟谁？"

方竖说："跟谁不重要。"

逄博说："那就是没有这个人。"

方竖轻轻舔舐一下干涩的嘴唇："我们单位的一个副总。"

逄博强压着怒火："就是那个把你高薪聘进企业的潘……潘广和?"

方竖没有回应，表示默认。

逄博不仅能听见自己粗重的呼吸声，他还能感觉到自己激荡的心跳。此刻，逄博已经确信无疑了，自己的老婆出轨了。如果是赌气或是说笑，不可能涉及第三者的名字。

逄博从沙发里站起身来，疾走两步，站在方竖的面前，喝问道："为什么? 为什么要这样做?"

方竖仍没有看逄博："为了与你匹配。"

逄博怒吼一声："你放屁!"

方竖终于转过头来，怔怔地盯着逄博，因为这是丈夫第一次在她面前爆粗口。瞬间，丈夫在她眼里变得陌生起来，陌生得像个随时可能神经发作的地铁痴汉。这就对了，方竖轻轻舒一口气，这就是她想要看到的结果，一个咆哮的、愤怒的、崩溃的、被嫉妒之火生生炙烤的丈夫。她要把自己刚刚经历过的痛苦和煎熬，施以百倍千倍万倍的重量再还给逄博，方竖想亲耳听见他痛彻心扉的惨叫声。眼前的这个男人，再也不是那个爱她疼她惜她的逄博，他那略带晋南口音的大舌头，活像嘴里含着一嘴食物残渣的喋喋不休，不仅不中听，还让人觉得恶心。在这样的一张嘴里，怎么可能读出湘西的市井风情，怎么可以读出翠翠的天然质朴!

方竖再次抿一下嘴唇，用一种挑衅的口吻问道："你想知道是在哪里吗？"

逢博的眼睛里开始充血："哪里？"

方竖说："威斯汀酒店。"

"啪"的一声脆响，逢博扬起手来，狠狠地抽了方竖一记耳光。

十一

逢博猛然从床上坐起来，急促地喘着粗气，额头上渗出一层细密的汗珠。一旁的许可心跟着坐起身来，忙着抽出两张纸巾，帮逢博擦拭额头上的汗水。许可心温柔地问道："又做噩梦了？"

逢博没有言语，似乎还沉浸在噩梦里，他长叹一口气，颓然地倒在双人床的靠背上，对许可心说："给我倒杯酒。"

许可心急忙下床，她穿着一身质地很好的浅粉色丝绸睡衣，身上稍有动作，丝绸睡衣便跟着抖动。许可心抖动着端来两个酒杯，琥珀色的液体是逢博半年来迷恋上的威士忌。

逢博从许可心手里接过酒杯，仰起脖子一饮而尽。

许可心望着逢博摇摇头，把自己杯子里的威士忌，倒进逢博的酒杯里，并在一旁叮嘱道："后半夜了，少喝点酒，你的心脏会承受不了的。"

许可心已经不是第一次被逢博做噩梦吓醒，有一次还被他掐住脖子，只听见他嘴里不停地叫喊着"方竖方竖"。这样的怪诞行为隔三岔五来一次，她觉得自己快被逢博吓出心脏病了。许可心有些沮丧，她不知道眼前这个男人用情如此之深，看来逢博说得没错，他的确很爱方竖。本以为一场长达八年之久的婚姻，在当下中国的情境里，只要自己略施小计，便可钓得逢博这只金龟婿。许可心不是那种胡乱施展魅力和手腕的人，她是真心喜欢逢博，喜欢这个高大周正又有头脑的男人。她觉得逢博不像那些浅薄好色的男人，不仅言语轻浮，就连眼神和行为都猥琐到令人作呕。许可心还细致地观察到，逢博并非淡定到坐怀不乱的程度，他只是克制而已。自己每次去逢博办公室谈工作，他的眼神都不怎么关注自己的身体，可当自己往外走的时候，不锈钢门框上清晰地倒映出他火辣的眼神，似乎已经燃烧到自己的屁股。克制也好，虚伪也好，许可心觉得这样的男人，在时下社会里已经算得上绅士了。

逢博和方竖于半年前离婚，他跟许可心已经同居三个月了。此去彼来，短短的半年时间，让他有恍如隔世之感。逢博时常会产生错觉，觉得用钥匙打开房门进来的人是方竖。早晨醒来时，他伸手触及的光滑肌肤，他也会觉得是方竖。夜半噩梦醒来的时候，他还是会叫喊着"方竖"的名字。

离婚后，逢博的心脏出现几次意外状况，去医院检查的结果是早搏加室上速，医生判断是前阵子连续熬夜搞案子的结果，给他开了西药倍他乐克调整心率。逢博服药一个月后，仍不见好转，早搏的频率更加频繁了。许可心便带他去看中医，中医号完脉说他是伤悲过度，淤积于心，又给他开了三个疗程的中药调理气血。服完一个月的中药，逢博的病情依旧不见好转，他的情绪也跌落到了谷底，整日里郁郁寡欢。律师事务所接连受理了几起大案，其中还有两起诉讼专门委托逢博，可他根本没有工作状态，几乎全部依靠许可心来主抓业务。

逢博和方竖是协议离婚的。离婚的时候，逢博什么都没有要，房子、存款，还有刚刚买的歌诗图旅行车，全部留给了方竖。

许可心打趣逢博说："你的做法会让外界误会，误以为出轨的是你，所以你净身出户。"

离婚后，逢博在距离潘家园不远的双井租了一套精装修公寓，许可心成了公寓的常客，她替逢博主抓两个大案子，早请示晚汇报，有足够的借口常来常往。有一天，许可心带来一摞卷宗材料，还有一大包草药，说是从湘西找来的一个苗黎民间偏方，专治心脏病。这个偏方只有一味草药，叫凤仙透骨草，药引子是土鸡蛋。煎制的方法是：先把三枚土鸡蛋放到米饭里蒸熟，剥皮后放入一份凤仙透骨草熬制，将六碗水煎成三碗水，每天早中晚喝一碗汤药，吃一个鸡蛋，疗程为四十天。

把东西归置好，许可心转身出门，说是要去超市买电饭煲、大米和土鸡蛋。临出门的时候，她指着桌子上那堆卷宗，对逢博说："我今晚要把这些材料看完，明天早晨还要帮你熬药，所以，我今天晚上只能住你这里了，我睡客房。"

十二

逢博的离婚并不像外人看上去那么简单，他被这场婚变折磨了很久，三个月体重跌了二十多斤，眼窝深陷，像是得了一场大病。离婚前，繁重的诉讼案头工作消耗了他大部分精气神。还没等复原，婚变又接踵而至，而且是爱妻的情变背叛。逢博对自己的婚姻太过自信了，因为他深爱方竖，觉得方竖亦会深爱自己。他至今都不明白孽缘起自何处，仅仅是一场误会吗？因为一场误会就能导致方竖背叛，这份爱情是不是太过廉价了？

离婚的前天晚上，逢博曾经试图着挽回自己的婚姻，他对方竖说："我找线人调查过潘广和，这个人出身湖北农村，小时候家里穷到吃不饱，这种人一旦得势会变本加厉地填补内心曾经缺失的黑洞。而且、而且潘广和是个十足的好色之徒，年轻得志加上巧舌如簧，能够得到他想要的所有女人，你怎么可以把宝押在这种男人身上，而且他有家室，还有一个女儿……"

方竖打断了逢博，说离婚与潘广和无关："是你的出轨葬送了我们的婚姻。"

逢博再次涨红了脸，那是一腔热血涌上头的脸红，他愤愤地说："即便就算我出轨了，你也不应该以出轨来报复，你还有一个女人的廉耻吗？"

方竖毫不示弱："你一个先出轨的人，凭什么来质问我的廉耻?"

逢博咆哮起来:"你混蛋!"

方竖竖起一双漂亮的大眼睛:"你又要动手打我吗?"

逢博努力地压抑住自己的委屈:"上回动手打你,是我不对,我已经向你道歉了。关于离婚这么重大的决定,我还是请你慎重考虑,不要做让自己后悔的事情。"

方竖冷冷地说:"抛下我的父母嫁给你,就是我今生做的最后悔的事情。"

去民政局签署离婚协议那天是10月31日,逢博签完日期,感叹一声,说再过八天就是结婚九周年纪念日了。

听到这句话,一旁的方竖已经泪如雨下,止不住地哭出声来。

民政局负责办理离婚手续的小姑娘见此情景,试探地问道:"要不要缓冲几天再签署离婚协议?"

方竖闻听,即刻擦干眼泪,拿起笔来在离婚协议书上签下自己的名字。

办理完离婚手续的当天晚上,逢博收拾自己的衣物,心中百感交集。他的法律专业书籍装了满满五个纸箱子,其中还有那本已经翻旧了的《边城》。他拿起《边城》随意翻开一页,问方竖:"要不要再读一遍?"

方竖没有作声,大概是默许了。逢博坐进沙发里,把一瓶威士忌的瓶底倒进酒杯,再次读起《边城》来:

二老下桃源的事，原来还同他爸爸吵了一阵方走的。船总性情虽异常豪爽，可不愿间接把第一个儿子弄死的女孩子，又来作第二个儿子的媳妇，这是很明白的事情。若照当地风气，这些事认为只是小孩子的事，大人管不着，二老当真喜欢翠翠，翠翠又爱二老，他也并不反对这种爱怨纠缠的婚姻……

　　逢博端起酒杯喝了一大口威士忌，他没有急着把威士忌咽下去，而是用舌头轻轻搅动着酒水，让琥珀色液体渗透进每一条牙缝和每一朵味蕾，因为他想拥有一股强烈的、被浸润的感受。

　　方竖的神情十分平静，她似乎是在忧虑翠翠的未来，可她早就知道了翠翠的命运："沈从文用吊脚楼搭了一个真实的场景，却用来装一个幼稚的伊甸园故事，我以后不想再听《边城》了。"

　　逢博咽下口中的威士忌，他把《边城》放下，说道："不仅是幼稚，而且逻辑不通，一个家里长大的亲哥儿俩，难道天保不知道傩送唱歌有多好吗？为什么非要等到弟弟开口唱歌，才知道自己不是弟弟的对手，还为此葬送爱情、葬送生命？"

　　接下来的这个夜晚，两个人都再无心思交流了。方竖把自己关在客房里，在床上坐卧立倒折腾了一晚上。逢博则在收拾自己的物品，装箱打包，一股生离死别的悲凉弥漫着整栋房子。

　　天亮时分，逢博约的搬家公司来了，把他一晚上打包好的十几个纸箱子扛下楼去。

　　方竖在客房里没有出来，她不愿意面对这个场景，却已经在床上哭成了泪人。

逢博临出门的时候，环视一圈客厅，他点了点头，没有流泪，而且还从沙发上捡起那本已经翻旧了的《边城》，装进背包里。

十三

北京是一座包容性很强的城市。

达官显贵和平民白丁，阔商巨贾和乞丐小偷，五星级酒店里的婚宴和棚户区中的盒饭，象牙塔里的山盟海誓和公路边上的车震通奸，北京的每一天每一夜每一时刻，都在上演着无数爱恨情仇。

北京再次进入盛夏的时候，方竖觉得她已经走出离婚的阴影，至少心情渐渐明朗起来。她开始每天跑步，因为属于她的业余时间太多了，潘广和每个月能够"宠幸"她的时间跟例假差不多。她已经爱上了跑步，跑步可以让她排空大脑，排空大脑的同时也排空烦恼。方竖觉得，她已经把离婚后的阴霾留在了刚刚过去的那个冬天。

方竖决心找回从前的状态，她要像大学时代一样充满活力，她要比以前还注重着装和化妆。婚姻没有了，可以继续寻找爱情。逢博没有了，至少还有潘广和。偶尔，方竖也会与潘广和出双入对。北京城太大了，出门能够遇见熟人的概率非常小。潘广和也会时不时到方竖家小住几天，对妻子说是出差。待他住够了，或者是赶上方竖来月经了，他也会以出差为名，或者回家，或者再去别的女人那里。潘广和跟大多数中国男人一样，每天生活在谎言里，且能里外不穿帮。

周四下午，集团召开一个临时会议，会议结束后，潘广和情绪低落，有小道消息说他被董事会点名批评，说他在最近的几次投资谈判中的失误，给集团带来不小的损失。

临下班的时候，方竖收到潘广和一条短信：我今天晚上去你家住。

方竖跟潘广和在同一个办公楼办公，下班时间一到，她立刻驱车前往超市采购，买了潘广和喜欢吃的澳洲龙虾和三文鱼。方竖还没有听到关于临时会议的小道消息，以为这又是一个浪漫又疯狂的周末情人约会。方竖心里清楚，她和潘广和之间不是爱情，即便有情，那也是奸情。虽说没有情爱，可性爱还是不错的，方竖十分陶醉潘广和带给她的床笫之欢。在与逄博生活的八年中，两个人来来回回就那几个体位，没想到潘广和会有那么多花样，而且还喜欢在不同的环境里做爱，床上、地下、客厅、厨房、洗浴间、餐桌上、汽车后座、电影院里……有一回，潘广和还带来一大摞DVD光盘，里面全是日本和欧美的床上动作片。

潘广和对方竖说："学学人家怎么用嘴玩儿，你的嘴巴和舌头是脱节的，弄得我很不舒服，业精于勤，想留住男人，就得用心用情用技巧。"

方竖闻听这番话，心里颇不爽："你把我当什么了？业精于勤，我是职业小三吗？请你以后对我说话放尊重一点，逄博从来不会这样对我。"

潘广和说："我一直都在强调职业素养和职业精神，你看看人家日本女优，素质高到用双语叫床。"

方竖火上来了："敢情你都是拿我当妓女……"

潘广和根本不理会方竖生气与否，他一摔门走了，然后将近两个月没有再来。直到方竖去他办公室汇报工作，两个人这才又开始对话。

方竖不无幽怨地问道："潘总最近很忙呀。"

潘广和笑着回道："是不是想我了？"

方竖说："我们俩之间若是有想头，那绝不是爱情，你我心里都清楚。"

潘广和笑着说："言外之意我听明白了，你是想跟我做爱了，对了，那些光盘都看了吗？技巧学得怎么样了？"

方竖脸涨得通红，一把推开办公室的门，急匆匆地走了出去。

等到清蒸龙虾凉了，潘广和才来，而且脸上挂着一层死灰色。方竖本想嗔怨几句，看到他这副德行，把到了嘴边的话硬生生咽回去，只是关切地问道："你身体不舒服吗？"

潘广和脱掉外衣，答非所问道："最近，你在集团总部有没有听到关于我的负面消息？"

方竖有些意外："没有呀，出了什么事儿？"

潘广和神情有些愤恨："最近的几次合作谈判出了一些小纰

漏，我怀疑有人故意想整我。"

这顿晚餐吃得比以往的时间稍稍长一些，一直到晚上十点钟，两个人才洗漱完毕上床。温存的前戏尚未开始，便响起一阵敲门声。

方竖急忙下床，走到门口问是谁？

门外传来一个陌生的男声，说是方竖的邮政快递，需要本人签收。

方竖没有犹豫，便打开房门。房门被打开的瞬间，一彪男女便拥进屋里，有的人手里拎着棒球棒，有一个人还端着摄像机。其中一个女人一把抓住方竖的头发，接连扇了她几个耳光，嘴里还骂道："臭婊子，烂婊子，让你丫睡我男人，看我今天不整死你……"

十四

逄博的身体状况依旧，不管是西药还是中药，抑或是去看心理医生和神经科医生，统统没有医好他的症状。许可心倒是觉得逄博的病情有所好转，因为他早搏不像以前那么频繁了，只要不熬夜、不去打篮球，没有好转的只是逄博的精神状态。

许可心已经正式搬到双井的公寓，与逄博同居了。真正生活在一起，许可心才发现，逄博是一个很无趣也很木讷的人，他几乎很少主动说话，更不会主动主导生活的节奏。如果是双休日，逢博可以窝在家里一动不动，或是盯着电视屏幕看球赛，或是在书房里鼓捣电脑。还有，就是写日记。写日记是大多数律师的必修课，因为他们每天都走在正邪的分界线上，日记大概是律师减压的一种方式。律师的日记，能够记录每天的工作进程，权当是为自己的日常行为做一个笔录。

除了有必要的交流，逢博可以整天只说几句话。但也有例外的时候，例如出庭辩论，或者是讨论工作，逢博就会像是换了另外一个人，思路之清晰，口才之绚烂，比之从前更趋成熟和缜密。

为了增进两个人之间的沟通频率，许可心把一些可以在事务所完成的工作带回家中，事无巨细地跟逢博交流讨论。因为她更喜欢工作状态中的逢博，那种锐不可当纵横捭阖的气势，让他高大的身躯熠熠生辉。有时候，许可心觉得自己是一个月亮，只有借助太阳的光辉，她才能散发出清冷的光辉和迷人的月晕。逢博就是许可心认定的太阳，而且是一颗冉冉升起的太阳，婚变的阴霾不可能遮住阳光太久，他迟早还会光芒万丈。

逢博早就看出许可心的心思，他大概也不想家里一片死寂，于是，他会很配合地与许可心讨论案件。对于许可心，逢博欣赏她的才华更多一些。一个身体机能处于人生巅峰状态的男人，需要身边有一个女人，即便是一个不爱的女人。从外貌来说，许可心略逊方竖一筹。但从学识和沟通交流来讲，许可心又胜方竖两筹。综合评判，两个女人处在伯仲之间。可是，在情感的天平上，许可心和方竖根本不在同一个量级，逢博会毫不犹豫地偏向方竖，即便是已经离婚。

这种居家式工作方式颇有成效，一年下来，逢博经手的几起诉讼，全都以胜诉结案，逢、许二人声誉鹊起。逢博与许可心的搭档组合，也被业界津津乐道，誉之为绝佳的律师CP组合。

逢博买了一套二手房，就在他租住房的社区里。许可心看好几个楼盘，性价比远远高于目前租住的社区，可逢博犯倔似的不肯去看房。

许可心很是想不通："花同样的钱，为什么不去买一套新房子？"

逢博说："我买的这套房子一样没有人住过，跟新房子有什么区别？"

许可心做不了逢博的主，因为自己的身份不适合来管逢博置业的私事，只好任其由着性子做事。但是，装修房子一事，却被许可心大包大揽下来。逢博正好懒得操心琐碎事，乐得许可心出头，他只管付账好了。在长达半年的装修过程中，许可心可谓是尽心尽力，完全把自己当成这栋房子未来的女主人，从装修到家私到装饰一水的欧式风格，这纯属她的偏爱。宽敞的书房中，许可心特意摆放了两张书桌，分别位于书房的两个对角，以方便两个人互不干扰。

被许可心催促多了，逢博偶尔也会到新房子看一眼。

看到书房里摆放了两张书桌，逢博问为什么要放两张书桌，许可心被逢博问得极为尴尬，她赌气地说道："另一张书桌将来留给你的孩子写作业。"

自从离婚以来，许可心一直以这样试探的方式走近逢博，逢博却始终用一种防御的姿态阻止许可心。逢博把性和感情做了严格区分，可是，许可心则需要性和感情的一致融合。两个人的矛盾是显性的，他们似乎都在触摸对方的底线，直至有一方主动放弃。

搬入新家的那天晚上，许可心从便宜坊订了一只烤鸭，还有一条红烧黄鱼和三个时令蔬菜。客厅里只留了一盏落地灯，其余醒目的位置上，摆满能燃烧出薰衣草香味的白色蜡烛，许可心营造出一股浓浓的欧式浪漫风情。逢博心不在焉地感慨着，浮皮潦草地夸赞着，大口大口地喝着法国干邑，强装出一副乔迁新居的喜悦。

许可心喝下一大瓶香槟，已显醺态，她端着香槟杯，透过金黄色的液体望着逢博，说道："你以为我猜不出你的心思，你想在这里买房子安家，无非就是想离方竖近一些，对不对？"

逢博一口喝干杯子里的酒，笑着说："你不提这个名字，我都快忘了。"

许可心学着逢博喝酒的样子，也喝干了杯中酒："我太了解你了，无论你怎么掩饰，都逃不过我的眼睛，因为我比方竖更了解你。"

逢博说:"你更应该像方竖一样,学着给我留下一点空间。"

许可心讥笑道:"方竖不是给你留下一点空间,而是留下了无尽的空间。"

十五

方竖被国企解聘了,比解聘更为糟糕的,是她被捉奸的视频上传到网络。视频中,方竖被打得满脸是血,背景则是潘广和的赤身裸体。在视频下面几千条跟帖评论中,竟是一致的叫好喝彩声,几乎没有人质疑这样的违法行为。

方竖没有选择报警,没有选择报警不是怕张扬出去,而是在这场冲突中,她窥见了潘广和与妻子的关系。从潘广和妻子的喝骂中,方竖得知潘广和攀附上有大背景的妻子和岳父,才谋得今天的地位,随着岳父退居二线,加上潘广和羽翼渐丰,他开始对岳父和妻子多有怠慢,包括在外面寻花问柳包养情妇。那天晚上,潘广和当着她和众人的面,给妻子下跪承诺下不为例,并信誓旦旦说是方竖勾引他,而且能在瞬间罗织出方竖勾引他的细节。

那一瞬间,方竖觉得自己像是吃了屎一样恶心,为了不看到潘广和的嘴脸,她闭上眼睛,一言不发。此举在潘广和妻子眼里,无疑等于默认她主动勾引。潘妻愤怒不过,抓起五斗橱上一只黑陶花瓶,砸向方竖的脸。

方竖已经整整两周没有出门，在这两周里，她只去了两趟医院。医生往她塌陷的鼻梁骨下面塞了好几条消毒棉纱布，还给她在鼻梁上缝了三针。缝针的医生是一个年轻人，他大概能看出方竖是个美人，所以缝针的时候格外仔细。

　　缝完针，那位医生问道："是不是家暴，需要报警吗？"

　　方竖摇摇头，站起身来，戴上一只宽大的口罩准备走。

　　年轻医生把一张处方笺递过来，并对她说："五天后来拆线，你还可以找我，我姓傅，叫傅敛纬。"

　　五天之后，方竖再次来到医院。傅敛纬帮她拆了线，说是伤口愈合得很好，不会留下太明显的疤痕。

　　说完，傅敛纬还给她递上一面镜子，方竖看着鼻梁上黑色的伤口结痂，禁不住眼圈一红。

　　傅敛纬劝慰道："不要难过，再过几天，结痂就退掉了，等过一个夏天，皮肤的颜色就会缓过来，那个时候，略施淡妆就可以掩盖住了。"

　　方竖点点头，对傅敛纬称谢。傅敛纬含笑不语，示意她继续躺好，又给她换了一次鼻腔里的棉纱布。

　　方竖要走的时候，傅医生从橱子里掏出一个塑料透明的防护面具，对她说："送给你的，过几天可以自行抽出鼻腔里的棉纱布，晚上睡觉的时候就可以戴着这个防护面具，免得把你漂亮的鼻子压歪了。"

方竖吃完家里最后一包方便面，不得不去超市采购。她戴上大口罩，外面又包裹上一条大围巾，确信就算是熟人也不会认出她。半个月以来，方竖的精神受到无比煎熬，她一遍一遍看网上的视频，逐条逐条看视频后面的评论，她的心也会跟着那些评论一起下沉……绝望的泪水无数次涌出眼眶，她觉得这个世界已经抛弃了她。不仅仅是抛弃，还把她打入地狱，日日夜夜都在折磨和煎熬中度过。她想到断绝关系的父母亲，自己的性格多半遗传自父亲，父女俩拥有一样的决绝和执拗。方竖不喜欢父亲的性格，也不喜欢自己的性格，最终活成了自己讨厌的那一类人，难道是每个人的宿命吗？

　　她想到前夫逄博，往昔那些卿卿我我早已化作云烟，像是前世的一场梦境。她没有感恩逄博带给她的恩爱，因为与那些曾经的恩爱相比，逄博带给她的伤害更甚。今天所有的局面，都是因为逄博的出轨……但是，真如逄博所言，倘若是一场误会呢？方竖不敢把那一幕想成是一场巧合的误会，如果事实真如逄博所言，会让她百死莫赎。她跟大学啦啦队几位闺密交流过，所有的闺密都笃定逄博与许可心有奸情。闺密们的笃定，让她心里好受了许多：逄博出轨在先，自己今天的不幸，全都是拜逄博所赐。

　　方竖挑选了满满一购物车食品，大多是速食品，还有一些生活必需品，因为她不知道自己还要蛰伏多久。事发的第三天，单位已经给她打电话通知解聘了，她现在变成了一个失业的中年女人。很奇怪的是，方竖觉得自己不恨潘广和，也不恨潘广和的妻子，她似乎早就预料到会有这样的一天。

后来，方竖想清楚了，之所以不恨，是因为不爱。想到这一层，方竖也把自己吓了一跳：她居然可以把自己委身一个不爱的男人，而且长达一年时间。

方竖在低头挑选苹果的时候，突然看见一双锃亮的男人皮鞋站在身边，她抬起头来的时候，看到的竟是逢博。相顾无言，方竖使出全部的控制力，不让自己的眼泪流出来。

逢博率先开口，他微笑着问道："你还好吧？"

方竖把头扭向一边，从口罩后面发出一个沉闷的声音："不好。"

逢博问道："哪里不好了？"

方竖说："哪里都不好。"

逢博继续笑着问道："需要我帮忙吗？"

方竖一甩脖子上的围巾，头也不回地说："不需要！"

十六

方竖又开始跑步了，因为她实在无事可做，与潘广和断绝关系之后，她的生活越发乏善可陈。她还不准备出去工作，因为上一份高薪工作让她积蓄不菲，她想将养一段时间，等到自己走出这段人生的低谷，再去工作。

方竖鼻子上的伤口早就愈合，的确没有留下明显痕迹，这一点让方竖欣慰不少。人近中年，自知青春无多，便会越来越关注自己的外貌和体态。方竖为自己置办了好多套专业的跑步装备，只要没有雾霾，她几乎每天晚上都会出去跑步。有一天晚上，她正在路上跑着，突然有一个黑影超过她，并转过身来微笑着看着她。方竖觉得这个男人很是面熟，可是记不起在哪里见过。就在她发愣的时候，那个男人笑着问道："你是方竖吧？"

　　方竖停下脚步，点点头："请问，您是……"

　　那个男人摘下头上的帽衫："三个月前，是我缝好了你的鼻子，我是傅敛纬。"

　　方竖恍然大悟，笑着说："傅医生，记起来了，这么巧啊，你也住附近吗？"

　　傅敛纬说："我住在南磨房南里，经常在这条路上跑步。"

　　借着路灯灯光，方竖这才仔细看了一眼傅敛纬，觉得这个男人虽称不上帅，但是深眼窝、高鼻梁，颇有些异域男性特征。

　　傅敛纬往前走近一步，伸出两只手捧住方竖的头，说道："让我看看我的手艺，有没有给美女毁容？"

　　方竖很乖地往前探了一下脖子，任由傅敛纬盯着自己的鼻梁看。

　　傅敛纬点点头说："还好，还好，几乎看不出来缝过针。"

　　方竖笑着说："我还得谢谢傅医生的医术精湛，给我省下了整容的钱。"

傅敛纬说:"别客气了,咱们一起跑步吧。"

方竖说:"好嘞!"

方竖好久没有这么开心,也好久没有说这么多话了。

赶巧连续半个月没有雾霾,方竖和傅敛纬整半个月都在结伴跑步。有两天晚上,傅敛纬因为手术要加班,方竖便一直等他到九点多,才开始跑步。每天晚上跑完五公里,傅敛纬还会跑步把方竖送到社区门口,然后再独自跑回家。两个人结伴跑步半个月,有一天晚上,临近社区门口的时候,傅敛纬被地上翘起的一块方砖绊了一下,一个前倾扑倒在地上,左手掌和右膝盖蹭掉一点点油皮。方竖让傅敛纬跟她回家,帮他用碘伏消毒。傅敛纬没做任何推辞,便跟着方竖一前一后跑回了家。

一进家门,方竖便找出一双大号的男士拖鞋,让傅敛纬换掉跑步鞋,坐在沙发里休息。接着,方竖从电视柜里拎出来急救箱,从中拿出碘伏和棉棒,给傅敛纬的手掌和膝盖消毒。两处伤口仅仅是擦破一点表皮,手掌甚至连一丝丝血迹都没有,但两个人却煞有介事地消毒,甚至反复消毒。待方竖第三次用棉棒蘸碘伏的时候,傅敛纬一把握住她的手,直接把她拥入怀中。方竖没有做丝毫抵御,身体连同蘸满碘伏的棉棒一起贴到傅敛纬的前胸,狂吻作一团。

方竖与逄博在一起的时候,两个人都属床笫生手,于性爱全凭本能,双方更注重爱的感受。方竖和潘广和,则是有性无爱，只是厮混对象。方竖排解的是寂寞，潘广和发泄的是性欲。对于傅敛纬，方竖颇有好感，不仅仅是他医术精湛，待人体贴温和，更主要的是傅敛纬身上有一种能让她欲望勃发的力量。经过一大摞欧美日Ａ片洗礼后的方竖，在性爱技巧方面日臻狂浪。这一夜下来，两个人数度开合，把一张舒适的双人大床蹂躏到只剩光秃秃的空床垫。

十七

逄博最近的情绪非常低落，他以代理费偏低为由，推掉几起诉讼委托。回到家中，他也是百无聊赖，除了在书房里上网和写日记，几乎对任何事情都提不起兴趣来。

许可心忍不住唠叨开来："你最近行为怪异，情绪反常啊，刚刚买来好几身跑步的行头，出去跑了三天，就再也不提跑步的事儿，到底是为什么？"

逄博不想再听许可心的抱怨，他走进书房，"砰"的一声关上房门，然后可以一晚上不走出书房。有一天晚上，许可心实在忍无可忍，她推开门走进书房，指责逄博对她不公。

逄博合上笔记本，冷冷地说："对我不满意，你可以离开，我没有要求你非要住在我家。"

许可心感觉到一股前所未有的绝望，她连夜收拾起自己的物品，叫来一辆出租车，离开了她亲力亲为装修的房子。

临出门的时候，许可心推开书房的门，对逢博说："你是一个有远大前程的律师，不可以一辈子活在前妻的阴影里，活成一个爱无能。人家跑步是为了甩掉以前的负累，你跑步却是在原地转圈。也许是我看错了你，你自我调控情绪的能力太差了，作为刑案律师，这是你的致命伤。"

许可心的离去，使得逢博长舒一口气，他感到一股少有的轻松。许可心的付出，他都看在眼里，他也深知女人的付出，是期待回报的，而他无法给予许可心需要的回报，因为他的心里还装着方竖，他只能、也只肯为方竖付出。逢博也曾试图去爱许可心，他努力了很久，后来发现自己的爱只能流于表面，因为他的心被方竖装得满满的，根本没有容下第二个人的位置，哪怕是缝隙。这或许就是许可心说的爱无能，逢博无奈地长叹一口气。几乎是每一天，甚至是每一刻，他都能想起方竖。本以为，方竖和潘广和的奸情败露，方竖的精神会遭受重创。再加上她被国企辞退，经济也会陷入危机。在精神和经济双重压力下，前妻有可能会回头。为了给方竖一个回头的台阶下，逢博也置办了几身跑步行头，争取每天晚上可以在跑步路上"偶遇"。令逢博不爽的是，连续三天晚上，他都看见方竖身边有一个男人陪跑，两个人一路跑步一路说笑着，状态甚是亲热。逢博找到自己的线人，让他打探这个男人的底细。数日后，线人给了他信息，说这个男人是北京医院的一名医生，名字叫傅敛纬，今年三十一岁，目前尚是单身。线人还附送了一个信息，说是傅敛纬有一天晚上跑完步，跟着方竖回了家，整晚上没有出来……

得到这些消息后，逢博更加焦躁不安，满脑子全是方竖。方竖此刻在干吗？她是不是在跟她的医生男友在做爱？她的医生男友也会给她读书听吗？是不是在读《边城》？

每次想到这些，逢博就会觉得自己的心被一只手揪着，直揪到他心疼，才会松开。他深知自己走进一条死胡同，如果不能掉头往回走，那只能是死路一条。可他就是走不出来，有时候，逢博甚至觉得自己很变态，因为他似乎迷恋这种悲苦之美，感觉自己像是一个在风雪中踽踽独行的旅人，看不见灯光，也看不见希望。他希望自己被黑夜包围，被风雪吞噬，被一个影子爱人折磨。

许可心离开了逢博，却没有离开律师事务所，因为她已经是合伙人之一了。她的确有很强的情绪自我调控能力，虽说与逢博分道扬镳了，但是丝毫不影响二人在工作上的协作，她还会在早晨帮逢博带一杯咖啡，她还会帮逢博整理辩护思路，他们依旧是京城律师界绝佳的CP组合。这一年，逢博和许可心双双被评为朝阳区十佳律师。在律师事务所为他们两个人举办的庆功会上，逢博喝多了酒，他问坐在身旁的许可心："律师到底是个技术活，还是良心活？"

许可心看也不看逢博，说道："你就把它当成一个有良心的技术活好了，反正你也善于麻痹自己。"

律所的同仁们邀请逢博讲几句获奖感言，逢博也不推辞，他端着酒杯，摇摇晃晃站起身来，杯中溅出来的威士忌滴落在许可心的肩膀上。

逢博清了清嗓子，说道："我在刚才做了一个重要决定：从明天起，我退出律所的合伙人。你们也许会奇怪，在我们事务所蒸蒸日上的时候，我为什么会做出这样的决定。"

一时间，全场鸦雀无声。许可心站起身来，对大家说道："逢律师喝多了，他在跟大伙儿讲笑话。"

逢博伸出手，按住许可心的肩膀，让她坐下来。

逢博继续说道："最初介入这一行，我选错了方向，刑事案件是一块连鸡肋都算不上的穷骨头，因为穷人的犯罪概率比较大，为穷人辩护只能是做公益，想在刑案中赚大钱，那就得昧着良心挑案子，就像我胜诉的第一个刑案那样，为一个富二代强奸犯脱罪。昨天，这个强奸犯的父亲又来找我了，还是强奸罪，这回他儿子强奸的是一个江西农村来的女大学生。现在，我很有冲动把那个人渣儿子送进监狱，可是，为了我们律所的声誉着想，我最终拒绝代理这起案件。"

另一位合伙人问逢博："逢律是因为这件事辞职吗？还是要去另攀高枝？"

逢博说："这只是原因之一。我也不想去另攀高枝，因为我做这行做够了，接下来，我会去一家国企出任法律顾问，绝不会成为诸位的竞争对手，请大家放心。我干了这杯酒，权当诸位为我送行了。"

待逢博喝完杯子里的酒坐下来，许可心盯着他的眼睛，小声问道："是不是方竖先前供职的那家国企？"

逢博眼神中闪过一丝光亮："跟……方竖没有关系。"

许可心轻声叹道："我明白了，你这辈子已经完蛋了。"

十八

方竖怀孕了，她没有告诉傅敛纬。

连续一周，方竖觉得头晕乏力，有时还会呕吐，她担心自己生了大病，便去医院检查，结果医生告诉她是早期妊娠，而且已经怀孕九周。之所以疏忽大意，是因为方竖的例假不准时，常常两三个月才会来一次。要不要这个孩子呢？她很喜欢傅敛纬，这个男人能够调动起她全身的激情，让她一度迷恋上性爱。方竖觉得傅敛纬也很爱自己，体贴入微到任何细节，他会站在洗手间里，一边看自己洗澡，一边用双手把新洗的浴巾搓揉软了，再给自己轻轻擦拭身体。这么好的男人，不能让他从自己身边溜走。不让他溜走，此刻怀上的孩子是不是天意呢？再说，自己已经三十岁，也该要一个孩子了。自从和逢博结婚后，父母便与方竖断绝来往，所以，她跟逢博离婚的事情也不想让父母知道。一个人活在世上，怎么可以没有亲情慰藉呢？再爱的人，保不齐也会有变心的那一天，只有孩子才属于自己。

在这样反复纠结中，又过去一个多月，直到傅敛纬觉察出苗头，方竖才承认自己怀孕。令方竖没有想到的是，傅敛纬得知她怀孕已经四个月，瞬间变了脸色。他点上一根烟，去阳台上打开窗户，"嘶嘶"地抽烟去了。方竖有些忐忑，也有些失望。自从发现自己怀孕以来，她无数次想象着傅敛纬在得知消息后，会欢呼雀跃着拥抱她、亲吻她，然后向她求婚。

阳台的门被推开，傅敛纬阴沉着脸走进来。走进来的傅敛纬，让方竖瞬间觉得陌生，陌生到会疑虑他刚才去阳台变脸或者变异了。

傅敛纬走到方竖跟前，用低沉的声音说："明天去医院，把孩子做掉吧，我会找一个技术最好的医生帮你做。"

方竖觉得自己幻听了，待傅敛纬重复完第二遍，她问道："怀孕四个月做流产，作为医生，你知道有多大风险吗？"

傅敛纬说："知道，手术风险会出现大出血、羊水栓塞、感染、宫颈裂伤，远期并发症有可能月经不调、继发性不孕症、盆腔炎等。"

方竖接着问道："那你还要我去做手术？"

傅敛纬说："因为……因为我还不想要孩子。"

方竖说："你是不想要我吧？"

傅敛纬嘴唇动了一下，没有出声。

方竖又接着问道："……敛纬，你爱我吗？"

傅敛纬迟疑着蹦出一个字："爱。"

方竖说："既然爱我，为什么不希望我们有一个孩子？"

傅敛纬说："我们没有结婚，怎么可以要孩子？"

方竖说："奉子成婚的人多得是，我们现在就可以结婚呀。"

傅敛纬说："我不能……不能跟你结婚。"

方竖问道："为什么？"

傅敛纬说："因为……我看过你网上的视频。"

十九

逢博的业务水平自不必说，以他的才华出任一个企业的法律顾问绰绰有余。企业法律顾问，无非是为企业的合作项目、投资、经营策略以及商贸合同进行法律咨询和把关。因此，逢博在出任法律顾问的最初三个月，几乎翻阅了该企业所有的项目的合同书，做了大量的案头工作，对企业的过往了解得一清二楚。

逢博的身体状况不能说好，但也说不上坏，熬夜喝酒的时候，他还会心悸，但已经不再像从前那般恐慌，他已经习惯了心悸。逢博熬夜不是为工作，而是为玩乐，他开始迷恋上灯红酒绿的酒吧夜店，每天跟不同的女人喝酒、聊天、上床。酒吧的老板一见到逢博，不等他开口，便会对他说："逢总，三号卡座的女孩是你的菜，高个儿肤白平胸短发。"

逢博吃一惊，酒吧老板给他总结每次搭讪女孩的条件，居然是方竖的样子。他赶紧摆手制止，对酒吧老板说："我今天要找个胖的，要前突后撅能喝酒的。"

酒吧里的女孩都喜欢逢博，不光是因为逢博又高又帅，还因为他不为难女孩。不仅不为难女孩，他还愿意听女孩们倾诉自己的往事，就像当年倾听方竖一样有耐心。有一个口才颇好的短发女孩，把逢博说得直抹眼泪。逢博跟短发女孩干了一杯杜松子酒，对她说："你不应该在酒吧里混，应该去做律师，做律师肯定能超越许可心。"

短发女孩问："许可心是谁？"

逢博说："是我妈。"

当然，也有逢博把女孩说哭的时候。有一天，酒吧老板给逢博介绍认识了一位长发女孩，逢博给她讲自己和前妻的故事，把女孩听得眼泪一把鼻涕一把。作为回报，女孩给自己编了一个凄美感人的故事，说自己为了赚钱供弟弟妹妹读书、供爸爸妈妈治病，不得不混迹京城各个酒吧。逢博听完，笑到肚子抽筋。

长发姑娘问逢博为什么笑，逢博说："编瞎话的人的眼神，就是你这样的，你这个岁数哪来的弟弟妹妹？还有，你这么年轻，应该再编上爷爷和奶奶的凄惨故事，就更加动人了。"

逢博再一次把长发女孩说哭了。

逢博离开酒吧的时候，酒吧老板相送到电梯口，他笑着问道："逢总跟长发女孩说什么了，害得人家把眼睛都哭肿了。"

逢博说："给她讲我的痴情史，她被我感动哭了。"

酒吧老板拍着逢博的肩膀，笑道："每一个渣男都觉得自己是拯救女人的情圣。"

逢博伏在酒吧老板的耳边，小声说道："大多数渣女都以为自己是跌落人间的天使。"

半年后，逢博任职的那家国企出了一桩事，集团的原副总潘广和被逮捕了。

在那场捉奸风波后，两周时间不到，妻子便与潘广和离了婚。潘广和的岳父虽已经退居二线，但是人脉和影响力都还在，他给那家国企打了个电话，潘广和便被国企扫地出门。潘广和倒也没有就此倒下，他争分夺秒较劲似的开了一家自己的公司，公司专门替国际品牌寻找国内的生产厂家，不到半年时间，公司就把流水做到了三千万，令业内人禁不住刮目相看，觉得潘广和还是有个人能力的，并不是仅仅因为其前岳父才坐上国企副总职位的。就在众人都看好潘广和个人能力的时候，突然传来他被抓的消息，而且还连累原来那家国企的数名高管。

两个月后，潘广和被检察院以贪污受贿罪批捕了。另据检察院透露出来的消息，说是该企业两家子公司借壳上市都是由潘广和主抓的，而在这两家上市公司的股东名单里，都有潘广和的亲属。

二十

方竖生下一个男婴，取名方慎之。

之所以要生下这个孩子，方竖开始是带有企图的，她想跟傅敛纬结婚，因为她爱这个男人。等到傅敛纬绝情离她而去后，方竖更加想要这个孩子，因为她觉得爱情靠不住，只有亲情才能给她慰藉。

傅敛纬没有认这个孩子，甚至在方竖生产的时候，他都没有露面。生孩子的时候，婴儿肩难产，差点要了方竖母子的命。啦啦队闺密在给方竖的风险告知书上签字的时候，一边哭一边手抖。男婴在阴道里卡住太久，出来之后就没了呼吸，随即被送进儿科的重症监护室。

　　因为方竖是非婚生育，买不上生育保险，生孩子的所有费用全部自掏腰包。生下来的男婴在重症监护室一待就是二十天，花掉了她大半积蓄。孩子出院那一天，方竖紧张了许久的眉头才舒展开来，可让她没有想到的是，苦日子才刚刚开了一个头。

　　身边没有老人帮忙，从未有过育儿经验的方竖虽然看了很多育儿书，实操起来还是手忙脚乱。她一门心思都在孩子身上，根本无暇顾及自己还要坐月子。夜里，孩子要喂两次奶，她生怕错过时间饿着孩子，多数时候都会生生地熬着。啦啦队闺密在电话里提醒她，让她在手机上定一个闹铃，就不会影响睡觉。方竖担心闹铃会吓着孩子，没有听从闺密的劝告，直到一天深夜晕倒在厨房里。等她醒过来的时候，已经过了喂奶的时间，孩子饿哭了多时。方竖顾不得难过，一骨碌爬起来，赶紧抱起孩子来喂奶。孩子的哭声止住了，她开始止不住地流泪。

　　有一天，方竖背着儿子去超市购物，特意买了几罐能够提神的饮品。这时候，一旁有一个戴棒球帽的小伙子，从口袋里掏出一个小塑料袋，递到方竖眼前说："拿去，试试这个，一晚上不睡觉都不会觉得困。"

　　方竖很是警惕，她迟疑着问道："这是什么东西？"

棒球帽见她犹豫，接着解释道："是非常棒的提神药，不会上瘾，说戒就能戒掉。"

方竖问道："贵不贵？"

棒球帽说："不贵，这个不要钱，你先试试，管用再说。"

当天晚上，方竖按照棒球帽的教导，尝试了小塑料袋里的白色粉末，果然亢奋了一晚上，连眼皮都没有眨一下。

儿子方慎之一周岁生日的时候，方竖的经济已经非常拮据，甚至舍不得为儿子买一只慕斯蛋糕。每个月的奶粉和"提神药"就是一笔很大开销，她已经一年多不工作了，孩子还这么小，她也无法出去工作。

在下一次购买提神药的时候，方竖问棒球帽，能不能批发给她一批药："我没有工作，想贩点提神药来卖，好养活孩子。"

棒球帽说得请示一下上线，便走出超市去打电话了。

几分钟后，棒球帽回来了，说是最近风声紧，不敢随意吸收下线，拒绝了方竖。

功夫不负有心人，方竖通过网络联系到一个卖家，这个卖家答应批发给她提神药。就这样，方竖开始在超市贩卖提神药，一个月赚来的钱，倒是够给孩子买奶粉，也够自己用药。方竖天天在超市里转悠，早就引起超市保安的注意。起先，保安以为她是在超市里偷东西的女贼，后来才发现她在兜售提神药，便偷偷报了警。

第二天，便衣警察在超市里设好埋伏，就等方竖售卖药品的时候人赃俱获。

事情偏也凑巧，有个剃小平头的小伙子经常从方竖手里买提神药。最近手头缺钱，他便开始打方竖的主意。小平头心里清楚，干这个买卖被劫被抢，既不敢声张也不敢报警，只能自己吃哑巴亏。方竖一个弱女子，身上还背着个吃奶的孩子，不欺负白不欺负。打定主意，小平头第二天上午就去了超市门口，早早地候着方竖。

这天是星期六，方竖觉得生意会好做，便把家里的药品全都装进手袋里。她背着儿子，拎着手袋，还没跨进超市门口，便觉得手腕上一紧，手袋就被一个人抢走了。方竖刚要喊抓小偷，就赶紧伸手捂住自己的嘴巴，认下这个哑巴亏。装药品的手袋里还装着钱包，一起都被抢走了，但是今天必须买奶粉，不然孩子就得挨饿。不知道为什么，方竖一直没有奶水，儿子方慎之全靠喝奶粉。方竖站在超市门口纠结着，突然，她想起那些在超市里偷东西的女人，她平日里很瞧不起那些女贼，可今天，她却原谅了那些女人。

方竖决定只偷一罐奶粉。她在奶粉区转悠了半天，心情比她兜售药品还要紧张。最终，她从货架上取下一罐儿子常喝的奶粉，匆忙塞进怀里。坐在胸前背篓里的儿子，这时候突然冲着妈妈笑了起来，看到儿子无知又无邪的笑容，方竖的心像是被针扎了一下。她站在货架前，犹豫了一阵子，决心放弃偷窃，就在她把手探进怀里取奶粉的时候，便衣警察包抄上来，给她戴上了手铐。

二十一

　　警察没有从方竖身上找到提神药，他们甚至打开孩子的襁褓，也一无所获。旁边，一名便衣警察对两个超市保安小声嘀咕道："这事儿听上去就奇怪，哪有人会在超市里干这种事儿，你们当毒贩子是弱智啊，会在超市的监控摄像头下面卖药？"

　　方竖走出超市门口的时候，心里满是茫然，她先是茫然自己和儿子今后的生计，接着茫然那个便衣警察的话，既然毒贩子不会傻到在超市里兜售提神药，自己被警察抓是迟早的事儿。如果超市里不适合干这个营生，当初那个棒球帽为什么会找到我？难道他也是一个生手？此刻，她真心感激刚才抢走自己手袋的人，如果不是他……突然，方竖背后传来一个男人的声音："站住。"

　　方竖回头望去，发现是那个便衣警察，她的心一下子又提到了嗓子眼。

　　便衣警察走到方竖跟前，把一罐奶粉塞进她的怀里，说道："我给超市付账了。"

　　便衣警察说完，扭身走进了人流。

　　在医院门口，方竖截住了傅敛纬。

　　方竖的突然出现，让傅敛纬很是吃惊。他向四周偷扫了一眼，还不等方竖开口说话，傅敛纬便把她拉走，一直走到南二环的辅路边。

傅敛纬用责怪的口吻问道："什么事儿，干吗要跑到医院来闹我？"

方竖说："我发了十几条短信约你，你不回复，我没有办法，只好来医院找你。"

傅敛纬有些不耐烦："你找我干吗？"

方竖说："我现在的经济状况很糟糕，我得等到孩子三岁入托后才能工作，还有一年半的时间，我希望你能为孩子支付一点抚养费。"

傅敛纬问道："支付到什么时候？"

方竖说："支付到我能够工作的时候。"

傅敛纬说："你如果一直不工作呢？"

方竖反问道："你觉得我方竖是那种受嗟来之食的人吗？"

傅敛纬没有说话，他点上一根烟，"嘶嘶"地抽起来。这时候，方竖怀里的孩子哇哇哇哭起来。傅敛纬头也不回，继续皱着眉头抽着烟，仿佛身边的娘儿俩跟他没有丝毫关系。

方竖看着背篓里哭喊的儿子，问傅敛纬："难道你就不想看一眼自己的儿子吗？"

傅敛纬没有看孩子，也没有看方竖，他眼睛盯着辅路上一辆辆飞驰而过的汽车，说道："我还不能确定，这是不是我的孩子。"

方竖闻听此言，一股火顶上头来，她一记耳光甩过去。

傅敛纬抬手一挡，手里香烟的烟灰散落开来，恰巧飞溅进他的眼睛。

方竖欺身上前，伸出两只手愤怒地推了傅敛纬一把："你把我当什么人了，你这个混蛋！"

傅敛纬正在用双手揉搓两只眼睛，被方竖一推，顿时失去重心，往马路牙子下面摔去。就在此刻，一辆越野车疾驰而过，越野车的前保险杠正好撞到傅敛纬的头。"砰"的一声闷响，傅敛纬被撞出去有十几米远，倒在血泊中。方竖看到傅敛纬躺在地上，扭动了两下身体，便不再动弹了。她惨叫一声，跌坐在地上，怀里的孩子哭得更凶了。

二十二

许可心接到逢博的电话，是晚上十一点钟。她很是好奇，好奇逢博怎么会在这个时间给她打电话，因为两个人大概有一年多不联系了。许可心接通电话，逢博居然连一句礼貌的寒暄都没有，开口便道："你得帮我打一个官司。"

许可心问道："什么官司？"

逢博说："过失杀人。"

许可心揶揄道："你曾经发过誓，说不再接刑事案子。"

逢博说："这回由不得我。"

许可心问："谁杀了谁？把案件背景说一下。"

逢博说："你明天上午来我家，我把案情详细说给你听。"

许可心赶到逢博住处的时候，才发现逢博不是一个人，还有一个两三岁左右的男孩，坐在沙发上哭喊着找妈妈。

许可心大为好奇，问："孩子是谁的？"

逢博说，这孩子叫方慎之，是前妻方竖的儿子。

许可心翘起嘴角笑道："你们奉子复婚了？"

逢博说："是方竖失手杀了人，死者就是这孩子的父亲。"

方慎之不停地踢动两条小腿，把沙发上的零食踢到地上，哭得满脸都是鼻涕眼泪。许可心抱起方慎之，又用纸巾给孩子把脸擦干净，然后去饮水机上接了一杯温水，喂给方慎之喝水，孩子这才止住哭声。

许可心盯着方慎之的小脸，对逢博说："这孩子长得跟你倒有几分相似，说是你儿子，也有人信。"

逢博没有言语，只是摇摇头苦笑一声。

接下来，许可心给方慎之用干贝蒸了一碗鸡蛋羹。孩子大概是真饿了，一边抹眼泪，一边把鸡蛋羹吃个干净。待方慎之吃饱了，也就窝在沙发里睡着了，逢博才把案情的来龙去脉说给许可心听。

许可心听完案情，很职业地问道："你还没有见过方竖，怎么会这么了解细节？"

逢博一怔，说道："凭我对方竖的了解。"

许可心冷笑道："拜托逢大律师，能不能职业一点？上了法庭之后，这样的说法会给你减分的。"

逢博有些尴尬，端起咖啡杯，"咕咚"喝了一大口已经变冷的咖啡。

许可心说："这起案子，你若想让我帮忙，我们就是工作搭档，你要是对工作搭档隐瞒事实，后果可不要让我来背。"

逄博沉默了有半分钟，挺了挺身子，对许可心说："我承认，自从我离婚那天起，就一直在等待着方竖回头，她跟潘广和分手后，我觉得我的机会来了，可是没想到半路上又杀出一个傅敛纬，而且还生下了孩子……"

许可心打断逄博："请你说重点，直面自己内心的黑暗。算了，我替你说吧！你把住处放在双井，就是为了监视方竖，方竖跟潘广和分手后，你发现方竖开始跑步，然后就兴冲冲地买了跑步装备，准备陪前妻跑步，结果发现傅敛纬捷足先登，后来还怀了身孕，而这一切发生的时候，你的床上还睡着我。"

逄博点点头："我承认，在这件事情上，我做得有些卑鄙。"

许可心说："你卑鄙与否跟我没关系，我介意的是，你利用了我对你的爱，我在你的心里，顶多就是一个泄欲工具，外加办案工具。"

逄博说："对于你，我是理亏的，但我也曾经努力过，努力地去爱你，可是，我无法左右自己的情感。"

许可心说："你所谓的努力，也只不过是把我当作你走出困境的工具，总之，我就是你的工具。抱歉！我不想接这起案子。"

说完，许可心拎起自己的手包，便去开门。逄博一步抢在前面，挡在门口，他对许可心说："我既然已经打破自己的誓言，索性一破到底，从此以后，凡是你需要我配合的委托案件，我分文不取。"

许可心狠狠地瞪了逢博一眼:"你以为这是钱能摆平的问题吗?"

逢博说:"如果你不接受我用钱来摆平,那我只好用你的良知了。"

许可心怒目而视:"你什么意思?"

逢博冷笑一声:"我和方竖走到今天,起因难道不是你处心积虑要在我的房间洗澡吗?"

许可心毫不示弱:"律师讲话要有真凭实据。"

逢博说:"方竖到酒店之前,你接到前台的电话,不仅不告诉我,还故意进我的房间洗澡,事后你还借故把前台开除,让我无从落实事情的真伪。就算这件事神不知鬼不觉,方竖落到今天这个地步,你难道不会觉得自己良心不安吗?"

许可心沉默片刻,抬起头来对逢博说:"我承认,我的行为有失当之处,可爱情是自私的……"

逢博突然一挥手,用很大的声音喊道:"请你不要以爱之名肆意妄为!"

二十三

一审的时候,逢博取证非常充分,得到死者傅敛纬与方慎之的亲子鉴定书。还拿到方竖银行账号两年的流水记录,证明死者傅敛纬从未为亲生儿子支付过抚养费。逄博还通过线人，拿到傅敛纬私人电脑浏览记录。在浏览的时间点上，证明傅敛纬在初次接诊方竖期间，便从网络上看到了方竖被人捉奸后拍摄的视频。而后，傅敛纬以看到"网络视频"为由，拒绝婚姻拒绝孩子，存在故意玩弄方竖感情的嫌疑。但是这些间接证据，只能说明死者傅敛纬的道德问题，无法证明方竖是过失杀人。

死者傅敛纬的律师拿出的证据似乎更有力，对方在法庭上展示了事发前一天，方竖给傅敛纬发的短信，里面不乏威胁死者的信息，直指方竖故意杀人。

一时间，逄博陷入困境。他要研究案件，还要四处取证，最让他头疼的是照看方竖的儿子方慎之。这样的生活节奏，对于一个自由懒散惯了的中年男人来说，简直是一场灾难。

为了照顾方慎之，逄博请了一位保姆。他向方竖承诺，一定会帮她照顾儿子方慎之，只要她全力配合，争取以过失杀人定罪是有希望的。一时间，方竖百感交集，却一句话都讲不出来，只能怔怔地看着逄博流泪，十几年往事瞬间像蒙太奇一样划过脑海：篮球场上的激情热浪，租住房里的颠鸾倒凤，新房子里的浪漫温馨，缠绵床头的夜读《边城》……

逄博觉得方竖憔悴了许多，眼睛不再闪烁青春的晶莹，眼角已经隐隐现出鱼尾纹，且有下垂迹象。她希腊式的鼻梁不再像曾经那么笔直，曾经缝合过的伤疤因为没有脂粉遮掩，显得分外抢眼。眼前这个女人，曾是他的最爱，也曾带给他伤害。春花秋月般的美好，破碎如同在一夜之间，造化竟是如此弄人。

若不是碍于在拘留所，逢博真的很想上去抱抱方竖，什么都无须说，只是一个久违的拥抱。

许可心打进来电话，逢博问她有没有好消息。

许可心说有好消息，也有坏消息。

逢博让她不要卖关子，抓紧时间先说坏消息。

许可心说："坏消息是涉事车辆行车记录仪上的视频审核意见出来了，跟交警队的鉴定意见一致，傅敛纬的确是被外力所致，失去身体重心，撞上行驶的车辆。好消息是我说服了司机，他答应在二审的时候出庭作证。"

逢博说："司机出庭作证，难道会推翻行车记录仪的视频?"

许可心说："司机会证明死者傅敛纬摔倒之前，正在用双手搓揉眼睛。"

逢博不解地问道："用手搓揉眼睛，又能证明什么?"

许可心不无得意地笑了笑，说道："一名优秀的律师，不能把自己的认知只停留在法律层面。人的前庭系统是来管理人体平衡的，如果视觉受阻，前庭的神经就无法有效地进行感觉统合，医学上称之为感统失调，感统失调之后就会导致人体失去重心，这个时候即便是刮来一阵风也可能把人吹得东倒西歪，这个道理就像人被蒙上双眼就走不出直线，是同一个道理。"

二审庭审当天，逢博安排保姆抱着方慎之候在法院门口，准备在庭审结束时，让方氏母子见上一面。二审庭审激辩非常激烈，公诉方仍然主张方竖故意杀人罪，受害者家属适时打出"严惩凶手"的标语，虽被法官斥令收回，但是整体气氛偏向于死者傅敛纬。

轮到逄博为被告辩护时，他请出最强有力的辩护证人——涉事司机，并按照许可心为其规划的辩护思路侃侃而谈。在他当众询问引导下，涉事车辆的司机如实讲道："我看到这位女士打了那位男士一巴掌，男士手中的香烟掉在地上，并用两只手揉搓双眼，应该是烟灰落进男士的眼睛。"

逄博突然大声叫停，他手指着方竖，问证人："这个时候，被告的表情是什么样子？是生气，还是气愤？"

证人司机犹豫片刻，说道："当时，这位女士正背对着我，我看不到她的神情，我想她应该是很愤怒，她接着用两手往前推了那位男士一把。"

逄博再次打断涉事司机的陈述，问道："这位女士是沿着公路方向推的那位男士，还是对着公路横向推人的？"

涉事司机说："因为他们两个人是沿着马路牙子并排站着，所以，这位女士是沿着公路方向推的那位男士。"

逄博接着司机证人的话，说道："谢谢证人！人体的平衡感取决于大脑的前庭系统，前庭系统的正常工作依靠视觉，人在蒙上双眼的时候会把直线走成弧线，这在医学上称之为前庭系统感统失调。死者傅敛纬当时因为烟灰眯眼，处于感统失调状态，加上用两只手揉搓眼睛，又失去了双臂对身体的物理平衡支撑，所以，被告这一推，死者可以倒向任何一个方向。但是，现场唯一的目击证人证明，被告是顺着公路的方向，往前推搡死者的，这足以说明被告主观上不存在任何伤害死者的动机。"

二审判决结果出来了，方竖最终被认定是过失致人死亡罪，但是主观上存在侵害死者的意图，最终被法院判处有期徒刑十五年。

二十四

今天是北京奥运会开幕式的日子，为了保障中国的首届奥运会顺利开幕，城里很多条道路被限行，逢博驱车一直绕道上了南五环，才得以出城。今天也是前往监狱探视方竖的日子，每个月一次探望，逢博戏称为"例假"。他今天没有带方慎之，因为方慎之要参加奥运会开幕式的大型团体操表演。

方慎之已经十二岁了，正在读小学五年级，是一个乖巧懂事的孩子。这个缺少母爱滋养的孩子，性格偏内向，平时言语不多，倒是特别喜欢读书。他几乎读遍家中所有藏书，甚至还读过那本已经翻旧了的《边城》。逢博问方慎之："你读得懂吗?"

方慎之说读得懂。

逢博问："你读懂了什么?"

方慎之说："这本小说跟别的小说不一样。"

逢博问："哪里不一样？"

方慎之说："这里面没有坏人，只有好人。"

逢博又问道："爸爸是好人还是坏人？"

方慎之不假思索地回道："爸爸当然是好人。"

逢博愣神片刻，对方慎之说："这个世界上的好人和坏人，有时候并不是一眼就能看出来的，而且，好人和坏人的分界线也不会那么明显，坏人也可能做好事，好人也可能做坏事。"

逢博一番话说完，方慎之稚嫩的小脸上一片茫然。

方慎之管逢博叫爸爸，但逢博从未引导过他叫自己爸爸。方慎之四岁的时候，有一天下午，逢博去幼儿园接方慎之，抱着他下台阶的时候，方慎之突然趴在逢博耳边叫了一声"爸爸"。逢博当时愣了一下，随即抱紧方慎之，问道："儿子，今天晚上想吃什么？"

方慎之跟着逢博，每个月去探望一次妈妈。有一回，在返回北京的路上，方慎之问逢博："爸爸，妈妈是坏人吗？她为什么关在监狱里？"

逢博说："妈妈是个好人，她非常非常爱你，但是好人做错了事，也会遭到法律的惩罚。"

看到儿子被逢博照顾得很好，方竖心里大是欣慰，她更加由衷地感激前夫。

初入狱时，方竖的状态非常糟糕，十五年的刑期让她感到无边的绝望，谁来照顾年幼的儿子呢？就算逢博感念夫妻旧情，又能照料儿子多久？一切一切都是她无法接受的残酷现实。方竖准备用绝食的方式来了结不堪的人生，绝食到第四天的时候，狱警把逢博和儿子方慎之带来了。方竖接过孩子，抱在怀里失声痛哭起来。

狱警把逢博叫到一旁，说是经狱医初步诊断，方竖得了抑郁症，希望逢博能够配合治疗，多给方竖一些安慰。逢博点点头，称责无旁贷。

在接下来的独处时间里，逢博向方竖做了两个承诺：一是会把方慎之抚养长大，二是要求在方竖出狱后复婚。

方竖一时间有些反应不过来，她怀抱着儿子，用一副木讷的神情盯着逢博的眼睛看，像是要看见圣洁的光芒。眼前这个男人曾经是她的最爱，爱到她会嫉妒逢博常坐的电脑椅，甚至逢博跟篮球队的兄弟们聚会，她都会吃醋。所以，当看到许可心穿着浴袍从酒店套间里走出来那一刻时，她的精神世界瞬间坍塌下来。于是，她带着复仇的快感接受了潘广和的欢愉，又裹挟着寂寞的悲哀迎来了傅敛纬的高潮。

在抑郁的木讷下面，方竖的内心世界波澜澎湃。逢博冲着她温和一笑，方竖浑身打个激灵，那似曾相识的笑脸，瞬间就能把她带回十年前的旖旎婉丽。

逢博打开公文包，从中掏出一本有些残破的书，开始为方竖读第九遍《边城》。

二十五

第九遍《边城》读完的时候，方竖展开笑靥，说翠翠、傩送和天保都太傻了："但凡有一个人，肯勇敢地说出自己内心的真实想法，就可以避免三个人的悲剧。"

逢博笑着说："诚实面对自己内心的感受，需要勇气。"

方竖已经完整地走出抑郁，让逢博松了一口气。

探视的时间到了，逢博抱起方慎之离开探望室的时候，方竖笑着问道："我现在不抑郁了，复婚的承诺还算吗？"

逢博回道："承诺至死有效。"

读完了《边城》之后，逢博又开始给她读《简·爱》，他觉得 Jane 的遭遇更能激励方竖熬过刑期。每次探视时间一个小时，两个人用半个小时聊天，然后再用剩下的半个小时读小说。逢博说读完《简·爱》后，再为她读《时间简史》和《金阁寺》。逢博还说，《基度山伯爵》就不读了，因为会被警方怀疑他在教唆越狱。说完，两个人哈哈大笑起来，一旁的方慎之不明所以，也咧着小嘴跟着傻笑，直到狱警敲门警告。

那天临走的时候，逢博对方竖说："时间过得很快，按照我的阅读速度，等我读完书柜第一个格子里的书，你就自由了。"

每一次，方竖都是眼含热泪，目送着逢博和儿子走出探望室。这是幸福的泪水，也是希望的泪水。是啊，有什么能比满怀希望地活下去更有意义呢？

每逢周末，方竖也会申请打电话，虽然每次电话不能超过十分钟，但也足以慰藉三颗孤独的心。每次通电话，逢博都会再设上倒计时，到九分半钟的时候，他会说："你先挂。"

方竖说："不，你先挂。"

逢博说："你先挂。"

方竖说："就不，你先挂。"

逢博突然间哈哈大笑起来，方竖问他笑什么，逢博说："'你先挂'现在是个网络语言，类似于'你先死'。"

听完逢博这句解释，电话另一头的方竖落泪了，自从看到逢博那个没有按键的手机时，她便知道监狱外面的世界已经沧海桑田。她的眼泪不为悔恨，也不为自己，而是对时光流逝后物是人非的感慨。她擦了擦滚落到消瘦脸颊上的泪水，对逢博说："不许说'死'这个字，我们都不死，我们还有更幸福的未来在等待呢。"

二十六

方慎之十五岁生日那天，逢博带回来一个慕斯蛋糕和一个好消息，说是妈妈获得两年减刑。逢博粗算一下，说再过十六天，妈妈就刑满释放了。方慎之听到这个消息后，没有表现出逢博预期的兴高采烈，只是闷着头在玩手机。

这些年来，亲生父亲做到的，逢博都做到了。亲生父亲做不到的，逢博也做到了。最初，方竖拜托逢博，要把儿子方慎之送回厦门老家，让自己的父母替她抚养。她与父母亲断绝来往十多年了，母亲偶尔会给她打个电话，询问平安，但她从未主动给母亲打过电话。方竖觉得血浓于水，自己身陷囹圄，父母不可能不管自己的外孙子。可是，逢博没有按照方竖说的去做，他觉得儿子每个月去探望一次妈妈，对于方竖的精神状态恢复是有益的。等到方竖走出抑郁之后，逢博竟然跟孩子处得有了感情，更不想把方慎之送走。于是，不是父子胜似父子的两个人，就这样一路相依相伴走过了十三年。十三年来，情商颇高的逢博几乎没有对儿子发过脾气，而懂事早熟的方慎之即便是处于叛逆的年龄，也没有对爸爸有过逆反。

读小学三年级的时候，有一天，方慎之问逢博："爸爸，为什么同学们都跟着爸爸姓，我怎么跟着妈妈姓？"

逢博回答说："因为妈妈更爱你。"

今天，方慎之的态度变化，让逢博颇感意外。待他端着点满蜡烛的慕斯蛋糕，敲开方慎之的房门后，看到的依旧是一张低落而青涩的脸。方慎之拉着小脸，敷衍着吹灭蜡烛。

逢博把蛋糕放到书桌上，拍了拍方慎之的肩膀，笑着说道："我知道，每个少年都有属于自己的烦恼，等到二十年之后，这些烦恼就会成为你最快乐的记忆，所以啊，爸爸不会去主动打扰你的烦恼。但是，你如果需要我的话，爸爸还是很愿意帮忙的。"

方慎之紧绷着小脸，说道："我不需要。"

距离方竖刑满释放还有不到一周时间，她在监狱的最后一个周末，给逢博打来电话。方竖的语调里充溢着无法按捺的欢快，她对逢博说："你知道吗，昨天晚上，我也在梦里听见了罗切斯特的呼唤了，Jane！Jane！Jane！居然把我从梦中叫醒了，我知道，那肯定是你在召唤我……"

逢博说："少安毋躁，越是到了最后几天，越要沉住气，满打满算还有四天时间，到时候，我和儿子开车去接你回家。"

方竖说："对了，儿子呢？让我跟儿子说几句话。"

逢博压低声音，说道："儿子最近这几天有些反常，对我爱搭不理，有时候甚至还用厌恶的眼神看我……"

方竖说："慎之对你一向言听计从，搞得我都有点嫉妒，他怎么会突然间有这么大转变？"

逢博说："大概是到了青春叛逆期了，没事儿，等到你回来就好了。"

方竖说："好吧，那我们就周五见了。"

逢博说："好的，欢迎回家！"

二十七

周五清晨，天还不亮，方竖就起床了，静静地坐在床上，等候天亮。昏暗中，方竖回想自己只身从闽东南到北京读大学，还是一个情窦初开的少女，而今已然是一个四十七岁的中年妇女。昨天晚上冲完澡，她对着镜子拔掉十七根白发，人生过半，白发毕现。这些年来，她已经逐渐学会接受和自洽，尤其是当逄博重又出现在她的生活以后，方竖更加觉得命运之神的仁慈，让相爱的人得以善始善终。

换上便装，拎起行囊，告别服刑十三年的高墙，方竖的眼角有些湿润。风衣是逄博上个月送来的，按照她说的尺码买的，那是她关进监狱前买衣服的尺码，如今穿在身上已经紧绷绷的。这些都没有影响方竖的好心情，走出高墙那一刻，她便没再回头，这就是她的性格，不念过往。

监狱建在一处荒野，周边全是农田，田里的玉米棒子早已掰完，只剩下干枯发黄的玉米秸秆，秋风侵来，整片田野发出"哗啦哗啦"的声响，像是整个秋天的挽歌。通往监狱的路只有一条，路是为监狱修建的，路的尽头是监狱，路的另一头则是世界。

方竖朝着世界的方向走去，她想离监狱越远越好，只要沿着唯一的路走下去，就可以遇见逄博和儿子。一想到逄博，方竖心底便会涌起一股温热，世间居然真有这样重情重义的男人，自己到底是几世修来的福缘，能让枯木逢春，能让破镜重圆。

大约用了将近一个小时，方竖走出监狱的视野，玉米地和白杨树挡住了监狱，天地间只剩秋天的萧瑟和"哗啦哗啦"的声响。前方一左一右出现一个三岔路口，方竖放下背包，她决定在这个三岔路口等候逄博和儿子，因为她不知道该往哪条岔路走。望着眼前的三岔路口，方竖再次生出感慨。此前，她都是跟着感觉和冲动，选择一条路便走到黑。那个时候，自己为什么不能停下来等一等，就像此刻这样，等那个可以来引领自己的人呢？而且，人生的三岔路口，不一定只有 A 和 B 的选择，没准儿回头路才是上上策。如此说来，人生最重要的智慧是学会选择和等候，要么有足够的智慧自己做选择，要么有足够的耐心等候正确的人来引领，引领你走正确的路。

胡思乱想了一会儿，方竖看一眼手表，已经是上午十一点半钟。逢博说他和儿子会在上午九点半以前到，已经过去两个小时了，他们怎么还没到？没准儿是堵车，据逢博说，北京现在变成一个大停车场，因为汽车便宜，几乎家家买了汽车。手表是逢博给她买的江诗丹顿，和风衣、牛仔裤一起送过来的，大概是作为出狱礼物送的，但是"出狱礼物"不好听，逢博没有说出口。逢博的细腻之处真像个女人，甚至像个母亲，方竖在心里想。

此时此刻，方竖如果信仰上帝，她肯定会觉得逢博更像耶稣。

望眼欲穿的方竖，一直在三岔路口等到下午两点钟，一辆红色宝马从左侧的岔路口驶来。方竖有些失望，因为逢博说他换了一辆黑色的奔驰越野车。红色宝马在方竖面前停下，车门打开，方慎之和许可心走出来。

方竖心头一紧，急吼吼地问道："逢博呢？逢博在哪儿？"

儿子方慎之阴着脸，低沉地说："他死了。"

许可心补充道："现场初步鉴定是自杀，警察把尸体运回法医处，做进一步尸检确定。"

方竖缓缓地坐在地上，就像身后一棵枯黄的玉米秸秆，一股劲猛的秋风吹过，慢慢地卧倒下来。

二十八

一周之后，方竖从公安局刑侦队文鉴处领回了逢博的所有日记本，开始日夜不眠地翻阅前夫的日记。

方竖一边阅读日记，一边做笔记，最终，把逢博与两个女人的情感轨迹理出一个大致轮廓：逢博没有出轨，没有在威斯汀酒店跟许可心上床，但是他对许可心有好感，也欣赏其才华，并纵容许可心对她的暧昧关怀。在此，逢博对自己的内心做过深度剖析，觉得是年幼时，父母忙于工作，导致自己缺爱缺关怀，所以才会在成年之后出现心理黑洞。

对于方竖出轨，逢博用了很多笔墨，每天的日记长达四五页纸，倾吐了他对妻子的失望和难以置信。读到这些字字啼血的日记，方竖才知道，彼时彼刻在精神上坍塌的不仅仅是她，逢博跟她一样痛苦，一样煎熬。而且，逢博一直在期待着方竖回心转意，甚至能回头向他认错，用逢博日记中的语言，那就是"两个人来一次赤裸裸灵魂对灵魂的忏悔，我相信，我们还会回到从前的温暖爱河"。

这一段时间的日记，让方竖有锥心刺骨的感动，也有意想不到的震惊。原来，逢博隔三岔五就会去监视方竖的住所。那个时候，她和潘广和正好打得火热，几乎天天晚上在一起厮混。也就是从这里开始，逢博日记上的语锋变了，温暖的痴情不见了，出现了愤怒和仇恨，而且称自己将化身"厄里倪厄斯（希腊神话里的复仇女神）"，要把犯下不洁之罪的人送入万劫不复的地狱。

接下来，逢博通过线人对潘广和进行调查，并授意线人，把方竖的居所地址交给潘广和的老婆，幕后操纵了一场捉奸闹剧。就算方竖入院治疗鼻伤，逢博也不觉得内疚，他将其视为厄里倪厄斯的惩罚。拆散潘广和和方竖之后，逢博觉得自己的机会来了。看到方竖恢复后开始跑步，他也买了跑步装备，准备在路上装作偶遇，以便"吃了苦头的方竖向自己低头认错"。可事与愿违，傅敛纬的及时插入，给了逢博再一次沉重打击。

逢博故技重施，安排线人调查傅敛纬的背景，发现他不当官也不掌权，并且未婚，实在没有下手的机会。此刻，逢博上溯回悲剧源头，觉得潘广和和许可心难辞其咎。于是，他将许可心赶出自己的公寓，并应聘做了潘广和原先供职的那家国企的法律顾问。逢博判断潘广和四处包养情人的费用不菲，肯定存在经济问题，他想从潘广和经手的经济合同里寻找破绽。日记读到此处，方竖禁不住手脚冰凉，逢博已经令潘广和被国企扫地出门，他还于心不甘，最终将其送进监狱。

等到逢博料理完这两件事，再回头，发现傅敛纬已经抛弃方竖，但方竖已经生下傅敛纬的孩子。在这一年多的日记里，逢博对方竖已经没有爱了，连哀其不幸怒其不争都没有，仅有的情愫都是憎恨和报复。

令方竖万万没有想到的是，在超市里向她兜售提神药的棒球帽，竟然也是逢博的安排。逢博此举的目的，就是想用最后一根稻草压垮方竖，"让她为自己肆意任性的放浪行为付出所有代价"。

方竖合上笔记本，失声痛哭起来。经济拮据的确成了改变方竖人生的导火索，不是经济拮据，她就不会去找傅敛纬，就不会发生争执，也不会导致傅敛纬死于非命，更不会让自己服刑十三年……

在逢博决定为方竖做辩护那一刻起，日记里的笔锋再次转变，字里行间充溢着自责。此后十三年来的日记里，几乎都是逢博的忏悔和反思，"都说是造化弄人，其实弄人的不是造化，而是自己狭隘的心"。在日记里，逢博对方竖出狱后做了许多美好规划。逢博还记得当年承诺，承诺要带着方竖去意大利寻找组织，所以，他计划在今年暑假，带着方竖和方慎之前往意大利西西里岛度假……

倒数第二篇日记，逢博是这样写的：后天是方竖出狱的日子，一切终于熬到了头，遮在我心头的阴霾透进了一缕阳光。今天晚上，我要烧掉所有日记，就像是掩埋掉垃圾的填埋场，上面要种上树栽上花。忘掉人生中那些幼稚的猜疑、浅薄的嫉恨和狂妄的复仇，十三年的磨难愿我们涅槃重生，让我们三个成为真正的一家人。

最后一篇日记只有一句话：在我要烧掉日记的时候，儿子走进来告诉我，他已经偷偷读完了我所有日记，他说是我杀了他的父亲，他恨我，恨我一辈子……

逢博是在首都图书馆前面的草地上自杀的，他用一只安全套套住整个脑袋，活活让自己窒息而死。图书馆门前的监控录像上显示，逢博给自己脑袋套上安全套之后，迅速又在脖子和脑袋上缠了十几圈透明胶带，以防在最后时刻承受不住，自己挣脱安全套，赴死之心可见一斑。

在门头沟的山里，方竖给逢博买了一块墓地，并在墓穴和墓碑上都留下了另一个人的位置。安葬逢博骨灰那天，方竖把逢博的日记本也带去了。待亲朋好友离开之后，方竖在墓前的火盆里焚烧逢博的日记。她一页一页撕下日记，填进火焰里，烧掉逢博的爱，也烧掉逢博的恨，烧掉逢博的阴暗，也烧掉逢博的神圣。从中午一直烧到黄昏，方竖把最后一本日记的封底填进火盆时，突然，她在火焰中，看见一行字：没有狭隘的人心，只有人心太狭隘。

方竖想，这应该是逢博的绝笔。她急忙探手进火盆，想掏出封底来看看落款的日期，可是，太晚了。一股迅猛的寒风吹过来，刮飞了方竖手中的灰烬，只留下一阵锥心刺骨的疼痛。

完稿于广州番禺

2018 年 12 月 12 日星期三

末日降临

一

　　还有三天是中秋节，是我在这个世界上度过的第三十九个中秋节。除了越来越贵的月饼，还有越来越稀疏的脑门之外，这个中秋节与前三十八个一样无聊。

　　业务部的同事们拿着填写好的客户名单，轮流找主管赵世双签字，以便在中秋节前把月饼和红酒送到自己的客户手中。吴专一的业绩是部门里最好的，所以，他的客户名单很长，用五号字还排满了整整两页 A4 纸。

　　我的"月饼"客户名单上只有六位，跟我上半年的工作业绩成正比，赵世双眼皮都没抬一下就给我签了字。我没敢像吴专一那样把自己相好的名单放进公司客户名单里面，因为我想保住这份很烂的工作，如果工作都没了，老婆喊我"窝囊废"

165

的时候，就更理直气壮了。其实，她叫我窝囊废也没什么，以前做爱的时候她也是这么叫我的，她只是不该在儿子面前喋喋不休地重复这三个字。唉！同样三个字，改变了语境也就换了性质。分居以来，估计她在儿子面前已经把我编排得比灰太狼还愚蠢。所以，我敢肯定，我儿子学会鄙视的第一个人就是我。

吴专一的客户名单被赵世双翻来覆去看了好几遍，手指重重地点在名单的一头一尾两个女性名字上，眼皮不抬地问她们与公司的业务关系，那口吻就像是在询问吴专一与她俩的性关系。吴专一把抽了半截的"软中华"狠狠地按在赵世双满是"中南海"烟蒂的烟灰缸里，不紧不慢地说："我的业务就是靠女人做起来的，你不是也明里暗里地鼓励这种业务关系吗？你这么关切，是不是公司要给我发放精子损失费？"赵世双干笑了两声说："谁不知道你吴专一的能量取之不尽用之不竭，给你发精子损失费纯属羞辱你。"说完坏笑了两声，把两页A4纸签了。吴专一给赵世双的桌面上丢了一根软中华，还是一副不急不躁的样子，"羞辱我吧，撒开了欢儿地羞辱我吧！只要补助费够多，我就扛得住……"

这就是吴专一，嘴巴能杀人，所以，我在办公室里面尽量避免跟他交流。如果有不得不说的话，我也尽量把话说得不留下任何话把儿，说完了就赶紧摸起电话联系业务，其实我没那么多业务电话。有一次，吴专一就把我的电话夺了过去，一听电话里面是忙音，就关切地问我："不装逼能死吗？"别人或许会以为我俩关系不好，也许就是不好，可我内心对吴专一还是很景仰，觉得整个社会就是为他们这类人配备的，所以他骂我我也不生气。

临近下班时分，等公司里几个眼尖嘴快的家伙都走了，我才起身磨蹭到人力资源部找梁晓燕。梁晓燕信佛，每到节假日就忙着四处磕头烧香去，连指甲钳和发卡都找高僧开过光，虔诚得要死。我一进门就直奔主题，问梁晓燕可不可以自己掏钱买几份公司团购的月饼和红酒送朋友。梁晓燕送了我一个温馨的白眼，问我有几个人，让我把名单和地址都给她，其他事儿就不用我管了。这是我想要的理想结果，我清楚这小妮子对我有点意思，但我不清楚这个颇有些姿色的小妮子为什么会对身材五短、脑门秃显的我有意思。工作上，吴专一比我能干；长相上，赵世双比我体面。我唯一能说服自己的，就是梁晓燕这个小妮子因为信佛后独具慧眼，发现我是个没心没肺的另类奇才。

梁晓燕把我额外给她的名单都加到了总经理的头上，她说总经理的送礼名单就是给她一沓名片，多一个少一个他也不会看出来。主要事情搞定后，我俩都长舒了一口气，晓燕放下名单，笑眯眯地等我说好话感激她一番，我却着急离开她的办公室。因为赵世双一直想勾搭梁晓燕，我可不想夹在中间当炮灰，虽然我也喜欢梁晓燕，但对于我这个年龄的已婚男人来说，生存比滥情重要。

梁晓燕问我中秋节怎么安排，我没敢说一个人过节，就敷衍她说要带儿子去欢乐谷。晓燕说那也不能三天都待在欢乐谷，我说一天去欢乐谷，一天去石景山游乐园，一天去动物园。晓燕问你儿子是不是有多动症，我说多少有一点儿。我很快就看到晓燕失望的眼神，不敢再作停留。在她有些恼火的白眼下，我媚笑着出了门。

二

最近实在太累了，总觉得浑身上下不对劲儿，中秋节那天原本打算睡到下午，可刚过八点钟就被楼上装修的噪声弄醒了。在公司里受气，因为我是个打工仔；在这个房子里，我可是主人。我怒不可遏地冲出门，要上楼去教训教训这帮没有公德心的家伙，可上了一半楼梯我又退了回来，我想我要穿得正式一些才能镇住那帮不知好歹的装修工人。于是，我回家换下了睡衣，穿了一身品牌西装再次冲上了楼。开门的是一个被白色粉尘染花了的小个子，他让我找他们的工头儿说话。工头儿说他们是按照物业的规定干活的，早晨只要过了八点就可以开工。我说今天是节假日，物业算个鸡巴！工头儿说那你找鸡巴去理论吧，反正我们没有违规。我正准备把音量再提高一个八度，忽然看到走进一个穿阿玛尼西装的家伙，后面还跟着一个戴墨镜的大个子，工头儿说房主来了。多年养成的自我防御生理体系迅速启动，使我自然流畅地把八度降了下来，用近似于商量的口吻让他们在节假日考虑九点后开工，房主没有开口，戴墨镜的大个子说："我们在自己家里搞装修，碍你屁事了。"

我把刚才进门时用脚踢倒的油漆桶扶了起来，出于环保和不造成浪费的考虑，我是在看清楚那是一只空桶后才出脚的，旨在营造气势。我说："我无所谓，反正我要去海南旅游，我只是替邻居们着想，你们如果着急装修的话，那我就参观学习一下你们的装修布局吧，我也正打算重新装修呢。"

　　接下来的中秋假期，没有海南旅游也没有陪儿子出去玩，天天窝在家里跟楼上的装修工人们怄气。装修工们可能看出了我的尿劲儿，锤子抡得更加有力，把我煮方便面的锅盖儿都震到了地上。我不想怪这些可鄙可憎的小人物，等我有钱了、等我身后跟着两个戴墨镜的傻大个儿，他们同样大气儿都不敢喘一声。好在这些事儿我都看得开，物质决定男人在社会上的走向。赵世双经常说物质是面子的替代品，初级阶段的男人要物质，上个层次的男人要面子。他和吴专一都到了要面子的阶段了，而我还处在要物质的阶段。

　　我独自待在房子里，六十九平方米显得很空旷，虽然该死的开发商的均摊游戏让六十九平方米缩水很多，但绝不像老婆抱怨的那样：透不过气来。现在，老婆带儿子回娘家"透气"已有三个月了，局级待遇的一百八十平方米大房子绝对足斤足两，我丈母娘撇着嘴亲口对我说的，"没有一平方米的均摊"。人就是这么容易忘本，我老婆追我的时候，她家四口人住的房子还不如我现在的大。等我岳父当上局长之后，所有人和事都改变了。首先是老婆的脾气跟她爹的职位一块儿蹿升；我这个有"眼力见"的女婿渐变成了窝囊废；变化最大的是丈母娘越来越歪斜的嘴，一开始我还以为是中风的早期迹象，后来发现那张嘴只是对着我的时候才他妈的"中风"。三个月以来，为了不使丈母娘"中风"，我只好努力地忍着，不让自己上门负荆请罪。再说了，我何罪之有？如果我算是个"窝囊废"的标尺，社会上不如我的男人海了去了，难道社会的基础就是我们这些窝窝囊囊的废物支撑的？

导致我跟老婆分居的罪魁祸首是另外一个男人，被我视为挚交的吕夫蒙。吕夫蒙上大学的时候跟我住同一个寝室，因为不爱刷牙不爱洗脚不爱换内裤，所以被同学们誉为"脏无敌"。就是这么一个肮脏无比的家伙，却在大学期间换了七个女朋友，相当于每一个学期换一个，轮空的那一个学期是因为他患上了疝气，用鼻子呼吸的时候就会发生腹部痉挛和疼痛，而接吻的时候，嘴巴就没有时间辅助他呼吸了。最可气的是，有一个漂亮学妹最早是冲着我才来访我们寝室的，结果也被吕夫蒙的熏天臭味儿吸引了过去。从那时起，我就恍惚觉得漂亮女孩都是受虐狂，或者都不知好歹。在我还被蒙在鼓里的时候，他俩眉来眼去打情骂俏还要由我来买单吃饭；学妹去医院堕胎也是我全程陪护，大学时期的我愚昧得要死，真的以为用手摸一摸下面就造成了学妹怀孕。由此让我联想到了中学教生理卫生的老师，每次上课都让我们自己看书，同学们为了标榜自己的纯洁，在学期结束时都要比比看谁的"生理书"没有翻动过。该死的生理老师！

大学毕业后，我和吕夫蒙都漂在北京，一起租房子、一起找工作、一起在路边摊喝得烂醉如泥。我之所以还跟他鬼混在一起，是因为我没有别的朋友。吕夫蒙也看到了这一点，所以在日常生活中基本无视我的感受，从肉体到精神。新交的女友上门过夜，他就会把我轰出去，且不管刮风还是下雨。新女友变成老女友之后，俩人在房间里干那事儿的时候故意开着门，每一声惨叫都令我肝肠寸断。所以说，吕夫蒙是促成我草草结婚的主要原因。

一直到我结婚生子，吕夫蒙还保持着大学时的节奏，半年换一个女朋友。

半年前，我遵从老婆的想法，举全家财力十三万元准备买辆最低配置的丰田车。该计划被吕夫蒙这厮知道后，他便天天缠着我软磨硬泡，说他最近泡上了一个身价不菲的女画家，还说这次动了真情，泡到手之后就立马结婚生孩子，为了达到结婚的目的，他要包装一下自己，首先要买一辆车……还说结婚之后，他让女画家随便给我画一幅画，就能把我买的车子提高到德国车的档次。我当时肯定是昏了头了，或者是吕夫蒙这厮给我用了江湖蒙汗药了，因为在正常的理智状态下，我不可能把钱借给他。就这样，我每天挤公交车回家挨骂，吕夫蒙却开着用我的钱买的丰田车泡女画家，而且绝口不提还钱或者给我赠画的事儿。

三个月前的一个周日晚上，我和老婆、儿子在一家餐馆吃饭，老婆突然想起这事儿，就左一个窝囊、右一个废物地数落我。老婆的声音吸引了大半个餐馆的目光，大家诧异这个貌似文明进步的时代里，竟然还有我这样一位神龟能忍的男性。我对于类似的遭遇和目光早就习以为常了。一开始，只是觉得自己这种操性会影响儿子的心理成长，但我后来又想，如果儿子具备慧根能悟出做父亲这种博大的隐忍的精神境界，那也算是他的造化啊。

可能是老婆的叫嚣声转移了大家的注意力，一个小偷在此刻下手未遂，跟邻座两个男人干起架来，摔碎的啤酒瓶划开了老婆的手臂，留下了一个胡椒粒大小的伤口。这下可不得了了，老婆一声尖叫，不知情的还以为她的胳膊被砍掉了。她冲着我吼叫时，我清晰地看到一块绿色残蔬被她咆哮的卷舌激射而出，幸亏我及时眨眼，但那片蔬菜还是挂在了我左眼眼睫毛上，那一刻，我感觉世界是朦胧的绿色。

因为老婆胳膊受伤了，而我又没能及时冲上前去参与打斗，所以激怒了老婆，当晚便带着儿子回到了娘家。估计我那个歪嘴丈母娘的嘴角又撇到腮帮子上了，为了不让丈母娘中风，为了不让丈母娘的嘴巴撇到后脑勺上，我忍住了，三个月没有上演登门谢罪的故技。

三

小长假的第二天，我实在闲得无聊了，突然想起门口信箱里塞得满满的邮件，我把它们拿到客厅里一封封拆开来看，就连超市的商品打折广告也不放过。一个落款是屈氏体检中心的信封吸引了我，因为信封上有一对近乎半裸的水印男女，纠缠在一起的体态很撩人，我禁不住心底拨动了一下，靠！大概有三个月没有性生活了。一想起可恨又可爱的性，我顿时觉得楼上的装修声小了许多，那堆垃圾信件也没了翻看下去的必要。我脑子里回忆着与老婆做爱的场面，手里还在下意识地拆着屈氏体检中心的半裸男女。老婆的性特征基本都不性感，她的小腿和脚倒是有些特别之处，白嫩而且整齐。这两个词用来说老婆的小腿和脚可能有些不确切，但我能想到的也就是这两个词了。其实，我很不情愿在性饥渴的时候回忆分居的老婆解馋，可我实在想不出第二个女人，女人其实也能想起来很多，但大多是偷偷摸摸隐隐约约地蹭一下胳膊捏一下手的关系，而且要追溯到二十年前，实在太模糊了。老婆就老婆吧，在脑子里扒光梁晓燕挺费劲的，我也没那么强的想象力。

突然，看到了体检结果栏里的一行字：淋巴癌晚期……

我没有传说中的那么震撼，也没有把那台老电视机砸了，我只是迅速地翻过来体检表的上一页，看看是不是我的名字。当我确认无误后，两颗大号的泪水就砸落到了体检表上，有一种很清晰的感受：委屈。

为什么偏偏是我？吴专——天抽三包烟，他怎么不得肺癌？赵世双整天寻花问柳，他怎么不得艾滋病？我丈母娘天天撇拉着一张嘴，她怎么连个中风都没得？中年人的癌症发病率是多少，是不是跟买彩票中大奖的概率差不多？我从未中过大奖，为什么偏偏得了癌症呢？整整一夜没合眼，我在脑子里问了十万个为什么。

天亮时分，我迷糊了一会儿，梦见自己被两个小鬼拖进了阴曹地府，阎王问我知罪吗，我说我从没做过伤天害理之事，何罪之有？阎王说："你猥猥琐琐庸庸碌碌窝窝囊囊空负了上天给你的一身好皮囊，还敢狡辩无罪？"我说我秃顶凹面，身材五短，算不得好皮囊。阎王一拍惊堂木便把我惊醒了，醒来时发现自己出了一身冷汗，原来是楼上装修的冲击钻发出的声音。他妈的！老子都得了绝症了，还不让我消消停停地过几天，你们不让我好好活着，我也不让你们好过！我他妈的跟你们拼了！我穿着一身睡衣便冲出了家门。可能一夜未睡的缘故，一出家门我就发现眼前的景物都是灰色的，包括走廊里的光线，也许……是癌细胞转移到了眼睛。

二度进门，装修的工人们一看是我，都报以轻蔑的点头微笑。我不露声色地四处踅摸一眼，就地捡起一把螺丝刀撬开了一桶未开封的油漆，搬起来泼在了刚刚刮好腻子的电视墙上。屋里的装修工人们不再微笑了，他们呆愣愣地看着我，似乎是在怀疑我是另外一个邻居。我趁他们发愣的时候，上前劈手夺过来那个让我焦躁不安的冲击钻，顺手从还没有封好的阳台扔了出去，稍后就听到楼下传来一声惨烈的狗叫声。临出门时，我对发愣的装修工人们狠呆呆地说，今天是节假日，你们胆敢再吵我，我就提着菜刀上来。

平生第一次如此勇猛，使得我心跳有些过速，感觉很刺激很过瘾，这可能就是传说中的肾上腺激素分泌。

　　我坐在客厅的沙发里有些不甘心，再次拿过那张体检表来，首页上接受体检人的姓名的确是我，单位、家庭地址、电话都一一对应，我难道真的死到临头了？不应该啊，我虽然秃头面老，但我的生理年龄还年轻……"砰砰砰"的敲门声惊扰了我，肯定是装修工人们跟"阿玛尼"西装告状了，我刚才下楼的时候听到他们在打电话。想到"阿玛尼"身后那个戴墨镜的大个子，我便去厨房摸了一把大号的菜刀，他只要敢跟我动粗，我就给他当头一刀，就算是劈不开头骨，也能肢解掉那副令我恶心的墨镜。我打开防盗门，刚刚开启了一条细缝就听到一阵密不透风的女性叫骂声，中间还夹杂着狗叫。原来是刚刚扔楼下的冲击钻砸中了这条倒霉京巴。那个女人好像跟我住在同一个单元，因为我认得她怀里抱着的那条京巴，经常在电梯里撒尿，有一次差点尿到我的皮靴上，往旁边挪了一下脚，还被这个可恶的女人翻了一个白眼，似乎我应该喝下她们家的狗尿才对。这个女人的肺活量很大，叫骂起来基本上不用换气，这让我想起了我老婆，她俩如果打一个遭遇战，应该难分伯仲。

　　接下来发生的事情，似乎不在我的大脑控制范围之内，因为正常情况下的我见不得血，我晕血。

　　首先，那个女人狮子大张嘴，让我先掏五千块钱给她家"宝宝"看腿。我说我没钱，她说没钱就要去法院起诉，还会向我讨要精神损失费，宝宝的营养费、康复费，以及她本人护理宝宝的误工费，没有个三五万摆不平这事儿。我说费你妈的费，

175

如果你妈今天晚上喝白开水呛死了，是不是还得问我要丧葬费？这女人肯定在平时听到过我老婆骂我，她一只手抱着京巴，一只手来抓我的脸，嘴里骂道："你这个连老婆都守不住的窝囊废！跟你老娘我撒野，我让你不得好过。"听到有人再次骂这三个字，我虽然已经秃顶也没戴帽子，但是依然有怒发冲冠的感觉。我抬手挡开了那泼妇伸过来的鸡爪子，顺势一把揪过来她怀里的那条京巴，拎出背后的菜刀，手起刀落砍下了京巴的狗头。一股热乎乎的狗血溅上了我的脸，一时间，我的耳朵清净了下来。菜刀在我手里有如此威力，我上辈子该不会是个厨子吧？当我抬起头想欣赏一下那泼妇的神情时，竟然同时看到了三张惊恐的脸，而且都是灰颜色的。我已经断定这是癌细胞的作用，因为我昨天看到的"阿玛尼"的脸是红光闪亮的，墨镜大个子的脸是黝黑泛绿的，而此刻这三张脸都变成了灰色，还带着惊恐。

我用滴着狗血的菜刀指着那泼妇的鼻尖说："你现在不用给你宝宝看腿了。"这女人尖叫着，转身拼命扒拉开"阿玛尼"和墨镜大个子，迅速地消失在我的眼前。"阿玛尼"眨巴了两下小眼睛，显然也被吓得不轻，胡乱地冲着女人的背影说着什么远亲不如近邻之类的屁话，然后呵斥墨镜大个子到楼下车里去给我取一盒冰激凌月饼，说算是装修房子给邻居们带来不便的一点小表示。墨镜大个子扔掉手里一根杯口粗的木棍，转身下楼取月饼了。"咣当"一声爆响，我摔上了防盗门。世界真的安静了下来，楼上装修的工人似乎学会了蹑手蹑脚走路，我这才发现自己满身的狗血。我发出了一声下意识的呻吟，一下子瘫坐在门口的死狗旁，感觉自己虚脱得像一根煮烂了的面条。

望着小京巴两只圆鼓鼓的眼睛，我禁不住有些发抖，我想学着电影里面对待死人的方式，给它把两个眼皮抹下来，可是狗好像没有眼睑，死京巴依旧瞪着我。我抱着头抽泣起来，越哭越伤心，我不知道我是在为自己哭，还是在为狗哭。

四

我在虚脱和恍惚中睡了过去，似乎有一个声音在对我说："你秃头乃是天相，会……"就在我想努力地把下面的话听清楚的时候，"笃笃笃"一阵敲门声把我惊醒了。菜刀竟然还在我手里握着，上面的血迹已经凝固，变成了灰黑色。我拄着菜刀，勉强站立起来，打开了防盗门。门口站着一个大个子，但没有墨镜，他双手把一大盒月饼递给我，说是一点过节的小礼物，不成敬意。我用菜刀把那盒月饼推开，说我不喜欢吃月饼。大个子说不吃也收下吧，要不我这个月的工资就没了，拜托啦。最后一句，大个子几乎是用恳求的语调。我轻轻点了点头，说放在门口吧。大个子如释重负，临走时，问我是不是在家里总拎着菜刀，我说是，因为我讨厌狗。

我关上了防盗门，又重新瘫坐在刚才的地方，我也许是想继续刚才的那个梦，主要是梦里那句还没有说完整的话。果真如我所愿，我又睡了过去，这次做了一个很长很乱的噩梦，即便是噩梦都没能让我醒过来，我实在太累了。

当我再睁开眼时，发现已经是黄昏时分了，天呐，我竟然在门口的地板上睡了一整天。我活动了一下两条胳膊，觉得这一觉使我恢复了不少体力。这时，手机铃声响了，去他妈的！谁的电话都不接了，管他领导、客户、吕夫蒙，还是老婆，统统见鬼去吧！老子不想再看你们的脸色、听你们的废话了，我的癌症没准儿就是被你们折磨出来的，你们从没让我有过好心情。手机还在桌子上爆响，一边响一边振动着，结果把自己摔到了地上。平时担心错过打进来的电话，所以我把手机铃声调到最大，而且还设置了振动，就算挤地铁的时候听不见铃声，也能感觉到振动。错过领导的电话挨批，错过老婆的电话挨骂，错过客户的电话赚不到钱，错过吕夫蒙的电话得罪了朋友。哪一天就算是坐到马桶上，突然想起没带手机，我都恨不得夹着半截大便跑回办公室取手机。因此，我经常幻听，觉得电话在响。有一次，腿肚子痉挛抽筋，我的第一反应就是手机来电振动，我甚至顾不上弯腰蹬腿对付抽筋，先摸出来手机查看。手机啊手机，我都他妈的快被你累死了。

手机又响了，这次是在地板上跳动振铃，而且是奔着门口方向移动过来……节假日休息时间，谁会这么着急找我？接听，还是不接？会不会是公司有什么急事？万一我还能活个三年两载，丢了这份破工作怎么生活呢？也许是吕夫蒙这厮的电话，他是不是要还钱？我拿到这笔钱后买车还是吃喝嫖赌？也可能是老婆的电话，这婆娘兴许是自我反省了，发现我才是这个世界上最好的男人。手机叫唤着移动到了我身边，我瞄了一眼手机屏幕，发现竟然是梁晓燕的来电。

说起来，梁晓燕还算是对我不错的人，而且还总想跟我上床，我能感觉得到。以前总担心干了人家就得对人家负责，吕夫蒙就笑我是个土鳖，他说女人也寂寞，有时候就是想找个男人寻刺激，你要想对人家负责就等于是给人家添麻烦。

我决定接听梁晓燕的电话，即便是我的担心成立，这个责任也不用我来承担了，因为我活不了多久了。梁晓燕知道我跟老婆分居了，所以，一上来就嗲气十足，问我在动物园还是游乐场。我已经有了那个贼心思了，索性就跟她实话实说，告诉她我一个人闷在家里。梁晓燕听了很是兴奋，说她正在参加一个法国新葡萄酒上市的酒会，还买了两瓶今年的新酒，问我要不要尝尝鲜。我说我刚好上个月买了一个醒酒器，你带酒过来吧，地铁 2 号线到积水潭出来。她说她打出租车过来，让我告诉她居住小区和门牌号就可以了。这小妮子真是骚气冲天，连坐地铁的时间都舍不得浪费。

我对即将送上门的这个未婚女性，失去了以往的期待和欲望，我只不过是觉得自己是将死之人，有便宜不赚白不赚。而且，我的视线里还是一片灰色，我觉得一会儿都分不清梁晓燕内衣的颜色，那是我以前最感兴趣的一部分。但我还是把糟乱的客厅简单收拾了一下，把垃圾信函塞进垃圾袋，把身首异处的死京巴塞进了月饼盒子，又把那份该死的体检表夹进了书橱里一本叫《尘世挽歌》的书里。我找了半天醒酒器却未见踪影，后来才发现它在阳台上，我儿子用它养了两条小地图鱼。我大概有三个月没去阳台了，醒酒器里的水早就干涸了，两条小鱼干让我辨认了半天才断定是地图鱼。

　　我刚把又腥又臭的醒酒器和自己的一脸狗血洗干净，梁晓燕就到了。她一进门就给了我一个紧紧的拥抱，就中国人的习惯来看，这等于通知我把鬼混前的废话铺垫全免了，他妈的！醒酒器也白洗了。接下来，我马上厘清了一个事实：我现在有那个心思，却没有那个能力。那个心思源于我是要死的人了，不干白不干。可我那个不争气的家伙蔫头耷脑的，任凭梁晓燕像一条被砸烂脑袋的蛇一样，在我身上翻滚扭动了半天，还是毫无反应。梁晓燕安慰我说，你没享过艳福，精神一紧张会造成气血停滞，要放松，做深呼吸。她接着从包里掏出两粒蓝色的药丸递给我，她说幸亏提前做了准备，让我赶紧吃下去。难道这就是色情界的传奇"伟哥"？我听吕夫蒙说了一百多回了，我一度怀疑他是个江湖卖春药的。

　　二十多分钟后，药力果然见效了，可我死活进入不了梁晓燕的身体。她鼓励我耐心一点、用力一点，弄得我满头大汗，像个未经云雨的处男一样狼狈。梁晓燕说，别灰心，找准了点再来，驾驾驾！来！驾驾驾！来！她的话既像是鼓励，又像是个赶车的马夫，搞得我越发笨拙起来。又一个二十多分钟过去了，我的身体开始燥热起来，有一种欲罢不能的感觉。和着梁晓燕的赶车口令，我似乎要拼尽全力埋葬我的耻辱，随着梁晓燕一声惨叫，我们俩双双扑倒在沙发里。梁晓燕的身体在抽搐，但不像是高潮来临，而是一种痛苦的抽搐。我也感觉到了自己下面有一种生拉硬扯的疼痛，他妈的！要死的人了，连这事儿都弄不成，也枉负了这小妮子的美意了。我爬起身来，歉疚地看了一眼瘫卧在沙发里的梁晓燕，突然发现她的下身流血了。我紧张得有点语无伦次，一边问她是不是处女，一边不停地道歉。梁晓燕紧闭着双眼没有作声，但眼角上挂着泪珠，她已经停止了抽搐，似乎是趴卧在沙发里休息。

处女？三十三岁的处女？还让我赶上了？我席地而坐，倚靠在沙发上喝着梁晓燕带来的葡萄酒，寻思着往日跟我不沾边的运气和概率。吕夫蒙明确告诉过我：干了就干了，没有女人会让你负责的，尤其是你。这个说法，今天还成立吗？干了处女是不是就另当别论了吧？会不会是一个圈套？肯定是要套我的钱，因为我没权没色啊。嗯！可能是一个圈套，要不怎么会流出来灰色的血。

梁晓燕在沙发里翻了一个身，似乎是刚刚睡了一觉，她问我要了一杯葡萄酒，这次非但没有发嗲，语气冰冷得像个鬼魂。她龇牙咧嘴地坐起身来，随后便抱着衣服临摹着亦步亦趋，进了我家的卫生间。又一个二十分钟过去了，她才穿戴整齐地从洗手间里出来，对我说："谢谢你！"我心虚地问她谢我什么，她叹了一口气，说自己是一个石女，去年从河南一尼姑庵里得了一个秘方，找一个属狗的秃头男人才能"破石"重生，而我是她认识的男人里面唯一符合这两个指标的。我靠！折腾了半天，我原来就是她的一个药引子。

　　一股被羞辱、被利用的怒气冲上了脑门，我撅着直挺挺的鸡巴走上前去，狠狠地抽了梁晓燕一个大嘴巴。她捂着半边脸，一瘸一拐地走到门边又回过头来对我说："希望你用正确的心态理解这件事儿，就当是积德行善吧，我们以后各走各的路，谁也别提这事了。"我说："去你妈的！赶紧滚开！"

五

　　紫药水现在在我眼里是黑色的，稍微干涸后就会有荧光般的闪亮，我把它涂在我直挺挺的鸡巴上，刚才做药引子的时候，包皮系带被"石头"硬生生地撕开了一道口子，到现在还不停地流血。唉！这根物件跟着我真是受苦了，吃了一辈子家常粗粮，临死要让它开开荤，还啃了块"硬石头"。这个梁晓燕真够可恨的，不光欺骗了我的感情，还利用了我的物件，还把我的物件弄伤了。涂完药水之后，我还是没办法穿裤子，下面的物件依旧倔强地坚挺着，搞得我焦躁不安。我想我的样子肯定很滑稽，挺着一根黑色的闪光物件，眉头紧锁着在屋里来回踱步，活像一头发情的驴子。美国人真他妈的操蛋！"伟哥"这么畅销，就不能把药劲儿降一降，活该这帮败家玩意儿闹金融危机。

　　天黑了，但我不想用华灯初上之类的狗屁话，反正我眼前的灰色正在渐变成黑色，我想这恐怕就是死亡的颜色，或者是死亡的演示。看来"伟哥"的解药有三种：射精、流血和死亡。我烦躁不安地挨着时间，三个小时后，我那根物件终于在夜色中垂下了它疲惫的头。

我穿上了裤子，可我不知道穿上裤子后干吗。对！找吕夫蒙去，我都要死的人了，还讲什么朋友面子。我在这儿孤独地迎接死神，他却开着用我的钱买的车，逍遥自在泡女画家。不行！临死之前，这钱得要回来，这口气得撒出去。钱要回来留给儿子也行，我突然想到了儿子，虽说这儿子在他妈和他姥姥的调教下，对我一百二十个不尊重，但毕竟负责传输我的基因啊，权当是我给儿子付运费吧。

我拨通了吕夫蒙的电话，他说正陪女朋友看一个画展，晚上还会有什么画展，纯属扯淡。我说我有要紧的事儿，你见也得见，不见也得见。可能是这厮从未听过我这样的表达方式，他迟疑了一会儿说，那就去宋庄画家村的云吞店吧。

要搁在先前，我肯定是挤地铁转公交车去宋庄，可我从现在开始，决定出门就打出租车。吕夫蒙没想到我这么快赶过来，他在电话里的语气有些不耐烦，让我先吃碗云吞等他。我吃下一碗云吞之后，才觉得自己饿了，我想起自己已经一天一夜没有吃东西了。待到吕夫蒙这厮进来的时候，我正在吃第五碗，店主笑着对我俩说："你们艺术家真有意思，每一个都是饿得扶着墙进来，然后，撑得扶着墙出去。"

吕夫蒙盯着我的脸，问我有什么急事。在我的记忆中，这厮是第一次看着我的眼睛说话的。如果放在两天前，他能这样注视我，我就张不开嘴问他要钱，不是我犯贱，是我的朋友太少了。我从口袋里面掏出一张纸，重重地拍在餐桌上，对吕夫蒙说："这是十三万元的同期银行利率，作为同学加哥们儿，我总共给你让了两个点，合计是十四万七千二百六十四块五毛七。今天晚上这顿饭算是我请客，所以，我再刨去零头二百六十四块五毛七，剩下的十四万七千块钱，限你三天还清。不要问我为什么要钱，因为钱本来就是我的。你也不要找什么借口，因为我快要死了。"

吕夫蒙说："我从来没有听过你一口气说这么多话，你是不是遇到了什么困难？""屁话！老子这辈子什么时候容易过。"我说。吕夫蒙低着头摆弄了一会儿手机，说让我别着急，因为他现在账户上没钱，还钱的事儿还得从长计议。我说："我没有耐心跟你从长计议，我只问你还不还钱，什么时候还？"他反问我："是不是你老婆逼你来问我要钱？"我说："你还有脸问我老婆的事儿，就因为你欠钱不还，我老婆都跟我分居三个月了。"他说："婚后分居有利于男人身体健康，你小子还挺会保养的。"我说："你他妈的是真不会说人话，所以我就不跟你费唾沫了，赶紧说你什么时候还我钱！"我说话的音调越来越高，他赶紧示意我小声一点，说在这里吃饭的人大都是他女朋友的朋友。我一把夺过他的手机，从手机里面找到了他女朋友的名字，我对他说："既然你怕在你女朋友面前没面子，那我就找你女朋友要钱吧。"吕夫蒙起身抢回了他的手机，气呼呼地大声质问我：

"你要钱不要脸了，是吧？为了这几个臭钱，你竟然跟老同学、跟好哥们儿玩不择手段，你以后还在社会上混不混了？"

小餐馆总共没几个人，这时候，大家都不吃东西了，盯着我俩看笑话。邻桌一个大胡子对吕夫蒙说："小吕，这个年头的人都没有什么道德底线，你就当是遇人不淑吧。"

经吕夫蒙的错误引导，又经大胡子不分是非的解读，小餐馆里看热闹的眼神变成了轻蔑的眼神，进而转成鄙夷的眼神。这是我熟悉的眼神，以往不管是在同事那里，还是在装修工人那里，我都受过，而且照单全收。可今天我就不想收了，因为我受够了。我从大胡子的餐桌上抄起他没喝完的半瓶啤酒，"啪啦"一声在墙根的暖气片上砸掉瓶底，然后抵在吕夫蒙的胸前，用我自以为很歹毒的语气说："因为你，我老婆才跟我闹分居闹离婚，你现在还要赖账不还，你已经把我逼上绝路了，今天我就跟你做个了结吧。"

吕夫蒙的下巴半天没合上，合上之后，他才说："别激动！好好好！三天就三天，我他妈的还了你的钱，咱们以后各走各的路！"

我倒是想跟你们走同一条路，可造化弄人啊。奇怪！他们是不是都已经看出来我要死了，要不一天当中怎么会有两个人跟我说同一句话——我们各走各的路。苏格拉底死前好像就说过类似的话：死别的时辰已经到了，我们各走各的路吧——我去死，而你们去活。哪一个更好？

六

我已经明显地感觉到两条腿越来越沉重了，人老腿先老，人死也是腿先死吧，怪不得电影上快要死的人，都要坐在轮椅上。

中秋节三天假期熬完了，我没去公司上班，在家里浑浑噩噩地又拖了一个礼拜。其间，我接过赵世双一个电话，他问我为什么不去公司上班，我说我快要死了。他可能以为我在开玩笑，就笑呵呵地叮嘱我抓紧时间写遗嘱。我问他是不是要给我披麻戴孝，要不怎么会关心我的遗嘱，他就把电话挂掉了。我终于也敢像吴专一那样跟赵世双说话了，这样的话说起来很痛快，就像放了一个长长的屁。我想，这或许就是语言的快感，我此前没有享受过，哪怕是对我儿子。

我今天要不要去上班？我觉得继续工作还是有益的，公司里人多能够分散一下我的注意力，省得我老想着该死的"淋巴癌"这三个字。再说了，这个月的薪水还没领，等到最后的日子，就算是吸毒镇痛也得有钱啊。我之所以有这样的想法，是基于我昨天晚上做出的决定：坚决不去医院。因为我相信医院不可能治愈癌症，能够治愈的也肯定不是癌症。当然，也不能做手术，每个手术做完了，医生都会跟病人或家属说，手术很成功。狗屁！现在医院里医生的话还能信吗？凡是人干的工作就会出差错，但谁听见医生说过"今天的手术很不成功"之类的话?

我又走进了办公室,有十天没来了,竟生了一些陌生感。我坐定半天后,才觉得气氛有些诡异,因为每个人脸上都挂着一副似笑非笑的表情,像是服了"含笑半步颠"。我不想关心、也不想探究这帮孙子为什么服药,都"颠"了才好,也省得我黄泉路上太寂寞,看着这帮人勾肩搭背地钩心斗角也算是一乐。其实,到了我这般光景的时候,才觉得以前动那么多脑子担心这个算计那个,真的不值。所有人似乎都在竞赛,比的是谁更能捞钱、谁更能往上爬、谁比谁更鸡贼。

吴专一系着裤子前裆的纽扣走了进来,前台的小姚姑娘笑着问他,是不是早晨喝酒了。吴专一嘿嘿一乐,说他昨晚陪客户喝多了,因为他是O型血,所以酒醒得慢。这个混蛋因为客户多,所以几乎每天都要喝酒应酬,喝得自己两只手经常发抖,洗手间到办公室至少有二十步,他还是扣不完裤裆里的三个扣子。

吴专一经过我的工位时愣了一愣,站住了问我:"十多天不见了,你减肥了?"说完,他便从裤裆处抽手要来抚摸我的头。我知道这家伙大小便从来不洗手,所以我急忙挡开他的脏手说:"有事说事,别摸摸索索的。"吴专一说:"你小子吃枪药长脾气了。"我从办公桌上抓起一把裁纸刀,压低了声音对吴专一说:"我今天心情不好,你要敢再用手拍我的脑袋,我就让你这辈子端不了酒杯。"吴专一看了一眼我手里的裁纸刀,又盯着我的脸瞅了瞅,似乎有点不适应我的壮丽转身。他的脸色一阵白一阵红,在公司里第一次有人敢跟吴专一这样讲狠话,着实让他手足无措。公司里的业务大拿，相当于当家花旦、台柱子、国宝之类的词儿，人人都得敬着哈着。看着吴专一左右不是的神情，我心里禁不住竟有了些得意：得了绝症也并非一无是处啊！至少可以到处放狠话，享受语言的粗暴和快感。

吴专一不愧是老江湖，很善于化解尴尬，他把那张被酒精浸染成紫灰色的大脸伸了过来，同样压低了声音对我说："你知道大家偷着乐什么吗？"看在他自己找了个台阶的份上，我也很配合地让他就坡下驴，我说不知道。他说昨天晚上赵世双和梁晓燕出事了，两个人偷着去开房，被赵世双的老婆带着人堵在房间里了，他老婆刚来公司闹过了，还替他递交了辞职报告。

我靠！梁晓燕急三火四地找我干那事，其实就是为了跟赵世双鬼混啊，我整个就是他俩的药引子、前戏。他妈的！活该被捉奸！

"赵世双算是在这儿干不下去了，现在我们业务部缺了一主管，老弟你做人做事都规规矩矩，我看好你哟！"吴专一不怀好意地笑着对我说。我知道吴专一的心思，他对业务部主管的位置觊觎很久了，对赵世双早就七个不服八个不忿，暗地里没少下绊子、使阴招。现在机会来了，他岂肯拱手相让给别人，刚才对我放的那一通臭屁，只不过是我今天的态度和手里的裁纸刀发挥了作用。这事儿如果发生在三天前，吴专一不管是搞串联，还是拉选票都不会夹我一眼，因为我连做他的绊脚石都不够格。我有多少斤两，吴专一心里明白，我更清楚。但现在不同了，因为我得了绝症，还因为梁晓燕拿我当药引子，再因为，就是你吴专一一直瞧不起老子。想到这些，我对吴专一说："既然你都看好我能做业务部的主管，那我就当仁不让了，如果公司领导找我谈话，我只好毛遂自荐了。"为了让办公室的其他人都能够听到，我把音量提高了很多，在这间办公室待了七年，这是我第一次用这么大声音说话。

我的话刚刚说完，前台小姚进来对我说："总经理让您去一趟他的办公室。"往日不把我当菜的同事们，用张开的大下巴把我目送出了办公室。我走出没两步远，吴专一便追了过来，他说："老弟，你如果能让贤给老哥，我把手里现有的客户都给你，如何？"我说我一向图利不图名，如果总经理不是把刀架我脖子上逼我干，我就举荐老兄。

七

日薄西山时分，我才艰难地把新挂牌的丰田车挤出阜石路，紧张得我出了一身臭汗，在北京城里开车真他妈的自虐，尤其是对于像我这样的新手。夕阳也是灰色的，近乎惨白，一抹细云斜挂在夕阳旁，很像我丈母娘中风的歪嘴。

吕夫蒙把钱还给我了，超出了我规定的日期，但是按照我规定的数目偿还的，我退给了他一万七千块，只收了本钱。他也没客气，收起钱转身就走人了，临出门又重复了一遍"今后我们各走各的路"那句废话，以宣告我俩友谊彻底破裂。怪不得有人说千万不要借钱给朋友，除非你不想和他做朋友了。也怪不得中国政府动不动就减免那些非洲小国的外债，真是要不得，一要账就翻脸，翻脸后就在联合国不投我们的赞成票，还要拿我们的人权说事。

我没有拿十三万去吃喝嫖赌，吃，我没有胃口；喝，我的酒量不行；嫖，我包皮上的裂口还没有痊愈；赌，我几乎就没赢过。思前想后，我觉得还是去给老婆买车吧，就算这车里以后坐着别的男人，我也认了。我老婆曾经断言，说吕夫蒙不会还我的钱，理由一我是个软柿子，理由二我是个窝囊废。现在，我不仅把钱要回来了，还让吕夫蒙支付了利息（虽然我没收利息）。我要在我生命的最后时刻努力一把，看看她能否给我摘掉"窝囊废"的帽子。但就目前我留给老婆的印象来看，我很担心她在我的墓碑上不提我的名字，而是写上"窝囊废"。

我也没当成业务部的主管，因为总经理叫我去谈的根本就不是这事儿，而是道听途说我跟梁晓燕关系暧昧，就找我来询问梁晓燕和赵世双偷情被捉的破事儿。我肯定不会给这俩狗男女说什么好话，我把赵世双说成衣冠禽兽，把梁晓燕说成禽兽的衣冠，衣冠任禽兽们谁想戴就戴，谁戴了谁就是禽兽。总经理说："你这样憎恨梁晓燕，她怎么还会把你私人送礼的名单加到我头上？难道你也是衣冠禽兽？"我说："我他妈的禽兽不如，我只配给禽兽们做药引子。"于是，我便把那天下午我和梁晓燕干的勾当，添油加醋地全盘托出。反正我他妈的没几天好日子了，所以我不怕说实话。总经理听得瞠目结舌，半天后站起身来，握住我的手说："我在商场驰骋了将近三十年，会做生意的人见得太多了，可从未见过你这么诚实的人，今后，业务部的工作由你来抓吧。"我说我业务能力不行，还是由吴专一来干吧，我可以辅佐他当个副主管。总经理说："诚实做人，踏实做事，不图名利，举贤唯能，你真是一个不可多得的人才！"最后，总经理还不忘叮嘱我几句，以后要多向他汇报业务部的工作，说把我看作是自己人。

从总经理办公室出来，我就看到了在一旁束手恭立的吴专一。他迎上前来，双手紧抓住我的两臂，眼里泛着泪花小声说道："我都听到了，我都听到了，你这个兄弟我认定了，你想嫌弃老哥都不行！"我在心里嘀咕说，我要不是得了绝症，孙子才让贤呢。我得赶紧捞点钱才是实惠，副主管的薪水加上接手吴专一的客户提成，我在这里多熬一个月，至少多拿两万块钱。干那个劳什子主管干吗，我凭什么操那个闲心，撑到年底拿到年终奖，我就旅游度假去了，死哪儿算哪儿。

我终于把车开到了丈母娘家的楼下，下车后才发现把车停在了我小舅子的悍马旁边，货比货才能看出来，丰田车显得有些"迷你"和寒酸。我小舅子跟我同岁，但他跟我说话的口气像是我丈人，后来发现他对他妈和他姐姐说话都是那个操性，我也就权当他是放屁了。他跟他老婆先后辞职下海经商，倚靠我岳父的关系，生意做得跟满地捡钱差不多。钱多了，给他养了一脖颈子赘肉，使得他那个大猪头脑袋都懒得往地面上瞅一瞅，似乎是担心谁丢了个钱包会玷污了他那双眯缝眼。让我奇怪的是，他从来不看着地面走路，也没能把他那两个烟熏火燎的大黄门牙磕掉。

给我开门的是我老婆，她在我家里嘚瑟得像慈禧太后，在她娘家却像个门房或厨娘。以前，我偶尔跟她回娘家，不是为了看我丈母娘的歪嘴，而是看着她被我猪头小舅子两口子呼来喝去觉得解气过瘾。我一进门，就能感受到大户人家的热闹，我儿子和猪头小舅子的儿子正在客厅里争夺一个肢体残缺的变形金刚，我老婆和保姆正在厨房煎炸烹炒，丈人、丈母娘和猪头小舅子坐在沙发上看电视。丈母娘撇了一下歪嘴、猪头小舅子点了一下猪头，连屁股都没抬一下，算是跟我打过招呼了。我丈人毕竟是官场上的人，面子上总能让人过得去，他起身招呼我过去落座。我的屁股刚刚坐定，我儿子就把那个变形金刚破烂从他表弟手里夺了过去，小崽子随即便哭叫起来，只一声就把他妈从房间里风一般拽了出来。看到自己的孩子吃了亏，这女人上前就给了我儿子一个很干脆的耳光。我腾地站起身来，心里盘算着上前去揍这个臭女人还是揍她儿子，我丈母娘说话了："孩子打架，大人插手有失体统。"

我没想到我丈母娘那个歪嘴还能说出这样一句公道话来，我强压着火气坐了下来。我儿子虽然不愿意亲近我，可那毕竟是我儿子，要挨揍也应该是我来揍他，轮不着你们这些王八蛋来管教。在两个孩子的哭喊声中，我老婆和保姆把饭菜端上了餐桌，我丈人打着哈哈催促大家去餐厅吃晚饭。猪头小舅子两手撑着沙发才支起他肥猪一样的身材，仰着大猪头脑袋呵斥道："你们两个小兔崽子，再哭一声就别想吃饭了！"这两个小兔崽子果真听话，立即收声，奔向了餐厅。

坐在我旁边的小舅子稀里呼噜喝完一碗汤，隔着我把手里的碗递给我老婆说："哎，给我再来一碗汤。"我没好气地对猪头说："她是你姐姐。"小舅子问："姐姐怎么了？保姆不在呀。"我抓起他手里的碗摔在了地上，指着他的猪头大脸说："你怎么不让你老婆给你盛汤？她是你姐姐，不是你家保姆！"我又指着我儿子说："他也不是兔崽子，他是我儿子！"突然间，猪头小舅子用他那破锣嗓子哈哈大笑起来，他随后站起身来，一把揪住我的脖领子，把我拎离了饭桌说："你这个穷鬼是不是欠收拾？"我说："你敢收拾我，我就把你跟你爸串通做公司的事儿揭发出来。"猪头小舅子一把把我推倒在地上，瞪着一双猪眼说："我看你是想找死。"我说："你不弄死我，你就不是你爹妈生的。"那一刻，我忽然很期待这个猪头对我下手，或者雇人行凶也可以，反正我是个要死的人了，能把这个猪头捎带上，也省得我老婆和儿子日后受他欺负。

老丈人一拍桌子，把自己的饭碗震翻在地，气得满脸通红，只说了一句："都给我滚出去！"我站起身来，拍打了一下胳膊上的米饭粒，从口袋里摸出丰田车的钥匙递给了老婆，对她说："以后还是回家住吧，那个房子小是小了点，可不用受这个猪头的气。这个礼拜就去办离婚手续吧，省得你以后落一个克夫的名声。"

八

整个世界都变成了灰色，白天是灰白色，夜晚是灰黑色，我想我剩下的日子不多了。

离婚手续已经办完了，是协议离婚。除了笔记本电脑和几本破书之外，我没拿家里任何东西，因为我很快就用不着任何东西了。办理离婚手续那天，老婆签字的时候有些犹豫，她说她不想离婚，她只是想回娘家住一段时间。我说："还是离了吧，你心气儿那么高，你的生活里面不应该有个窝囊废在眼前晃来晃去的。"老婆说："你不是窝囊废，你还是挺爷们儿的。"因为在她家里，除了她爸爸偶尔训斥一下她的猪头弟弟，没人敢对他大声说话。老婆给我摘掉了"窝囊废"的帽子，还封了个"爷们儿"，那天我哭了。我们俩都落泪了，但最终还是签字了，是我坚持的。因为，我应该在她感觉我最"爷们儿"的时候离去，不仅背影潇洒，还会让她内疚一辈子。

我在离家不远的地方租了一间房子，我不知道自己出于什么想法，也许是想离自己的儿子近一点，虽然他不亲近我。我也不经常去公司了，我们业务部可以不坐班，因为总有客户需要应酬。我的客户不需要维护，等他们觉得我不够意思的时候，我早就不干了。再说那些客户都是吴专一的，他把基础打得很好，足够我挥霍一阵子的。

如果没得这个破病，生活还是挺美好的。至少现在去了办公室，每个人都争着跟我打招呼。梁晓燕又回公司上班了，上周在公司里见过一次面，我们俩谁都不理谁。他妈的！她就不觉得对我理亏？

不知道是每天躺在家里睡觉的原因，还是癌细胞扩散导致的，我觉得身体虚弱得很，坐在床上都觉得头晕眼花。真的不去医院了？吃点药是不是会扛得时间长一点呢？我承认，我开始留恋这个世界了，因为，它并非一无是处。

我一进公司的门，前台小姚就迫不及待地跟我说，这一周有我四个订单，都发货了。我奖励给她一盒进口巧克力，是我刚刚在楼下超市买的。我不在办公室的时候，就把我的座机电话转接给小姚，免得客户的订单被其他人撬走。我在座位上还没坐稳屁股，吴专一就系着裤裆里的扣子走了过来，他看见我之后便径直奔我走了过来，面色凝重地对我说："这几天你得过来坐班。"我说我要约客户吃饭，没有时间来公司。他似乎有些不耐烦，说："你吃个屁饭，整天在家睡大觉，还以为我不知道。"我说我的业务已经连续两个月第一了，不坐班是正常的。吴专一说："你是业务部的副主管，你得替我来撑几天，我病了，明天就要住院。"

吴专一已经住院两周了，我也坚持坐班两周了。我每天都要在那些订单、发货单之类的破单子上签字，无聊透了。以前看着赵世双笔走龙蛇，坐在这里签字的时候，心里羡慕极了，曾经一度幻想着自己也能坐上这个位置。如今，我虽然坐在这里了，签上字了，心里却烦得要命。好在明天就是元旦了。年终奖金昨天就发放了，加上这个月的薪水和提成，我的账户上一下多了十一万。去海南度假的机票，我前天就订好了，是元月2号的，1号的机票没了。我今天之所以还来公司，是为了递交我的辞职报告，算是为我这辈子的工作画一个句号。

熬到快下班的时候，我敲开了总经理的办公室。总经理问我业务部最近有什么动向，还问我有没有人抱怨奖金的分配方案，我没有回答他的提问，我说我是来辞职的。总经理吃了一惊，他问我："你知道吗，你今年的年终奖金比吴专一还要高？"我说："做卧底的费用肯定要比做业务的高，他们出卖的是体力，我出卖的是人格。"说完，我便把辞职报告拍在了总经理的桌子上。我快走到门口的时候，总经理还不死心，他让我再考虑考虑。我往外一边走，一边吟诵道："风萧萧兮易水寒，大爷一去不复返！"

九

元旦那天的天气很糟糕，想着我明天就要离开这座城市了，心情竟然好了不少。心情稍好，我就想要做点什么有纪念意义的事儿，毕竟明天就要离开了。约上前妻和儿子吃顿饭？前妻上周给我打了一个电话，说她和儿子想跟我一起过元旦。我说分手就是分手了，拖泥带水的哪像个爷们儿。前妻说她妈的同事给她介绍了一个男朋友，前几天已经见面了，她感觉不是太满意。我叮嘱她把眼睛擦亮一点，别再找一个窝囊废。前妻说，至少不是一个秃头，他是一个小有名气的作曲家，留着一头长发很飘逸。我说："那就祝你们幸福！记得不准虐待我儿子。"

要不约上吕夫蒙一起泡会儿歌厅？我上午已经给他发了元旦的祝福短信，但这厮没有给我回复，估计还记恨着我呢。这样的朋友，不要也罢。

要不看看梁晓燕有没有时间？靠！怎么又想起这个骚货了，竟然敢拿老子当药引子，等她到了阴曹地府，我非把她送进地狱妓院。

对了！去医院看看吴专一吧，这小子也算是帮了我一把，不然，我哪有钱熬过残年。

我在医院门口的花店里，给吴专一买了一篮子最贵的百合花，因为其他花儿看上去都是黑色，只有百合是灰白色的。病房里很安静，透着一股随时会死人的气氛。两周不见，吴专一几乎脱了人相，因为急剧消瘦，脖子上的皮肤活像条沙皮狗，耷拉下来一层。从吴专一的面相上来看，我断定他得的不是小病，一股同病相怜的感觉油然而生。而我也更加坚定了自己的想法：坚决不能去医院！两周时间就能把人搞脱了相。我说了几句言不由衷的安慰话，因为不知道吴专一是否了解自己的病情，所以我的安慰都是一些浮皮潦草的屁话，我自己听着都觉得假。吴专一的老婆出来送我的时候，我悄声问她，吴专一是什么病。他老婆抹开了眼泪，说检查出来太晚了，是淋巴癌晚期……吴专一的老婆下面说了些什么，我没有听清楚，只觉得自己的脑袋有些犯晕。

我几乎是用冲刺的速度钻进了医院门口的出租车，一路上不停地催促着司机加速，他肯定以为我家着火了。我回到租住的房子里，很快就从那本《尘世挽歌》的书里翻出我的体检表。没错啊，体检表上是我的名字，不是吴专一。我像是泄了气的皮球，刚刚燃起一点生的希望，瞬间又熄灭了。可是……真有这么巧的事情吗，我和吴专一同时得了一样的癌症？我绝望地盯着体检表愣神，突然，我看到血型一栏里标注的是 O 型血，不对啊，我是 AB 血型。O 型血？吴专一是 O 型血，他亲口说了好几回自己是 O 型血，所以他醒酒慢。我努力地控制好自己激动的情绪，仔细地回忆那次体检的细节：在血液筛检癌变那个环节，我刚坐好挽起袖子，吴专一就在后面拍我的脑袋，说他约了一个重要客户吃饭，要我让他先抽血……没错！肯定是这个环节出了差错，因为每个人的顺序都是提前编好了，体检中心只认编号不认人，我操他妈！

　　我长长地舒了一口气，感觉像是卸掉了一座扛了三个月的大山。我他妈的真傻，为什么不早去医院做一个复查呢？那样就不会有接下来这些破事儿，还害得我辞职了，而且把话都说绝了。还有离婚，我前妻倒是有跟我复婚的意思，可复婚后我还怎么跟我歪嘴丈母娘和猪头小舅子见面？而且，上次还把老丈人也得罪了，他是那个家里唯一对我还算尊重的人，我竟然威胁要去揭发他们爷儿俩合伙办公司赚钱的事儿。唉！还有吕夫蒙，这厮可是我唯一交往的朋友。看来任何时候都不能把话说绝、把事儿做尽啊。

还是尽量弥补吧，先回家再说，前妻上周不是还打电话约我一起过节嘛。我只用了不到十分钟的时间，就把东西收拾好了，几乎是小跑着回到了家。离婚签完字之后，我就把家门钥匙交给了前妻，所以，我只好站在门口敲门。

门开了，一个留着披头长发的男人站在门口，他问我："你找谁？"

……

本文在《小说月报·原创版》2011年第3期首次发表，2016年改写为长篇小说《如果没有明天》，之后，就有了《我是余欢水》

寻亲记

一

　　郭靖自打记事起，心里就满是恐惧，恐惧他妈连珠串的叱骂，更恐惧他妈的耳刮子。在郭靖模糊的记忆里，他妈妈最早不这么凶。不这么凶，并不是妈妈对他有多好，只是骂他的时候不是连珠串，抽他耳刮子的时候不左右脸颊连着抽，仅此而已。每当妈妈对他发飙的时候，郭靖他爸或立在一旁默不作声，或悄无声息地溜出门。在郭靖童年的恐怖世界里，爸爸的沉默，已经让他倍感温暖了，他从未指望爸爸能够挺身而出，因为爸爸跟他一样，一样恐惧妈妈。郭靖他爸识字不多，读书也不多，却把一本《射雕英雄传》前前后后读了五六遍，直到把书的封面封底翻烂了翻丢了。郭靖他爸喜欢《射雕英雄传》里的郭靖，不仅是因为自己跟郭靖同姓，他还仰慕郭大侠武功盖世一统江湖，所以才会给儿子起名字叫郭靖。

郭靖恐惧的拐点出现在一个下午，郭家庄村委会主任郭军到了郭靖家。

郭军当了村委会主任后，还是改不了他混社会时的遗习，走到哪里屁股后面都跟着两个小弟。郭军带着两个小弟走进郭靖家，正赶上郭靖坐在院子里的屎盆上厕屎。郭军瞥了一眼郭靖，转过头对郭靖他爸说："你们家宅基地的申请上村委会研究过，批不了。"郭靖他爸指着郭靖，说："我们家三口人，凭什么不批宅基地？"

不等郭军开口，跟着郭军来的小弟抢着说："你们家孩子是买来的，糊弄鬼哪。"

郭靖他爸瞬间涨红了脸，他不敢冲着村主任郭军凶，对着郭军的小弟嚷嚷道："郭元伟家儿子也是买来的，他家的宅基地凭什么批了？"

郭靖他爸说话喜欢说"凭什么"，凭什么这儿，凭什么那儿，这是郭靖从他爸那儿唯一继承下来的习惯。

听到自己是买来的，郭靖稚嫩的小脸上无风也无浪，因为村里一起玩耍的小伙伴早就捅破了这层窗户纸，都管他叫"买来的野杂种"。郭靖坐在屎盆上，憋足一口气，拉出长长的一截，觉得肚子里已经空了，开始四下找手纸。

郭军脸上有些不快，拉下脸来对郭靖他爸说："郭元伟的儿子买来的是不错，可人家给儿子上了户口，户口本上清清楚楚三口人。"

郭靖他爸把口气放软，对郭军说道："军子……郭主任，我往派出所跑了几十趟了，这个你都清楚，户口的事儿迟早能解决，先把宅基地批了，行不行？军……郭主任……"

这时，郭靖从屎盆上站了起来，撅着屁股喊："妈，我拉完了，没纸了。"

郭靖他妈压根儿没有听见郭靖叫她，她的全部注意力都集中在郭军身上，想听他说行还是不行。郭军没说行，也没说不行，他笑了笑，从口袋掏出一盒中华烟，递给郭靖他爸一根，郭靖爸满脸堆着笑用双手接过烟。小弟递过来打着火的zippo打火机，给郭军点着了烟，郭靖他爸也想凑过来点上，小弟干净利落地收回zippo，"啪"的一声清响，甩上了打火机的盖子。郭靖爸讪讪地缩回前倾过去的身子，把那根中华烟顺手夹在自己耳朵上。郭军吐出一个浑圆滚动的烟圈，对郭靖他爸说："郭家庄一千多双眼睛都盯着宅基地，我呢，只能按政策办事，政策是我们基层管理者最强大的后盾，谁都别想突破。"

说完这番话，郭军转身出了郭靖家院子，两个小弟忙不迭跟上。院子里，郭靖他爸一改满脸的堆笑，把后槽牙咬得"嘎嘎"作响。郭靖他妈哭丧着口气，连问了好几个"咋办咋办"，随后便眼泪一把鼻涕一把地骂开了，说是早就预料到了，会白养活一个吃闲饭的野杂种……

郭靖还撅着屁股，催他妈拿手纸。郭靖他妈这回听清楚了郭靖要手纸，她往前疾走两步，飞起一脚踢在郭靖的屁股上。郭靖的身体飞过屎盆的上空时，他瞥见了屎盆中那长长的一截，果然顺溜光滑且成形。

从这一天开始，郭靖他妈的耳刮子改成了飞腿，大概是她已经懒得跟郭靖动手了。懒得动手不是不抽耳刮子，而是抽耳刮子的时候改成了左右连环抽。郭靖他妈还给郭靖立了一个规矩：挨抽的时候不许哭出声，哭声越大，他妈下手越重。耳刮子抽到后来，不闻郭靖的哭泣声，只能听见清脆的"啪啪啪"声响，还有眼泪跌落到水泥地面的声音。有一回，郭靖他爸实在看不下去了，就把正在挨抽的郭靖拉到自己身后挡着，嘴里嘟囔着郭靖他妈为了一个野杂种气伤身子不值当。

郭靖初到郭家时，整天整夜地哭，一直把嗓子哭到血肿，出不来声。郭靖模模糊糊地觉察出这不是自己的家，自己的家是住在楼上的，要坐电梯到十八楼才能进家门，家里的客厅很宽敞，他可以在客厅里骑妈妈给他买的扭扭车。郭靖记得自己的爸爸是戴眼镜的，爸爸经常把他顶在脖子上骑着，他会顺手抓来爸爸的眼镜玩耍。郭靖还记得自己的妈妈皮肤很白，不像现在的妈妈脸很黑，还有雀斑。随着年龄的增长，那些幼年的记忆在逐渐淡出郭靖的记忆，戴眼镜的爸爸渐变成懦弱胆小的爸爸，白皮肤的妈妈渐变成一脸黑雀斑的妈妈，十八楼的宽敞客厅渐变成逼仄的农村平房。

郭靖被爸爸妈妈拽着跑了好几天，从村委会跑到福利院，再从福利院跑到民政局，然后从民政局跑到派出所。每到一处，抽号排队，领表填表，然后回答问题，只要有一处受阻，又得重新跑一遍。在这个过程中，郭靖已经被妈妈骂了无数遍野杂种。郭靖也从"野杂种"的间隙里听明白了，郭家庄只剩下四十二处宅基地，申请宅基地报名的户数超过四百户，合乎条件的一百六十户抓阄分配四十二处宅基地。

有两天，郭靖爸爸跑厌烦了，说不想给郭靖弄户口了。郭靖妈就劝郭靖爸，说批下新宅基地，盖个两层楼房上下八个格子间，一个格子间月租三百块，一年下来就能打回来买儿子的成本……

当郭靖爸捏着户口本跑进村委会的时候，宅基地抓阄刚好完事，他抓着郭军的手，用几近央求的口气说道："孩子的户口今天刚刚给上了，你看看，我们家三口人，三口人了。"

郭军用轻蔑的眼神看着郭靖他爸，说："你早干吗去了，五年上不上户口，这一村子的父老乡亲，都得等着你办利索再来抓阄。"

郭靖他爸攒足浑身力气嚷道："凭什么嘛？派出所也不是我家开的，是他们卡着不给我上户口，要不是孩子到了上学年龄，我今天都拿不到户口本。"

郭军把半截中华烟掐灭在烟灰缸里，站起身来往外走，却被郭靖他爸抓住胳膊。郭军一脸不耐烦，拧了一个响指，两个手下便扑上来把郭靖他爸推出门外。

郭靖他爸灰头土脸回到家里，正好赶上郭靖放学回家，趴在小饭桌上写作业。听闻宅基地彻底没戏了，郭靖他妈受不了这个打击，一把掀翻了郭靖做作业的小书桌，抓起郭靖的衣领子，连抽了好几个耳刮子，一时间把郭靖打得有点蒙，吓得连眼泪都忘了流出来。

第二天，郭靖妈带着郭靖去了县城，在一家肯德基餐厅点了一个汉堡一对炸鸡翅和一份炸薯条。郭靖第一回吃到这么可口的东西，他用无限感激的眼神看着妈妈，觉得妈妈的脸也不似先前那么令他恐惧了。吃完东西，妈妈好像没有离开的意思，郭靖打着可口可乐的气嗝，把杯子里的冰块一块一块倒进嘴里，咂巴着冰块上的甜滋味儿，这是他童年里难得快乐的一天。约莫又过了半个钟头，妈妈还没有要离开的意思，而且还打了一通电话，似乎约了什么人。过了一会儿，一个大嘴岔子的中年女人走进肯德基，郭靖妈急忙走上前，一把抓住大嘴岔子妇女，把她拉到桌子边坐下来。大嘴岔子妇女小声问郭靖妈："要男孩还是女孩？"

郭靖妈说："我不是要孩子，是退孩子。"

大嘴岔子妇女半天没有反应过来，瞅了瞅郭靖妈，又瞅了瞅郭靖，问道："你脑子有毛病吧，一大早哄我来，要退孩子？"

郭靖妈说："三万块买的，我帮你养了五年，一万五退给你，你还赚大了呢。"

大嘴岔子妇女又瞅了一眼郭靖，差点把嘴咧到耳根子："七八岁的孩子，啥事都记心里了，别说一万五，就是白送给人家都没有人要。"

郭靖妈掏出手机来，冲着大嘴岔子妇女说："我不管，退不了我就报案。"

大嘴岔子妇女冷笑着问道："上户口了吧？"

郭靖妈说:"上了,上户口的钱都不问你要了。"

大嘴岔子妇女说:"上了户口就是你的孩子,你不要了就是犯法,未成年人遗弃罪。"

二

嘉浩是个倔孩子。

别人家的孩子倔,顶多坐在地上撒泼打滚,嘉浩可以倔到不要命。

小学五年级上体育课时,体育老师把会游泳的和不会游泳的同学分成两拨,嘉浩举手说自己不会游泳,被分到不会游泳的一拨。于是,个子很高的嘉浩被男同学一阵嘲笑,说他自愿跟女生分到一拨当旱鸭子。体育老师没有及时制止男同学的嘲笑,孩子们越发肆无忌惮,把话说得越来越难听。嘉浩的倔劲儿上来了,"扑腾"一声跳进游泳池的深水区。大概是天性使然,嘉浩非但没有沉底,反而轻轻松松浮出水面,在水里自如地挥动着四肢,让他自己都吃惊不小。这下子,男同学们更是炸了锅,说嘉浩思想品质有问题,明明会游泳说自己不会游泳。

体育老师赶紧把嘉浩从泳池里面捞出来,问他到底会不会游泳?

嘉浩小脸涨得通红,说自己真的不会游泳,这是他第一次进游泳池。

男同学们扎堆嘀咕半天，最后得出一个结论，说嘉浩假装不会游泳，是为了跟女同学们混在一起。嘉浩听了更加气愤，"扑腾"一声又跳进泳池，这回他没有挥动四肢，而是任自己的身体直挺挺地沉到深水区底部，喝了满满一肚子池水。嘉浩知道挥动四肢就会浮上水面，只要浮上水面，就证明自己会游泳，会游泳还证明自己撒谎，撒谎还证明自己想跟一群不会游泳的女生在一起。这一串连锁反应，归根结底是自己会游泳，而能证明自己不会游泳的唯一办法，就是把自己淹死在游泳池里。就在嘉浩以为自己快被淹死的时候，体育老师一个猛子扎下来，把他从泳池底部捞了出来。

　　为此，嘉浩的爸爸妈妈差点把学校告到法院，幸亏校长带着体育老师再三登门道歉。想到自己孩子还在学校里读书，嘉浩的爸妈这才作罢。嘉浩的爸爸妈妈都在银行工作，爸爸是一家十几个人支行的行长，妈妈则在分行信贷部做资质审核工作。爸爸妈妈也了解儿子是个倔脾气，常常干出匪夷所思的事情，家人都拿他没有办法。嘉浩爸爸总结原因，说儿子是被四位老人宠坏了。由于双方家庭条件优越，老一辈父母又都是区局级领导，并且都手中握有实权，嘉浩算是这个经济发达地区标准的官三代。双方老人都只有一个孩子，嘉浩则是第三代的独苗，两边老人为了争"孩子"的宠，更是赛着花样讨嘉浩的欢心。四位老人念叨最多的话，就是让嘉浩不要跟陌生人搭讪讲话。嘉浩的爷爷更绝，他在嘉浩四岁生日的时候，送给嘉浩一个24K金的金锁，金锁能够打开，里面还有一张字条，字条上写着嘉浩父母的手机号码，还有一句话：感谢您把走失的孩子送回来，孩子父母感谢您的酬金，会远远高于您卖孩子所得。

嘉浩就是在这样的环境里长大的"九〇后"，他的人生里几乎没有遇到过"不"，万事遂心，诸事顺意。

三

自打宅基地的事儿黄了、"退货"又不成之后，郭靖的苦日子就开始了，挨打成了家常便饭。犯了错挨打，不犯错也挨打，雪白的小脸上经常印着红肿的手印去上学。村里的同学也把"野杂种"的外号带到了学校，一个学年不到，全校都知道郭靖是个"野杂种"。高年级的同学有时候会成群结队来到班里访问，问哪个是郭家庄的野杂种，便有同学指着郭靖给学长们看。这时候的郭靖恨不能找条地缝钻进去，他不敢怒也不敢言，白嫩的小脸涨得通红，大拇指的指甲使劲抠进食指的指甲缝，直到把食指指甲抠到出血。

有一天，郭靖跟同班一位男同学发生争执，那个男同学又骂郭靖是野杂种。憋屈许久的郭靖终于爆发了，他抡起文具盒拍向那个男同学的头，男同学的额头被文具盒的一角划开一道口子，鲜血染红了半张小脸儿。文具盒打散了后，两个人便扭打撕扯在一起。毕竟是年纪小气力不够，两个孩子撕扯到精疲力竭时，一只手掐住对方的脖子，另一只手握住对方掐住自己脖子的手腕，同样的进攻手势，同样的防守手段，一动不动地僵持着，活像两尊会喘粗气的泥塑。直到老师走进教室，两个孩子依旧保持着相互制约的姿势，似乎是在担心谁先泄劲儿就会被对方的内功逼伤似的，连老师的呵斥声都没起到作用。最后，老师也是用足了十成功力，才把两个人安全分开。

两个孩子的家长被老师叫到学校，分别接受批评后，郭靖他妈还要承担对方孩子的医药费、营养费、家长误工费。正值午休时间，几乎全校的学生围观了郭靖他妈抽郭靖耳刮子。即便是两个小脸颊都被他妈抽肿了，郭靖一声也没有吭，只是眼泪不听使唤，一个劲儿地往外流。经此一抽，郭靖更加被印证了是野杂种的身份，愈发成了同学们的笑柄。

那个时候，郭靖唯一的想法就是找个没有人的地方躲起来。

学校的北边有一处高地，高地上有一座烂尾楼，是郭靖被大嘴岔子妇女卖到郭家庄那年开始烂尾的。郭靖趸摸到这座烂尾楼之后，几乎每天放学后都会到楼里溜达一圈儿，他选择了顶层最顶头的一间作为自己的领地，然后开始设计房间的布局，首先要有一扇坚硬的门，最好是那种铁门，或者是钢门，用很厚很厚的钢板，能够屏蔽所有妖魔鬼怪，还能够抗住火箭弹的攻击。屋里还应该有一张大桌子，桌子上有一台电脑，可以用来玩星际争霸和魔兽世界。为了玩游戏，郭靖甚至还偷过家里的钱，他为此也付出了代价，被妈妈用藤条暴抽一顿后，还饿了整整两天。在电玩游戏方面，郭靖很有天赋，他在网吧里经常帮别人通关换取装备和上网费。

运用自己的想象力，郭靖还给自己的房间堆了半屋子可口可乐和大桶泡面，电脑桌子上只留下放鼠标的位置，其余全部摆放辣条、鱼皮豆、跳跳糖……最好还有炸鸡翅和炸薯条，想到这里郭靖不禁舔了舔爆皮的嘴唇。最后，郭靖还给自己置办了一把《绝地武士》里面的激光剑，还有一件终极大杀器——M110狙击步枪。

有时候，郭靖会在自己的领地里面待到天黑，因为电脑升级、杀毒和整理硬盘碎片颇费时间，还要练习激光剑格斗和狙击步枪射击。M110狙击步枪是一根将近两米长的自来水钢管，钢管被布带绑缚在一块颇像枪托形状的木板上，迎风飘散的布带碎布头很像狙击步枪上的隐蔽伪装。还有一截短钢管被胶带固定在长钢管上，算是狙击步枪的瞄准镜。郭靖把枪架在窗台上，窗口正对着学校的门口，距离在一千米左右，正好是M110狙击步枪最有把握的射程。每天放学后，郭靖逃命似的奔进烂尾楼顶层的"堡垒"，用狙击步枪瞄准走出学校大门的同学。郭靖在临窗的墙壁上贴了一张纸，上面写满了揍过他、骂过他、侮辱过他的男同学的名字，每次用狙击步枪干掉一个，就用红色圆珠笔在名字上画一个×，有的名字已经被很多×覆盖掉了，他就再写一张名单贴到墙上。一年下来，郭靖把自己的男同学也包括部分女同学，击毙了无数遍。

在上小学六年级的时候，郭靖在自己的堡垒里又加了一张桌子，这张桌子是留给霍小格的。霍小格是郭靖的同班同桌同学，她是整个学校里唯一愿意跟郭靖说话的同学，而且还是主动说话。尤其郭靖脸上带着他妈的手指印走进教室的时候，小格会没话找话，她会问郭靖来学校的路上有没有看见卖煎饼果子的徐麻子，会问郭靖作业做完了没有，甚至有次还问郭靖昨晚有没有梦见绝地武士复活……问着问着，小格会眼圈发红，有几次还流泪了。每到这个时候，郭靖就觉得心头热热的，这股热乎劲儿一直能够通过食道顶到嗓子眼。这一刻，郭靖也会为自己的疏忽大意懊悔不迭，觉得自己还应该置办一把伯莱塔92型手枪，带在身上随时保护小格。可郭靖很失望，因为小格长得既漂亮学习成绩又好，无论是在班里还是学校里，没有人欺负自带女主光环的小格。所以，郭靖能为小格做的，就是在自己的堡垒里给她加一张书桌。为了不让玩游戏的声音干扰小格学习，郭靖刚刚给自己买了一副耳机，但是这样也有一个危险，那就是听不见"敌人"逼近自己堡垒时候的脚步声。不过，郭靖觉得这样也没有什么，就算是自己被包围了，"敌人"也很难突破钢板门。再说了，自己还有激光剑和M110狙击步枪呢。再再说了，就算自己死了又怎么样，反正也不会有人心疼……可是谁来保护小格呢？

四

　　于敏和罗东又吵架了，而且吵得很凶。罗东受不了于敏的歇斯底里，只好离开家，跑到街边夜市的大排档上喝闷酒。罗东要了份煮花生和煮毛豆，还点了二十个羊肉串和两个羊腰子，想了想自己还没有吃晚饭，又问隔壁的摊儿要了一个煎饼果子。方大姐的煎饼果子远近闻名，很多来夜市喝酒的人都会在方大姐的摊儿上叫个煎饼果子。方大姐的老公姓霍，原本开了一家火锅店，挣了一个不菲家底儿，可惜后来染上赌瘾，两年时间就把火锅店赌成了煎饼果子摊儿。再后来，霍老板离家出走了，谁人都不知道他的去向，只留下方大姐带着女儿霍小格靠煎饼摊儿过活。

罗东喝了三瓶啤酒，喝得不算多，却把伤心往事勾了出来。自打四年前，三岁的儿子丢失以后，他和妻子于敏的生活就像是走进了地狱。尤其于敏，因为悲伤过度患上了抑郁症，经常处于失控状态，已经无法胜任教师工作。为了寻找儿子，罗东也从生物研究所辞职。两口子先是四处张贴寻子启事，启事贴出去之后，儿子没有找到，反而招来了几拨骗子，说是让罗东转账五千块钱，才把儿子的信息给他们。结果，钱转过去了，骗子也就此没了消息。紧接着，城管又找上门来，让他们两口子把张贴的寻子启事清理干净，因为市里要召开招商引资大会。罗东觉得这样像没头苍蝇一样找下去，劳民伤财不说，也不会有什么结果。于是，他去派出所报了案，然后又根据派出所的指引，登录公安部丢失人口网站，录入了儿子的信息，期待着能够从大海里面捞到针。

两年下来，找儿子败尽了一个中产家庭，罗东觉得不能这样坐等破产，只好仰仗着自己所学的专业，成立了一家农药生物公司。倚靠周边几个农业大县，罗东的公司倒也能够维持运转，算暂时稳住了阵脚。罗东和妻子是大学同学，班里面就成了他们这一对儿，毕业后，于敏随着罗东回到他的家乡，到一所小学当了教师，两年后又结婚生子，本是一个和谐美满的家庭，谁知道三岁的儿子说丢就丢了……

于敏最近的状态越来越差，走着走着路能落下泪来，吃着吃着饭能哭出声来，看着看着电视能突然把水杯扔到电视机上，昔日温柔如水的妻子，如今变成一个可以随时爆掉的手雷，罗东看着心痛不已。

有一天，于敏鬼使神差地走到曾经执教的小学，又攀上小学旁边一座烂尾楼，她想从楼顶上跳下去，结束自己的痛苦。可就在这个时候，她突然接到一个电话，电话说在响春山一座寺庙里发现一个小和尚，很像她家走失的儿子。于敏问对方是哪座寺庙，对方问于敏要一千块钱信息费。于敏心里清楚这个人十有八九是骗子，但她还是给对方转账一千块钱。对方收到钱后，说是那孩子在永安寺。于敏叫来丈夫，两个人驱车上了响春山，进了永安寺，找遍整座寺庙，也没有看到一个小和尚。罗东埋怨于敏，说你又被人骗了。于敏不死心，拽着罗东跑遍了响春山所有寺庙，连尼姑庵也不放过，最终也没有找到儿子。于敏跪倒在宝光寺大殿的台阶前，号啕大哭起来："什么菩萨，什么佛祖，你们真的有灵通，干吗让人贩子拐走我的孩子……你们还我儿子……"

一位刚吃过饭的执事僧恰好路过大殿，听到哭喊声，瞅了一眼跪在地上的于敏，便停下脚步，一边用小手指的指甲剔着牙缝里的一丝儿韭菜残叶，一边慢悠悠地说道："心中无佛何须跪，无佛莫说佛是非。"

说罢，和尚向空中弹了一下小手指，拂袖而去。

五

读初中三年级的时候，郭靖他爸因心肌梗死没了。

郭靖没有哭，但他心里有些难过，相对于妈妈，爸爸对他算是这个冰冷世界里的一丝温暖。如今，这一丝温暖已经变成了一具冰凉的尸体，横躺在自己眼前。郭靖妈一边哭一边骂郭靖，骂他是个白眼狼，白白养了十一年，说就算是养条狗都知道报恩，而郭靖一滴眼泪都不为他爸爸流。

郭靖习惯了养母的骂，也习惯了不还嘴。他想等到养父的后事料理完，就离开郭家庄，离开这个家。郭靖想去找他的亲生父母，这一年，郭靖十五岁。对于亲生父母的印象，他只剩下父亲的眼镜和母亲白皙的皮肤。郭靖曾经试探着问过养母，自己是通过谁买来的，有没有中间人的联系方式？郭靖问一次，就被他的养母数落着骂半天，弄得他心有余悸。郭靖心里清楚，从养母这里不可能得到关于自己身世的下落了。郭靖也记得自己第一次吃汉堡和炸鸡翅的肯德基，还有在肯德基店里见到的那个大嘴岔子女人，他从养母和她的交谈中，隐约觉得自己的身世与大嘴岔子女人有关系。可惜，当时自己的注意力全在炸鸡翅和炸薯条上面，听到的信息不足以让他找到自己的亲生父母。即便是找不到亲生父母，即便是就此流落江湖，郭靖也想离开郭家庄，因为江湖上至少没有人知道他是个野杂种。

郭靖已经有许久不去烂尾楼了，因为烂尾楼在他读初中二年级的时候被炸平了，原地重新盖起了一幢幢住宅楼。烂尾楼刚刚被炸掉的时候，郭靖心里很难过，他不言不语沉默了好几天，几乎天天放学后跑到高地上看那片废墟。那堆废墟曾经是他的避难所，至少是他精神世界的避难所。郭靖每天在那里面挥刀舞剑纵横捭阖，一次次狙击仇人，一次次英雄救美，一次次拯救江湖。他最后一次去看废墟，是约着小格一起去的。郭靖和小格在同一所中学读书，虽然不在一个班级，但是每天都能看到小格。小格越来越漂亮了，学校里的男生都会盯着她看，她走过学校的每一处角落，身后的男生都会发出一阵阵青春期才有的傻笑和起哄，盲目无序的荷尔蒙激荡碰撞，能辐射学校半个操场。

每次见到小格，小格还是会主动问郭靖问题，问他英语测验及格了没有，问他为什么把历史书搞丢了，还问他为什么总去烂尾楼。小格依旧保持着全校前十名的学习成绩，她将来肯定会考入本市最好的高中，而郭靖的学习成绩很差，不可能跟小格读同一所高中，这也是郭靖不想再读书的原因。

那天放学之后，看到小格推着自行车出校门，郭靖迎了上来，照旧还是小格先发问："你怎么还不回家？"郭靖说："我在等你。"小格问他什么事，郭靖说想带她去看一个地方。小格问他远不远，因为自己还要回家帮着妈妈出夜摊儿。郭靖说不远，就在小学的后面。于是，两个人并肩骑上自行车走了。这一刻，郭靖觉得自己的身体变得轻盈起来，轻盈到像是飘在自行车上一样。而且，他觉得心里喷涌出一股热浪，这股热浪以不疾不徐的速度漫延向四肢，那是一股比西边晚霞还多彩的喜悦。

站在高地上，郭靖望着那堆废墟，眼神里满是柔和的晚霞色，青涩的脸上闪烁着捉摸不定的神情，让人疑惑他究竟是开心还是沮丧。小格看一眼废墟，又看一眼郭靖，心中很是不解，问道："为什么要来看一堆废墟？"郭靖瞬间语塞，他不知道该怎么跟小格解释，大概是不知道从何处说起。于是，他对小格说："不喜欢看就算了，我送你回家吧。"

郭靖辍学后，去县城一家面馆做了服务员，管吃管住月薪八百。选择这个行当，他自有一番打算，因为面馆来来往往的人很多，没准儿就能看见一对中年夫妻，男的戴着眼镜，女的皮肤白皙，如果眉目之间再有几分跟自己相像，他就会上前询问，询问客人家里十几年前有没有丢过一个男孩……

面馆叫阿兰大骨头汤牛肉面，但营业执照上写着徐桂花。面汤也不是大骨头汤，是九块钱一包的高汤精加自来水煮出来的。牛肉倒是真牛肉，但老板阿兰要求牛肉要切得薄如蝉翼，上个礼拜刚开除一个小工，就是因为他把牛肉片切厚了。阿兰长了一张开餐馆女人才有的脸，大脸盘子缀满脂肪，硬是在下巴颏上挤出三道褶皱，三道褶下面则是一对硕大的乳房，大得让人觉得累赘，很想帮她做个深呼吸。阿兰嗓门很大，经常冲着伙计们大声嚷嚷，其实也不是嚷嚷，就是骂人，每一句脏话里面都带着肉，看不出来半点吝啬。

店有店规，阿兰的规矩比较多，除了普通的例行服务要求之外，她还要押服务员一个月工资。就是说，在阿兰店里要工作满两个月，才能拿到一个月的工资。被押在阿兰手里的那个月的工资，基本上是拿不到手的，等到有人辞职的时候，阿兰能够找到各种理由扣掉。第一次出门打工的郭靖，不太在意是不是押一个月工资的事儿，因为他的主要目标不是赚钱，而是要看见很多人，找到自己的亲生父母。

阿兰大骨头汤牛肉面面馆的服务员，像走马灯一样地轮换着，郭靖干了半年就混成了元老。面馆的客人更像是流水，一拨一拨地不重复，地处繁华闹市很少有固定的回头客。半年下来，老板阿兰很是奇怪，奇怪郭靖还没有要走的意思。郭靖不走，意味着阿兰每个月都要给他发工资，不能像新人那样扣掉第一个月的工资。商人重利轻情义，阿兰不觉得郭靖对面馆有什么忠诚度，而是觉得郭靖故意在跟自己对着干，于是越发不给郭靖好脸色。从小在耳刮子和喝骂中长大的郭靖，难看的脸色已经算是嘉奖了。郭靖对阿兰愠怒的大胖脸非但不抵触，反而生出几分亲近，觉得她比养母慈祥。

第七个月的一天中午，面馆走进来一对夫妇，男的戴着眼镜，女的皮肤不算白皙，但也不黑。这对夫妻选了临窗一个双人座位，郭靖赶忙拿着菜单走过去，问两位客人要吃什么面。

戴眼镜的中年男人接过菜单,眼睛没有看郭靖,问道:"你们的汤是骨头汤吗?"

郭靖习惯性地顺口搭话,说是早市上刚买的大骨头。这些张嘴就来的谎话,是经过老板阿兰培训过的,说起来就像是真事儿。说话的时候,郭靖的目光一刻不停地在这对中年夫妇脸上搜巡,觉得中年妇女的眉眼跟自己有点像,而自己的嘴巴和鼻子跟中年男人也有几分相似,五官对上了四官,郭靖的心脏禁不住加速跳了起来。中年妇女的皮肤不够白皙,十多年过去了,肯定不会像年轻时候那么白了,郭靖在心里引导着自己。没准儿打自己丢了之后,妈妈四处寻找自己,在外面风吹雨淋晒黑了……郭靖继续给自己内心的极度渴望圆场。直到戴眼镜的中年男人大声问道:"不去下单,你在这儿傻愣愣地站着干吗?"

郭靖觉得中年男人虽然戴着眼镜,可是脾气有点粗暴,与心中举止优雅的爸爸有些差别。郭靖转念一想,丢了孩子的爸爸的脾气能好到哪里去。看到厨师从大汤锅里盛汤的时候,郭靖一把挡住厨师的大勺,他接过勺子来从另一边的小锅里盛了两碗骨头汤。厨师有些不悦,说骨头汤没了,阿兰老板怎么吃面?郭靖没有答话,端起煮着大骨头的小汤锅在水龙头上接满水,重新坐到炉灶上。

中年夫妇对大骨头汤牛肉面很是满意,说许久没有喝过地道的大骨头汤了。结账的时候,郭靖对夫妇二人突然问道:"你们家是不是住十八楼?"

戴眼镜的中年男人立刻警惕起来："你想干什么？"

郭靖也有些心虚，他说："没什么，就是随便问问，你们家是住十八楼吗？"

眼镜中年男人一把薅住郭靖的衣领子，大声呵斥道："你想偷东西还是在威胁我，你问我们家住几楼是什么目的？"

眼镜中年男人越嚷嚷越激动，抬手就抽了郭靖一记耳光，并让随来的中年妇女打电话报了警。

六

大概是高考压力大的缘故，读高中三年级的嘉浩喜欢上了玩电脑游戏，一根筋的人喜欢上一样东西，就容易陷进去，直至寝食俱废。嘉浩每天晚上都在网吧混到很晚，晚餐是一碗泡面加一根香肠和一个卤蛋，作业则选在游戏、吃面和去洗手间的罅隙来写。网吧老板看嘉浩玩游戏玩得辛苦，就劝他以学业为重，先把高考应付过去。嘉浩说他也是这么想的，所以他答应了父母，把这个游戏玩通关，就回去准备高考。网吧老板听说他仅仅是纠结游戏通关，就把一旁玩游戏的一个叫郭靖的小男孩拽过来，说这款游戏郭靖玩得精，可以帮嘉浩过关。嘉浩问那男孩："代玩游戏打通关需要多少钱？"男孩怯怯地说，帮他交一个月的网吧畅游费，就可以帮忙打通关。嘉浩爽快地答应了，跟网吧老板交了一个月的网费后，把自己的游戏账号交给了郭靖。高手就是高手，郭靖的进攻路径果然不同凡响，防守也做得滴水不漏。连续看了两晚上，嘉浩知道郭靖肯定能帮他通关。看到郭靖只吃方便面，嘉浩为他要了一根香肠和一个卤蛋。嘉浩对郭靖说："敢叫郭靖，你真是一个高手，大前天被我干掉的一个尿货，居然敢叫黄药师。"郭靖没有吱声，他把整只卤蛋塞进嘴里，干涩的蛋黄噎住了喉咙，一时间顾不上嘉浩说什么。嘉浩看出郭靖的窘态，一手帮他拍后背，一手递给他一瓶喝了一半的可乐。郭靖被卤蛋噎得眼泪汪汪，很不好意思地在嗓子眼咕噜出一声"谢谢"。嘉浩又掏出一百块钱，塞进郭靖手里，说道："玩游戏很辛苦，吃点好的。"

半个月后，嘉浩登录自己的游戏账号，发现果然已经通关，这才收拾起心思温习功课，此刻距离高考还剩下不到三个月的时间。高三是人生最珍贵的一个学年，嘉浩却犯了倔劲儿，用了半个学期玩游戏。父母打小就了解嘉浩的倔强个性，着急在心里，嘴上却不敢紧着催促，只能由着他的性子来。嘉浩给自己制定了一个补习计划，这个补习计划只列了顺序，没有列时间。等嘉浩把语文、数学和英语补习完了，第二天就高考了，综合科的物理、化学和生物等于完全放弃。高考成绩出来的时候，一家人傻了眼，嘉浩的成绩距离一本线差了六十多分。高考于当下社会算是相对公正公平的，任嘉浩的爷爷奶奶姥姥姥爷手眼通天，也于事无补。

四位老人加上父母，一致想让嘉浩再复读一年，考取一所正规大学，大家的面子上都好看一些。嘉浩却不听劝，自己选了一所民办大学，读了一个财经类专业。

七

郭靖被带去了派出所，警方最终澄清他询问客人是不是住十八楼的目的。负责问询郭靖的小警察心生怜悯，告诉他说那对中年夫妻不住十八楼，一直住在女方父母家里，是五楼。

走出派出所，街灯已经亮了，下班的车流和人流像河水一样涌动在街道上。郭靖觉得人流中的人们都是幸福的，虽然脸上挂满倦意，可他们都是有目标的，都奔走在回家的路上。郭靖羡慕那些有家的人，觉得他们有温暖可寻，即便是在江湖上受苦受累受伤受委屈，依然会有一个角落让他们哭泣和疗伤。

郭靖回到面馆，正赶上阿兰吃晚饭的时间，在门口便能听见阿兰"吸溜溜"吃面的声音，就像是风过树梢发出的声响。看到郭靖走进来，阿兰把吃剩下的半碗面一下子泼到郭靖身上，大声骂道："你他妈的嘴欠呀，人家住几楼关你娘屁事，你没头脑问一句，他俩没结账就走人，还白喝了老娘的大骨头汤，你们都拿我这儿当福利院了吧。"

有一层衣服垫衬着，面汤倒也不是很烫，郭靖觉得老板阿兰已经手下留情了，这事儿要是搁在养母那里，她肯定会把面汤直接泼到自己脸上。郭靖把挂在自己肩膀上的一绺面条摘下来，放到餐桌的空碗里，对阿兰说："两位客人的饭钱我认了，从我第一个月工资里扣。"

阿兰闻听"呼"一声站起来，胸前两只肥硕的乳房也跟着颤巍巍地抖动着，她用比先前还高一倍的声音吼道："你的第一个月工资早就扣没了！"

伴随着阿兰的口气，一截寸把长的面条被她灵动的舌头弹了出去，正好射中郭靖的人中。郭靖摘下嘴唇上面那截面条，这回他没有往空碗里放，而是捏在手上揉搓着。郭靖垂下头，声音如蚊语："凭什么？我以前又没犯过错，工资怎么就扣没了？"

阿兰继续着她的高分贝："就冲着你这副娘炮尿样儿扣的！"

这一夜，郭靖失眠了。失眠的原因有很多，那对中年夫妻对自己的恶意揣度，老板阿兰的苛刻，还有自己的娘炮尿样儿……失眠一直持续到凌晨，他才昏昏睡去。

郭靖被"哗啦啦"的砸门声惊醒，他从拼接的餐桌上一骨碌爬起来，拉开面馆的卷帘门，看见快递小哥金鱼。金鱼不仅一副五短身材，还长了一双圆鼓鼓的眼睛，老板阿兰就给他起了一个外号，管他叫金鱼。金鱼是阿兰面馆为数不多的回头客，他点的都是净面，不点带牛肉的荤面。阿兰为此还讥讽过金鱼，夹杂着脏话说金鱼吃不起带牛肉的荤面。金鱼头也不抬地"吸溜溜"吃面，得空回骂阿兰道："你们那几片牛肉，过嘴都品不出牛肉味儿，傻子才点呢。"

金鱼抱着一个大纸箱子站在店门口，说是阿兰买的东西，又问郭靖怎么才开门，不怕阿兰来了挨骂。郭靖揉了揉眼睛，盯着金鱼手里的纸箱子发愣，突然间，他显得有些兴奋，问道：

"你们快递公司缺人不？"

　　快递公司向来缺人手，每一家快递公司都在不间断地招聘，因为现在能吃苦耐劳的人并不多。经金鱼引荐，郭靖第二天就去快递公司上班了。培训课程只有一天，无非学习一些公司的服务规范要求。金鱼叮嘱郭靖，说分服务片区的时候，不要选东城区和开发区。郭靖不解，问金鱼为什么？金鱼说："东城区和开发区都是高档社区，要打点物业和保安才进得去。"金鱼还说："这两个区大都是高层住宅，万一哪个楼电梯坏了，爬楼梯送货能累出屎来。"

　　郭靖非但没有听金鱼的话，还主动要求去了东城区。快递公司的主管很是开心，对郭靖说："你不用等摩托车驾照了，今天就可以开工送货了。"

　　郭靖负责四个住宅小区的快递货物收发，全都是三十层左右的高层住宅，其中三个小区是2000年左右建造的，都符合郭靖的目标诉求。原来，是金鱼的职业给了郭靖启发，他觉得每天在餐馆里等自己的亲生父母上门，还不如主动出击，逐门逐户送快递，能够更广泛地接触人，找到亲生父母的概率也就更大。

　　每天送快递的时候，郭靖会故意地去敲十八层的楼门，等人家确认送错了门，他再去敲十八层另一户的房门。每敲开一扇没有快递物件的门，对郭靖来说都是一次莫大的心理考验，因为他从来就没有做好敲对门的准备。即便如此，郭靖还是鼓足全身勇气，去叩开一户又一户的房门，他在心里鼓励着自己：

这一扇房门背后，没准儿就是自己的亲生父母……

　　每一栋楼的十八层，不一定都会有人在家。于是，郭靖就像当初在堡垒里"击毙"欺侮过自己的同学那样，给每一栋楼的十八层画了一张图：否定的打×；戴眼镜男主人画上一副眼镜，皮肤白皙的女主人画上一颗心；如果十八层恰好有一户男主人戴眼镜女主人皮肤白皙，就画上一个大大的"！"，会反复多去几次。每逢有十八层的快递，郭靖就会很兴奋，愉悦的心情不亚于看到了自己的快递。他给十八层住户送快递的时候，也会找各种借口跟主人家聊天，甚至还会偷着瞄几眼客厅的布局，与儿时模糊残存的记忆比照，比照是不是一样宽敞的客厅。其实，郭靖记忆里的"宽敞客厅"是什么样，早就记不得了，脑子里只记得"宽敞"两个字而已。

　　用了大概五个月时间，郭靖敲开了管区所有十八层的房门，有三户人家从未开过门，他判定这三户是无人居住的房子，只能在图表上画上"○"。郭靖坚持认为，迟早有一天，他会在这张或另外一张图表上的十八层某户人家画上"√"。

八

　　罗东觉得不能这样下去，如果不做出改变，自己和妻子都会被失去儿子这个意外毁掉。失去孩子，对于家庭已经是一场灾难了，作为家里的男人，他不能任由这场灾难无休无止地持续下去。

罗东先是把妻子送回她的老家湘西，想让她在熟悉的环境里、在亲人的陪伴下，康复心理的创伤。于敏不是很情愿，她想在这座城市里等到儿子回来，可她也明白自己的状态，有时候自己都无法控制自己。与其这样分丈夫的心，还不如回湘西老家，让罗东一门心思找孩子。

罗东从湘西回来后，做的第一件事就是把原来住的房子卖掉。罗东觉得妻子睹物思人，在这栋房子里到处都是儿子的影子，不利于她走出来。而且，此刻罗东的生物农药公司遇到一个绝佳机会，罗东急需一大笔公关费来争得这个机会，但银行的贷款迟迟批不下来。

因为是低于市场价转让，房子很快有了买主，买主像罗东一样急促，想赶紧换一处住地。罗东觉得买主夫妇与自己和妻子的气场很相像，都是知识分子家庭，带着一个小女孩。因为气场相像，双方不免多聊了几句，原来这家的小女儿前些日子差点被人贩子拐走，幸亏男主人机灵，迅速赶到物业办公室，让调度台通知所有保安封锁社区的各个出入口，查找一个两岁半的女孩。即便如此，等保安从一社区公厕里抱出小女孩的时候，小女孩已经被人贩子剃光了脑袋。小女孩受到了惊吓，一回到原来的社区就会哭个不停。罗东听说了买主一家的经历，怕他们敏感，没敢说自己家儿子丢失的事情，搪塞几句后，便匆匆办理了房屋过户手续。

罗东卖掉房子的第二天，便用卖房款购买了一辆红色奥迪跑车，跑车的车主填写的是地方防火办主任的儿子。

当地有一处风景名胜叫响春山，响春山上有名寺古刹十几座，是国家5A级风景区，每年前来响春山烧香拜佛的善男信女络绎不绝。上山的人多了，又多是来烧香拜佛的人，防火自然成了当地政府部门的重中之重。从每年的秋分时节，一直到来年的枯草返青，长达多半年的时间里，当地政府不分部门地上山巡查防火，周六周日都不休息。饶是如此，香火枯草一相逢，便是一场或大或小的火灾，令当地政府各部门都苦不堪言。

让政府头疼的山林防火，却让罗东看到了商机无限，他托了几层关系找到政府防火办的负责人，向他们推荐自己公司出品的强效灭草剂。响春山的火灾几乎都是火种引燃枯草导致，可是山上长草是天经地义的事，防火办的人从未想过还可以有如此大胆的想法：让响春山不长草！

让响春山不长草的提案，令防火办上下兴奋不已，防火办主任立刻汇报给区委书记，并上了当周的区委区政府办公会。参加办公会的领导，也都是周六日要上响春山护林防火的人。于是，办公会上当即有了批示：暂同意此方案，请防火办组织相关专家进行论证，并按照政府采购程序购买灭草剂。

罗东得知自己的提案通过了，继续全情投入跑公关，压根儿就没有考虑灭草剂的使用后果。罗东的公司出资，把专家论证会安排在一座五星级度假村里，参与论证的专家不仅享受了一个五星周末，每位参与论证的专家资料袋里还多了一个厚厚的信封，信封里装着五千元劳务费。

九

已经有一个月没有见到小格了，总是用在学校门口"偶遇"的方式见面，郭靖觉得有点蠢笨，可他又想不出什么更好的借口，只能一次接一次地"偶遇"，好在小格从来不说破。这一天，郭靖早早送完最后一拨快递，决定去小格就读的高中门口"偶遇"。离家出走一年多来，小格成了郭靖唯一的情感寄托，也是他在这个世界上唯一信任的人。

郭靖坐在快递公司配发的电动三轮车上，等候了将近两个小时，才看到小格的身影。她和一个身材高挺的男生，一起推着自行车从学校门口走出来。郭靖先是心里一愣，接着一股醋意涌上心头，但他还是从三轮车上下来，候在车边准备跟小格"偶遇"。小格看见郭靖，脸上的神情也迟疑了一下，继而像往常一样发问："郭靖，你怎么在这儿?"

郭靖灵机一动改变了"偶遇"的说辞，他冲着小格说："我在这儿等你。"

小格习惯性地又问："等我? 有事吗?"

郭靖说："哦……没事，就是觉得好长时间没见你了，过来看看你。"

小格身边的高挺男生辨别出郭靖的身份后，连脸上的青春痘都透露出不屑，他对小格傲慢地说："你们聊吧，我先撤了。"

小格脸色一红，似乎有些尴尬，她冲着高挺男生点点头，在嗓子眼咕哝一声只有她自己能够听见的"嗯"。待那男生走远，小格并不友好地瞅了一眼郭靖，问道："你来看我干吗?"

郭靖感觉到小格不是很开心，他支吾道："没什么……就是想、想看看你。"

小格眼睛瞅着学校门口的方向："你神经啊，我有什么好看的。"

郭靖顿时觉得无趣，他说："那……那我送你回家吧。"

小格说："我有自行车，干吗用你送。"

郭靖说："像以前那样，你抓着我的三轮车，就不用蹬自行车了。"

小格已经骗腿儿跨上自行车，头也不回地说："那样违反交规，你懂不懂啊!"

最近几天送的货品多是月饼，郭靖才知道中秋节到了。

早会上，公司主管给员工们一人发了一盒月饼，并代公司祝福大家阖家团圆，外地员工由公司付费把月饼快递回老家，本地员工送完管区下午的快递，就可以放假回家过节了。郭靖纠结了一上午，要不要回郭家庄看望养母。在喝骂声和耳刮子中长大的郭靖，早就厌恶透了养母，巴不得早日离开家，今生今世不再相见。可当同事们纷纷张罗过中秋节的时候，郭靖平时压抑的落寞和不安显现出来，他内心渴望着跟其他人一样，有一个能够归属的家，即便是这个家有名无实、有恨无爱。

站在郭家庄的胡同口，郭靖仍然有些踌躇，不知道见了养母是不是还该叫她一声妈。就在此刻，郭靖他妈拎着一袋子垃圾走出来，看见戳在胡同口的郭靖，她也是一愣怔。郭靖赶忙走上前去，把手里的一盒月饼塞过去："……妈……"

　　郭靖他妈一手拎着垃圾，一手拎着月饼，站在门口哭出声来："你这个白眼狼，没人要的野杂种，白饭养了你十多年，你自己能刨食了，拍拍屁股就走人，当初真应该把你打死……"

　　瞬间，郭靖感觉又回到了从前，整个脑袋跟着晕涨起来，他头也不回地冲出胡同口。隐约听见后面传来一阵声响，他低头看到了养母扔过来的垃圾袋和满地滚动的月饼。一路跑出了郭家庄，郭靖才觉察出自己满脸的泪水，手伸进口袋找纸巾，却摸到一卷纸币，整整一千块钱，这是郭靖的所有积蓄，本来是要孝敬养母的。郭靖迎着微凉的秋风，狠狠地扇了自己一个耳刮子，在心中暗暗发誓：再也不回郭家庄了！

　　两年来，郭靖换了九个高层住宅管区，摸排了九个管区内所有的十八层楼住户，总共有七户人家的男女主人与他寻找的亲生父母的条件相符，然而这七户人家都未曾丢过孩子。

　　两年来，郭靖越发封闭自己，除了睡觉和送快递外，他把所有时间和薪水都扔在了网吧里，深深地迷恋上联机游戏，就连年三十的晚上都是在游戏中度过的。在虚拟世界里，郭靖可以以一当十力敌万夫，杀得对手片甲不留尸横遍野。为了购买顶级的杀戮装备，他甚至还开始借钱，问金鱼借了两千块钱。

柳河是本地一个有高层住宅的管区，也是郭靖最后的希望所在。柳河地处老城区，既有最早开发的高档住宅，也有老城区的筒子楼和棚户区。依山郡府和香榭丽宅是两个老牌的高层住宅，以高档和物业管理严格著称，每家快递公司都头疼跟这两个小区的物业打交道。所以当郭靖找主管，说自己想换到柳河管区的时候，主管愉快地应承了。主管斜睨着郭靖，问道："你为啥总是换管区？"

历经两年的江湖历练，郭靖早已学会如何深藏自己的真实想法，他对主管说："老在一个地方转来转去，觉得闷，就想换个新地方。"

依山郡府的胖保安看到快递公司换了新人，当天就给了郭靖一个下马威，让他先填一个快递人员登记表，身份证号码、手机号码、家庭住址、籍贯等等一一填完，还要按十个指头印和掌纹。费了半天工夫，胖保安拿起登记表来却只看了一眼，就顺手撕成两半，说字迹模糊不合标准，让他重新填写登记表。填表的时候，依山郡府的客户打了三遍电话催促郭靖。最后一遍，客户已经在电话里开骂了，说是要投诉郭靖。郭靖冒了一头汗珠子，几乎要给胖保安跪下了，央求胖保安先让他把今天的快递送进去，答应明天再来填表。胖保安用牙签剔着黄色板牙，傲慢地点点头，骂骂咧咧地开门放行。

依照惯例，郭靖抱着最后一件货品，顺手按了十八层的电梯，开始逐户敲门。一户人家的男主人打开门，不仅戴着眼镜，人长得也很清秀，眉目间与郭靖颇有几分相像。郭靖禁不住怦然心动，他把手里的纸盒箱递过去，眼睛却一刻都不曾离开过男主人的脸庞。男主人接过纸箱，嘴里边嘟嘟囔囔，说："昨天刚刚下单今天就能到货吗？"男主人仔细瞅了瞅纸箱上的货运单据，抬头对郭靖说："小伙子你搞错了吧，这是五号楼的十八层的东西。"

郭靖拿过纸箱子，装模作样看一眼货运单，嘴里不住声地道歉，心脏却在胸腔里怦怦狂跳，因为他看到客厅里还有一位皮肤白皙的中年妇女。随着男主人"砰"的一声关上房门，郭靖也长长地舒了一口气，他掏出早就画好的图表，在依山郡府的一号楼一单元1801的位置上，画上一个大大的"√"。

第二天上午，郭靖接着在依山郡府的门卫室里填写登记表。填表前，郭靖给胖保安的口袋里塞了两盒玉溪牌香烟。胖保安龇着黄板牙，拍了拍郭靖的肩膀，夸他懂规矩明事理。郭靖急三火四送完快递，直奔一号楼一单元，乘坐电梯上了十八楼，按响1801的门铃。今天开门的是皮肤白皙的女主人，女主人的眼睛很好看，是一双眼皮很深的杏核眼，跟郭靖的深双眼皮颇像。郭靖忍住内心的悸动，抬头看了一眼女主人背后的客厅。女主人似乎有些警觉，她问郭靖什么事儿，郭靖说，1801在

App 下了寄快递的单子，他是前来取件的。女主人一脸诧异，说是没有下单子寄快递。郭靖掏出小米手机，翻看了一下，说是自己记错了，是二单元的 1801。皮肤白皙的女主人刚要关门，郭靖赶忙问道："你们家有孩子吗?"

女主人脸色骤变："你问这个干吗?"

郭靖怯怯地说："我……随便问问。"

女主人一步跨出屋门槛，厉声质问道："你到底是什么意思?"

这时候，屋里传来男主人的询问声，女主人高声回道："你快出来，有人问我们的孩子。"

女主人话音刚落，戴眼镜的男主人一个箭步冲出来，双手掐住郭靖的脖子，喝问道："你问我们的孩子干吗?"

这一刻，郭靖心里充溢着激动，他想，肯定是丢了孩子的父母，听到有人问询孩子才会有这样的过激反应。郭靖能感觉到男主人的双手越来越用力，他非但没有抵抗，反而觉得对方越是用力，他的内心越是肯定、越是开心……

等到郭靖苏醒过来的时候，发现地面上有好多双脚，他顺着脚望上去，发现楼道里多了两名警察，还有胖保安，戴眼镜的中年男人和皮肤白皙的中年女人，众人齐齐地看着躺在楼道里的郭靖。郭靖想挣扎着站起来，却被胖保安一脚踏在胸口上，动弹不得。一名警察见到郭靖醒过来，俯身给他的双手戴上手铐，随后拽着手铐把他拉起来。胖保安在一旁说道："我早就看出他有问题了，让他填了两天表，就是想进一步观察观察。"

十

嘉浩毕业了，姥爷帮他进了防火办，说是明年政府会面向社会招考一批公务员，到时候让嘉浩参加考试走个过场，就能解决他公务员的身份。对于进政府做公务员，嘉浩既不热衷也不抵触，觉得就是成年之后人人都要有的一份工作而已。

防火办的工作需要常抓不懈，平日里除了检查各个寺庙的消防设备和防火措施，然后就是进驻响春山周边的村子普及防火知识，还要让村民们接受文明祭祀，不烧香不烧纸钱。刚刚参加工作的嘉浩很是好奇，觉得什么都新鲜，就连响春山的颜色，都觉得跟从前不一样了。进过几次山之后，嘉浩发现不是自己的感觉变了，而是响春山变了，整座山变得寸草不生。小的时候，嘉浩跟着父母进过几次山，山里面溪水常鸣，百草丰茂。如今的响春山树木依旧葱翠，地上却光秃秃地不长草。嘉浩问一起进山的同事："山上怎么不长草了？"一位稍微年长的副主任不无得意，说是响春山采用了防火利器灭草剂，三年来，本地区再没发生一次火灾。

时隔不久，防火办去了响春山深处一个小山村，这个村前些年刚刚通电，为了防火需要，政府几个部门轮番进村做工作，动员村民们搬迁下山。故土难离，祖祖辈辈在这里生活的人们，除了年轻人进城打工之外，村里的老人们没有一个自愿搬迁的。

嘉浩他们一行进村后，发现村子里的气氛不对，狭窄的石板路上几乎不见一人，像是一座无人村落，让人不自觉地头皮发麻。防火办的司机推开一户人家的院门，喊了几嗓子，亦不见有人回应。众人试探着走进屋里，嘉浩也紧随其后。进屋后，嘉浩适应了一会儿光线，才发现土炕上躺着一位老人。看到有人进屋，老人挣扎着坐起身来，两眼无神地看着众人。防火办的副主任走上前，扶住老人颤巍巍的上身，问老人是不是病了。

　　老人口齿不甚清楚，倒也能够听明白："病了，全村人都病了……"

　　大家逐门逐户走访下来，发现整个村子里的人大都病倒在床上，或轻或重，所有人的症状都是腹泻，也有少数人皮肤红肿溃烂。副主任不敢怠慢，因为山里没有手机信号，他赶紧通知随行人员开车下山，向区委领导和区防疫办汇报情况。

　　这事儿过去一周之后，嘉浩再也没有听到事情有何进展，他询问副主任那个山村的事最后怎么办，副主任打着哈哈搪塞过去，一副讳莫如深的样子。嘉浩疑心重重，趁着一个周末休息，他自己开车又进了一次村子。这一回，村子里有人走动了，猫也跑了，狗也叫了。嘉浩从村中老人们口中得知，他们上回走后的第二天，防疫站的人就来了，折腾了两天之后，说是村子里供人畜吃水的水井被污染了……

　　嘉浩第一反应就是灭草剂，他回到家里上网查了一晚上资料，无比确定是灭草剂导致了水质污染。如果村里的水井已经被污染，那么响春山里面有三座水库，接收的是响春山雨季的地表水，岂不是污染更加严重？响春山的三座水库，可是整个市区饮用水的主要水源呀，也是本地人引以为傲的山泉水。嘉浩于当天晚上便发了一条微博，把本地水源被灭草剂污染的消息发到网上。他觉得此举力度不够，又进了地方论坛，公布了响春山深处小山村的情形，还有他用手机拍摄的照片。

这个消息迅速发生了化学反应，一天一夜之间，在微博和微信里面疯传开来。当地政府的反应也够神速，警察在第二天上午就找到了嘉浩，让他即刻删帖并上网道歉。嘉浩的倔劲儿又犯了，任凭警察如何做工作，他既不删帖，也不道歉。

直到傍晚时分，嘉浩的父母爷爷奶奶姥爷姥姥全都来了，在众人苦口婆心地劝说下，嘉浩终于同意不再对灭草剂一事发表意见，但还是拒绝删帖和道歉。警察这回倒也不再为难他，因为他们想要的就是嘉浩闭嘴，删帖和辟谣的工作，警察早就做完了。

经此一折腾，嘉浩无法留在防火办工作了。至于明年报考公务员的事情，也就此泡了汤。即便是嘉浩的爷爷和姥爷的人脉再广，也没有部门敢要这样一个惹事精。嘉浩浑不在意，说自己本来也不想做公务员。回到家里，嘉浩在网上投了几份简历。一周后，嘉浩重新赴工，进入一家网贷公司。

十一

柳河的确有一条河，一条不算宽也不算窄的河。柳河两岸原先栽满了柳树，初春时节，柳河摇曳出一河嫩绿，让人们伸手就能触摸到猝然而至的春天。柳河穿过整座县城，也流经郭家庄。在很久很久以前，人们都喜欢傍水而居，人与水大概是这个世界上唯一永恒不变的亲密关系。

这个春天来得有些晚，迎春花才露出黄色花苞时，一场倒春寒让人们一夜之间又穿上刚刚脱掉的羽绒服。郭靖的羽绒服脱下来就没得穿了，因为他把羽绒服卖了，卖给专门买卖二手旧衣服的街头夜市。等到冬天来临的时候，他会再去街头夜市买一件。郭靖觉得这样挺好，年年都穿不重样的羽绒服。着急卖掉羽绒服，还有另外一个原因，他得凑钱还金鱼的两千块钱欠账。金鱼已经催郭靖要了两次，他要去北京，说是那里的快递公司赚钱更多，还叫郭靖一起去北京赚大钱。郭靖也有些心动，让郭靖心动的不是赚大钱，而是他的绝望。他用了近三年的时间，敲开了县城所有建筑年限跟自己年龄相仿的十八层楼，也没有找到亲生父母。依山郡府的一号楼一单元1801那户人家，有一个九岁女孩，六年前，父亲带着孩子在社区公园散步，父亲进了一处公共厕所撒泡尿的工夫，出来就找不见女儿了。父亲赶紧跑到物业公司请保安封锁了社区各个出入口。最后，保安在公共厕所里，找到了已经被剃成光头的小女孩。

郭靖在派出所待了一晚上，这回他没有再说出实情，他知道即使说出实情也只能招徕一点同情，于事无补。警察又前往快递公司了解情况，加上郭靖没有任何案底，第二天天亮时分，警察放了郭靖。

郭靖的管区里还有十几栋筒子楼和一片棚户区，有一天，他往23号筒子楼里面送快递的时候，遇见了要去上学的小格。两个多月没有见面，两个人都有些讪讪的，还是小格先开口："你来管这片儿快递了？"

郭靖在喉咙里应道："呃。"

小格大概也觉得尴尬，便对郭靖说："快迟到了，我去学校了。"

郭靖的声音还憋在喉咙里："呃呃。"

望着小格的背影，郭靖竟也生出想去北京的想法。他去北京的目的，跟金鱼不一样，不是要去赚大钱，而是对这座城市感到深深的绝望。自从知道小格住在自己的管区之后，郭靖又一时半会儿舍不得辞掉工作了。金鱼已经催好几回了，但郭靖生性优柔寡断，每回都对金鱼支支吾吾，不说去，也不说不去。

6月份的工资发下来后，郭靖终于还上金鱼的两千块钱。

金鱼失去了耐心，撇下郭靖，独自一人去了北京。郭靖像往常一样，继续在柳河管区送快递。三年来，郭靖练就了一副讨好的眼神，那是一种毫无侵犯力也毫无个性可言的眼神，安全到可以让狗都忽略的眼神。他依旧沉默寡言，如果不是故意敲错门，如果不是要打探十八层住户的底细，他可以一天不说话。

快递公司主管有些奇怪，因为郭靖在柳河管区待了半年，居然没有要求换新管区。郭靖之所以不换新管区，是因为他已经敲开了本地所有十八层楼的住户，都没有找到自己的亲生父母，已经没有换的必要了。更何况在这里，他可以借工作之便，在23号筒子楼里名正言顺"偶遇"小格。筒子楼和棚户区里的快递丝毫不比高档社区少，而且退货商品的快递远远高于高档社区，他们抓住商家承诺的时间期限，找各种奇葩借口最大限度地退还货品，郭靖有时候都会觉得过分。有一个棚户区的消费者，把一台使用了十一个半月的净水机退货，理由是WIFI信号连接不上，而净水机的商家承诺一年无条件退货。这家的男主人还向郭靖传授经验，说上个月抓了一只蟑螂塞进榨汁机，拍照投诉商家的商品，商家主动给他退货，而他的榨汁机已经用了一年多。

郭靖也偶尔给小格送货，至于小格买的什么东西，他看不出来。小格家网购少是有原因的，因为小格妈妈摆摊卖煎饼果子，所有原材料和生活用品都是小格妈妈去农贸批发市场进货。据小格说，价格比网购还便宜。

这一天，有小格一件货品，是一部二手的苹果手机，因为是商家委托快递公司代收款，所以郭靖知道是一部二手苹果手机。郭靖敲开小格家房门，小格兴奋地给郭靖展示她的高考录取通知书，是北京的中央财经大学。

十二

罗东最近有点焦头烂额，自从网络上曝出响春山三座水库被灭草剂污染之后，他就开始四处灭火。其实，灭草剂的环保问题是一个世界性问题，即便是在农田里使用，也有剂量和间隔时间的要求。但是，在山林里使用灭草剂没有先例，也就是说，没有剂量和间隔时间用来作参考。为了排除山林火患，地区防火办采用了大剂量加高频率使用灭草剂的方式，相关专家早就被那五千块钱劳务费封住了嘴，而罗东的公司巴不得剂量越大越好。连续三年的定向采购，罗东的生物农药公司赚得盆满钵满，善于公关的他，把与地方政府的关系维护得水乳交融。

于敏在湘西娘家一直休养了两年，精神状态逐渐好转，罗东才把她接回来。于敏回来后，才发现丈夫已经把原来的房子卖掉了，虽然换了一处更大的房子，装修得也更舒适奢侈，但她却无法在豪宅里安然入睡。于敏跟丈夫商量，要把原来的房子买回来。罗东说，把原来的房子卖掉，就是怕你在熟悉的房子触景生情。于敏哭着说："你有没有想过，万一孩子记得原来的住处，回去找咱们的话，他就找不到自己的家了……"

罗东说不可能："一个不到三岁的孩子，怎么可能记得自己住在哪里？再说，已经过去这么多年了，孩子就算当时记得，现在也早就忘了。"

听见丈夫这么说，于敏只是一个劲儿地抹眼泪。罗东实在被她哭烦了，便对妻子说："你让我先把公司这头的火扑灭了，再去把房子买回来好不好？"

灭草剂污染响春山水源一事，前前后后折腾了一年，因为上上下下都得到了好处，大家不遗余力地维护罗东的公司，此事件最后以"防火措施采取不当"的结论定了调子。接下来，罗东调整了方向，加大了公司的研发力度，把销售重点放到了附近几个省份的蔬菜基地。事后，罗东想想也觉得后怕，因为根据医院统计上来的数据看，本地区近几年的皮肤病、消化系统疾病以及肝肾方面的患者成倍激增，与本地水源污染有直接关系。最让他难受的是计生委提供的内参资料，照片上显示本地的畸形胎儿，两年来成倍激增……

如果不是那个叫"嘉浩"的人捅到网上，如果响春山再用一年灭草剂，后果简直不堪设想，仅凭当地政府恐怕是捂不住这么大的丑闻。

等一切消停下来，于敏又开始催促罗东，去把原先住的房子买回来。罗东无奈，只好回到依山郡府的一号楼一单元1801，找到现在的房主，商量买回房子。房主一口回绝了，并严肃地告诉罗东说，主动找上门要买人家住的房子，搁在以前是欺负人。房主还说："念在你是这所房子原来的主人，我这次就不跟你计较了，下次你要是再来，我可就跟你翻脸了。"

十三

柳摇蝉嘶，柳河的夏天弥漫着市井的燥热和纷乱。

郭靖已经做好了离开的准备，他觉得，这是自己在故乡过的最后一个夏天。可他也不确定，这里到底是不是自己的故乡。造访完本地所有十八楼的住户后，他曾产生过疑问：人贩子真有这么大的胆子，就地拐孩子就地卖孩子？

如果自己不是本地人，亲生父母会住在哪座城市的十八楼呢？十六年来，他们过得好吗？他们找过自己的儿子吗？每次脑海里涌现这些理不出头绪的问题时，郭靖就会选择逃避，逃避进网吧打游戏。三年来，郭靖赚的薪水几乎全部用来打游戏，游戏是唯一可以让他逃避的路径。在现实中懦弱的郭靖，可以在虚拟世界里运筹帷幄决胜千里。为了置办顶级装备，他的薪水也是入不敷出，要不怎么会问金鱼借钱。昨天，他在游戏里遇见"扫地僧"，扫地僧就是当年在网吧雇佣他打游戏通关的人，可扫地僧已经忘了他是谁。郭靖也懒得解释，他觉得自己被遗忘被忽略才是正常的。

最近，小格网购了不少物品，为去北京读大学做准备。今天又有一件小格的快递件，郭靖把小格的快递件放在袋子的最上面，以防被其他商品压坏。临近傍晚时分，郭靖拎着最后一个快递件，走进23号筒子楼，敲开小格家的房门。前来开门的竟然是小格的妈妈，这让郭靖很惊讶，因为这个时间小格妈妈应该去夜市出摊。小格妈妈与郭靖早已熟识，郭靖问小格妈妈怎么没有去夜市出摊。

小格站在妈妈身后，冲着郭靖又是摆手又是眨眼，还未等郭靖领悟，便听到小格妈妈破口大骂起来。在骂声中，郭靖听明白了，昨天晚上城管没收了小格妈妈的煎饼果子摊。小格妈妈骂完城管，接着骂小格。郭靖又听明白了，小格妈妈骂小格是个败家玩意儿，网购的二手苹果手机用了一个月就坏了。

郭靖解围劝小格妈妈，说是网购可以退换货。小格哭丧着脸，说是二手手机约定的退换货时间是七天，超过七天一概不予退换。听到这里，小格妈妈又开骂了："一千八百块钱，国产手机随便挑，你个贱婢玩意儿非要买个人家啃剩下的苹果，你这是活该倒霉！"

大概是担心妈妈骂出更难听的话来，小格把郭靖推出门外，就手关了房门。郭靖没有离开，他听着房门里面小格妈妈的叫骂声，觉得自己浑身瘫软，瘫软到要把身体倚靠在墙壁上，最后将整个身体沿着墙壁滑落下去，直到瘫坐在地上。郭靖在这一刻，恍惚间觉得自己回到了童年，小格妈妈的声音也瞬间转换成了养母的腔调，骂出来的话像刀子一样，把自己的心割得七零八落。

郭靖眼看着小格不开心有一周了，就像是看着一朵渐渐枯萎的鸡冠红，蔫头耷脑地等着凋谢。

为了逗小格开心，郭靖网购了一大堆她平时爱吃的零食，小格接过纸箱子的时候，郭靖看她右手食指缠着创可贴，神情还是倒霉鬼似的落寞。小格妈妈托人把煎饼果子摊从城管局领回来，傍晚时分又早早地去夜市出摊了，家里只有小格一个人。郭靖撕开纸箱子，从里面掏出花花绿绿包装的零食，递到小格手上。小格接过零食放在桌子上，有些耐不住心烦地对郭靖说："多大了还吃这些零食，太幼稚了。"

　　大概是想打破尴尬，郭靖撕开一盒薯片，自己吃了几片又递给小格。小格瞧也没瞧郭靖，说道："我正在减肥，不吃垃圾食品。"

　　郭靖一时间无话可说，尴尬地站在门口吃着薯片，昏暗的楼道上传来"咔嚓咔嚓"嚼薯片的声音。进过百家门的郭靖，很快稳了稳自己的情绪，嗫嚅着问小格："你的手怎么了？"

　　小格越发没好气，回道："原来的手机屏幕摔碎了，今天刷微信圈，屏幕上的玻璃碴把手划开了。"

　　郭靖说："手机屏幕可以换的。"

　　小格说："这个手机本来就是二手货，到了我手上又用了两个月，充满电还用不了一上午，换屏幕不值当。"

　　郭靖站在门口，把一盒薯片吃完，实在无话可说了，才和小格告辞。郭靖刚刚说完"再见"，小格便不耐烦地甩上房门。

　　小格是郭靖唯一能够敲开心门的人，此刻，这扇门也关闭了。

十四

　　嘉浩进了一家国资系的P2P公司。所谓的P2P，是基于互联网金融发展起来的民间借贷公司，这倒也与嘉浩所学的专业吻合。嘉浩的父母本来想运作儿子进入银行，但是嘉浩觉得银行体系固化，不如P2P这样的新型金融系统灵活。在人生诸多重要转折点上，嘉浩习惯了为自己做主。家人鉴于嘉浩的倔强性格，凡事尽到规劝就点到为止，不敢步步紧逼。

　　嘉浩很快融入新公司，并且做得风生水起，第一年便成为公司的业绩明星。也是从做贷款业务开始，嘉浩才发现有那么多人缺钱，富人缺大钱，穷人缺小钱。此前，他只知道国人富起来了，中国旅行团在欧美日横扫名牌店。已经富裕的中国，怎么还会有这么多人缺钱呢？管它呢，不缺钱，公司里的钱贷不出去，公司生意就该倒闭了。嘉浩懒得去思考这么宏大的问题，工作业绩才是彰显他年轻有为的标尺。就在嘉浩沾沾自喜的时候，一位老员工给嘉浩泼了一盆凉水，他说第一年第二年过得比蜜甜，第三年第四年就是九九八十一难……

　　嘉浩觉得这只不过是公司老人心生妒忌，根本没有把老员工的话往心里放，依旧大刀阔斧地开展自己的信贷业务，这一干就是两年。

今天是郭靖最后一次送快递，他已经向公司递交了辞职申请，申请是这样写的：

李哥：

　　我要去北京发展，快递活不干了，我辞职。

郭靖

　　主管李哥拿着郭靖递过来的辞职书，笑着问道："你这点初中毕业的文化水平，去北京吃屎啊？"

　　郭靖脸上一红，低头咕哝了一句："出一样的力，北京赚钱多一点。"

　　李哥指着堆货的一面墙，说那里有一张辞职书的模板，过去照着那个写："不是跟我辞职，是跟公司辞职，写完了交给张会计，把今天的货送完，明天就可以去北京赚大钱了。"

　　郭靖把最后一件快递送到二十九楼后，乘坐电梯下楼，遇见一位穿制服西装的小伙子正在电梯里粘贴"人人都能贷"的广告海报。电梯间的两个年轻人，从对方的着装上，就能看出彼此的职业。郭靖盯着广告海报，忽然觉得眼前一亮，因为他想送小格一部苹果手机，高配版的iPhoneX一万多，他账户上只有三千块钱，而且还要去北京生活找工作。

　　郭靖瞅着海报上的钱袋子问道："谁都能贷款吗？"

　　贴海报的小伙子头也不回，答道："只要你有身份证，就能贷到款。"

郭靖又问："去你们公司办理?"

小伙子粘贴完海报，从口袋里掏出水笔，在自己的工号画了一个圆圈，仍旧没有回头，说道："上网办理即可，记住找工号232000嘉浩做您的代理人。"

罗东带着于敏进了一家高档的西餐厅，这里有妻子最爱吃的小块西冷牛排。罗东特意要了一瓶价格不菲的波尔多干红，他今天想跟妻子商量一件大事，又担心妻子会情绪波动，所以选了一个优雅的环境。一瓶干红喝了一半，待于敏品尝甜品的时候，罗东这才把自己的想法道出来。原来，他想去法院递交一个儿子失踪、注销户口的申请，目的是想与妻子再生一个孩子。

这个设想还是让妻子有些失态，她的红酒杯瞬间翻倒，污了雪白的台布。于敏的嘴唇有些抖动，尽量压低声音说道："注销孩子的户口，就相当于我们主动抛弃了孩子，你明白吗?"

罗东说："不注销户口也行，反正现在也放开了二胎政策，国家鼓励生育，咱们照样可以要孩子。"

于敏有些踌躇："我们的身体状况，再怀孕恐怕很难了。"

罗东说："我已经开始办理美国的投资移民了，将来，咱们可以去美国做人工授精，只要你想再要一个孩子。"

于敏说："我对移民没有意见，条件是你得把依山郡府的房子买回来。"

罗东喝干了杯子中的酒，笑着对于敏说："转机往往都在一念间，前几年，房主咬着牙不卖房子，昨天却主动给我打电话，说是女儿要去下关区读中学，他要买下关的学区房，问我要不要原来的房子。"

十五

依山郡府一号楼一单元1801过户那天，郭靖登上了开往北京的火车，他回头看了一眼这座陪伴他成长的城市，觉得自己再也不会回来了。他用尽了所有青春的热情，敲开了这座城市的所有十八层楼的住户，却没能找到自己的亲生父母。如果没有亲情，这座城市还剩下什么？唯一喜欢的女孩是小格，如今小格也去了北京读大学。郭靖心里明白，他不可能和小格在一起，一个考进北京读大学的漂亮女孩，如何都不可能跟一个社会最底层的快递小哥发生爱情，即使曾经相爱过。想到这里，郭靖有些自我怀疑，他和小格相爱过吗？自己倒是爱过小格，而且愿意为小格做一切事情，包括贷款为她买一部最新款的iPhoneX手机。给小格送手机的那天下午，看到小格脸上绽放出来的开心，郭靖心里满足到了极点。那一刻，就算是小格想要一辆汽车，郭靖都会为她贷款的。只是借贷的利息比较高，所以郭靖把买手机的贷款期限选定为一个月，他觉得北京的工资高，金鱼能够帮他很快搞定工作，一个月还款不会成为问题。

房子过户那天，罗东依旧没有说出自己买回房子的原因，作为一个商人，他已经习惯了隐藏内心的真实想法。因为当时卖房子的时候，他就担心买主会忌讳这栋房子丢过孩子，如今把房子一卖一买的来龙去脉说出来，显得自己太不厚道了。再说了，当初卖房子的主因，也不是怕妻子于敏触景感伤，而是罗东急需一大笔资金来打点政府的各个环节，以便自己公司的灭草剂能够进入政府的采购清单。

依山郡府的房子买回来之后，于敏花了三个月的时间重新装修，装修回了当年的模样，就连家居摆设都几乎一模一样。尤其是儿子的房间，墙上仍旧挂着他两周岁时的纪念照，床上摆着各种大卡车模型，全款的变形金刚玩具，地上还有儿子刚刚学会骑的扭扭车。收拾停当之日，于敏抱着儿子的照片哭成泪人，想象着儿子离开家之后可能遭受到的种种磨难，她心如刀绞。于敏在心里不停地安慰自己，小辉一定会遇到一户好人家，养父母待他比亲生父母还要疼爱……

屋里料理完后，于敏又在房门上做了一张精致的小卡片，卡片上除了一张儿子三岁时的照片，还留下了她和罗东的电话，并写了一句话：这个房子曾经丢失过一个三岁的男孩，名字叫罗易辉，他的左臀部有一块椭圆的红色胎记，有消息者请与我们联系，必当重金酬谢！

嘉浩终于遇到了第一笔坏账，数额倒也不多，总共一万三千块。这笔账是三个月前，一个叫郭靖的人借贷的，还款期限约定一个月，如今三个月过去了，嘉浩打电话催款的时候，才发现郭靖的手机已经欠费停机了。郭靖这个名字听起来很熟悉，估计给儿子取这个名字的爸爸是个金庸武侠小说的死粉儿，嘉浩苦笑着摇摇头。

嘉浩已经连续两年获得公司业绩最佳员工，还到北京接受过总部的颁奖，并代表新员工发表过"以金融思维漂洗新时代"的演讲，受到公司总部老总们的起立鼓掌。被荣誉"漂洗"过的嘉浩，怎么允许自己的业绩里面出现坏账呢？

嘉浩在公司楼下买了一个碗面，回到公司先去茶水间泡上，然后打开电脑，把郭靖的贷款档案调出来，将郭靖的信息一一记录在笔记本上。

按照郭靖身份证登记信息，嘉浩找到郭家庄。看到郭靖家破败的样子，嘉浩心里先是凉了半截，不说是家徒四壁，也差不了多少。嘉浩确定眼前这个衣衫不整的女人是郭靖他妈后，便开门见山说事儿，他把郭靖贷款逾期未还的经过，从头到尾细细讲给她听。

郭靖他妈听明白了，眼前这个年轻的男人是上门讨债的，讨的是养子郭靖欠下的债，而且是她支付不起的一万三千块钱。郭靖他妈心下惶恐，心里想着自己不还钱会有什么样的后果，脸上却是一片平静，她板起一脸横肉对嘉浩说："欠你们钱的那个野杂种，三年前回过一趟家，打那儿以后，活不见人，死不见尸，早就跟我断绝了关系。"

嘉浩问道："您说郭靖跟你断绝了关系，您有证据吗？"

郭靖他妈瞧也不瞧嘉浩，斜睨着屋檐下一条晃晃悠悠的吊线虫，说道："我们是农民，农民有农民的俗例，三年不回家门，在我们农村就是断绝了关系。"

嘉浩耐着性子，瞅着郭靖他妈说："阿姨，现在是法治社会，重契约精神，口说无凭，您说郭靖跟您断绝了关系，得拿出手续或字据来才行。"

郭靖养母扭过头来，一双刀子眼直勾勾地看着嘉浩："流氓恶霸都当上村主任了，法治去了哪里？我们家承包的五亩苹果树签了三十年合同，十年不到就征收回去盖厂房了，你说的那个……那个什么契约精神去了哪里？"

嘉浩苦笑着摇摇头："阿姨，您扯远了，咱们还是回来说郭靖拖欠贷款的事吧，这个贷款如果不及时偿还，会影响他日后的人生，不但会记入个人诚信不良记录，还会由法院勒令变卖住址房产，来偿还我们公司的欠贷。"

郭靖他妈闻听，气不打一处来，又把郭靖从头到尾咒骂一遍。到底是岁月不饶人，想当初，她能不调气口地骂郭靖骂上俩钟头，现今，才骂了不到十分钟，就要停下来捯气儿。捯完气儿，郭靖他妈对嘉浩说："郭靖是我们家抱养来的，要想还钱，你去找他的亲生父母还。"

嘉浩有些诧异，问道："那……郭靖的亲生父母在哪里？"

"我哪里知道他的亲生父母，是宋家庄的蛤蟆婆给我抱来的，还花了我三万块钱，我这三万块钱花得冤哪……"

十六

　　大概是郭靖的运气不够好，他到北京后，脚刚刚落地，便被人偷了钱包。钱倒是没有损失多少，可是身份证在钱包里。在北京，如果没有身份证，任你有没有熟人推荐，所有公司都不敢招聘用工。郭靖连着急带生气，一下子病倒了，这一病就是一个多月。好在有朋友金鱼照应，让他住在快递公司为员工们租住的地下室，一间屋子上下床挤满了十二个大小伙子。看到郭靖久病卧床，其他人不免起了疑心，觉得郭靖得了绝症，让他趁早去医院看病。一位工友居然怀疑郭靖得了艾滋病，他说艾滋病现在遍地都是，没准儿哪个人就中彩了。

　　金鱼替郭靖辩解，说郭靖没有钱去找小姐。

　　工友戏谑道："这个年头，只有小姐才是干净的，她们的职业底线是戴套作业，最可怕的是良家妇女，每一段婚外情都有可能染上艾滋病。"

　　郭靖强撑着坐起来，对那位工友说："我还是处男身子……"

　　郭靖和金鱼心里都清楚，轻易不敢进北京的医院，不光是人多，费用也承受不起。郭靖在地下室躺了将近一个月，金鱼只能早晚帮他带回来一个盒饭，中午就得硬生生饿着。躺在床上的郭靖也以为自己得了不好的病，他每天脑海里都会想着戴眼镜的爸爸，还有皮肤白皙的妈妈，不知道他们过得好不好，是不是还都活在人世。郭靖也会想小格，小格那么漂亮，应该会有很多男同学追她，这个时候没准儿已经在谈恋爱了吧，正在用自己贷款给她买的手机和男朋友卿卿我我。偶尔，郭靖也会想起养父养母，那两个给他带来很多痛苦的人，他痛恨这两个人，如果当初不是他们想要孩子批宅基地，自己就不会被拐卖。怪不得电视上整天说"没有买卖，就没有伤害"。

望着上床床铺板上的花纹，郭靖觉得自己的身体飘了起来，一直飘进那一圈一圈神秘的木板花纹。郭靖在心里感叹道：飞的感觉真好啊！

郭靖从小就有飞翔的幻觉，痛苦的时候会飞，开心的时候也会飞。他曾经飞过童年的屎盆，看见过自己刚刚拉出来的大便；他也曾骑过飞翔的自行车，与小格肩并肩地徜徉在县城的街道上……

眼看着郭靖的身体不见起色，金鱼怕受牵连，逼着郭靖去了一趟医院。挂号后排了半天队，医生开了一堆单子，前后花了两千多块钱验尿验血拍片子，最后医生诊断结果是营养不良，让他回去好好静养，多吃点好的。郭靖埋怨金鱼，说把这两千多块钱花了涮羊肉，他的病早就好了。

郭靖挣扎着虚弱的身体，去附近派出所办理了一个临时身份证，又用临时身份证办理了一个北京的手机号，开始天天中午叫外卖。三顿饭跟上了，又将养了半个月，郭靖这才能下地走路。病了这一个半月，连吃饭加看病，郭靖的积蓄已经所剩无几。金鱼催促郭靖，让他赶紧回老家补办身份证，才能在北京找到工作。

　　嘉浩在宋家庄找到蛤蟆婆的时候，她正在床上高一声低一声地哀号着，人瘦得皮包骨，那张干瘪的嘴巴更加显大。蛤蟆婆是一个月前从医院回家的，医生诊断是肝癌晚期，已经没有了手术价值。蛤蟆婆的家人少作商量，觉得横竖都是等死，在医院里还要花钱，索性就把她弄回家。家里没有镇痛措施，只能吃一点止痛药，止痛药对于肝癌晚期的疼痛无异于隔靴搔痒，左右邻居们每天每夜都能听见蛤蟆婆凄惨的哀号。村人都知晓蛤蟆婆平日里干的勾当，说她得病是报应，还说她造了多少孽，就得受多大苦。

　　在蛤蟆婆哀号的空当里，嘉浩说明了自己的来意。蛤蟆婆听完，抓起枕头旁边一个水杯，朝着嘉浩扔过去，并让他立刻滚蛋。嘉浩站起身来，掸了掸西装上的水珠，掏出一张名片塞在蛤蟆婆的枕头下面，说让她想通了就打电话。蛤蟆婆最后连药瓶子都扔到了嘉浩的身上，斜歪着大嘴岔子骂道："老娘一辈子行得端，做得正，不干那种……断子绝孙没屁眼的事儿，你给老娘滚出去！滚出去！"

　　嘉浩刚出宋家庄，电话就响了，不是蛤蟆婆的电话，是妈妈打来的，说今天是姥姥的生日，通知他晚上去聚仙楼给姥姥庆祝生日。嘉浩说自己还要回公司一趟，晚上可能会晚到。妈妈问他是不是还在忙活那笔坏账的事，嘉浩说是，妈妈笑着说：

"咱们能不能不这么较真，这笔欠款妈妈帮你还上成不成？"

嘉浩说："不成！追讨坏账是我的工作职责，我就不信我逮不着这个赖账的混蛋。"

回到公司，嘉浩打开电脑，又调出郭靖的档案，发现他的名下多了一部手机，他急忙拨打过去。

"是郭靖郭先生吗？"

"我是。"

"我是红桃Ａ互联网金融公司的业务经理嘉浩，郭先生在我们公司有一笔一万三千块钱的贷款，已经逾期两个月没有偿还，我们想了解是什么情况。"

"哦……我知道，等我有钱了马上还你们钱，放心吧。"

说完，郭靖匆忙挂断电话，任嘉浩再三拨打，他只是置之不理。

十七

柳河上的冰开始融化，两边的柳树也抽出新芽，一座城市开始苏醒了。

罗东和于敏接到美国领事馆的电话，通知夫妇二人月底前往广州体检和面签，这是投资移民的最后一道程序。即将奔赴全新的生活，罗东和于敏却感受不到任何兴奋，两个人心里清楚，移民去了美国，就等于放弃对儿子的寻找。经过亲友们反复劝说，此时的于敏已经接受了再要一个孩子。但她依旧坚持保留依山郡府十八楼那套房子。而且，将来还要在卡片上留下美国的电话，还有美国的地址。罗东说没必要那么复杂，留一个微信号就行了。

嘉浩接到蛤蟆婆的电话是深夜两点，他困得几乎睁不开眼睛，伸手摸索半天才摸到手机，一个有气无力的声音在电话里说道："郭家庄……郭家庄的那个孩子……哎哟……我想起来了……哎哟哎哟……是我在柳河区……依山郡府抱走的……"

嘉浩打了一个激灵，彻底醒了，他急切地问道："都说远骗近赌，你在这么小的地方，拐孩子卖孩子就不怕穿帮？"

蛤蟆婆哀号了几声，说道："当时……郭家庄那家人，想批宅基地，哎哟……要孩子要得急，我就……哎哟……从依山郡府顺手牵走了那孩子……"

嘉浩已经睡意全无："你可有想清楚？"

蛤蟆婆说道："你行行好，帮那孩子找到……哎哟，找到亲爹娘，好让我少受点罪……哎哟……"

嘉浩接完蛤蟆婆的电话，兴奋得再也难以入睡，好不容易熬到天亮，急匆匆地吃了一只煎蛋，便奔出门去。嘉浩赶到依山郡府物业办公室的时候，人家还没有上班，他坐在台阶上又熬了半个钟头，才有一位年轻的姑娘来开门。嘉浩把来意说明，问姑娘："这个小区十六年前是不是丢过一个男孩？"

姑娘笑道："十六年前，我还在小学读书，哪里会知道这里有没有丢过孩子。"

嘉浩继续问道："这里的派出所会不会有登记？"

姑娘继续笑着回答："那你得去派出所问问。"

两个人正说着，一位保洁阿姨凑过来，对嘉浩说："我在一号楼打扫卫生的时候，看到十八楼的房门上贴着一张卡片，说是他家十几年前丢了一个三岁的儿子。"

郭靖已经在北京的快递公司入职，金鱼给了他一张北京市旅游交通图，让他尽快熟悉管区的各条街道和物业。郭靖的身体日渐复原，加上找到了新工作，心情颇好。他很快送完了一车快递件，在一个社区的便利超市买了一瓶冰镇可乐，"咕咚咕咚"一口气喝完，然后打了一个大大的气嗝。突然，他的手机收到一条短信，郭靖打开手机，看到是自己标记的"讨债鬼"发来的信息：我替你找到了你的亲生父母，你怎么感谢我？

郭靖回复了一条信息：别搞花样了，我这个月底发了工资就能还钱了。

"讨债鬼"又发来一条信息：你左边屁股上是不是有一块红色胎记？

郭靖回复道：你是郭家庄人吧，咱们小时候一起在柳河光着腚洗澡，都知道我左屁股有块胎记。

嘉浩抑制不住兴奋，此刻，这种兴奋已经不仅仅是追回一万三千块钱的坏账了，能够帮助一个男孩找到阔别十五年的亲生父母，此举善莫大焉。嘉浩拨通了房门卡片上的手机号码，他的眼眶竟有些湿润：

"你好！你是于敏女士吗？"

"我是，你是谁？"

"我告诉你一个好消息，我帮你找到了亲生儿子。"

"哦？我儿子在哪儿？"

"他人在北京，欠了我们公司一万三千块钱，我问他讨坏账的时候，才发现他是被人拐卖的。"

"钱钱钱，又是钱，你们这些人简直坏透了……"

嘉浩听到一个男人接过电话，并对着电话骂起来："孙子哎！别说一万三千块钱，你要是帮我找回儿子来，一百三十万我都给你。"

嘉浩有些蒙："你们怎么不相信我的话呢？"

女人接过了手机："我一个月接到无数个找到我儿子的电话，你们这些人难道没有一点悲悯心吗？"

说完，对方挂断了电话。

嘉浩再次拨打过去，已经是忙音，应该是自己的手机号被对方标记进了黑名单。嘉浩苦笑着摇了摇头，心想大概是这家人被骗子骗怕了，不肯轻易相信别人。他觉得没关系，他正好要去派出所了解一下失踪人口登记，到时候可以让派出所的警察联系郭靖的父母。嘉浩的心情大为畅快，他一路蹲跳着，出了依山郡府的小区，直奔一路之隔的派出所。当嘉浩走到马路中间的时候，突然，一辆飞驰而来的红色奥迪跑车，把他撞飞出去足有三十米远……

一个月后，在上海飞往洛杉矶的班机上，于敏正在翻看手机新闻，她对身旁的罗东说："一个月前，在依山郡府门前那桩交通肇事逃逸案破了，撞死人逃逸的罪犯是个十九岁的年轻人，他父亲是防火办的主任，你知道吗？"

罗东面色凝重，对妻子说："我怎么会不知道，那辆红色奥迪跑车就是我当年卖掉依山郡府的房子送他的。"

于敏迟疑了一会儿，对丈夫罗东说："你还记得一个月前，有一个贷款公司的打电话，说是找到了我们儿子吗？"

罗东说："这样的电话太多了，我不记得了。"

于敏说："我总觉得那个电话没准儿是真的。"

罗东有些不耐烦："你觉得是真的，就再打回去问问。"

于敏翻开手机通讯录的黑名单，找到一个月前拉黑的那个本地手机号，拨打过去的时候，听到的是已经销号的忙音。罗东揶揄道："骗子们骗成一单就会换手机号，这些年，你接到这样的电话还少吗？"

于敏长叹一声，关闭了手机电源。

两个月后，郭靖问金鱼借了六千块钱，加上自己两个月的工资，连本带利还清了红桃A公司的贷款。

2018年8月29日完稿于崂山依山伴城

我是余未来

一

　　看到《德沃夏克：第九交响曲》的黑胶唱片封套时，我当
场被震撼了。远景是高耸陡峻的山峰，中景是遒劲挺拔的松树，
近景是平静如镜的湖水，画面完整地演绎了德沃夏克《第九交
响曲》的节奏起伏。封套右上角是"DECCA"的著名标识，左
下角编号显示是头刻版，这是我梦寐以求的一张黑胶唱片。德
沃夏克《第九交响曲》是我最喜欢的交响乐之一，它比柴可夫
斯基《第六交响曲》更悲怆更广博，比贝多芬《第五交响曲》
更厚重更跌宕。此前，我已经收藏两张DG公司的《德沃夏克：
第九交响曲》，但都是复刻版。DG在古典音乐方面的造诣，没
有公司可与之比肩，唯独在《德沃夏克：第九交响曲》上略逊
DECCA一筹。DECCA是英国的老牌公司，当年在录制这张唱

片时，可谓是集世界一流大师于一体，德国柏林爱乐乐团、指挥大师卡拉扬和著名录音师威尔金森，一起成就了这张伟大的《德沃夏克：第九交响曲》黑胶唱片。

当老瘪用抠过脚趾缝的脏手把这张唱片扔给我的时候，我差点跪下来接住，就像是接住一位让我心仪已久的姑娘。我双手捧着这张不足四百克重的黑胶唱片，它似乎真有一个人的重量。那感觉，就像是从一个脏男人的手上，接过我心爱的女人。我轻轻地拂去黑胶唱片封套上的一抹灰尘，掀开封套侧口看了一眼，发现纸质的内封套还在。我心里长舒一口气，仿佛看见自己女人的内衣内裤都还完整。我从破牛仔裤口袋里掏出一副白色手套，戴上手套后，准备取出黑胶唱片来验看。此刻，我心里略有些忐忑不安，担心唱片上会有不堪入目的划痕，因为此前发生过无数回这样的事情。来自欧洲的唱片品相都还不错，大概是欧洲的绅士居多，他们大都会像尊重女士一样尊重一张黑胶唱片。我遇到过几张来自美国的唱片，外封套还说得过去，内封套早就没了踪影，那些珍贵的黑胶唱片上的划痕，能叫人落泪。我一直觉得，粗鲁的美国人应该处在白人教养鄙视链的最底端。

我做一个深呼吸，稳定住自己的情绪，从外封套侧口小心翼翼地抽出纸质内套和唱片。纸质内套抽离那一刻，一张小纸条飘落在地上，我赶紧捡起来，这是一张当时的购物收据，收据上手写时间显示是1965年10月28日，地点是伦敦一个叫Flashback Record Shop 的唱片店。我怀着惴惴不安的心情，轻启这张已有半个世纪的纸质封套，用手指上最轻柔的力道托出黑胶唱片，它身上没有一丝划痕，黑亮温润的环晕光泽让我惊艳，这竟然是一张品相十足的黑胶唱片。瞬间，我觉得老瘪又黑又脏的简易房里明亮起来。我敢用我的双眼保证，这张黑胶唱片播放次数绝对不会超过十次。播放没有超过十次的唱片，在黑胶发烧友的眼里相当于处女。

老瘪大概是捕捉到我眼神里的兴奋，开价问我要五千块钱。我俩开始讨价还价，最后以一千五百块钱成交。我全身上下只有四十多块钱，按照惯例，一千五百块钱就是我在他的废品收购站打五天工。老瘪跟我讨价还价，也是半真半假，因为最终都会以我坚持的价格买下唱片。老瘪不缺这俩钱，他就是愿意跟我斗嘴，包括让我来打工干活兑黑胶唱片的钱，也是跟我聊天居多，不让我干重活，而且不让我碰洋垃圾。老瘪姓甚名谁，没有人知道。因为他浑身上下干巴瘦，活像一个漏掉一半气的瘪皮球，所以废品集散地的人都管他叫老瘪。

我谨慎地虚托起唱片，把它装回纸质内套，再把纸质内套装回外封套，自始至终都没有碰到唱片上细密的音轨纹路。最后，再把装好的黑胶唱片外面裹上两层报纸，这才对老瘪说："我明天过来干活。"

老瘪看我一眼，从桌子上拿起一本很脏的破书，翻到折角页码瞅了瞅，把书扔给我，说道："对！叫恋物癖，这本书上说了你这号人的毛病，你拿回去看看吧。"

我认识老瘪已经有十八年。据说，老瘪在这座城市里已经买了两套商品房，至少还有两个情人。其中一个情人还给老瘪生下一个儿子，老瘪把两套房子全过户到儿子名下。老瘪是倒腾洋垃圾发迹的，在发迹之前，他跟我爸爸一样，都是靠着收废品维持生计的"外地人"。几十号收废品的外地人，聚拢在城市边缘的垃圾掩埋场附近，每人开一家废品收购站，形成了一个颇具规模的废品集散地。收废品的人像蚂蚁一样，把城市里人们丢弃的垃圾一点点搬运回集散地，分门别类积攒到一定数量再出售。环绕在每座城市的外围，都有数不清的废品集散地。集散地聚拢了一堆收购站，收购站也养活了无数拾荒人。

　　同样收废品，我爸爸蹬着一辆破三轮车，走街串巷吆喝"高价收购旧电视、旧冰箱、旧洗衣机、旧家具、旧书旧报纸"。老瘪也有一辆破三轮车，但是机动烧油的，我爸爸跑一个来回，老瘪能跑三个来回。老瘪也走街串巷收废品，但是他不用费劲吆喝，而是用一个录音播放器，想要多大音量就播放多大音量。等到我爸爸骑上机动三轮车，用上录音播放器的时候，老瘪已经开始进军机关企事业团体了。他跟周边一个个单位拉关系、送回扣，承包这些单位废旧品回收。我妈怂恿我爸爸，学着老瘪跑单位拉关系收废品。我爸爸跑了几家，发现这几家已经全被老瘪盘踞占有。就在我爸妈懊恼之际，老瘪又开始倒腾洋垃圾了。

　　老瘪爱喝酒爱交朋友，他把收废品挣来的钱几乎全用来喝酒，也因此把废品集散地几十家收购站全都喝成朋友。所有人都说老瘪好话，老瘪的威望就高涨起来，自然而然成了这个废品集散地的大哥。老瘪曾经跟我聊过，他说每个集散地都有一个大哥，他以前在南城一个废品集散地待过，那里的大哥姓屈，是个东北人。屈大哥不收废品，只负责管理集散地，每家收购站每月给他交保护费。老瘪说屈大哥也做事，他除了保护集散地几十家收购站不被人欺负之外，还制定文明公约，凡是违背文明公约的收购站就要交双份保护费。

我当时问老瘪："谁会来欺负废品收购站？"

老瘪说："有些小混混冒充黑社会，到集散地各个收购站敲诈勒索。"

老瘪又说："有一天，我发现到各家收购站敲诈勒索的小混混，全他妈的是屈大哥手下的兄弟，所以，我才离开南城到这里来开辟新天地。"

老瘪还说："我做大哥一天就要维护这个江湖公正一天，决不明一套暗一套，搞贼喊捉贼吓唬自己人的把戏。"

有一天，突然有两辆集装箱大货车开进老瘪的收购站。从集装箱里倾倒出来的，全都是外国的废旧家电，看得几十家收购站眼红心热。老瘪雇了十几个拾荒人，不到一个月时间，就把两个集装箱的废旧家电分解成金、银、铜、铝、锌、铁和塑料。据我爸爸说，老瘪那一个月比他收一年废品赚的钱还多。

自此，往日平静的废品集散地变得喧嚣浮躁起来，每家收购站排着队请老瘪喝酒。前些年，老瘪请大家喝二锅头，如今老瘪说自己喝二锅头过敏，必须得是高度茅台才咽得下去。接下来，集装箱开进请老瘪喝高度茅台酒的收购站。请老瘪喝低度茅台的收购站也开进集装箱车，但是洋垃圾缺货的时候，低度茅台得让高度茅台先进货。好在缺货的时候不多，半年时间，老瘪把洋垃圾送进几十户收购站。各家收购站分解出来各种金属和塑料，由老瘪统购统销，他最终做成了这个集散地的大哥。

老瘪虽然做成了废品集散地的大哥，赚得盆满钵满，但是他仍旧在做机关企事业团体的废品回收。用老瘪的话说，不为赚钱，只为了维护人脉关系。老瘪就是这样一个头脑清晰的人。

半年后，集散地外围又聚集来一批收废品的，很快填补了几十户分解洋垃圾收购站留下的空白，负责走街串巷收普通废品。这些新来的"外地人"也想要集装箱，分解洋家电。老瘪压根儿就不理会他们，对那些请他喝高度茅台的新"外地人"，老瘪常常苦口婆心劝解："革命分工不同，做人做事都要脚踏实地，大家都要洋家电集装箱，这座城市就得让垃圾埋了，咱们不能一门心思光想着赚钱，还要有社会担当和责任感，对不对？"

老瘪说话的时候特别有条理，这跟他读了很多闲书有关系。在洋垃圾进来之前，集散地里最多、最常规的废品是旧书旧报纸。读了两年旧书之后，有一天，老瘪双手叉着腰，望着堆积如山的旧书旧报纸感叹道："这他妈得毁掉一片森林呀！"

在这个废品集散地里，老瘪读的闲书仅次于我。

二

对了，我叫余未来，虽然我一直看不到自己的未来。

余未来这个名字是爸爸起的，难为他曾经对我的未来寄予过希望。我今年好像是三十一周岁，之所以不太确定，是因为我经常会忽略自己的年龄。社会人才会在意自己的年龄，他们考大学、大学毕业、工作、结婚、当科长、当处长、当局长、退休……都是值得纪念的年龄节点。当社会人用年龄标记自己人生履历的时候，我的生活里却只有这个废品集散地。在这个废品集散地，我已经生活了整整十八年。

十三岁那年，我和妹妹来到这座城市，我当时心里就很清楚，这里不是我的家，也不会是我最终归宿，迟早有一天我要离开它。来到这座城市，不是因为我喜欢它，而是要来投奔我的父母。爸爸和妈妈在这座城市收废品，已经干了八年，用他们的话说，已经在城市里站稳脚跟、有了自己的事业。每年回老家过年的时候，我爸爸就会跟亲戚邻里吹嘘自己的事业做得有多红火。说到细节的时候，我爷爷撇着嘴角，说："不就是在城市里收破烂嘛。"

我爸爸说，收废品跟收破烂是有区别的："广元的破烂是地地道道的破烂，北京的废品都是进口货，那里面好玩意儿多得是。"

我爷爷撇着的嘴角自始至终就没有松开，他歪着嘴，抽一口旱烟说："那就是洋破烂，洋人的破烂也是破烂，洋人厕的屎……"

我爷爷话没有说完，就委身歪倒在地上。原来我爷爷撇嘴不是嫌弃我爸爸说话，而是中风了。他这辈子说的最后一句话，居然是"洋人厕的屎"。爷爷中风后，不能给我和妹妹做饭吃，我俩只能跟着爸爸妈妈去大城市。那一年，我初中一年级才读了半个学期，妹妹刚刚读小学五年级。我爸爸说我俩已经认识不少字，分解洋家电足够用，反正也考不上大学，不如进城给他打个帮手。

于是，过完年，我爸爸以创业为名，把不能讲话的爷爷扔给大伯和小叔，我们一家四口便来到这座城市，成为漂在城市边缘的"外地人"。"外地人"是一个很刺耳的字眼，城市里的人从来不拿正眼看我们，像是怕弄脏了眼睛似的。他们这样对我，我已经很尴尬了，可他们这样对我妹妹，我就会很心疼。妹妹漂亮也很乖，学习成绩比我好，在班里能排进前十名。跟读书相比，妹妹更愿意跟爸爸妈妈待在一起。因此，爸爸决定让我俩退学进城的时候，妹妹特爽快地答应了。

我心里有些不情愿，我觉得读书上学的人生还有一些希望，虽然我说不清楚是什么样的希望。可一旦退学，我的人生就被贴上标签：文盲。

其实，我很愿意读书，每个学期新教科书发下来后，我用三两天时间，就能把语文和历史全部读完。爷爷家里没有一本课外读物，我只好把语文和历史教科书反复阅读，《背影》《少年闰土》《渔夫的故事》能倒背如流，中国历史年表比我自己的生日记得还清楚。

有一天早晨，我站在如山般的垃圾堆上，望着远处一所很气派的中学里正在升国旗。国歌奏响时，我把自己举起致敬的手缩了回来，因为我已经不再是学生。想到自己已经不再是学生，心里便涌起一股惆怅，眼泪瞬间模糊了我的眼睛。我蹲下身来，把身体蜷缩在一截水泥管道里，无声地抽泣着，一直到爸爸喊我去干活。走下垃圾山的时候，我被什么东西绊了一个跟头，扒拉开一片破麻袋，发现是一捆绳子打包好的旧书。我坐起身来，解开捆书的绳子，最上面是一本《千家诗》，下面是一本《基度山伯爵》，再下面是几本金庸的武侠小说，有《鹿鼎记》，还有《倚天屠龙记》。金庸的武侠小说，在我们广元农村小学里可是个稀罕物，传阅遍全班的那本《神雕侠侣》被翻掉封面和封底后，又传阅去了别的班级。我把这堆书重新捆好，背回爸爸的废品收购站。自此之后，除了帮爸妈干活，其余时间我全都用来读书。可以读这么多课外书，对于我来说，就像是把一个饿肚子的孩子扔进蛋糕房一样幸福。当你感觉幸福的时候，每一块蛋糕的味道也会被放大，所以，我在内心祈祷着垃圾堆里的生活能够一直持续下去。我在空闲时间读书这事儿，爸妈既不赞成，也不反对。

后来，我读杂书读得多了才明白，在我的原生家庭里，情商是个稀缺物。只要不糟蹋钱，只要不耽误废品回收站里的活儿，我在空闲时间里就算是撒尿和泥跳大神，爸妈都不会理会的。他们对自己的孩子竟会如此漠视，这一点让我至今都不能理解。我在杂书里验证并分析过自己的心理和性格，发现我居然是一个具备很高情商的人。但是，对于一个整日里只跟废品打交道的孩子来说，情商高与低又有什么区别呢？

一年过后，我开始喜欢上了这个垃圾场。因为我不仅能够读到喜欢的书，还能收藏书，我已经收集齐了金庸、古龙和梁羽生的全套武侠小说。再接下来，我开始挑选出版社的版本、版本的品相，甚至开始挑选相同版本的纸张质量。我曾经把收集到的一套蒙肯纸的《汪曾祺全集》，换成了轻涂纸的《汪曾祺全集》，品相也比原来的要好。我要把那套蒙肯纸的《汪曾祺全集》送给老瘪，老瘪不要，他说汪曾祺又不是名人。惋惜之余，我把"汪曾祺"扔进造纸厂的货车，化成纸浆。在这个废品集散地，只要我能想到的书，就能找到。实在找不到，我会去找老瘪，用不了一个礼拜时间，老瘪就能把我想要的书弄到手，且品相不错。

接下来，我用一年半时间，把初中、高中和大学的文科书籍全部读完。读完这些书之后，我似乎不像先前那么惶惑了，觉得即便是读完大学课程，也不过如此。于是，我开始没有任何方向和目的地读一些闲书，例如《笠翁对韵》、《声律启蒙》、胡荣华的《反宫马专集》、季羡林的《佛教与中印文化交流》、紫式部的《源氏物语》、卡夫卡的《城堡》、马赛尔的《追忆似水年华》、卢梭的《社会契约论》、弗洛伊德的《梦的解析》……我不太喜欢弗洛伊德把人生所有问题都归结到性，我觉得他很变态。所以，自此之后再也没有碰这个人的书。直到前年我读阿德勒的《自卑与超越》，才把弗洛伊德的阴影从我心里抹去。据说阿德勒是弗洛伊德的学生，还好，阿德勒没有继承老师的变态衣钵。

近十年来，各个收购站里几乎没有什么可读之书，到处充斥着成功学之类的垃圾书，这些书里全都是口号式、情绪式的语言，刺激着读者渴望快速成功的痛点。还有一类书，几个人凑在一起策划选题，抓住国民自卑心态攒"厉害了我的国"之类的鸡血书。即便是平和一点的书，也是把前面流完血的鸡炖成汤喂给人喝，劝告人倒霉不抱怨，饿死不犯贱。至于怎么活？问心要答案。

进入这座城市，不对，我从未进入这座城市。我只是待在这座城市边缘的废品收购站里。进入废品收购站不到三年时间，我便适应了这个满地垃圾的世界。我非但不再怨恨爸爸当初让我退学，我甚至觉得这是个高明决定，它让我抛开讨厌的数理化，每天每夜都徜徉在自己喜欢阅读的书籍里。废品集散地最高的一座垃圾山，我把它命名华山，我把爸爸想象成伪君子岳不群，而我就是豪迈不羁的令狐冲。冬天下雪的时候，我把华山改成冰火岛，我则变成了饱经磨难的张无忌。再后来，冰火岛改成峨眉山，我站在山上吟诵"峨眉山下少人行，旌旗无光日色薄"。在不开心的时候，我也会对着垃圾山慨叹："关山难越，谁悲失路之人？萍水相逢，尽是他乡之客。"

有一个晚上，我从垃圾山上下来，摸黑进了收购站，听见妹妹跟妈妈正在小声说话。

妹妹说："我哥哥整天对着垃圾堆神神道道叨咕什么呢？"

妈妈叹口气："老瘪说你哥哥精神有点问题，大概是读书读出来的毛病。"

妹妹问妈妈："那怎么办，要不要带我哥去精神病院治病？"

妈妈说："听说精神病一时半会治不好，常年住院，咱们花不起那么多钱。"

妹妹说："我看到爸爸的存折了，里面有不少钱。"

妈妈说："那些钱要攒着买房子，不能乱花。"

妹妹说："买房子也好，我早就住够了这个破地方。"

偷听到妈妈和妹妹的话，我非但没有生气，还觉得挺开心。因为我读过很多精神分析方面的书，我确认自己正常无比。非要说我跟周围的人有什么区别，大概是我的情商比他们高一些而已，还有我读的书比他们多。我没有精神病却被别人当成精神病，其实是一件好事，我以后再有情绪宣泄的时候就无须不好意思了。

就这样，我在废品集散地待了不到十年，被默认成一个精神病。

直到有一天，我在老瘪的收购站里遇见一张黑胶唱片，它开启了我对这个世界认知的另一面。其实，我压根儿就不知道那是一张唱片，更不知道它叫黑胶，因为封套上全都是英文。那个东西吸引我，也不是因为音乐，我对音乐可谓是一窍不通，我不会摆弄任何一样乐器，我甚至五音不全、七音不识。令我好奇的是在这么肮脏的地方，竟然有一样东西纤尘不染（保护良好的、带内套的黑胶唱片）。尤其是唱片上那一道道细密铮亮的纹路里，泛着温暖滋润的光泽，既不耀眼，也不失色。看着它，心里便觉得舒坦澄澈，甚至想捧起来亲吻它。

黑胶唱片的英文是 Long Playing Microgroove Record，简称为 LP，港台那边的发烧友将其称之为"老婆"。对于一张好唱片的热爱，其情其感真的不亚于老婆。

遇见黑胶唱片，等于打开了我心灵的一扇窗户，也成就了我在垃圾世界里的另一片天地。

三

我住在这个垃圾集散地东边的一排窝棚里，这里几乎不能称之为家，只是一排用单层砖砌起来的简易房。冬天冻透，夏天热透，遇到大风天，还会掀翻房顶的沥青纸。我的窝棚里除了一张吱吱作响的单人床和一张供放黑胶唱机的桌子，其余地方全都堆满了书和黑胶唱片。我特别喜欢下雨，下雨的时候，这个世界上的人会突然消失掉，而没有人的世界里会让我觉得安全又惬意。所以，每当下雨的时候，我就会在垃圾场里溜达一圈，不打伞也不穿雨衣，故意让雨把我淋透。为此，我得过几次重感冒，但是发烧的感觉像是在飞翔，我也很是享受。到后来，我已经搞不清楚自己到底是喜欢下雨，还是喜欢发烧。随着收藏的书和黑胶唱片越来越多，下雨也会让我变得焦虑，我生怕窝棚里面漏雨，淋湿黑胶唱片和书。

　　我曾经住过一段时间商品房，是我爸爸分期付款买的两居室，这是靠近废品集散地最近的一个低档社区，据说是当地农村建造的小产权房，收购站的小老板们大都在那里买了房子。那是我来到这座城市的第十个年头，我爸爸跟着老瘪分解洋垃圾赚了些钱，他跟我妈妈说，只有在城市买上房子才能算城里人。我在那所小产权商品房里住了不到一个月，就搬了出来，又住回废品收购站。原因是新房子只有两个卧室，爸爸妈妈住一间，妹妹住一间。我和妹妹都长大了，不能再住同一个房间。本来我对住客厅没有什么意见，因为客厅也要比废品收购站的窝棚舒服得多，可爸爸不让我把黑胶唱片和书搬到新房子，他说那些东西都是破烂。我很不理解我的父亲，一个收破烂的居然这样抵触破烂，何况那些宝贝不是破烂。跟中国的大多数家庭一样，我跟我父母的交流存在障碍，尤其是我们这种农村出身的孩子，不善于交流沟通，也不善于表达自己。在人类面前，我基本上处于自闭状态。可是，自闭状态下的我，却偏偏喜欢演讲。我经常在手机里看一些演讲视频，无论是东方的还是西方的，只要是脱稿演讲，我都喜欢看。在窝棚里，看完一段演讲，我就会模仿演讲者的口吻和状态，原音重现一遍。有一回，惹得窝棚隔壁的杨叔敲我的门，他担心我在跟别人吵架。

　　躺在新房子客厅的沙发床上，我翻来覆去睡不好，好不容易睡着就会做噩梦，梦见有人闯进收购站的窝棚，偷走我的黑胶唱片和书。如此折腾了将近一个月，我便提出要搬回收购站的窝棚去住。没想到，我父母和妹妹都没有挽留我的意思，他们还积极帮着我收拾东西。当我走出小区的时候，爸爸追出来，我心头一热，以为爸爸要挽留我。可是我自作多情了，爸爸只是递给我一本蕾切尔·卡森写的《寂静的春天》，那是我落在客厅沙发床上的书。爸爸给我这本书，倒是提醒了我。

我接过书来，对爸爸说："以后别再分解洋垃圾了，那些玩意儿对身体、对环境都有害。"

我爸爸瞪着眼，生气地呵斥道："不弄洋垃圾，你能做城里人？你能住上城里的商品楼？"

我把《寂静的春天》塞进破背包，对爸爸说："我没住你们的商品楼。"

我打开桌子上的台灯，把《德沃夏克：第九交响曲》轻轻放在书桌上，在桌子下面拎出来一个破塑料收纳箱，从里面取出来细毛刷、细棉布和两个玻璃瓶子。两个玻璃瓶，一个瓶子装着防静电液，另一个瓶子装着我自己配比的消毒水。防静电液用来清洗黑胶唱片，可以避免唱片因为静电吸附灰尘。消毒水用来擦拭唱片的内外封套，因为我不知道这张黑胶唱片经历了什么，消毒是必备环节。清洗工作流程是我自己发明的，没有人教过我。先是用一根细长的锥形木棒，穿过黑胶唱片中心的圆孔，一直穿到黑胶唱片无法移动的位置固定。锥形木棒一端的最大直径是9.2毫米，而黑胶唱片中心圆孔的直径是7.24毫米。然后用细毛刷蘸着防静电液，一边转动木棒一边清洗黑胶唱片纹路里的灰尘。清洗黑胶唱片正反两面的时间：七英寸的小黑胶唱片大约需要十分钟时间，十二英寸的大黑胶唱片则需要二十分钟到半个小时。黑胶唱片清洗完了，将锥形木棒插进墙上的砖缝里，自然晾干唱片上的水分。接下来，是用我自己配比的消毒液擦拭唱片的内外封套。正常的消毒液里含次氯酸钠（$NaClO$），而次氯酸钠有极强的漂白作用。我非常讨厌数理化，几乎没有阅读过一本关于化学方面的书籍。但是，废品集散地的书籍包罗万象，从国外色情杂志到最前沿的应用物理，只要是这个世界上的出版物，就能在这里找到它的踪迹。我翻阅了一些化学资料后，最终勾兑出一种适合清洗黑胶唱片封套的消毒液。在这款弱碱弱酸型消毒夜里，我把次氯酸钠降到最低值，并提高了酒精含量，经它清洗过的黑胶唱片封套，不仅能够清除封套上的污渍和细菌，而且还能最大程度保留了封套原色彩。

内外封套擦洗后，我用镊子夹起来，挂在屋内尼龙绳上自然晾干。接下来，我开始为这张黑胶唱片进行登记，登记项目总共有十一项：曲目、乐团、指挥家、首席演奏家、录音师、录制时间、制作公司、录音地点、黑胶唱片克重、黑胶唱片转数、备注。为了查阅这些古典音乐的资料，我不得不开始学习英语。因为古典音乐发祥地是欧洲，所以我掌握的英语偏英式。在我习惯了英式的"hiya"之后，便会觉得美国人的"hello"很土气，语言真是个很奇怪的东西。另外，为了识别黑胶唱片，我对法语、德语和意大利语，也算是粗略懂一些。在学习英式英语的时候，老瘪送了我一个旧英语复读机，这对于帮助我英语发音起到很好的作用。后来，有了智能手机，还有了更智能的翻译软件，我就把那本八成新的《牛津辞典》束之高阁，我的英语水平也就此下降不少。

窝棚里四处漏风，漏风有两大好处，一是空气流通，二是清洗后的黑胶唱片能尽快晾干。三四天过后，我便可以把黑胶唱片装回到封套里，按照分类归档。当然，黑胶唱片装进封套之前，我会试听一遍，进一步确保音质。遇到我喜欢的旋律，我会反复听上几天几夜，还会下载乐曲到手机里。数码音乐每一道环节都被人动过手脚，这一点永远比不上黑胶音乐的原始呈现，其中奥妙只有在听过、比较过之后才能懂得。

我撩开桌子上被床单覆盖的AVID音响，这是一套来自英国的黑胶音响，是老瘪从外围收购站帮我弄来的，据他说花了三千块钱，我便给他打了十天工。这套价值十多万的AVID音响只是放大器坏了，便被主人当破烂卖了，这座城市里的人真有钱。几经周折，我从一个音响发烧友处买来一台七拼八凑的功率放大器，前级是两只俄罗斯12A电子管，后级则是四只EL34电子管。尽管是拼凑货，但是各个环节过硬，我将其称为雇佣军，意思是个顶个都是高手，只是缺少磨合。每天晚上，当我掀开床单那一刻，我的精神舞台便拉开帷幕：我跟着莫扎特游历欧洲宫廷；随着马勒远渡重洋，听他在纽约大都会演奏；我和舒伯特一起在奥地利郊外，看白云漫卷，听云雀欢唱；也伴着巴赫的脚步，徜徉徘徊在勃兰登堡门下……我今夜的盛宴，则是德沃夏克的恢弘与深远。

接通电源后，前后级电子管就像是舞台灯光，灯光亮起，华丽的AVID便是我的超级乐团。我戴上白色手套，小心翼翼地将黑胶唱片置放于厚重的唱盘上。然后再屏住呼吸，将唱臂抬起。抬起唱臂刹那，便能听见马达带动皮带的"嘶嘶"声，皮带裹着唱盘精确地行进着33.3转的转速控制，AVID的整体完成度堪比一架机械钟表般精准。就在唱针搭上唱片沟槽的瞬间，就在弦乐和定音鼓响起之前，我甚至看见了赫伯特·冯·卡拉扬高高扬起的指挥棒……

这一夜，在如山如壑的垃圾堆里，我的身心全部融入了古典交响乐，一直到我惬意地睡去。

窝棚里还有两套黑胶音响，一套是飞利浦出品AS235，可以播放33转和45转的黑胶唱片，其中一个播放磁带的卡座坏掉，便遭主人废弃。另外一套是国产老式唱机，只能播放78转的老唱片。人们都喜欢追求新的东西，也就更善于遗弃旧的物件，新旧交替成为许多人快乐的源泉。其中也包括我，没有他们热衷于对新鲜的追求，我也得不到二手唱机带给我的欢愉。我极少用这两款机器播放黑胶唱片，因为唱针和唱片是物理接触产生震动，被放大后形成音响。每播放一次就磨损一次，据说黑胶唱片能够保证音质的播放次数只有一百次，所以遇见心仪的黑胶唱片，我基本上都会使用AVID。这种感觉就像吃法国大餐，必须选配优雅的环境，虽然我从未吃过法国大餐。

我唯一奢侈的梦想，就是在未来能够拥有一间专业听黑胶音乐的房子，房间里的软包装不仅吸音，而且防静电。音箱和唱盘都是英国的Neat Acoustics的，据说这家公司已经推出了钻石唱针，能把对黑胶唱片的磨损伤害降到最低限度。如果能够拥有这样一间房子，就算是让我一年不出家门，我也会乐享其成。

我始终相信，每一张黑胶唱片都有它的故事：它的制作过程，它的第一位主人，它如何易手，它如何被舍弃，它如何从欧洲辗转到中国，它在众多主人手中分别被播放过几回，带给不同主人的感受是什么……而这些故事就刻在黑胶唱片那些细密的纹路里，它温润的光泽不是单纯地来自质地，而是无数人的人生片段镶嵌其中。

第二天早晨，一阵急促的敲门声把我从睡梦中惊醒。我把手伸进秋裤口袋，隔着秋裤把晨勃的小弟弟掰歪了，攥在手里去开门。我看过一些资料，据说三十岁以上的婚后男人很少出现晨勃。我今年三十一岁，虽说还没有碰过女人，但是我几乎天天自慰……如此看来，女人比自慰的杀伤力大得多。

我拉开窝棚的破木门，门外站着三个人，一个是穿制服的警察，另外两个人制服外面罩着荧光衫，上面写着"城管"两个字。其中一个高个子城管检查我的身份证，还看着我的脸比对，随后对我说："你们这里全都是违章建筑，一周之内必须搬迁，这块地要盖大型娱乐场。"

四

我翻阅了两天跟法律相关的书籍，又用手机在网络上搜索类似案例，发现没有一条法律条文能够保护我赖以栖身的窝棚，因为它们被归类到违章建筑范畴，政府可以随时施以强行拆迁。我可以随时走人，也可以随地栖身，可我的黑胶唱片和书去哪里？我的AVID寄身何处？

去年秋天，老瘪带着一个上海人到窝棚找我，说是来看看我的黑胶唱片。

上海人戴上白手套，翻阅了上百张黑胶唱片，站起身来问我："总共有多少张？"

我从床下纸箱子里搬出五大本黑胶唱片登记簿，第五本最后一张唱片登记编号是2483。

我对上海人说："2483张。"

上海人又翻了一遍五大本登记簿，抬起头来问道："你真是一位收藏大家呀，开个价吧。"

我问他："开什么价？"

上海人说："你的黑胶唱片，一枪打，多少钱？"

我说我不卖。

上海人说："不要装洋相了，五十万，如何？"

上海人报出五十万的价格后，老瘪在一旁瞪大眼，对我说：

"你行啊，这些年忙忙叨叨，给自己堆了一座金山呀。"

我说："我不要钱，我不卖。"

上海人说："你这样还价的也是第一次见，行吧，六十万。"

上海人最后开价到一百万，一旁的老瘪早就沉不住气了，他对我说："比我有尿性啊，没想到你小子这么会做生意，真是一个商界奇才，行了，差不多就出手吧。"

我说："我喜欢黑胶唱片才收藏，真不是为卖钱，所以出多少价，我都不卖。"

上海人很生气，觉得我浪费他的时间，可我从来没有说过要卖黑胶唱片，所以，我一点都不内疚。

老瘪在一旁紧着道歉："冯老板，真是对不起，我一直以为他收唱片是为了卖钱，我们废品收购站就是收废品卖废品，谁知道这个神经病死活不卖你……"

我虽然没有内疚，但是上海人大老远跑一趟，我有些于心不忍。我从黑胶唱片里抽出一张披头士的 *Abbey Road*，这是披头士1962年至1966的作品，这个年份是披头士的黄金年代，算得上黑胶里面的珍贵藏品，我前后收了两张 *Abbey Road*，所以，我把其中一张送给冯老板。

冯老板有些诧异，拍拍我肩膀："好吧，你也算是让我长见识了，咱们留个电话，交个朋友吧。"

我跟冯老板相互留电话，然后送他和老瘪出窝棚。关上窝棚的破门后，我长舒一口气，因为冯老板开价到一百万的时候，我已经怦然心动了。一百万，我可以回四川广元买到一套三居室商品房，还能做豪华装修，装修一个防静电的黑胶音乐室。三居室的房子，一间房子用来睡觉和自慰，一间房子做书房，剩下一间陈列唱片、听黑胶唱片音乐……可是我得把黑胶唱片卖掉才能买房子，我买了房子就没有黑胶唱片了，我在空空如也的房间里干吗？还有，这一张张唱片，全都是经过我的手，去尘、清洗、消毒、登记、倾听，我将它们细细呵护如同自己心爱的女人，虽然我至今还没有谈过恋爱，当然也不曾有过心爱的女人，但是我读过的书里有颜如玉，我觉得我在精神上拥有过爱情，这些黑胶唱片大概就是。如今，为一所栖身之地，要舍去我心爱的女人，我岂能做这等不仁不义之事。

窝棚的外墙上，用红油漆写了一个大大的"拆"字，"拆"字外面还画上一个圆圈。我考证过，历史上从未有过"拆"字外面画圆圈的做法。由此可见，这属于当下社会原创手法。我猜测，大概是红色圆圈很像一枚公章，公章象征着公权力，会让看到的人心存敬畏，不敢违背。

我锁上窝棚的破木门，径直往废品集散地走去，我要去找老瘪，问他讨个主意。老瘪是集散地的主心骨，大家伙有难处都会去找他处理。就算是老瘪处理不了的事情，大家也不愿意去打官司，有冤自己背着，有恨自己忍着。我刚刚从四川来到这里第四年，发生了一件事，让我记忆犹新。与我们相邻一家收购站，是一对方姓的山东夫妻开的。山东老方另一侧，是安徽一对姓孙的兄弟俩的收购站。孙姓兄弟先一步跟着老瘪倒腾洋垃圾，一次进货就要两个集装箱，洋垃圾摊开后，占了山东老方三分之一地盘。山东老方不干了，便跟安徽孙氏兄弟吵起来。吵架时没有积德的嘴，两边吵着吵着就动手了。结果，老方被孙氏兄弟打断一条胳膊。事情最终闹到老瘪那里，老瘪做主让孙氏兄弟给老方赔偿医药费。孙氏兄弟答应赔偿老方的医药费，条件是老方的收购站让出三分之一面积给他们。老方夫妻也要跟着老瘪倒腾洋垃圾，正嫌自己收购站场子小，当然不肯答应孙氏兄弟的条件。于是，方、孙两家争执不下，就把事儿僵住了。最后，还是由老瘪出面，找到我爸爸，问我爸爸能不能让一溜缝儿场地给老方。我爸爸已经开始倒腾洋垃圾了，也嫌自己场子小，如何肯让出"一溜缝儿"。本来是两家收购站的事儿，如今变成三家收购站的事儿。孙氏兄弟年轻力壮，论打架占上风。我爸爸大概觉得我已经长大成人，动手打架也不会落下风。唯独老方家两口子势单力孤，只能忍下这口气，没有报警，也没有去法院。

事情过了三个月，老方拆了胳膊上的石膏，他去找老瘪告辞，说是在这里干不下去了，准备去另一座城市创业。

老瘪问老方："你的收购站怎么处理？"

老方说盘给了下家。

老瘪说："你不能盘给下家，你要走人，我们送盘缠，但是场子不能往外盘，这是道上老规矩。"

最终，老方夫妻走人了，据说也带走一份不菲的"盘缠"。这些事儿是老瘪酒后跟我讲的，听得我将信将疑，让我觉得在国家法度之外，似乎真有一个江湖存在。

老瘪说："老方在这个场子断了胳膊，他十有八九会走人，因为讲迷信的人会觉得自己跟这个场子风水不合。老方是道上的人，他深知道上的规矩，他说把收购站盘给别人，其实就是来要盘缠。"

我问老瘪："送盘缠是什么意思？"

老瘪说："废品收购站就像是一口大锅，人少了，锅里攒不下饭，人多了，锅里的饭不够吃，锅和人匹配对了，才能人人吃上饭、有钱赚。所以，走一户就等于少一户人吃饭，大家为表示感谢，就要给走的人送一点路费，这就是盘缠。"

我问老瘪："老方的场子呢？"

老瘪说："你们家跟孙氏兄弟一人一半分了，所以，你家跟孙家出的盘缠最多，大家都在江湖上混，做事终究还是要讲规矩、讲人情嘛。"

老瘪的简易房办公室里挤满了人，是集散地各家收购站的小老板，都是我熟悉的人。他们的脸上分别挂着焦躁和不悦，似乎跟我一样，都是来问老瘪讨主意的。

我问站在门口的安徽孙老二："老瘪呢？"

安徽孙老二的口气有些沮丧："有人看到他在格格火锅店。"

东北老陈一脸丧气地嘟囔道："这都快火燎鸡巴毛了，他还有心情去吃涮羊肉？"

山西老梁酸溜溜地叹道："人家老瘪早就把钱挣够了，他巴

288

不得这个垃圾场散伙，就不用为咱们操这份闲心了。"

安徽孙老大幽幽地说："没有人会嫌钱多……我听说，老瘟一个人在格格火锅店喝闷酒呢，大概也是为咱们的事儿犯愁吧。"

格格火锅店距离废品集散地不到两千米，是一间只能摆下八张四人桌的小店，老瘟经常带我去那里涮羊肉。格格火锅店的女老板叫小格，小格是老板，也是服务员。小格长得很白，白到脸上看不见一丝血色。小格喜欢笑，笑起来的时候，脸上粉嫩的白肉也跟着她一起开心到颤抖。是的，小格稍微有一点胖，但是胖得不埋汰，也不显臃肿笨拙，反而有一种活泼灵动的富贵态。小格说话的时候喜欢拍打别人，一遍拍打一边说话，她拍打别人最多的部位是胳膊、肩膀和手。去年夏天，老瘟带我去吃涮羊肉的时候，小格拍打着我的胳膊冲着老瘟寒暄。当小格肥胖的白手拍打到我裸露的胳膊时，我身上就像过电一样，既刺激又温暖。那天晚上，我在门德尔松《e 小调小提琴协奏曲》里自慰了三次，脑子里全是小格拍打我胳膊时的样子。

我甚至还记得小格当时说话的腔调："老瘟，你最近死哪儿去了，也不来照顾我的生意……"

涮羊肉是我唯一喜欢的奢侈食物，大概跟我喜欢小格有关系。看来我的境界不算高，人家有格局的人会因为一个人爱上一座城，我只能因为一个人爱上涮羊肉。小格就像冬天里的暖阳，惹得我想与之亲近，甚至想长相厮守。我心里清楚，这是不可能发生的事情，虽然我读过许多经典的爱情故事，可爱情这么美好的事儿，怎么会跟我一个垃圾人扯上关系呢？另外，据老瘟说，跟小格一起开店的还有一个男人，因为火锅店不赚钱，那个男人五年前跟一个发廊女私奔了，剩下小格一个人独撑店面。

我问老瘪："小格是不是在等那个私奔的男人回来？"

老瘪说："等个屁，你现在要是能替小格交上这个月的房租，她立马给你按摩捏脚带吹箫。"

这些年以来，只要我心里想女人的时候，就会想到小格。在不读书、不打理黑胶唱片的夜晚，我就会想女人。以前想女人的时候，我会翻色情杂志。可自从认识小格之后，我会在手机里看她的照片。照片是我偷拍的，拍的是侧面，只有小格的半张脸，而且还是不太开心的半张脸。就是这半张不开心的脸，也足以淘汰掉我所有色情杂志上的劲爆裸女。从第一次对着小格的半张脸自慰以来，我再没有碰过色情杂志。再去碰色情杂志，感觉就像是自己出轨了，对不住小格。

我正满脑子想着小格，听见安徽孙老二说："回来了，老瘪回来了。"

果真是老瘪，他走进来的步态略显跟跄，肩膀几乎撞到简易房的门框上，孙老二急忙伸手扶住老瘪。老瘪嘴巴里含糊不清地嘟囔着"完了……全完了"，喷出一股浓浓的酒气，看来是真喝了不少酒。屋里的人主动让开一条通道，老瘪摇摇晃晃走到桌子旁边，把自己干瘪的身体摔倒在破皮沙发椅里。陷进破皮沙发椅的老瘪，怔怔地望着屋子里的人，脸颊上居然挂着两行浑浊的泪水，嘴里喃喃地说："完了……完了……全他妈的完蛋操了。"

各个收购站的小老板着急归着急，但是没有像老瘪这般动情流泪的。一时间，大家似乎被老瘪的真情流露感染了，全都默不作声立在屋里，像是在给瘫躺在破皮沙发椅里的老瘪默哀。

许久之后，东北老陈问道："真的没救了吗？"

老瘪抬起头来，泪眼蒙眬地瞅一眼老陈："你听说过癌症还有救的吗？"

安徽孙老二问道："那我们以后怎么办？"

老瘪打了一个酒嗝，摇摇晃晃站起身来，对着屋子里众人说道："诸位，老瘪过去有对不住大家的地方，还请你们多担待，多担待……咱们的缘分到头了，大家伙各安天命吧！"

山西老梁扒拉开身前的安徽孙老二，挤到老瘪跟前，口气冷冷地问道："老瘪，我老婆跟着你分解洋垃圾得肺癌死了，你怎么着也得给我赔偿个十万八万，让我回去给她娘家人有个交代吧。"

山西老梁话音刚落，其他几个人跟着附和，全都是前几年得肺癌去世的家属。这些人七嘴八舌吵吵着，说老瘪至少得给每家二十万抚恤金，要不这事儿过不去……

我心里清楚，这个废品集散地不散伙，没有人敢跟老瘪提索要赔偿的事儿。我非常厌恶人们吵闹，便默不作声地走出老瘪的简易房办公室。从老瘪的状态来看，这个废品集散地散伙已成定局。一股寒风灌进我的后脖颈子，我下意识仰起头来御风，正好看见一轮新月如钩。

五

随着拆迁日期临近，窝棚里的"外地人"开始陆陆续续搬家。破家值万贯，虽说大都是依附着垃圾场讨生活的人，搬家也是七零八碎堆满货车。我的隔壁住着一对五十多岁的甘肃夫妻，男的姓杨，我管他叫杨叔。杨叔问我要不要桌子，他屋里最值钱的东西，就是一张从二手家具市场买来的老榆木桌子，当时花了六十块钱。

我问杨叔为什么不要桌子了，杨叔说："待不下去了，拾荒人只能住得起窝棚，如今窝棚没了，桌子也背不回家呀。"

我问杨叔："您不是说老家的土地都沙漠化了，怎么过活？"

杨叔指着地上的四个大编织袋包裹："老天饿不死瞎家雀，别人能活，俺们两口子也能活。"

说罢，杨叔像背褡裢一样，给老婆挂到肩上两个编织袋，自己背上剩下的两个编织袋，蹒跚着走出垃圾场。北风扬起一阵尘土，尘土里裹挟着几只塑料袋在空中抖动飞舞，杨叔两口子像两片花花绿绿的塑料袋垃圾，北风吹过之后，便没了踪影。杨叔两口子在这里跟垃圾为伍将近三十年，最终，他们也像垃圾一样消失了。

废品集散地开发在即，垃圾堆已经多日没有推土机归置了，那些运垃圾的车辆图省事，就近倾卸，垃圾几乎堆到窝棚墙根。

接下来两天，整排窝棚里的住户全都搬离了，只剩下我一个人。我像是一艘搁浅在孤岛上的破舢板，那些沉重的黑胶唱片托着我的船底，就算我想离开也走不了。

上午，高个子城管又来了一趟，问我怎么还不搬家。

我说我没有地方可去。

高个子城管说："你可别想在这里当钉子户，这里全都是违章建筑，你搬不搬家，我不管，我们已经通知相关部门，今天下午断电断水，推土机和挖掘机晚上就进驻工地，你自己看着办吧。"

高个子城管驾驶着"城管"字样的皮卡车走了，偌大的废品集散地只剩下我一个人。今天没有雾霾，也没有阴云，晴空里太阳高悬，我却感觉到一股凉意从脚心往上钻。这一刻，一股莫名的恐惧突然袭上心头：今天晚上这里将陷入一片黑暗，不再有水，也不再有灯光，不再有李斯特的钢琴，也不会再有德尔德拉的弦乐……我喃喃地嘟囔一句："爸爸，我好想你抱抱我。"

我木然地走进窝棚，拧开水龙头，搓着一块肥皂头把手和脸洗干净，因为我不知道下一次洗脸会是什么时候。擦干手脸后，我扯开桌子上的床单，AVID一如往常般光彩夺目。接通电源后，前后级六只电子管明灭闪烁着，像极了即将登台的舞蹈演员，正在热身。我犹豫再三，挑选出一张普契尼的歌剧《图兰朵》，这是著名的RCA公司在1959年录制的唱片，女高音是以清澈透明著称的伯吉特·尼尔森，男高音则是号称歌剧史上排行第二的毕约林。我戴上雪白手套，轻启唱片封套，抽出一尘不染的黑胶唱片。忽然，一块类似头皮屑的东西落在乌黑油亮的唱片上，我噘起嘴唇轻轻吹走尘屑，生怕唱片上沾染到口气中的水分。相对于黑胶唱片，每一台唱机都有一个厚重如磐石的唱盘，我想这大概是唱机对唱片的尊重。在我移动唱臂时，AVID "嘶嘶" 的马达声更像音乐的前奏。音乐声起后，我摘下白手套，将AVID的音量开到最大极限，一只音箱上的弹簧狗跟着跳动起来。唱片里低音提琴的震颤频率，几乎刺激到我的心率，我明显感受到心跳在加速。在柳儿的咏叹调中，我敞开窝棚的破木门，把木门紧贴到墙壁上，以免它影响到音乐输出。我的脚步迈出窝棚那一刻，破烂的窝棚居然变成一只更大的音箱，我甚至听到伯吉特·尼尔森换气的呼吸声，她似乎就站在我眼前演唱。这就是黑胶唱片的魅力所在，虽然数码音乐能够把人的演绎处理到极致完美，但也越发显得冰冷，而黑胶唱片却能感受到人的温度。站在窝棚外听《图兰朵》，我觉得还不够过瘾，于是，我爬上窝棚对面的垃圾山。

　　冬日的阳光倾泻下来，洒在我的脸上，这是冬天给予人类最慷慨的恩赐。在这座陌生的城市里，我度过十八个冬天，在第十九个冬天来临时，我变成了无家可归的流浪汉。我没有为自己即将成为流浪汉而难过，相反，我骨子里有流浪的情结，因为我憧憬着远方或许会更温暖。我的心情有些难过，只是为我的黑胶唱片，因为我不知道它们接下来的命运将是什么。当《图兰朵》第二幕《在这座皇宫里》的女高音出来的时候，我委下身来坐在半截e租宝的广告牌上，继而又躺倒在垃圾中，我想要阳光均匀地抚摸我的全身，我想要音乐浸润我的灵魂，人生还有什么比此刻更幸福呢？

一阵疾风吹来，把一大块苫盖泥土的网布吹起来。苫网飞舞着飘在天空中，阳光从苫网的罅隙中透过，在阴阳交替的斑驳中，我看见了油菜花盛开的广元，我带着妹妹在黄色的花海里奔跑。越过菜田，妹妹笑着对我摆手，示意她跑不动了，而我却不想停下来，因为奔跑让我有驰骋的快感。我继续往前跑去，前面是一片广袤的草原，在草原的尽头则是长满高挺杉树的森林，森林的后面是覆盖着皑皑白雪的雪山。我似乎有使不完的气力，因为我一刻不停地跑过开满各色野花的草原，我想停下来躺在草地上嗅一嗅野花的味道，可是雪山对我充满了诱惑。就这样，我跑进了森林，一缕一缕阳光在我面前明灭闪烁，像是被神掌控了一样，指引着我穿越黑暗的森林。我跑得浑身冒汗，嘴巴里呼出白色的气体，煞是好看。突然，我的眼前出现一片耀眼的亮色，我想这就是雪山了……

苫网掠过我的天空之后，我缓缓地闭上眼睛，因为我想继续奔跑，奔跑。我终于攀上雪山之巅，耳边呼啸的狂风消失了，继而渐起的是铜管乐和大提琴的奏鸣，《图兰朵》迎来了第三幕华彩乐章——《今夜无人入睡》。

我一直想不清楚，毕约林为什么要用严谨又温柔的表音遮盖他汹涌澎湃的激情，那份隐忍之后的宣泄就像雪山之巅突然喷薄出来的火红岩浆，我的眼泪随同毕约林的岩浆一起涌出眼眶。在这无边无际的垃圾堆里，唯有音乐让我感受到了自由，无比丰盈的自由。

音乐不知道何时停止了，手机铃声把我拉回到现实的垃圾堆上。是老瘪打来的电话，他的口吻不再像几天前那么沮丧阴郁，而是邀请我晚上去格格火锅店吃涮羊肉。沐浴过冬日的阳光，倾听完普契尼的《图兰朵》，我的心情已经没有那么糟糕了。已经有两个月没有见到小格了，在我离开废品集散地之前，能够去格格火锅店饱餐一顿涮羊肉，真是一个特别棒的选择。

六

小格又白又漂亮，只是身材不是很好。小格身材不好，不是我看出来的，是老瘪告诉我，我才注意到的。有一回，来格格火锅店涮羊肉，在我盯着小格背影出神的时候，老瘪拿筷子敲了我脑袋一下，他问我："你从后面看到了什么？"

我说："看到了小格的笑脸。"

老瘪笑着说："你到了参禅的第二重境界了，看山不是山，看水不是水。"

我问老瘪："你从小格后面看到了什么？"

老瘪说："看到了小格的肥腚，还有她的腿，又粗又短。"

我笑着回击老瘪："你到了参禅的第三重境界，看山还是山，看水还是水。"

老瘪说得没错，小格的屁股确实很大，腿也很粗，腿粗了显得腿更短。看来眼见并不为实，人们只看自己愿意看到的东西，小格白皙艳丽的脸是我愿意看到的，此刻盯着她的背影，我居然无视她的肥臀和粗腿，看到的依旧是她的笑脸。爱情是精神致幻剂，让万千人生出万千爱的感受，其实都是自己想要的感觉。

老瘪请我吃涮羊肉，不是欠我人情，是他想跟我聊天，因为我是这个废品收购站读书最多的人。最初的时候，我对老瘪说分解洋垃圾污染环境，而且对人的身体有害，老瘪恨不能揍我一顿。直到集散地的人纷纷病倒，老瘪这才重视起来，他请我吃了第一顿涮羊肉，并问我分解洋垃圾污染环境的根据是什么、怎么会对人体有害。

我把几年来国际上对家电垃圾的处理态度一一列举出来，还用手机搜索出有关洋垃圾在发达国家靠岸受阻的新闻，听得老瘪直皱眉头。

老瘪问小格又要了一小瓶江小白，对着瓶嘴一口气喝下半瓶，打着酒嗝问我："这个场子百十号人得吃饭，不倒腾洋垃圾，大家喝西北风去？"

我也干了一杯江小白，对老瘪说："你不读书不要紧，好歹也看看新闻，国家为拉动内需，接下来要对基础设施进行大规模改造，改造过程中势必会涉及拆迁，这也是一条发财门路。"

老瘪瞪圆了小眼睛问道："政府拆迁，跟我们倒腾废品有什么关系？"

我说："你有那么多政府关系，先探听一下政府布局规划，把那些在规划拆迁范围内的厂矿企业承包下来，一边拿拆迁费用，一边倒腾厂矿企业里面的废旧钢材，能挣两份钱。"

这个想法并非是我的创意，而是我刚刚读过一本名人传记，这个名人就是搞拆迁回收掘得第一桶金，接下来成为著名慈善家。我只不过是把他发迹的轨迹粘贴复制给老瘪，老瘪已经对我佩服到五体投地。

三个月后，老瘪拿到一座化工厂拆迁项目，他把废品集散地的人马分成两拨，年轻力壮的加入拆迁工程队，老弱病残的继续做化工厂废旧钢材收购。但是，最早跟着老瘪倒腾分解洋垃圾的队伍有六个人病倒了，没能参与到老瘪的新事业中来。病倒的人里包括我爸爸，他得了肺癌。一年后，病倒的六个人有五个人死了，而且全部死于癌症。老瘪再一次对我刮目相看，我们俩又一次去了格格火锅店，这一回，我看见了火锅店厨师大刘在跟小格打情骂俏，他甚至还动手摸小格的脸。小格非但没有恼怒，反而举起她的小粉锤，撒娇般地捶打大刘的后背。其实，小格没有小粉锤，她的手跟她的腿一样，指节粗大且皱裂着。但是我读过的书里，恋爱中的女孩是万万不可能举起指节粗大且皱裂的拳头撒娇，而是一水的小粉锤。所以，我也只好这样叙述，小格举起她的小粉锤捶打厨师大刘的后背。在我的心里，自从我喜欢上小格，她就自动进入恋爱状态。她撒娇的对象只能是我，她的小粉锤只能捶打我的后背。

那个时候，我下定决心要做点什么，不然我会有危机感。根据我读过的书，我为自己设计了好几个向小格求爱的场景：在火锅店客人最多的时候，我手捧一束玫瑰花，突然现身店里，对着小格单腿跪下来，大声对她说"我爱你"；带上一枝玫瑰花，悄然出现在她下夜班的路口，对她深情地说"我爱你"；邀请她去看一场恐怖电影，当电影里最惊悚的一幕出现的时候，小格会一头扎进我怀里，我趁机拥抱住她，并在她耳边轻轻地说："别怕别怕，我爱你……"

老瘪敲着桌子，对我嚷道："你别愣神，赶紧跟我说说分解洋垃圾中毒的事儿，怎么善后呀？"

我就是这样一个人，经常走神，叙述一件事情的时候能出来无数个分叉，最后连我自己都搞不清楚要讲述什么。跟着老瘪分解洋垃圾的人死了五个，其中包括我的爸爸，老瘪心里有些发毛，想跟我讨论善后事宜，这是他那天请我吃涮羊肉的目的，而我却满脑子都是如何向小格求爱的场景。其实，我哪里懂这么多，我能够给予老瘪的都是我从书上读到的。

所以，我能做到的也就是宽慰老瘪："生老病死是每个人的劫数，你帮这百十号人在城市里立稳脚跟，给了他们引以为傲的事业，有些人的命里只能担这些福报，他们知足了，所以不再留恋这一世。有些人命里担得多，所以他们没有长病，继续跟着你求福报。"

老瘪问道："就这么简单？"

我点点头："死的人就这么简单，但是你得安抚活着的人。"

老瘪问："怎么安抚？"

我说："给每户死者家属发放一百万抚恤金。"

老瘪差点抡起拳头来打我："你以为老子是马云，我他妈的哪里有那么多钱。"

老瘪剔着牙缝里的金针菇，接着问道："你刚才说他们没有长病的，继续跟着我求福报，你是在哪本书上看到的？"

我说："几本参禅的书，我前年让你读，你没翻几页，就垫办公室沙发腿了，回去抽出来好好读读。"

老瘪双手合十："阿弥陀佛，罪过，罪过。"

从这一夜之后，老瘪开始信佛了。

我爸爸挺了半年，把他倒腾洋垃圾赚的钱几乎全花光。最后，妈妈要卖掉那套商品房，爸爸没有同意，说是要留给我妹妹结婚用。为了给爸爸冲喜，妹妹跟理发店打工男朋友结婚了。妹妹结婚一个月后，爸爸走了。爸爸走的时候，是深夜，只有我守在他的病床前。

那天傍晚时分，已经有好几天不讲话的爸爸，突然开口，他对我说："你要是个正常人，你要是勤勤恳恳工作，爸爸说啥……说啥也会把房子留给你。"

我安慰爸爸说："妈妈和妹妹更需要房子。"

爸爸冲着我点点头，对我说了最后一句话："你不是个傻儿，你只是个心眼善良的孩子。"

这个社会最大的矛盾，大概就是别人需要你像他一样做一个正常人。做一个正常人，就不会抱怨，也不会怀疑，更不会质问；做一个正常人，就会像工具一样工作，还会拥有洗脑后的快乐和正能量。我凭什么要去勤勤恳恳工作？我去工作，老板让我每天往地下注化工污水，我勤勤恳恳工作一辈子，遗祸子孙几万年。就算我去正经公司工作，例如我在京东打包流水线上班，每天使用几十卷胶带纸给纸箱打包，我也只是勤勤恳恳制造垃圾而已。人生来不是为了工作的，我喜欢每天醒来无所事事的状态。既然我不能推动人类文明的进程，那我至少做到不祸害人类、不糟蹋地球。自从有网购以来，我不曾在网上买过一件东西。垃圾场里每一片胶带纸，都跟我没有任何关系。我觉得，大多数人都应该像一条没有欲望的狗一样活着，把自己的物欲降到最低限度，也许地球还有救。

像我这样的人，的确不配住到商品房里，因为我连商品房的物业费都交不起。自从我知道分解洋垃圾对身体和环境有害，我就开始劝我爸妈不要干这一行。我爸爸跟老瘪是同一副腔调："不干这一行，咱们去喝西北风？"

既然劝说不了老瘪，也劝说不了我父母，我只好独善其身，毅然决然离开废品收购站，从此不再跟洋垃圾打交道。说是离开收购站，我也没有别的地方可以去。白天还好说，我可以带上几本书进城，在麦当劳或肯德基店里读书。饿了就吃一点别人剩下的薯条，运气好的时候，还能遇到剩下的炸鸡翅。渴了就喝别人的剩可乐，因为可乐里的冰块化得慢，我把几个杯子的冰块凑到一起，就能得到一大杯有甜味儿的冰水。为了不招客人烦，我尽量选择靠角落的地方坐，而且尽可能做到两周换洗一次衣服。为了不招店里的服务员烦，我有时候还会帮着服务员收拾餐盘，这样还能防止服务员把客人剩下的薯条和鸡翅倒进垃圾桶。

到了晚上，我无处可去，便会回到废品集散地过夜。因为我不再帮着父母打理收购站的营生，他们对我的态度也逐渐冷淡起来，连我妹妹都开始训斥我。我是个天生不愿意与人为敌的性格，任凭父母冷言冷语，还有妹妹的白眼，我都一一收下，从不反驳。妹妹瞧不上废品收购站里的活计，她早在三年前就去了一家发廊工作，在那里给人家染发，我们俩很少见面。偶尔见一面，我能闻见她身上一股以甲醛为主的化学味道。

我对妹妹说："染发剂里面化学添加剂太多，常年接触会影响身体健康。"

妹妹翻着白眼说道："那也比你整天游手好闲强一百倍。"

跟往常一样，我不还嘴反驳，我觉得很多话说到就可以，别人听不听是她的造化。只有一次例外，我跟妹妹发过火。有一天傍晚，我回到废品收购站，赶巧遇见妹妹也来了，她手里还拿着一沓我收藏的黑胶唱片。

我问她："为什么拿我的黑胶唱片？"

妹妹说："我看到网上有人用这种唱片做钟表，我也想做几个送朋友。"

我夺过妹妹手里的黑胶唱片："这是我的东西，你们谁都不准碰。"

妹妹不肯示弱："神经病啊！弄一堆破烂玩意儿堆在这里占地方，我用几张有什么关系。"

跟妹妹吵一架之后，我开始担心我的黑胶唱片和书。于是，我去找老瘪讨主意。过了两天，老瘪帮我在废品集散地东侧的窝棚里找到一间房子。我很是开心，终于有一个属于自己的世界，我用爸爸的三轮车把我的黑胶唱片和书全部搬进窝棚里。爸爸大概巴不得我离开，他亲自动手帮我装车。我嫌他搬运黑胶唱片时太过随意，就像是扔一台破微波炉一样用力。我心里有一百个不愿意，但嘴上不敢说出来，我只好抢着搬运黑胶唱片，让爸爸帮我搬书。

接下来，我继续着我在废品集散地四处游荡的生活，白天在各家收购站收唱片或打工，晚上便回到窝棚里过夜。自从弄到那台AVID音响后，我就不再四处闲逛。整日里，我把自己关在窝棚里，日夜不休地聆听那些古典音乐，《费加罗的婚礼》被我听了无数遍，音质几近嘈杂之声。音乐让我感受到了自由，无比丰盈的自由。

我承认，我骨子里很向往这样的生活状态，它可以让我不再焦虑，甚至不再恐惧，因为我不需要对任何人或事情承担责任。在笃定自己可以过这种生活之前，我承认是受到西方哲学的影响，倡导这种生活的流派叫斯多葛学派。斯多葛学派排斥欲望和物质，崇尚一种像狗一样简陋而随意的生活。对于这个话题，我还有自己独到的见解，今天暂且不说了，因为我见到了小格。每次看到小格，我的哲学观便会产生一些动摇。

认识小格一年的时候，我已经跟着老瘪去格格吃了六回涮羊肉，见到小格十八回。多出来的十二回，是我想小格的时候，自己跑到格格火锅店前溜达看到小格的。小格在火锅店里来回穿梭，我坐在火锅店后门的垃圾桶上，静静地看着小格。小格穿着一件紫红色的围裙，胸前绣着一个黄色的铜火锅，黄铜火锅下面是两个黄色蹩脚的刺绣：格格。紫红色围裙只有前摆，前摆很长，盖住小格的粗腿。因此，从前面看小格是一个白白嫩嫩的大号美女，从后面看小格是一个粗鄙的肥婆。

当我第十二回坐在垃圾桶上看小格的时候，那是一个夏天的夜晚，我还从路边绿化带里折了一朵很大的月季花。小格穿着短袖衬衣，露出两条白皙的胳膊，胸前还是那件紫红色的围裙，前裙摆仍旧盖着她的粗腿。小格拎着一只垃圾桶，走出火锅店后门，径直朝着我走过来。我敢发誓，我当时心跳每分钟肯定超过一百二十次。就在小格快要走到我跟前的时候，我突然看见大刘从后厨蹿出来，他跑到小格背后，一把搂住小格的后腰，开始亲吻她后脖颈子。小格当即松开垃圾桶，反手搂住大刘的脖子，两个人在我眼前开始接吻。那一刻，我觉得血往头上涌，脑子里迅速闪过无数暴力画面：我冲上前去抓住大刘的头发，对着他那张肥腻的胖脸连挥数拳，打得他满脸开花；我冲上前去抓起小格丢在地上的垃圾桶，连垃圾带桶扣在大刘脑袋上；我轻盈地走过去，拍了拍大刘的脑袋，大刘慌张着松开小格，我看都不看大刘一眼，就把月季花递到小格眼前，小格的眼神里闪烁着惊喜，双手接过月季花扑进我怀里。大刘刚刚张开嘴要质问，我飞起一脚，把他踢进垃圾桶里……

其实，我什么都没做，就那样静静地坐在垃圾桶上，看着大刘和小格"吧唧吧唧"接吻。其实我也做了一点事，我把手里的月季花揉成碎花瓣，我的心就像是我揉碎的花瓣，飘落在满是泔水的垃圾桶周围。我觉得自己的心脏骤停了，只剩下嘴张了又合，合了又张。

七

我的思绪绕了一个大圈，终于回到主题，我问老瘝："窝棚马上要拆了，我那些黑胶唱片怎么办？"

老瘝说："人都顾不上，你还操心破唱片！我告诉你，我今天跟你吃这顿饭就是散伙饭，你只能另寻出路了。"

我不甘心："你说过这里是个江湖，你在这里一天，就要维护它一天。"

老瘝说："自古江湖干不过官府，我能维护的是垃圾场这个小江湖的周全。大江湖一旦起了风浪，咱们垃圾场这个小江湖只能听之任之。"

老瘝说完，举手叫服务员。

小格举着手机，走到我们的餐桌旁，压根儿没有看老瘝，而是把手机对准老瘝，说道："这位是格格的老顾客老瘝，他那个瘝不是王八的鳖，是那个……那个有病的瘝。"

小格又把手机转向我，说道："这位是老瘝的小跟班，也是格格的常客……你叫什么名字来着？"

我喝下的江小白一时间全都涌上头来，这个被我爱得死去活来的女人，居然还不知道我的名字……也许早知道我的名字，她就会跟我共情。可不是吗，谁会爱上一个连名字都不知道的人呢？可那些一见钟情的爱情，谁会介意对方叫阿猫还是阿狗呢？不过也不能怪小格，我其貌不扬的外表像我爸爸，我的淡眉小眼像我妈妈。我脸上唯一能拿得出手的是鼻子，但是我九岁那年被几个高年级男生打塌了鼻梁骨，它就不再挺也不再直了。其实，就算是我鼻梁骨不被人打塌，也吸引不了小格，因为我初一十五才洗一回脸，一张脏脸毁全身，谁还会在意我鼻梁骨塌不塌。还有我的装束，几乎都是捡我爸爸的旧衣服，不穿到冒酸臭呛鼻子从来不换洗。如此说来，我和小格即便是相爱，也不会是一见钟情之爱，而是小火暖黄酒，越来越有温度，越来越有老酒的陈年醇香。

小格用手推我一把："快说，你叫什么名字？"

我就是这么一个常常愣神的人，小格问我名字的空当儿，我脑子里就能冒出这么多纠结念头。我用手撩开眼前又脏又长的乱发，对着小格的手机很认真地说："我叫余未来。"

小格咯咯咯地朗笑道："嗯嗯，名字很贴切，走近你就能感觉你身上咸鱼味儿飘过来，鱼味来，好名字！亲们，如果你们觉得今天的直播够精彩，别忘了双击红心，还有关注我们格格火锅店。"

小格关上手机，立刻换了一副爱搭不理的面孔，对着老瘪问道："要什么？"

老瘪脸上堆满淫笑："要你。"

小格板着脸："滚蛋！抠逼一个，就知道要，想要就得付出，明白吗？"

老瘪脸上有些挂不住，讪讪地笑着："再来两个江小白。"

小格刚刚转身，要去柜台拿酒，老瘪伸出手在她肥硕的屁股上捏了一把。小格头也不回，挥手狠狠拍在老瘪手上，扭着大屁股走开。我心里有些不舒服，皱着眉头对老瘪说："小格有男朋友，你不要跟人家动手动脚。"

老瘪问道："男朋友？"

我说："厨师大刘，不是小格的男朋友吗？"

老瘪说："早就分手了，大刘回东北老家结婚去了。"

听说小格跟大刘分手了，我心里顿时又燃起爱的希望。还好，小格跟大刘相处时间短，应该还不会那个什么……仅仅是接吻也没有什么大不了的。迄今为止，我不仅是一个处男，甚至还没有接过吻。不管是看毛片，还是那天晚上看厨师大刘和小格接吻，都是"吧唧吧唧"的声响，这个声响肯定是舌头发出的声响。如此说来，接吻不仅仅是表象上四片嘴唇的事儿，两条舌头有可能才是主角，要不也不会叫"舌吻"。不过，这两条舌头在哪里接吻，我很是纳闷：在男人嘴里？在女人嘴里？还是在男人和女人四片嘴唇的交接处？……想到此处，我竟有些心疼自己，一个三十多岁的男人竟没有接吻过，我活得还不如一条按时按点按季节发情的野狗。我的心一阵抽搐……不行，我得把欲望付诸行动，一定要抓住这个机会向小格表达我的爱。勇敢的人才配拥有爱情！不要那些形式主义的表达，一会儿就直接告诉小格：我爱你！

嗯嗯，我再喝上一个江小白，酒壮尻人胆，喝完就立刻表达，决不能等酒醒，就今天晚上。

　　"啪"的一声响，小格把两瓶江小白放在桌子上，转身扭着肥硕的屁股走开。

　　老瘪拧开一瓶江小白，递到我跟前，对我说道："白白胖胖的，没想到你小子也喜欢这一口，不过你没钱，上不了小格。就算上了小格，你也降不住她。"

　　我举起酒瓶，深酌一口："什么意思？"

　　老瘪说："小格不是什么省油的灯，她一心想赚钱，想在男人身上赚钱，像你这种身上没有一个子儿的穷小子，她是不会施舍的。"

　　我又喝了一口酒，问老瘪："此话怎讲？"

　　老瘪往前探了探身子，压低声音道："我跟小格睡过，是她主动勾搭我的，我操！小格的身上那个白哟，尤其是两个屁股蛋子，就像是两个装了水的袋子……"

　　老瘪说到这里，站起身来，两只手扶住桌边，胯骨迅速往前送，差点撞到桌子："就这么捅一下，那两个大屁股蛋子里的水哟，颤巍巍抖动老半天，可带劲了。这个小骚妮子，居然还在屁股后面文了三个字，大力点，不用看文身，我也要大力点……嘿嘿嘿！我这么捅着捅着，你猜怎么着？小格的浪劲儿上来了，嘴里吱哇乱喊着叫爸爸，她一叫爸爸，我就想起我女儿，当时就他娘软了，完事后她问我要三千块钱，说是要交火锅店的房租，垃圾场哪里飞得出金凤凰，三千块那得是镶金边的……"

我的脑袋"嗡嗡"作响，手里抓着酒瓶子，很想砸到老瘪的头上。还有，我觉得老瘪今天有些反常，情绪上阴晴不定。也许是垃圾场改造刺激到他，我上回见到他在简易房里，当着那么多人哭的时候，我就觉得他不正常了。

我咬着后槽牙，问老瘪："你已经是信佛之人，怎么能干这种龌龊事儿？"

老瘪嘿嘿一笑："女人身上坐，佛祖心中留。再说了，是她找我的，她的火锅店连房租都快交不起，我帮她渡过难关，我这也算是积德行善吧。"

我最终也没有拿酒瓶子砸老瘪的脑袋，一是我没有这个胆量，二是我浑身没劲儿，甚至连胳膊都抬不起来。其实，这事儿的确不能怪老瘪，如果真的是小格主动勾搭老瘪。小格怎么会是这样的女人？难道她不知道女人应该矜持吗？多少案例表明，女人一旦放弃尊严，男人也就放弃尊重。此刻，我心里就像刚刚发生一起车祸，小格这辆漂亮的保时捷跑车追尾了老瘪这辆破货车，老瘪只是浑身一震，小格却已面目全非。

老瘪更不是什么好东西，自己明明已经信佛，却还在干这种下三烂勾当。老瘪倒腾洋垃圾发财后，突然发现自己背上五条人命，大概是心里不安，这才开始信佛。其实，当下大多数信佛之人都是这种心态，他们不是把佛教当作信仰，而是一个做了亏心事后让自己能心安理得的工具。没错！小格和老瘪都让我觉得恶心。

我正兀自恶心，一只手机伸到我眼前，小格又开始直播："嗨！鱼味儿，说说你吃得怎么样？我们格格火锅底料有没有盖住身上的咸鱼味儿？"

我很少有像此刻这般愤怒的时候，我的大脑里几乎同时迸发出很多念头，这些都是我平时想说又无处说的东西。看到小格把手机对准我，我没有做丝毫犹豫，迅速找到我在窝棚里学着视频演讲的状态，我对着手机镜头脱口说道："手机扼杀了所有人，所有人！看看你的周围，所有人都是一手拿筷子，一手拿手机，除了把涮羊肉送进嘴里，然后都在埋头看手机，不管对面坐着的是朋友、是亲人还是爱人，你们通通失去与人正常沟通的能力和兴趣。你们在享受信息便捷的同时，也在被信息化奴役，碎片化的信息就像雾霾一样，无孔不入地填补着你们本就浅薄的思想，使得你们没有时间和空间做任何独立思考。当人类一旦放弃思考，就变成一头头只剩下本能欲望的动物，你们不再尝试着去了解对方，因为你们觉得连前戏都是在浪费时间。如果你们自身还没有觉醒的意识，那就看看你周围的人，他们正在丢失人性中的温暖、悲悯和对他人的关心……"

小格尖叫一声："哇塞！鱼味儿，你说得太好了，亲们，如果你对这个脏兮兮的垃圾人感兴趣，别忘了双击红心，加我的关注，关注小格，关注格格火锅店。"

小格说完，冲着我伸了一个"OK"的手势，示意我继续说下去。

我继续梳理着大脑里面想要表达的观点，对着小格的手机接着说道："想赚钱想疯了，想做网红想痴了，是吧？信息时代拓展了人类的欲望，而欲望正在异化人类。我手机通讯录里只有三十几个人，他们都是这个废品集散地的人，也就是你们嘴里的垃圾人，现在几乎都开通了直播，除了我爸爸之外，因为他已经死了。我妹妹天天直播染发，一口一个哥哥姐姐叫着求关注。安徽老孙兄弟俩天天直播拆墙拆厂房，还在直播里下跪求关注。你们真的相信这些眼见为实的直播吗？我妹妹至少有十年没管我叫一声哥了，原来她把哥哥都攒着直播求关注了。安徽老孙兄弟俩下跪求关注的时候，你们肯定不相信他们俩也能把邻居老方的胳膊打断。求关注，全民都在求关注，是吧？你们别以为自己挖空心思求关注的创意有多牛逼，其实，我们祖先两千年前就干过这事。西晋时候山东人王祥，他继母大冬天要吃鱼，王祥就跑到河里脱光衣服趴在冰面上，用自己的身体把冰融化掉，鲤鱼跑过来呼吸喘气的时候，王祥就抓到了鱼。因为这事儿，王祥一举成名当了官，最终做到西晋太尉。所以，王祥才是求关注的鼻祖。你们如果还有脑子，就应该想一想，能够承受一个人体重的冰层得有多厚？他大冷天脱光趴在冰面上，理论上应该是冰还没有化掉，人就冻死了。话说回来，能够用身体化开冰层，你为什么不找个大石块砸开冰层呢？不行，砸开冰层的时间太短，无法吸引眼球。脱光用皮肉化冰，才具备令人感动的传播性。汉朝没有科举制，是举孝廉，想当官必须求关注，让自己的孝名廉名远播十里八乡，引起官府的注意，你才有机会步入仕途。包括姜太公直钩钓鱼，大禹三过家门不入，都属于此类。古人求关注为当官，今人求关注为赚钱，本质都是一样的虚伪和浮夸。"

小格轻轻地递过来一杯茶，小声对我说："鱼哥，喝杯茶，润润嗓子，粉丝们问你是不是大学教授呢。"

我接着对着手机镜头说："其实，这些肤浅东西改变不了任何东西，真正让我充实的是音乐，是古典音乐，虽然我们中国人缺少古典音乐这一课，但我却能分辨出八分之一个音符的区别。听我的，别在无聊的朋友圈里浪费生命了，去下载古典音乐吧，听一听那些天才的音乐大师会给你怎样的启迪……"

八

从格格火锅店出来，已经是晚上十点，老瘰非拽着我上他的奔驰越野车。以前，他不让我坐他的奔驰车，嫌我身上有味儿。每次约我来格格吃火锅，都是他开车走，我步行过来。吃完火锅，也是他开车走，我步行回我的窝棚。

今天晚上，得知老瘰睡了小格，我觉得懊恼又憋屈，便犯了倔劲儿，死活不坐老瘰的奔驰车，坚持要一个人走回窝棚。老瘰似乎比我还倔，拉着我的胳膊不肯松手，把我的旧皮夹克袖子硬生生撕开一个口子。我坐在奔驰车的副驾驶上，扯着皮夹克的破袖口查看，觉得肯定是无法缝补了。

老瘰发动引擎，看了我一眼说："明天给你买一件新皮夹克。"

我怒气未消："不要！"

老瘪伸出手拍拍我的头，笑道："没想到，你读书读得越来越小家子气，我就是想让你对小格死心，她不是那种能跟你踏踏实实过日子的女人，因为你们不在同一个阶级里，你游手好闲还不如一个拾荒人。"

其实，老瘪说得没错，人们通常觉得开小餐馆的人是社会最底层，可人们不知道这条鄙视链上还有一群倚靠垃圾生存的人，是供小餐馆服务员鄙视的。在这条鄙视链的底部，有一个庞大的族类，这个族类里会细分工种，各工种之间还会相互鄙视。例如，废品集散地的人蹬着装满废品的三轮车，经过西大桥桥头的时候，会鄙视聚集在桥头打散工的人，觉得他们没准儿白等一天也遇不到雇工，倒不如自己收废品活得踏实，天天都知道自己该干什么。而打散工的人们大都有技术活儿，他们当中的木工、泥瓦工、管道工也瞧不上收废品赚的蝇头小利。偶有小姐模样的女孩走过西桥头，打散工和收废品的会挤眉弄眼，冲着女孩询价："一炮多少钱？"

小姐们也鄙视打散工和收废品的："回家去操你妈，一分钱不用花。"

我和小格之间的确存在阶层差异，她鄙视我实属正常，因为她好歹也是小火锅店的老板。老瘪或许是对的，我不该喜欢小格。可是……难道我这个维度里的人，就活该没有爱情吗？我读过那么多书，甚至比大学教授读的书还多还杂，大学教授可以在象牙塔里跟女学生调情、让女学生怀孕，我为什么就不能得到爱情呢？知识真的可以改变命运吗？这座城市里只有五所正规大学，我去过其中三所大学的文学院偷听过大课，那些教授们所能讲出来的东西也不过如此。有的教授不仅读过错别字，甚至还能颠倒史实。一位教授讲魏晋文学时，说魏晋时期杀人如儿戏，连竹林七贤这样的文学天团也难逃厄运……

在我读过的史籍中，魏晋是一个最为旷达的时代，一直为我所向往。竹林七贤也仅仅只有嵇康被杀，而嵇康被杀的原因是他张狂到写"与山巨源绝交书"，挑明要跟司马皇帝对着干。即便如此，杀了嵇康之后，司马昭也是后悔万分，觉得自己杀名士必然留下千古骂名。

这些大学教授没能给我更高的见识，他们讲课的风格倒是让我觉得有趣，每一位教授在授课之前和结束的时候，总是摆出一副谦卑相来叮嘱学生："我讲得有不到位的，或者有言辞欠妥的地方，请亲爱的同学们不要上纲上线，大家可以在课堂范围内跟我进行讨论，我愿意以百分之百的诚意来跟同学们一起探讨交流，恳请诸位手下留情、嘴下留情、背后留情！谢谢大家！"

自此之后，我便不再去大学里偷看教授们的卑微相了，我觉得当初辍学真是一个伟大的决定。想到这里，我长长地叹了一口气。

老瘪大概以为我想通了，接着对我说："去南城吧，那里还有一个废品集散地，咱们场子里的驻马店老彭死后，他老婆一直一个人撑着收购站，你干脆跟她搭伙过日子吧，一块儿去南城。"

我白了老瘪一眼："老彭的老婆跟我妈差不多大，跟她搭伙过日子，我会有乱伦的感觉。"

老瘪转动着方向盘，把车开上了东五环路。

我问老瘪："你要干吗去？"

老瘪说："我带你去南城的垃圾场看看，那边的条件相对好一些。"

这是我有生以来第一次乘坐这么高级的车，我闻到车里有一股很好闻的香味儿。还有老瘪转动方向盘的时候，手接触到方向盘发出"吧嗒吧嗒"的声响，听上去就觉得很高档。人的资质各不相同，老瘪和我爸爸同样收购废品，起点是一样的，老瘪最终成了废品集散地的神，而我爸爸最后连治病的钱都没有。老瘪刚刚开始倒腾洋垃圾的时候，集散地收购站的人都在妒忌他，因为大家都在同一个起点上，只有老瘪脱颖而出。到了后来，老瘪跟集散地所有人拉开距离，便不再有人妒忌他了。如此看来，人们只会妒忌熟悉的身边人，或者说"妒忌"只会发生在同一个维度里的人。就像老瘪不会妒忌马克·扎克伯格，我也同样不会妒忌易烊千玺一样，跨纬度的妒忌是一种能力。读过那么多史书之后，我发现妒忌就像是一把刀子，它会阉割掉一个人的气质。这些年，我观察过废品集散地的人们，凡是嫉妒心强的人，大都长相猥琐，气质全无。我是一个没有妒忌心的人，因为我处在社会鄙视链的最底端，需要妒忌的人太多，干脆就关闭了这项功能。所以在妒忌这一方面，我做得还好，因为我毕竟是个读书人。腹有诗书气自华，虽说长相不够好，但我觉得我的气质还是有的，小格没有看到这一点，很遗憾。

老瘪说："人到什么岁数就得过什么样的日子，你也老大不小了，身边得有个女人才行，以你现在的条件，老彭的老婆不嫌弃你就好。"

我已经愤愤然："我宁可跟我的黑胶唱片过一辈子。"

老瘪说："前年你要是听我的话，把黑胶唱片卖给上海人，没准儿小格早就扑上来了。"

我说："我才不会为一个小娼妇卖掉黑胶唱片，就算是丢了性命，我也不卖我的黑胶唱片。"

车辆驶出南五环，七拐八拐之后开进南城的废品集散地。

在一家收购站门前，老瘪停下车，对我说："这家就是老彭的老婆开的，我替你试探过了，只要你点头，明天就可以搬过来跟老彭老婆一起睡了。"

老瘪看我没有反应，推开车门下了车，自顾自地抽起烟来。他一根接一根地抽着烟，接了一个电话后，扔掉手里的半截烟蒂，开门上了车。发动引擎的时候，老瘪问我："你到底同不同意？"

我愤愤地回道："不同意！"

老瘪叹口气，把车开出南城垃圾场。约莫半个小时后，回到我住的窝棚。突然，我觉得眼前一亮，一道刺眼的灯光照射过来。我朝前方看过去，窝棚边上停着一辆铲车和一辆推土机。铲车在前面负责捣毁窝棚，推土机在后面碾压推平，我赖以栖身的窝棚瞬间被夷为平地。灯光闪过之后，我眼前一黑，心跟着一沉，我坐在老瘪车里发出一声惊恐的惨叫，为我那些珍贵的黑胶唱片。

这一夜，老瘪碾压了我的爱情，推土机碾压了我的精神，我跌到了我人生的谷底。

九

我不知道老瘪是什么时候离开的，只记得他在我身边不停地摇头叹气，说早知今日还不如把唱片卖给上海人，拿着一百万过像个人样的日子。

想来也是，自从来到这个世界，我就没有过正常人该有的日子。在我还不懂人事的时候，爸妈便外出打工，我和妹妹就变成了留守儿童。同龄人还在学校里读书的时候，我随着父母漂进城市收废品，变成流动儿童，成为人见人嫌的"垃圾人"。虽然我也在读书，甚至比同龄人在学校读的书还要多，可我依然摆脱不了深埋于内心的自卑。我很少离开废品集散地，除了有限的几次去大学里偷听大课，还有在麦当劳里读了几天闲书。我承认，这座曾经让我憎恨的垃圾场给了我安全感，虽说味道糟糕至极。废品集散地的味道经常发生变化，变化源于最近运来的垃圾的性质，生活垃圾以腐烂蔬菜味道为主，工业垃圾以难闻的塑料味道为主。有一年夏天，垃圾场运来几头死猪，腐烂后恶臭弥漫方圆几里地，熏得人头晕脑涨。味道虽然难闻，但是难闻的味道让我觉得心里踏实。有一回从大学偷听哲学课回来的路上，我走进一家灯火辉煌的大商场。商场里面那股好闻的味道，瞬间让我觉得惶恐，陌生的环境加上陌生的香味儿压迫着我，我逃也似的奔出商场。

不愿意跟随父母和妹妹去住商品房，除了要守护我的黑胶唱片，还因为那个社区里没有我熟悉的味道。而且，社区里的保安似乎很容易分辨出每位业主的职业，我骑着三轮车进出大门的时候，保安的眼神分明是鄙视的神色。我挺喜欢一个人住在窝棚里，可以看书读报，静静地欣赏我的黑胶唱片。最惬意的是可以无拘无束地自慰，国外的美女裸体杂志摆满一床，想射白人就射白人，想射黑人就射黑人。其实，我最喜欢的还是黄色人种，让我有安全感才能全情释放。在这方面，我不够有节制，尤其是在认识小格之后，我自慰的次数明显增多。认识小格之后，我就不再看色情杂志了，满脑子都是小格肥嘟嘟的样子。为了约束自己，每自慰一次，我便在墙壁上画一条线，一周七天决不能超过一个"正"字。可我经常向我的决心妥协，有一天晚上从格格火锅店回来，我一晚上就画了一个"正"字。

在这个悲伤的时刻，我用一晚上的时间来回顾我短暂的一生。天蒙蒙亮的时候，我才意识到我人生最黑暗的日子来临了，因为我看清楚了窝棚瓦砾上的一块块黑胶残片，它们就像我心爱的女人的残骸，让我不忍直视。刚才在黑夜里，我还心存侥幸，祈祷着我的黑胶唱片能够撑过推土机的碾压。此刻，仅有的希冀也被黎明碾碎，是啊，薄薄的一张黑胶唱片如何扛得住一辆推土机。我站起身来，僵硬地走上前去，立在我曾经栖身的窝棚处，从瓦砾堆里看见一片黑胶残片的尖角。我用手顺着尖角拨开碎瓦砾，露出张国荣那张帅气的脸庞，黑胶残片的尖角刺破张国荣忧郁的眼神，直指雾霾弥漫的天空。我从土堆瓦砾里拽出这张黑胶唱片，它已经碎成五六片，这是一张1992年宝丽金出品的张国荣专辑，名字叫《风继续吹》。而且，这还是一张尚未开封的黑胶唱片，在黑胶收藏界，收到尚未开封的珍贵唱片，就像是捡到狗头金一样让人兴奋。大概是三四年前，我习惯在每天傍晚的时候挨家挨户收购站转一圈，看看今天谁家收到黑胶唱片。老癔早就给他们垫过话，凡是收到老唱片，必须给我留着，只有我不要的老唱片才能卖给别人。待我转悠到驻马店老彭的收购站时，老彭的老婆正跟一个长发男子说话，看到我走进来，老彭的老婆对长发男子说："喏，他来了，你先问问他吧，他要是不要，才能给你。"

长发男子抬起头来，冲着我微微一笑，手里举起这张未开封的《风继续吹》，谦和地问道："这张黑胶唱片可以卖给我吗？"

我看着长发男子，觉得有些眼熟。我从他手里接过《风继续吹》，发现还没有开封，便打定主意要收藏这张黑胶唱片。我收起张国荣的《风继续吹》夹在腋下，对长发男子说："抱歉！我要收这张唱片，我的藏品里还没有张国荣的黑胶。"

一丝失望划过长发男子的眼睛，使得他的眼神看上去既落寞又憔悴。就是这一丝落寞，突然提醒了我，我用手指着长发男子道："你……是那个唱歌的，对！嘉华，你出过一张三百三十克重的黑胶，叫……叫《飞翔》。"

长发男子脸上绽开笑容，很随和地说："没想到，居然还有人记得我，你……有《飞翔》的黑胶唱片？"

我说我去年收到一张《飞翔》："我喜欢那张黑胶唱片的封套设计，很像一部武侠大片的感觉，你的古装扮相也很好看，而且，那张唱片也是未开封的。"

我把张国荣的《风继续吹》递给嘉华："让给你了。"

嘉华忙不迭声地称谢，然后就跟老彭老婆开始讨价还价。老彭老婆很会察言观色，她压根儿就不知道张国荣是谁，只是从我和嘉华的言谈举止里就能判断出这张黑胶唱片的价值，狮子大张口要三千块。

我实在看不下去，指着嘉华对老彭老婆说："他当年可是尽人皆知的大歌星嘉华，你便宜一点卖给他吧。"

老彭老婆听说嘉华是大歌星，更加不肯松口，甚至还出言讥笑："大歌星还差这仨瓜俩枣的，还跟我们收破烂的讨价还价。"

我很讨厌废品集散地的人的思维方式，买卖废品是一种交易，交易首先应该建立在平等原则上。可是这里的人总把自己摆在"我是收破烂的"的最底层，言外之意：你怎么可以跟我这种人讨价还价？这完全是另外一个层面上的道德绑架，甚至是道德要挟。溯其根源，收购站的人压根儿就不想公平交易，只想以穷讹人，以尊严换金钱。

嘉华对老彭老婆说："我现在不是歌星，我在剧组里打散工，挣的也是辛苦钱。"

老彭老婆有些半信半疑，她看一眼嘉华的穿戴，似乎相信了嘉华的话。接下来还了半天价，最终双方以七百块钱成交。嘉华掏遍浑身上下口袋，只凑到五百七十块钱，然后就一脸窘相地戳在那儿。

老彭老婆问嘉华有没有微信支付，嘉华尴尬地笑了笑，说道："微信钱包没钱。"

老彭老婆问道："微信钱包没有绑定银行卡吗？"

嘉华更加不好意思："为了控制自己花钱，我没有绑定银行卡，微信钱包只用来在群里抢红包……"

我对老彭老婆说："就差你一百三十块钱，我来替他支付，明天给你打半天工。"

我身无分文，在这个废品集散地所有收购站里，我收藏的全部黑胶唱片都是我打工换来的。老瘪给收购站定的规矩，替我定的工钱价码一天三百块钱，比打散工的价格高了一百块钱。大家买老瘪面子，又没有真的付我工钱，高一点也不会有人计较，因为他们当破烂收来的黑胶唱片几乎不值钱。但是我干活的时候也不会偷懒，免得老瘪不好做人。这些年来，就是以这种折工钱的方式，用我的汗水积攒起来2483张黑胶唱片。

走出老彭家收购站，嘉华向我一再称谢。他个子很高，跟我说话的时候会微微哈着腰，任谁都看不出来他曾经是一位火遍大江南北的歌星。我逐渐把嘉华的演艺历程串联起来：1995年因为一曲《飞翔》成名，迅速火遍全国；唱而优则演，因唱歌走红的嘉华先后出演多部电视剧，成为演艺圈炙手可热的双栖明星；2009年因为朝阳群众举报吸毒，嘉华在北京望京家中被警方人赃俱获……

我独自一人朝着我居住的窝棚走去。突然，嘉华追上来，他略带腼腆地问道："能让我看看……看看我那张《飞翔》黑胶吗？"

我略感诧异："你没有自己的唱片？"

嘉华摇摇头，叹口气，说道："当时就出了一版，我呢，觉得自己会一直火下去，压根儿就没有想到要收藏一张自己的唱片。"

窝棚里停电了，我摸索着找到门后的电闸盒，娴熟地换了一根保险丝。合上电闸后，窝棚里瞬间明亮起来。看到堆满整整三面墙壁的黑胶唱片和书籍，嘉华脸上谦和的微笑变得僵硬起来，微张着嘴巴说明他的惊诧程度。我正在等着嘉华赞叹我的藏品，他却指着我床头墙壁上的"正"字问道："这是你收藏黑胶唱片的记录吗？"

我说不是："那……是我自慰的次数。"

嘉华的嘴巴张得更大了，随后便"哈哈哈"大笑起来。他虽然总把笑容挂在脸上，但这一次是他笑得最放肆的一次。我从西墙根一排黑胶唱片里，找出嘉华的《飞翔》。嘉华一手捂着肚子，一手接过自己的黑胶唱片。嘉华即刻止住笑声，他上嘴唇有一丝不易察觉的抖动，他用手轻轻地抚摸着塑料纸包装，显出十分珍惜的神情。

我站在昏暗的窝棚里，对嘉华说："你带走吧，我把你的唱片送你了。"

嘉华抬起头来望着我，脸上没有一点笑意，他怔怔半晌，然后说道："你真是一个奇怪的人，不过，你是一个善良的人。"

嘉华把张国荣的《风继续吹》递给我，说是作为公平交换。我也没有推辞，接过他手里的黑胶唱片，然后送他出窝棚。嘉华走出去数步，又回过头来，要求跟我加微信好友，他是我废品集散地之外唯一的微信好友。

自那之后，我们俩再也没有见过面，他几乎不发朋友圈。偶尔在报纸的照片上或是网络视频里能够看见嘉华，他出现在一些不知名的剧组里。不过，嘉华都不是主角，而是站在一些流量明星身后，眼神里还是一副憔悴且谨慎的样子。前些天，我看到嘉华发朋友圈，推出他近十年来唯一单曲《千里烟波》。我听了，非常棒的一首歌，品质超越《飞翔》好几个等级。

一阵冷风吹过，紧握在我手里的黑胶残片刺破我的手掌。"吧嗒，吧嗒"，我能听到血滴在皮鞋上的声音，声音很大，就像是《德沃夏克：第九交响曲》里的鼓点，每一声都敲在我的心底。我甚至觉得心底有了鼓点的回响，余音不绝，一声接一声回荡在我的心里。终于，我受不了这回荡的撞击，浑身变得松软，就像爆破后的大楼一样坍塌。我先是跪下来，单腿跪下来，接着是双腿跪地，而后是整个身子全都匍匐在碎瓦砾上，像是要拥抱我心爱女人的残骸。我闭上双眼，似乎想倾听到瓦砾下爱人的呻吟，但是耳边只有狂风呼呼作响。与其听这让人生厌的狂风，还不如遭受我心里的撞击，至少每一声都是我熟知的鼓点……突然间，我明白了，自此之后，属于我的东西全都消失了。全都消失，心里就会变空，所以心里才会有这么大的回响。

等我醒来的时候，我依旧趴在碎瓦砾堆上，左侧的脸被硌得生疼。我活动一下四肢，全身就像是被人狠揍过一样酸痛。我挣扎着坐起来，看见我皮鞋上血渍已经风干，变成黑色。这双皮鞋是黄色翻毛，我爸爸只舍得在过年回老家的时候穿，是他从一集装箱美国垃圾里面挑拣出来的。

十

阳光无力渗透雾霾，却能让我看清周边轰隆隆作响的挖掘机和大型工程车。正如老癀所言，垃圾场这个小江湖已经寿终正寝。我躲避着进进出出的工程车和推土机，走出废品集散地。引擎废气的味道盖过任何垃圾发散出来的味道，我已经嗅不到熟悉的气味。这里不再属于我，我在这里也找不到安全感，离开便成理所当然的选择。

我不知道自己该去往何处，也不知道何处才是我的归宿，这是终极哲学的第三大命题。我是谁？何足道哉。我从哪里来？我至今没有搞清楚。我终究要去向何处？我真应该好好思考一下。也许明晰终点，也就知道起点。起点和终点都搞明白，我是谁，自然也就清晰了。没准儿，我可以创造一套哲学的反推思维方法。我的大脑在漫无边际地漂着。突然，我想起自己曾经崇尚的斯多葛学派提倡的"犬儒主义"。我现在正像一条狗一样简陋而随意地活着，这是不是我的宿命呢？没错，以前我不够纯粹，因为我还有很多牵挂：我栖身的窝棚、一一筛选出来的书籍、辛辛苦苦打工折算回来的黑胶唱片、第一个爱上的女人小格……现在，这些东西统统离我而去，我真变成了一条一无所有的狗。

　　离开废品集散地，我朝着城市走去，中间路过我妈妈和妹妹居住的社区。我连走进去看她们一眼的想法都没有。如果贸然闯进去，她们肯定要问我为什么来？因为除了过年，我从来不去打搅她们的生活。万一碰上那个染着一头黄毛的妹夫，没准儿还会多挨几个白眼，这是最让我沮丧的事情。对这个世界的认知，我那个黄毛妹夫知道的不足我的万分之一，但是他却可以用白眼球招呼我。

　　我也不想回四川广元，爷爷在我离开广元第三年的时候去世了，老家的大伯和叔叔不待见我，我也懒得见他们。大伯还有个儿子，也就是我堂哥，他叫余欢水，也生活在这座城市，但是我跟他只见过一面。好像是七八年前的事儿，堂哥说要请我们一家人吃顿饭。吃饭的时候，我那个堂嫂除了皱眉撇嘴，几乎没有说过话。堂哥好像很怕老婆，整顿饭赔着笑脸，既怕老婆不爽，又担心慢待我们，这顿饭吃得我们全都消化不良。自此，我再也不想见我堂哥余欢水了，因为我知道人最好的修养，就是不给别人添麻烦，即便是有血缘亲情。对于一个要思考哲学问题的人来说，亲情是干扰素，会改变哲学本该有的样子。

从早晨一直走到中午，我走到城市的中心，还是没有想好我该去向何方。有一点可以肯定：我不要待在城市中心。这座城市的中心几乎全都是外地游客，我这副尊容出现在他们眼前时，外地游客也是一脸鄙视的神情，那种鄙视的烈度甚于当地人。我不怪外地游客，因为他们千里迢迢跑到中心广场，是来看威风凛凛的国旗班仪仗队的，是来看外国人对着城门楼子竖大拇指的，是来听京腔京韵的，而不是看我这个一身邋遢的垃圾人。我知趣地路过中心广场，继续往西走去，依然不知道该走向哪里。

冬天的太阳早早地泄了劲儿，临近黄昏时分，我路过一条长满银杏树的步行道，路面几乎被金黄色的银杏树叶铺满，泛着初冬少有的耀眼和温暖。一群跟我年纪相仿的男女或蹲或站或躺在地上拍照，一个漂亮的年轻女孩，捧着一大捧银杏树叶高高扬起来，让一片片金黄叶子落在自己头上脸上肩上和手心里。散落下来的银杏树叶也搅碎夕阳，斑斑驳驳的光影划过我脸庞，拂过我身体，隐没在我脚下。

我寻了一棵银杏树，倚靠着树干坐在地上，静静地欣赏着人们脸上的喜悦，想象着自己也参与其中，小格也像那个漂亮女孩一样，奋力扬起一捧银杏树叶……我怎么又想到小格？我使劲儿地甩一下头，把又脏又贱又胖的小格甩出想象的脑海。就在我甩头的刹那，发现一位穿着华丽、面容和蔼的大姐站在我身旁，正盯着我看。我影响到她了吗？我用询问的眼神对视着大姐。

大姐很和气地问道："你冷吗？"

我下意识地裹紧爸爸的破皮夹克，老瘪已经把皮夹克肩膀扯开一个口子，我对大姐说："有点冷……还撑得住。"

大姐点点头，迈着好看的步姿走开了。天色渐渐暗下来，我觉得胃已经饿瘪了，而且不停歇地叫着。我想起犬儒主义的先祖们，全凭人们施舍食物果腹，可如果没有人主动施舍，难道要饿死不成？我扶着树干站起身来，沿着步行道上的垃圾桶往前走去。我翻看着路过的每一只垃圾桶，辘辘饥肠让我丝毫没觉得不好意思，这或许就是我以后生活的常态。一路翻看过去，终于在第九个垃圾桶里找到半盒比萨饼，盒子里面还有半截炸鸡翅。我不想站在垃圾桶旁边吃比萨，既然要做一个无欲自足的犬儒主义践行者，也要像第欧根尼一样优雅旷达有调性。我转头往回走去，我要坐在先前那棵银杏树下，坐在金黄色的树叶上吃比萨。找到那棵银杏树时，我发现树干旁有一个鼓鼓囊囊的塑料袋，塑料袋上放着一张纸条，纸条上压着一块巧克力能量棒，大概是怕纸条被风刮走。我瞅瞅四下无人，便借着手机上电光照明，打开纸条。纸条上面有两行疏朗的字：这是我丈夫留下的羽绒服，他再也穿不上了，希望它能帮你撑过这个冬天，在这个悲凉的世界上温暖地活下去。

这个晚上，我把这张纸条看了足有几十遍，一直看到手机没电。我裹着那件厚厚的黑色羽绒服，蜷缩在银杏树下睡着了。我还做了一个梦，梦见妈妈给我买了一件羽绒服，她好像是怕我拒绝，就托邻居家的一位大姐把羽绒服送给我……

冬天是一个严酷季节，它寒冷的全部意义是让人感受温暖，珍惜温暖，传递温暖。我在这条银杏树步行道上待了三天，直到我倚靠的那棵树上最后一片叶子飘落下来，我才离开。盘桓三天，不是我有多喜欢这个地方（心里也着实喜欢这个地方），而是想让那位大姐看见我温暖的样子。

这些天来，我有点迷恋上这种像野狗一样的日子，无拘无束，无牵无挂，无欲无求，无相无我。唯独晚上难熬一些，会被冻醒数回。也许，我该往南方走，做一只迁徙的大雁，大雁落地后，再变回野狗。

降温了，又是一个傍晚时分，我走到一个叫五棵松的地方。我从前在报纸上看到过，五棵松是这座城市一个标志性所在，虽然看不见那五棵松树。这个时候，我突然觉得一阵头晕，晕到几乎站立不住。我急忙扶住路边一棵槐树，并倚靠着树干慢慢把身体滑落到地下。接着，我便失去知觉。

待我苏醒过来的时候，我觉得自己是被冻醒的，好像还在醒来前的梦里到处找被子盖。醒来后，我听见第一个声音来自我的肚子，一声接一声"咕噜噜"响个不停。紧接着，我看见我眼前有一个麦当劳纸盒，打开后发现是一只完整的鸡腿汉堡。

汉堡尚有温度，看来施舍我的人刚刚放下不久。就这样，我躺在冰冷的路面上，大口大口地吃着汉堡。在我眼里，整个世界都是侧立的，路上的汽车侧立着奔驰，街边的行人侧立着走路，马路对面则是侧立的高楼。这是我第一次用这个角度看世界，这世间真的诡异又奇妙。由此看来，改变是有意义的……我终究不能像狗一样行走，这是让我比较遗憾的地方，因为我还得站起来正视这个世界。

深夜时分刮起风，冻得我浑身打起冷战，不得不站起身来去寻一处避风的地方。我折回头往东走去，因为白天路过一处桥洞，好像可以避风过夜。

等我找到那个可以避风过夜的桥洞时，里面已经挤满人，他们身上散发着跟我相同的味道，不消问，大家都是同道中人。最外侧的人看到我，很主动往里面挪了挪身体，给我留出半个身位空地，他操着湖北口音，温和地说道："上来吧，挤一挤暖和。"

湖北口音刚刚说完，他里面的人不干了，操着四川口音骂道："龟儿子再挤，老子就日你屁眼喽。"

湖北口音回道："老子搁在最外面，屁眼冻成冰坨子，你龟儿子不想要鸡巴就来日我嘛。"

敢情这个江湖里，大家都是彼此的老子，野蛮程度甚于垃圾场。在废品集散地，大家假惺惺彼此称呼老板，但真正的老板只有老瘪一个人。我使劲儿挤进桥洞子，背靠着湖北口音躺下来，不一刻便觉得眼皮发沉昏昏欲睡。虽说是避风处，但是刀子般的北风直往我七窍里灌，先是冻得我牙齿打战，接着五脏六腑都跟着哆嗦起来。无奈之下，我只好把身体翻转过来，贴着湖北口音更紧了。

湖北口音一改温和口吻，凶巴巴地骂道："板马日的，老子后面刚刚有点热乎气，你动来动去搞么事?"

湖北口音的话刚刚落地，桥洞最里面的一个东北口音吆喝道："别他妈吵吵，转身了。"

紧接着，桥洞里面传来一阵窸窸窣窣的声音，紧挨着我的湖北口音转过身来，面对着我骂道："板马日的，耳朵聋了，听不见老大让你转身嘛。"

我跟着桥洞里的人们翻转过身体，再次把冻僵的脸直面桥洞外面的寒风。想来也是一件挺有意思的事儿，这个江湖里的人们睡觉这么讲究，翻身都是统一转向。这个时候，我真希望再来一个人，能够躺在我身边，为我挡风避寒。正在琢磨着，我忽然听见一阵碎乱的脚步声，紧接着眼前一花，几只手电筒齐刷刷照射进桥洞里。

然后听到一个北京口音嚷嚷道："这里有一窝呢，十好几个吧，这回够了。"

另外一个北京口音冲着桥洞里面喊道："都起来，一个一个出来，把手抱在头上。"

我还在兀自发愣，身边湖北口音推我一把，语气里竟有些兴奋："板马日的，赶紧出去，享福去喽。"

桥洞里的人很是配合，跟随着几只手电筒，钻进一辆大巴车。大巴车里已经坐着多半车人，行头样貌跟我差不多，脸上大都洋溢着期待的神情。大巴车里开着热风，一上车就被幸福的温暖包裹起来，桥洞里的人们纷纷发出一声声满足的叹息。我刚刚坐定，便听到一个北京口音说："够数了，开车。"

大巴车启动，穿行在深夜的城市街道。

车厢内，那个北京口音转过身来，对着我们大声喊道："你们今天被正式救助，一会儿进救助站，先去洗澡，洗完澡后排队登记，大家听清楚没有？"

大巴车里的人们嘈杂地回应道："听到了。洗澡。登记。吃饭。睡觉。"

人们回答完后，发出一阵阵轻笑，气氛就像是要过年。

十一

救助站食堂里，几十张桌子坐满流浪汉，两名服务人员推着一辆饭车来回穿梭，给就餐的流浪汉们舀稀饭、添加馒头。数日之后，我从垃圾人变成真流浪汉。昨晚登记时，登记人员问我接受救助之前是做什么的，我说："我以前是一位收藏家。"

负责登记的人瞟我一眼，指着我前面一个穿破棉衣的背影说："他说他一年前还是价值三百亿的P2P公司老总呢。"

接下来，我们十个人编为一个小组，我被分配在第九组。第九也是在食堂里就餐的桌位号牌。就餐前，我已经给手机充足电，因为救助站要求我们给早餐拍照，必须发到各自的微信朋友圈。

我没有心情拍照，也很少发朋友圈，我只想认认真真吃一顿热乎饭。当我去抓第四个馒头时，身边一位塌鼻梁的黑脸汉子踢了我一脚，轻声说道："别吃了，中午饭有四菜一汤呢。"

从他的湖北口音，我猜测他就是昨晚睡在我边上的人。塌鼻梁虽说鼻子是塌的，可眼睛却是鼓鼓的，如此一来，他的整张黑脸显得很平坦，像是刚刚犁过的黑土地。我知道塌鼻梁是好意，让我给肚子留点空，等到中午饭吃四菜一汤。

我冲着塌鼻梁友好地点点头，问道："您贵姓？"

塌鼻梁"吸溜溜"地喝了一大口，嘴里含着白粥回道："瞎鸡巴打听毛啊，你要改跟我姓吗？"

我刚要教训塌鼻梁几句，突然，我的手机响了。电话是老瘪打来的，我犹豫着要不要接电话，因为我已经彻底告别曾经的我，告别曾经的人和事。我本来不想接老瘪电话，可手机铃声太刺耳，惹得几十桌子流浪汉全都看我，我只好接通电话，听到老瘪气喘吁吁问道："你在哪儿？在哪儿呢？小格到处找你，找你好几天，你在哪儿呢？"

我低声对着手机说道："不要管我在哪儿，你和小格都是我再也不想见到的人，咱们就此别过，你们不要再来打扰我。"

说完，我便挂断电话，端起碗来继续喝粥。我没有像塌鼻梁那样"吸溜溜"地喝粥，但是餐桌上没有喝粥的勺子，我只能让自己嘴巴尽量不发出声响。我读过一本法国宫廷就餐礼仪的书，喝汤时绝对不能发出任何声响，就连汤匙碰到盘子的声音都是不礼貌的。这个时候，我的手机铃声又响起来，还是老瘪打来的。我赶忙挂断电话，并把手机调至静音模式。老瘪给我打电话，是因为小格找我，小格找我什么事儿？我是处在小格鄙视链底端的"垃圾人"，我爱上她许久之后，她连我姓甚名谁都不知道，她找我会有什么事儿？如果是厨师大刘睡了小格，我的心里还好接受，因为他们俩是恋人。但是老瘪睡了小格，我便觉得小格脏了，脏到我都不想见到她。

我的手机通讯录里只有三十多个联系人，除了嘉华和冯老板之外，都是各个废品收购站的"老板"，其中还包括我已经去世的父亲。我不忍心删掉爸爸的电话号码，觉得删掉号码，我跟他就不再有任何关系。爸爸活着的时候，我们不亲近。他走了，我倒是很难过，因为爸爸是遗传学上"我从哪里来"的上溯体。我的微信朋友圈里也只有这三十多个人，老瘪还把这三十多个人建了一个微信群。也就是说，我的微信里只有一个群，而这个群也是我全部的微信好友。我在群里不怎么说话，偶尔说话也会得罪人，有一次跟山西老梁还吵起来，因为他说要夺回钓鱼岛，还要杀光所有日本人。

我说如果杀光所有日本人，那我们比当年侵华的日本鬼子还不如。

然后老梁就骂我是日本汉奸，还说我是日本鬼子日出来的种。

我说我祖籍四川广元，日本鬼子从未染指过四川，但是占领过山西。

于是，山西老梁在群里骂我一晚上，直到老癗出来制止他。

我早就看透了朋友圈，这是一个自造人设的舞台，每个人都在为自己的人设表演。山西老梁的人设是爱国者，每天转发一些"厉害了我的国"的帖子，可他却是老癗倒腾洋垃圾最坚挺的支持者。山东老方的人设是爱帮助别人的热心肠，每天负责转发天气预报，降温了提醒大家穿秋裤，可他实际上都不肯借打气筒给外卖小哥用一下。东北老陈的人设是行侠仗义，朋友圈里凡是转发恃强凌弱的帖子，他都要义愤填膺地跟骂，但是前年垃圾场轮奸案就发生在他的收购站门口，老陈连个屁都不敢放。老彭老婆热衷晒优越感，喝杯剩茶晒惬意，贴个面膜晒舒适，只看朋友圈会以为她是富婆，不是寡妇。安徽的孙氏兄弟负责在群里媚上，不管群主老癗说什么，他俩都是领掌喝彩的。微信运动里的行走步数排行榜，基本上都是我占据封面，老癗排行末尾。因为老癗上厕所都开私家车去，而我要步行每个收购站去收书收黑胶唱片。可孙氏兄弟从来都无视我占据的封面。就算老癗喝多了一天没下床，孙氏兄弟还是为零步点赞。这一点让我很是费解，如果换作我是老癗，我会怀疑孙氏兄弟是在嘲笑我。可老癗不仅不怀疑，好像还挺享受，于是，孙氏兄弟天天点赞。

老癗也有自己的人设，他的人设是江湖大哥，每天表演公平公正客观。为了客观，就连马屁精安徽孙氏兄弟说屎是臭的，老癗都会反驳说不一定，得尝一口才能下结论。

我没有人设，所以我很少在群里说话。很少在群里说话，是因为群里没有人听得懂我说话。如此说来，并非是我没有人设，而是我的人设比较复杂，我表演了，也没有人看得懂，把话说给一群不懂你的人，就是对牛弹琴。对牛弹琴，不是牛笨，是人蠢。

去年，东北老陈学着老瘪的样子，也跟着信佛了。老瘪信佛是因为他的洋垃圾导致五人罹患癌症，虽然他嘴上不承认，但的确往心里去了。东北老陈信佛，大概跟前年发生在他收购站门口的轮奸案有关系，据说那个女孩跟老陈的女儿年纪相仿，被五个流浪汉轮奸后杀害，隔着两个收购站的山东老方都听到了女孩的惨叫声。由此看来，很多信佛的人都是因为心里有过不去的坎儿。如此说来，众多善男信女不是真心向善，而是借佛门赎罪，向佛祖行贿。佛门广开，普度众生，到底是慈悲还是藏污纳垢呢？

东北老陈人设改变之后，表演也随之跟着换了套路，他每天在朋友圈里晒佛像、晒磕头、晒抄经、晒供养、晒放生。有一回，东北老陈买来一对虎皮鹦鹉放生，还在朋友圈里写了一大段劝人向善的佛系鸡汤。安徽孙老二在群里讥讽道：花鸟鱼虫的刘瘸子这对虎皮鹦鹉卖了三百多回，刘瘸子把虎皮鹦鹉早就训乖了，你放生多少回，他能收多少回。

东北老陈@安徽孙老二道：放屁！有本事拿出证据来，证明刘瘸子那对虎皮鹦鹉卖了三百多回。

安徽孙老二回复道：操！隔着半个垃圾场就闻到你的屁味，这对虎皮鹦鹉都成网红了，网上有放生人照片证明，从刘瘸子那里买的都是同一对虎皮鹦鹉。

东北老陈很愤怒：不管别人做什么，反正我是在积德行善。

此刻，公正老瘪客观出场：老陈放生是成立的，虎皮鹦鹉犯贱飞回刘瘸子那里是鸟的选择。

安徽孙老大：群主客观，言之有理（点赞点赞点赞）！

安徽孙老二：群主客观，言之有理（点赞点赞点赞）！

东北老陈：群主慈悲，阿弥陀佛（合十合十合十）！

山西老梁：群主的境界高，待在咱们垃圾场真是屈才（点赞点赞点赞）。

山东老方：群主治理有方，天生就是当官的料，这要是搁在俺们山东，群主至少能干个县长（点赞点赞点赞）。

群主老瘪：承蒙诸位兄台抬举（抱拳抱拳抱拳）。

这个群里吵架几乎没有撕破脸开骂的，除了山西老梁骂我那回。不骂不撕不是大家有多团结，而是因为有群主老瘪镇着。还有，群里人虽说都是外人眼里的"垃圾人"，却个顶个都是个读书人。抛开在校读书的学生，按照平均阅读时间划分的话，我觉得中国最大的阅读人群应该在废品收购站。收购废品的人们稍有闲暇，便随手抓起屁股下面的一本书来阅读。歇息完，起身再干活的时候，不管手里读的书是不是吸引他，他都会挥手把书甩进麻袋里，就像是丢掉一块砖头一样轻松。武侠类和色情类的书除外，大多数收购站老板会留一阵子，但也要看是胶版纸还是轻型纸。胶版纸的书重，会装进麻袋里按斤两折成钱。轻型纸的书不压秤，基本上翻看腻了才会装麻袋。有一回，我在老瘪收购站读到一本公务员的笔记本。笔记里记载道：领导讲话四十分钟，让我们学习一个礼拜。难道领导是用梵语讲话，需要我们学习一个礼拜？如果领导用母语讲话，他讲话有逻辑有条理有道理，我们为什么要学习一个礼拜？如果领导讲话这么艰涩难懂，为什么要让他当领导？如果领导连话都讲不清楚，需要我们用一个礼拜来猜测揣摩，为什么要让他当领导？综上所述，凡是组织学习领导讲话的人，都是别有用心之人……

刚刚吃完早餐，我还有半碗粥没有喝完，一位中年胖脸男人走进食堂。

中年胖脸男人环视一圈，笑眯眯地问道："大家吃饱了没有？"

流浪汉们齐声喊道："吃饱了。"

中年胖脸男人又问道："吃得好不好？"

流浪汉们又齐声回道："好！"

中年胖脸男人很满意，他拿起手里一份登记表，接着说道："你们当中很多人都认得我，我也认得你们，我们简直都快成老朋友了。你们的路数，我也清楚，每年冬天都等被救助，在这里吃饱喝足养精神了，再领一张救助站的火车票回家过年。过完年，你们接着四处瞎混，混上一年又来了……为了全民脱贫，国家花了那么多钱，你们说实话，谁是在老家饿得跑出来的？"

食堂里一片沉默。

中年胖脸男人接着说："吃完早餐，大家去洗把脸，你要是要脸呢，今年回家后，就老老实实待在家里陪伴老婆孩子，你一年到头在外面漂着，就不怕老婆在家里给你戴绿帽子？在老家凭力气干活，把老婆守住了，把娃儿养大，把家乡建设好，不香吗？"

流浪汉们大声回道："香！"

原来救助站和流浪汉们都是老熟人，怪不得大家听说救助站像是过大年。我觉得很是无聊，便从口袋里面掏出手机来看，发现微信里有二十一条未读信息，全都是老瘪留言，第一条是：兄弟，你火了！

十二

我禁不住好奇心，把老瘪发来的信息逐条看下去，才弄明白是小格把我那天在格格发牢骚的视频上传到"抖音"。一夜之间，小格的关注度超过三百万，粉丝要求继续上传我的视频。我赶忙打开抖音，抖音上头条推荐居然就是我长发披脸的猥琐相，标题是"垃圾堆里的古典音乐鉴赏家"。

我怎么就成了垃圾堆里的古典音乐鉴赏家了？短短的几天时间里，发生在我身上的事情太多太突然，先是"失恋"，再是失去我十八年收藏的黑胶唱片和书，接着我从垃圾人变成流浪汉，现在，我又从流浪汉变成垃圾堆里的古典音乐鉴赏家，这些天我的角色跳跃太快，我有点跟不上节奏。

老瘪最后一条信息是：不要怨恨我，我没有跟小格睡觉，我之所以那样说，是觉得她配不上你。我已经检查出得了肺癌，我的时间不多了，有时间来看看我吧，我一直拿你当朋友。

看到此处，我给老瘪回复了一条信息：我现在在救助站里，等我从这里出去，就去看你。

午餐的确吃上四菜一汤，看来这是救助站的老规矩。塌鼻梁一副既来之则安之的神态，说他已经吃了七八年四菜一汤了，还说救助站这两年换厨子了，手艺不如以前的四川厨子。

老瘪得了肺癌，让我很是震惊，我爸爸也是肺癌，从得病到去世只有半年时间。加上老瘪，垃圾场前前后后七个人得肺癌，坐实了分解洋垃圾致癌的事实。前段时间，听说垃圾集散地要改造成大型游乐场，而且国家严控进口洋垃圾。再也不能指望分解洋垃圾赚钱了，先前因癌症去世的几个家属纷纷找上门，要求老瘪进行赔偿。我妈和我妹妹妹夫也去找过老瘪，我没有掺和这件事，因为就算是问老瘪要来赔偿的钱，跟我爸爸也没有关系，我爸爸已经死了。

老瘪曾经问过我："你为什么不找我要赔偿？"

我说："我爸爸花不了阳世的钱，我也不想花我爸爸拿命换来的钱。"

老瘪凝视着我，似乎是在判断我说的是不是真话，因为这个时代说实话的人就像恐龙，早已经绝迹。

老瘪嗫嚅道："那……不说钱的事儿，你心里恨我吗？"

我说："恨！我觉得最应该得肺癌的是你。"

……

没想到老瘪真的得了肺癌。此刻，我为我曾经对他的诅咒感到内疚，那滋味就像是我亲手杀了老瘪一样。最后几条留言，老瘪的口吻已经失去往日飞扬跋扈的气势，尤其是说到自己得癌症时，语气里透着悲凉和无奈。我掏出耳机戴上，在手机里找到莫扎特的《唐璜》，我喜欢其中的小步圆舞曲，透着欢快和俏皮，我想让自己不要那么自责和难过。《唐璜》是我在垃圾场里见到的第一张黑胶唱片，那是一个秋天的黄昏，我爸爸把三轮车里收来的旧书报一股脑卸在收购站门口。我看到旧书报堆里有一张色彩艳丽的画，扒拉开旧书报，发现是一只扁扁的纸质盒子，盒子封面是一幅油画，油画上有一个面容模糊的男性。打开盒子，我发现里面有五个纸质封套，当我从纸质封套里面取出黑胶唱片的刹那，夕阳下一圈圈温润光泽立刻吸引了我。我把唱片装回纸质封套，再把封套放回到盒子里，捧着这套莫扎特的黑胶唱片，悄悄地藏在我睡觉的床底下。自此之后，我几乎每天都要拿出来翻看几遍，并开始比照着英汉词典翻译唱片的内容，才知道这是莫扎特的两幕歌剧《唐璜》。封面上面容模糊的男性就是故事主人公唐璜，用现代语言描述这个主人公，基本上是一个放荡不羁的泡妞高手。故事发生于中世纪的西班牙，厚颜无耻又不乏勇敢的主人公唐璜四处寻花问柳，最终被神惩罚进了地狱。在我收藏到第一台能够放出声音的电唱机后，迫不及待地播放起《唐璜》。我本以为音乐里会充满对渣男的抨击，恰恰相反，我在黑胶唱片里捕捉到的是轻松、欢快，充满激情的奏鸣曲。接下来，我查阅很多关于莫扎特和古典音乐的知识，我居然喜欢上了这个英年早逝的音乐天才。在他的音乐里，从来听不到怨恨，通篇充满善意、包容和温暖。直到有了智能手机，我的古典音乐库里，下载了莫扎特几乎所有的作品。

我沉浸在莫扎特温柔的奏鸣曲里，突然觉得有人拍我肩膀，我赶忙摘下耳机，发现塌鼻梁站在我身后，他用手指着走廊外，对我说："你的女朋友来接你了。"

我说："不可能，我没有女朋友。"

这时，一位救助站的管理员走进来，站在门口喊道："谁是余未来？耳朵聋了吗？"

我站起来，向管理员举手示意："我是余未来。"

我跟着管理员走进一间接待室，刚一进门，就被一团扑过来的白色身影紧紧箍住，居然是小格来了。小格死命地搂住我的脖子，嗲声嗲气地嚷道："我的天使，我的上帝，我的余哥哥，我可找到你了。"

小格发完嗲，在我两颊上左右开弓迅疾亲吻十几口。

管理员拍着桌子叫道："这是救助站的办公室，你俩文明点好不好！"

小格松开我，对着管理员说："我要带我男朋友离开这里，要办理什么手续？"

管理员说："不行，他现在不能走，你们以为这里是餐馆，想来就来，想走就走。"

小格说："他是我男朋友，他现在是网红，不需要你们救助。"

管理员不耐烦地对小格说："谁让他签字接受我们的救助

了，我得请示我们领导……他是什么网红？"

小格打开手机，点开抖音 App，播放我在火锅店那段发牢骚的视频，对管理员说："看到没有，我男朋友现在是网络上最火爆的垃圾堆里的古典音乐鉴赏家……我靠！我的粉丝马上突破四百万，天呐！幸福来得太突然，我要眩晕了。"

管理员看完视频后，站起身来说："你们稍等一下，我跟领导打个招呼，他要是同意，你们签个字就能走人。"

说完，管理员走出接待室，去找领导汇报。

小格再次扑进我的怀里，一脸兴奋地对我说："听老瘪说，你暗恋我三年，怎么不早告诉我呢？还有，你知道吗，网络上的粉丝们找你找疯了。"

我将信将疑地问道："真的吗？"

小格说："此时此刻，我敢说，关注我账号的粉丝们走在这座城市的街头上，不会放过任何一个乞丐垃圾人……"

小格似乎觉得自己说走了嘴，下意识地捂住自己嘴巴，猩红色唇印印在她雪白的袖口上，像是雪地里盛开的一朵郁金香。这个反转太快，我得从头理顺一下：老瘪没有睡小格，也就是说小格不是那么脏，我还是可以重新爱小格……

小格松开我，她从白色羽绒服口袋里掏出一个小三脚架，支在桌子上，然后把手机架在上面，对我说："亲爱的，来，再录一段演讲，讲国学讲古典音乐都可以，要保证持续热度。"

还不等我做出反应，管理员带着早餐时的中年胖脸男人走进来。

胖脸男人一脸堆笑，把他本来就胖的脸又撑开不少，他走到我跟前说："没想到我们还救助了一位网红，救助站原则上是支持你进行直播，不过一定要积极正面反映我们救助站的工作，弘扬我们救助站的人道主义精神，你们开始吧。"

我问中年胖脸男人："你确定要让我在这里做直播？"

中年男人绽放开他的胖脸："当然，不用紧张，拿出自己最好的状态来。"

我清了清嗓子，等小格摆弄好三脚架上的手机，比画出"OK"手势，我便进入演讲腔："你们没有必要找我，我不是什么怪人，我就是一个一无所有的正常人。而且，国学远没有你们想象得那么纯粹和深邃，例如国学中做学问的那一部分是僵化无趣的，而做人的那部分又太过圆滑精明和鸡贼，都不是什么好文化。我的知识也不够系统化，都是在垃圾堆里扒拉出来的，属于碎片化的知识积累，好在我还有积累和融汇的特长，但也都是一些皮毛。如果我也算博学，就等于说中国的基础教育还不如一个垃圾堆，而我们都知道，这个国家的高等教育的确不如垃圾堆。所以，你们不要逮住什么二货都当大师，在这个谎言满天飞、骗子遍地流的时代，多数大师都是细分领域里投机取巧的骗子。不要盲目追随，不要肆意点赞，要学会独立思考。"

突然，小格按下截止键，对我说："有一大拨音乐粉丝，要求你讲一讲音乐，问你喜欢什么歌，还有很多人质疑你，说你不可能听出八分之一个音符的偏差，来吧，开始！"

我对着手机镜头，继续说道："你们如果不相信我能分辨出八分之一个音符的偏差，咱们就来做个实验，例如你可以一屁股坐在钢琴琴键上，我就能听出从哪个音到哪个音。我不仅能分辨出八分之一个音符的偏差，我上个月看《我是歌手》的视频，那些所谓的音乐大师不仅配器不讲究，连声部配合都是错误的，两个旋律的结合是错落的，甚至是相互切割的，我奉劝这些音乐大师先去学学声乐对位法，小提琴是五度相生律的律值，而钢琴是十二等程律的律值，这两个乐器音准一旦对不上，那就是呕哑嘲哳难为听。还有，你们问我喜欢谁的歌，最近几年，能够入我耳的是嘉华的《千里烟波》……"

我正在为小格表演博学多才，突然看见一旁的胖脸男人对着我挤眉弄眼比画手势。我稍微放缓语速，才读懂他的肢体语言，胖脸男人在提示我表扬一下救助站的人道主义精神。我调整一下思路，继续对着手机镜头说："我们从小学习的课文里面，有儿童团和小八路对汉奸和日本鬼子撒谎，还会被褒扬为机智勇敢。其实，我觉得首先不应该把孩子卷进战争和意识形态，其次，等孩子长大之后，让他自己去判断哪些谎言该说，哪些谎言不该说，而不是直接告诉孩子们，某一种谎言是机智勇敢。"

我看到一旁的胖脸男人一脸懵懂，大概是不知道我要说什么。

我咽下一口唾沫，滋润一下喉咙："一件好事情如果出现谎言，那我就会怀疑这件好事的本质是不是有问题。我昨天晚上

344

被接进这家救助站，让我睡在有暖气的房间，吃上热乎乎的早餐，这件事情本来是好事，我的内心也充满感激，可是在登记信息的时候，这里的工作人员却告诉我，我是三个月前接受救助的，因为后天有上级领导来视察……"

十三

这是我第一次迈进星级酒店门槛，不仅迈进门槛，还开了一间房。在这间房里，我完成了一个男人的蜕变。没有想象中的激动震颤，也没有憧憬中的美好浪漫。恰好相反，做完那事儿之后，我感觉糟糕极了。我想大概是我常年自慰造成的心理障碍，心理障碍又导致功能障碍。还有另外一个原因，整个过程都是在小格引导下完成的：她给我脱光衣服，扔进洗衣筐；她给我全身涂上沐浴露，包括我那个勃起的物件；她用雪白浴巾擦干我身体，把我推上松软的床；她抚弄我身体，并牵引着我的物件塞进她下体；她把我推下来，翻身坐到我身体上摇摆；她在我身上做180度扭转，用屁股对着我继续摇摆……

小格肥硕的屁股坐在我身上时，屁股两侧膨松的肥肉堆积出水波纹般的褶皱，很像一坨湿面团耷拉在我的胯部。一团黑乎乎的东西在湿面团中间扭曲缩伸，像动画片里三个跳动变形的字，我费劲地辨认好一会儿，才看清楚是"大力点"三个字。我伸出右手食指，在自己舌头上蘸了蘸口水，然后在"大力点"

上使劲搓一把，希望它是描画上去的，或者是不干胶粘贴的。可是，我手感清晰地感知到那三个字是文身。前些日子，在朋友圈里看见过这样的图片，是安徽孙老二发的，我当时以为是搞怪画上去的，没想到竟然真有人文身，而且是小格。

回归平静之后，白花花的小格蜷缩在我胸前，毫无小鸟依人的感觉，倒像是我攀附在北极熊身上。北极熊伸出舌头，在我干瘪的胸口上舔舐一口，我禁不住打一激灵，半边身体隆起鸡皮疙瘩。我软中带力地推开小格，让她给我讲讲老瘪的事儿。

小格嬉笑说："老瘪是个老流氓，凡是能够得手的女人，不管有没有姿色，他都不会放过，唯独我没有让他得逞。"

小格的话，我将信将疑："我那天亲眼看见过，老瘪摸你屁股。"

小格娇嗔着举起她粗大皴裂的手，一拳捶在我的胸口："我说得逞是上床，傻瓜。"

我说："你跟我说说老瘪得病的事儿。"

小格说："一个礼拜之前，老瘪检查出晚期肺癌，他的情人知道后，第二天就把他的钱卷跑了，他现在变成了穷光蛋。"

老瘪一个礼拜前查出晚期肺癌，我细算一下时间，那天晚上，他当着众人面前哭的时候，应该是刚刚得知自己得了肺癌。我把老瘪想得过于高尚，还以为他是为废品集散地散摊子悲伤呢。

我对小格说："老瘪跟情人生了儿子，把钱卷跑等于留给自己儿子，老瘪也不算吃亏。"

小格说："老瘪的情人跟一个男人跑了，据说那个儿子是情人跟这个男人的孩子，他们一直都在骗老瘪。"

这么眼花缭乱的反转，只在电视剧里出现过，如今发生在身边熟人身上，我不由得倒吸一口凉气。

我又问小格："老瘪现在怎么样？"

小格说："他老婆从苏北农村过来了，照顾老瘪，陪着他做化疗。"

我盯着墙上的一幅油画，失神许久，现实生活中的诡异让我觉得深深恐惧。你无法真正了解身边日夜陪伴的人，每颗复杂的人心都是一个黑洞。

小格捧着手机，笑出声来："粉丝突破五百万了。"

我接着问小格："你刚才为什么不让我洗脸洗头？"

小格举着手机说："你洗干净了，还怎么做直播，你要是干干净净西装革履讲那些东西，哪个愿意听，哪个会关注你？"

小格翻身下床，晃荡着两个雪白乳房，架好三脚架，又甩着两个大乳房跑进卫生间，把我的脏衣服拎出来，她把大姐送我的羽绒服扔在一边，说羽绒服太新了，跟我的人设不搭。

小格打量着房间，走到墙边说道："就以这面墙做背景，看不出是在酒店里，快来快来，粉丝们疯了，撒欢地要看你直播呢。"

我问小格："做一次直播能赚多少钱？"

小格愣了愣："直播是为赚关注，关注粉丝多了，就会有广告分账，还能卖货，卖货才是赚钱的大生意。你放心，所有挣来的钱，咱们三三三分账，怎么样？"

我有些纳闷："怎么出来三三三分账？"

小格一愣："哦……还有老瘪，他负责带货，组织货源，发快递。"

我问："老瘪不是已经得癌症了，还折腾什么？"

小格说："他的钱都被情人拐走了，他得挣钱治病。"

我说我不要钱："我要过另外一种生活，一种不需要钱，也不需要责任的生活。"

小格笑得花枝乱颤，颤得两个大乳房撒泼似的甩来甩去，像是在故意显摆。

小格笑着说："人活着哪个不需要钱？"

突然，我的手机响起来，是我妹妹打进来的电话。

妹妹问道："哥，你在哪儿？"

妹妹已经有二十年不叫我哥了，她突然间这么亲热，我有点不太适应。

妹妹在电话里说："妈想你了，你快回家吧，让你妹夫陪你喝酒。"

我妈也有很多年不想我了，这一切转折太快，搞得我有些不知所措。在我即将挂断电话的时候，我听见妹妹说："哥，让我来给你做独家视频发布吧，肥水不流外人田嘛。"

唉！骨肉亲情何必要走到这一步，才开始反转呢？我十分确定，如果此刻我妹妹站在我面前，用刚才的口吻叫我"哥"，我会替她尴尬。还有我那个白痴妹夫，一直拿白眼球看我的妹夫，居然要陪着我喝酒。今生最令我不曾想到的是，我在现实世界还有被利用的价值，在网络上还有几百万人追着要看我，我不知道该为此开心，还是为之难过。每个人都在急三火四地寻找和实现自我价值，而我的价值，既不是我自己找到的，也不是自我实现的，我仅仅对着小格和老瘪发一通牢骚。我的确有满腹怨言，但是不知道怨言能成为我人生的拐点，这真是一个奇葩的时代。连日来诸多变化让我有些紧张，因为我本来就是一个容易紧张的人。

小格已经做好直播准备，催促我赶紧进入状态。我穿上那身邋遢的行头，大概是因为刚刚洗过澡的原因，觉得衣服上的味道有点呛鼻子。突然间被众人关注，让我有些眩晕，我对先前笃定的"犬儒主义"开始动摇。小格说得没错，只要钱来得正当，花得就会理直气壮。我只需对着手机贩卖我从垃圾堆里积累的知识，就能赢得财富和名声，这有什么不妥吗？

小格问道："准备好了吗？"

我问小格："我……我今天说什么？"

小格说："粉丝们现在关注最多的是你对古典音乐的认知。"

我说："好，这是我最熟知的部分。"

小格点了一下手机，对着我比画"OK"手势。

我快速梳理着古典音乐的储存，很认真地对着手机镜头开讲："大家好！很高兴你们对古典音乐感兴趣，今天，我就带你们先去了解一个音乐史上的天才，他就是莫扎特。莫扎特出生于1756年的萨尔兹堡，他四岁开始作曲，六岁开始在欧洲巡回演出，这一切都源于懂音乐的父亲对他刻意培养。莫扎特只活了三十六岁，却给后人留下六百多首作品，其中包括六十三首交响乐和五部小提琴协奏曲，今天我要重点给大家讲一讲，莫扎特创作六百多首作品，为什么只有五部小提琴协奏曲……"

自从直播以来，这是最长的一次演讲，我十分用心讲解了二十分钟，给粉丝们呈现出莫扎特的音乐生涯。做完直播后，小格噘着嘴巴告诉我，说粉丝掉了将近一百万。我有些纳闷，此前发牢骚的视频吸引来几百万粉丝，等我认真讲演一位古典音乐天才时，粉丝却掉了一百万。

就在此刻，突然响起了敲门声。我和小格对望一眼，她也是一脸迷惘，我示意她先穿衣服。敲门声再次响起，还有悦耳的门铃声，门外的人似乎很是着急。看到小格穿着停当，我走到门前打开房间门，发现走廊挤满一群男女，全都对着我举起手机。

十四

先是救助站把我轰出来，因为我触碰到他们的底线。接着星级酒店又把我赶出来，因为前来给我做直播的人太多，影响酒店正常经营。酒店保安人手不够，驱赶不走疯狂的直播者，便打电话报警。警察赶到酒店后，直播者们更加兴奋，像是挖掘到大新闻，我从酒店房门的猫眼里看到有人举着两部手机，对着警察肆无忌惮地拍摄。警察、保安和酒店的负责人站在走廊里商量着什么，不一会儿，我房间里的座机铃声响起来。小格接听电话，一个劲儿地点头应承。

小格放下电话，一脸兴奋地说："酒店会派保安和警察保护我们离开酒店。"

我问小格："我们相当于被酒店轰走的，你有什么可兴奋的？"

小格说："外面一走廊人都在做直播，你的关注度已经嗨爆了，刚才掉粉是个意外，咱们发大财的日子到了，傻瓜。"

就在此刻，我的手机响了，竟然是上海人冯老板，他劈头盖脸地问我："维瓦尔第的《四季》怎么少了一张黑胶唱片，这是我最喜欢的一套小提琴协奏曲……"

我瞬间有些发蒙，全部黑胶唱片已经葬身推土机下，我并没有把黑胶唱片卖给冯老板，当时送他的那张唱片也不是维瓦尔第的《四季》，而是披头士的 *Abbey Road*，他何来的质问？

我迟疑着问道："你说的什么维瓦尔第？我的确收藏过一套《四季》，那套《四季》总共三张黑胶唱片，我收藏的时候就少一张……"

冯老板的口气很不友善："不仅《四季》少一张，你原来说有 2483 张黑胶唱片，我现在刚刚清点完所有唱片，总共是 2251 张，少了 232 张，你还好意思涨价问我要一百五十万，做人要讲诚信，侬晓得不？"

我压抑住激动的心情，问道："是谁把唱片卖给你的？"

冯老板说："除了老瘪还有谁，他说是你委托他出售的……"

我和小格在警察和保安的保护下，挤过走廊，直播者兴奋地大声叫嚷着："余大师，这个女人是你的女朋友吗？"

"余未来，给我们讲一讲大唐盛世吧，戏说的那种。"

"余大师，贝多芬和莫扎特，你喜欢哪一个？"

"我们的《梁祝》不比西方的小提琴协奏曲差吧？"

"《二泉映月》就比理查德·克莱德曼牛逼，你敢说不对吗？"

我回头对着那个人说："归类才能比较，我说垃圾桶不如你牛逼，你愿意吗？"

提问的人居然笑了，他身边的人也跟着他一起哄笑着。

快走到电梯间的时候，有人塞给我一张名片，冲着我大声喊道："你刚才发的视频风格不对，我们是一个专业的直播团队，能把你包装成国际网红，记得给我们打电话。"

小格从我手里夺走名片，扔出电梯间。乘坐员工电梯下到酒店地下车库，电梯间外面停着一辆奔驰越野车，小格打开车门，把我推进车里，她也跟着钻上车。越野车片刻不停，急巴巴冲出地下停车场，开车人正是老瘪。

我问老瘪："你不是得了肺癌吗？"

老瘪说："一时半会儿还死不了，在我最后的日子里还能帮你一把，我也算是没有白活一场。"

我鄙视着老瘪的后脑勺，寻思放一句狠话给他听。结果手机铃声响了，还是妹妹打来的电话："哥哥，我在网上看到你从酒店里跑出来，你现在哪儿？我和妈妈都在担心你，妈妈急得都快晕倒了，你快点回家来，我让你妹夫去买你最爱吃的……"

妹妹突然卡住，我问她："我最爱吃什么？"

妹妹大概有些尴尬："哥哥想吃什么，就让你妹夫给你买什么，只要你回来。"

我挂断妹妹的电话，关闭手机。我能挂断电话，也能关闭手机，却如何都控制不住眼泪。奔驰越野车驶过冬天深夜的街道，车后有几片枯败的树叶飞舞起来。车内的黑暗中，我的眼泪滑过脸颊，滴落在我已经关闭的手机屏上，发出一声声轻微的"吧嗒"，这声音只有我自己能够听得到。泪水里有委屈、有愤怒、有悲伤，我对抗这个虚伪世界的力量只剩下眼泪。

老瘾把车开进一个小区，带着我和小格乘坐电梯上到十九楼，进入一套简装的三居室。

老瘾说："这里安全，你们在这儿一天二十四小时直播，也不会有人来打搅。"

我问老瘾："你为什么帮我？"

老瘾说："废话，我们是好朋友。"

我盯着老瘾的眼睛，问道："好朋友是用来出卖的吧？"

老瘾点上一根烟，嘿嘿一笑："几天不见，你学会幽默了。不瞒兄弟你说，我的钱全被情人卷走了，现在想赚钱治病，所以就靠你了。"

小格举着手机，在一旁催促道："赶紧直播，粉丝不能再跌了！我建了一个我们三个人的工作群，咱们以后就是余哥哥的直播联盟。"

老瘾一点不像是肺癌晚期的样子，满脸泛着油腻的光泽，他从包里掏出一盒大杏仁，对我和小格说："这是我找到的货源，成本价八块钱，咱们直播带货两盒卖九十九块钱，一本万利啊。"

小格瞪大眼睛问老癀："这么便宜？"

老癀说："快过期了。"

小格很是兴奋："余哥哥组织一下带货的词，例如古典音乐鉴赏大师给你送来真正的巴西干果，三百万粉丝就算百分之一的人购买，那就是三万盒，一次直播就能赚两百多万，妈呀！"

老癀冲着我伸出大拇指，说道："我没有看错，你真是个人物，做几天直播赶上我一辈子辛苦赚的钱，牛逼！"

小格在一旁支好三脚架："来吧，余哥哥，再抖一个猛料，把刚刚掉的粉吸回来。"

我说："不着急，你们首先得让我相信，我的直播真能赚这么多钱。"

老癀问："怎么样才能让你相信？"

我说："往我的微信钱包转一百五十万，我就相信。"

老癀和小格对望一眼，两个人大概都用了征询的眼神，所以谁都没有开口说话。

我走到门前，回头对两个人说："我现在心情不好，到下面院子里透口气，你们俩商量一下，商量好了就往我微信钱包里转一百五十万，作为我此前直播的劳务费，钱一到账，我马上回来开工直播，卖过期干果。"

说完，我拿着大姐送我的羽绒服走出房间，"砰"的一声关上房门。关门的声音虽然很响，但是我说完话到关门，留下足够反应时间，那一刻，我很期待老癀叫住我，说此事跟他没有任何关系，他只是作为朋友帮忙……

老瘪完全听懂了我的诉求，他没有看我，而是把眼神移向小格。那一刻，我的心寒冷到极限，禁不住上下牙齿开始打起冷战。走出小区的时候，我甚至不去辨认门口的特征，因为我不会再回来了。

我问门口的保安："哪个方向是南？"

保安问我："你要去哪儿？"

我说："我要去南方。"

保安一脸莫名其妙："南方？"

我说："是的，南方暖和。"

当我走到北京南站的时候，天色已经微微泛亮。我的手机振动了一下，我看到老瘪给我转了一百五十万，我点开收账。这时，小格在工作群里发了一条信息：收到钱的心情怎么样？

我@小格回复道：十个贝多芬也弹不出我的悲怆，一百个阿炳也拉不出我的悲凉。

老瘪：别矫情了，钱已经收了，赶紧回来直播带货吧。

我发了一串鬼脸：我不再做直播了，因为我不想做网红，更不想把富含黄曲霉素的干果卖给别人。

老瘪：那你为什么要骗我的钱？

我回复道：我只是拿回属于我的钱，而且是你欺骗我在先。

老瘪：我欺骗你什么了？

我回复老瘪最后六个字：冯老板，大力点！

在开往上海的高铁上，我一路睡到济南，才算有了精神。我掏出手机来查看时间，发现嘉华发来一条信息：我看到视频了，《千里烟波》今天上升到排行榜第一名，余先生，感谢你！

　　第一次有人称呼我为先生，心里很是欣慰。我把身体缩进舒适的靠椅里，闭上眼睛养神。

　　没错，我要去上海找冯老板，把我的黑胶唱片赎回来。两千多张黑胶唱片，每一张都倾注了我的情感，它们已经不再是一个记录音乐的载体，而是我对生命的注解和信仰。失去它们，我的生命将不再完整，不再完整的生命，活着又有什么意义呢？在那些孤独的夜里，肖邦的《OP20夜曲》帮我驱走寂寞；在我思念小格的深夜，李斯特的《爱之梦》奏出我的深情婉转。还有一个狂风掀掉窝棚油毡纸的晚上，柴可夫斯基的《六月船歌》遮蔽住窝棚外的狂风呼啸，让我听到威尼斯的海浪拍打"贡杜拉"船舷的惬意。我爸爸离开的那个晚上，我先是播放了莫扎特的《安魂曲》，可是我爸爸除了赚更多的钱之外没有任何信仰，我想上帝之于我的父亲也不会有任何作用。于是，我换了一张门德尔松的《仲夏夜之梦》，在轻松明快又浪漫的管弦乐序曲中，我竟然沉沉地睡去了。

　　那些陪伴过我的黑胶唱片，就像一个个色彩鲜明又卓尔不群的女人，我曾与她们共度无数个缠绵悱恻的良宵。如今，她们被我的朋友出卖给另外一个陌生人，如何能不让我心疼和焦虑呢？

　　我有一万个理由，去上海赎回我的黑胶唱片。

　　赎回唱片之后，我……是啊，赎回唱片之后，我又该何去何从呢？

我去哪里安置我这些心爱之物呢？

我已经失去最后栖身之地，我万万不可能带着两千多张黑胶唱片去流浪、去践行我的犬儒主义生活。一想到如何安置我的黑胶唱片，我变得更加焦虑，焦虑到坐立不安。……既然我是网红，我可以做网络直播带货呀，我就能赚到更多的钱，买上一套三居室，装修一间专门听黑胶唱片的防静电试音间。可是，做网红赚很多钱，是我想要的生活吗？网络上那些浅薄的粉丝既没有审美，也没有是非价值判断，他们仅仅是围观瞧热闹。我随便发发牢骚骂几句，他们便蜂拥而至，我只是满足了他们对反差的猎奇心理，毕竟不是每一个垃圾人都能听得懂古典音乐。

车窗外，江南池塘星列，绿植环绕，异于北方的萧瑟。我闭上眼睛，想象着荷塘月色、钱塘大潮、柳浪闻莺，可是我如何都无法奔跑，无法像在垃圾堆上听着《图兰朵》那样奔跑。此刻，我只剩下焦虑和懊恼。在这样的焦躁不安中，我纠结到了上海。

随着人流，我恍惚着走出站口，站在虹桥交通枢纽广场上，我又变成了另外一座都市的"外地人"。这或许是我的宿命，走到哪里都是"外地人"，永远都找不到我的归宿。中国人的乡土观念为什么这么浓厚？难道这是农耕文明的精神遗产？这样的文化和精神遗产真的好吗？能够传承两千多年的文化，为什么在我身上没有丝毫印记？难道是因为我没有在学校读书的原因吗？我带着满脑子问题，站在熙熙攘攘的虹桥广场上，像一个傻瓜，更像是一个弃儿。

有一种人，生来无根，死亦无归，活着的时候不牵挂一人一物，死后也不被一人一物牵挂，这便是终极自由。这是我对犬儒主义做的中式解读。要做到活着的时候不牵挂一人一物，我还要那两千多张黑胶唱片做什么？

凝神良久，我做了这辈子最难的抉择：放弃我的黑胶唱片。

冯老板是一个黑胶音乐发烧友，我那些心爱之物能够落在他手里，肯定比跟着我更安全更安逸。而我赎回黑胶唱片，相当于给自己套上物欲枷锁，再也无法做到像一条狗一样去生活。

做完这个决定后，我长长吐出一口气，顿时觉得轻松起来。等等，一条摒弃物欲的狗，还需要带着一百五十万去流浪吗？我思虑片刻，决定卸下我最后的枷锁。我打开手机微信，给废品集散地五个罹患肺癌的家属每人转账二十万，包括我妹妹，并给他们留言：这是老瘪补偿你们失去亲人的抚恤金。

剩下三十万块钱，我转给老瘪二十万，并给他留言：我就当你真的是肺癌晚期，既然是晚期就别糟蹋钱了，这二十万是给你结发老婆的生活费。江湖路远，咱们各安天命！

我把最后十万块钱转给小格，她毕竟是我爱过的女人。就像是我曾经听过的一张黑胶唱片，它给予过我愉悦，我便不可慢待它。

做完这些事情之后，我关闭了手机，因为我不想看他们的回复。我交出所有欲望，只想成为一个平凡的人。这些天来，我做了很多事情。在我生硬地撕开人性黑洞的时候，还是尽我所能地给予一点温暖，让人们看到希望。这希望源于善念，这个善念结缘于那位送我羽绒服的大姐。冬天是一个严酷季节，它寒冷的全部意义是让人感受温暖。

接下来，我想继续往南方走，因为南方更温暖一些。

我的未来有很多不确定性，但我不再害怕，因为我一无所有。

完稿于崂山依山伴城

2019 年 12 月 31 日

魔
伽
吒
①

---

① 魔伽吒,梵语Markata的音译,泛指猴子。Markata在南传大藏经《本生经·戒行品》中音译为"么迦咤",本文作者为了创作需要,将其音译为"魔伽吒"。

佛在心中，心跳得慢。魔在心中，心跳得快。所以，心跳得快的时候，不要做任何事，因为那是魔鬼的决定。卡瓦格博的孩子，要让佛主宰一切。

一

嘉央两天没有吃东西了，他追着母猴在卡瓦格博森林里兜兜转转，压根儿没有觉得肚子饿。说嘉央追着母猴，倒不如说是嘉央追着女儿，因为女儿一直抱在母猴怀里。

女儿阿笑刚满三个月，是嘉央的第一个孩子。阿笑跟别的孩子一样，生下来就哭。只是别的孩子是干哭，没有眼泪，大概是在叫喊着要吃奶。阿笑却是真哭，因为阿笑的小脸上挂着泪珠儿。看到女儿腮旁那滴透明的泪珠后，嘉央的心就碎了。泪珠儿跌到地上，摔成多少瓣儿，嘉央的心就跟着碎成多少片儿。阿笑的泪珠儿是透明的，鼻孔和耳朵也是透明的。早起的太阳照到澜沧江上，也照到了刚刚降临人世的阿笑。阳光下，阿笑牵动一下鼻翼，打了人生第一个喷嚏，一条彩虹便罩住她透明的小脸庞。四十多岁的嘉央终于有了孩子，他每天都要盯着孩子看半天，脑子里像是过电影一样：担心阿笑被大鹫叼走，担心丽纹蛇钻进阿笑的小木床，担心黑蜈蚣钻进阿笑的鼻子，担心黑蚂蚁爬进阿笑的耳朵……在嘉央的十万个担心中，唯一没有阿笑被魔伽吒抢走的忧虑。因为嘉央跟魔伽吒们很熟悉，熟悉到给每个魔伽吒起名字。四十多岁的嘉央，在还没有讨到老婆的时候，护林人们跟他打趣，让嘉央娶一只母魔伽吒回家过日子。嘉央说："如果魔伽吒会给我做饭生孩子，我就讨一个回家做老婆。"

春秋两季瘟疫多发，南来北往的候鸟时不时会带来一些病毒。上级部门会把夹带抗生素的香蕉运到山里面，再由嘉央把香蕉背上山，给魔伽吒喂食。其他护林人想帮忙，往山上背香蕉，嘉央没有答应，因为魔伽吒们的胆子很小，怕见生人，稍微受到惊吓就会逃离躲藏。嘉央几乎天天出现在猴群面前，很多魔伽吒对他不存戒心了。这群魔伽吒一直生活在高山上，几乎没有吃过香蕉。嘉央把一袋子香蕉背上山，凑近猴群，把香蕉丢过去，魔伽吒们爬上树四窜躲避。嘉央无奈，就用竹竿挑着香蕉，给躲在树上的魔伽吒们吃。看到竹竿伸过来，魔伽吒们再次逃窜开，以为竹竿会打到它们。嘉央对着猴群打手势，告诉它们香蕉是很好吃的东西。魔伽吒们只是静静地看着他，似乎觉得今天的嘉央有些不正常。嘉央无计可施，坐在冷杉树旁，把香蕉摊在地上，一根一根剥开香蕉皮，夸张地大嚼大吃起来。魔伽吒生性好奇，有几只跟嘉央相熟的年轻魔伽吒，从冷杉树上下来，悄悄接近嘉央，想看看他在吃什么。终于，一只被嘉央叫作多吉的小魔伽吒，试探着从嘉央手中接过香蕉，并学着嘉央的样子剥开香蕉皮，吃下一整根香蕉。据上级部门一位研究员说，这是人类与野生金丝猴之间最近距离的接触……

抱走阿笑的是只母猴，长了一身灰白黄间杂的鬃毛，嘉央管她叫王后。王后是猴王的老婆，猴王叫鲁茸达瓦，也是嘉央起的名字。嘉央给猴王起名字的时候，存了一些私心，因为他小时候的名字就叫鲁茸达瓦。嘉央大概是希望自己也是一只猴王，能有很多老婆。鲁茸达瓦做了猴王第六年，嘉央真的娶到了老婆，是刀山寨一位老藏医家的小女儿，叫央金。嘉央四十六岁，央金才二十六岁。嘉央的脸是鸡翅木的颜色，脸上的皱纹也像鸡翅木的纹理，密密麻麻。央金的脸是山茶花的颜色，白里透红，红中带粉。央金跟别的女人不一样，别的女人整日里叽叽喳喳，央金一天都不说一句话，她是个哑巴。护林人取笑央金是哑巴的时候，嘉央笑着回敬他们："大鵟不叫，飞得比鹰高。画眉爱叫，做了笼中鸟。"

得知小女儿嫁的男人是一个护林人，老藏医在女儿的嫁箱里面放了一瓶药膏。药膏是黑色的，味道辛辣难闻，是老藏医家祖传的接骨神药。据说，敷上老藏医的药膏，十五天就能长好断骨，方圆几百里的人，断了胳膊折了腿，都去老藏医家求药。因为老藏医比较出名的缘故，老藏医家里的孩子也会比普通人家更受关注，尤其是不会说话的小女儿央金，更尤其是央金嫁给了比她大二十岁的护林人。于是，当地有嘴欠之人，说嘉央娶了一个怪物，因为央金会跟鸡、跟猪、跟羊、跟牦牛打手语。

　　结婚后，嘉央担心村寨里的人笑话央金，就把山上一所护林人废弃的房子收拾出来，带着妻子上山过日子了。反正央金也不需要找人说话，嘉央觉得，自己有了妻子，将来再有了孩子，也不需要跟那么多人聚集在一起。山上的地方大，嘉央把房前屋后的院子整理出来，种上蔬菜，养了母鸡，还在后院垒了猪圈，养了几头小香猪。

　　央金跟母猴王后一样，差不多时间怀了身孕。猴群里哪只母猴怀了孕，嘉央比猴王鲁茸达瓦还清楚。鲁茸达瓦是只粗心的猴王，嘉央却是个细心的护林人。嘉央名义上是护林人，其实只负责看护魔伽吒。上级指派他看护魔伽吒的时候，嘉央笑了，说魔伽吒是神山的精灵，不用看护也没有人会去伤害。上级部门说，不是担心有人会伤害魔伽吒，实在是因为这群魔伽吒太珍贵了，就像是澜沧江上的彩虹，说没就没了。上级部门不仅给嘉央涨了工资，还给他发了枪，说是让他保护好魔伽吒。二十多年来，嘉央只在猴群面前开过一枪。那一天，飞来两只饥饿的大鵟，其中一只瞅准了猴群中一只幼崽，从天上盘旋俯冲下来。嘉央的枪法很准，他瞄准了那只冲向猴群的大鵟，而后又把枪口抬高了半寸。枪响过后，大鵟丢下几片翎羽，折回头去飞走了。嘉央开过这一枪，猴群受惊了，四下逃窜，其中一只怀孕的母猴流产了。从此之后，嘉央再也没有当着猴群开过枪。

大概一个月前，嘉央瞧着猴群有些异样。连续几天，猴群里五只成年公猴聚在一起，嘀嘀咕咕。猴王鲁茸达瓦大概也看出端倪，他上前驱散了五只公猴。五只公猴好像早有准备，不仅没有散去，还与猴王鲁茸达瓦动了手。猴王奋力还击，把其中一只公猴的右眼抓瞎了，五只公猴这才散去。

半个月后，嘉央担心的事情发生了，五只公猴再次联手，打伤了鲁茸达瓦，独眼公猴成了猴群的新猴王。鲁茸达瓦逃离了猴群，再也没有看到他的身影。最早开始看护猴群那几年，嘉央把争夺猴王的死伤情况做了详细记录，汇报给了上级部门。上级部门一位研究员告诉嘉央，说这是猴群在自然环境里进行的优胜劣汰，让他不要管。

像以往继任猴王一样，独眼猴王开始清理族群里的幼崽，这些幼崽都是鲁茸达瓦的嫡亲。清理的手法也像以往继任猴王一样残忍，独眼猴王趁着母猴们大意的时候，夺过她们怀里的幼崽，直接掼到树干上。魔伽吒的幼崽叫起来很像小孩子哭，听到这样的声音，任何人都会心生怜悯。每次遇到新猴王清理老猴王的嫡亲幼崽，嘉央只能站在冷杉树下闭上眼睛，心中默念六字大明咒——唵嘛呢呗咪吽，为年幼的魔伽吒祈祷。母猴们则只敢在一旁撕心裂肺地嘶叫，随后捡起幼崽的尸体抱在怀里，不舍抛弃，直至幼崽腐烂生蛆。这是猴群的生存法则，母猴们心里明白，嘉央心里也清楚。这二十多年来，嘉央每隔几年，就要亲手掩埋一批腐烂生蛆的幼崽。母猴们心里难过，嘉央心里也难过。

王后是猴王鲁茸达瓦最亲近的一只母猴，连续六年，王后为鲁茸达瓦生下三个孩子。前两个孩子都已成年，逃过独眼猴王的毒手，可是刚刚出生六个月的幼崽却未能幸免。嘉央还没有来得及给这个幼崽起名字，就被独眼猴王在一个深夜里，从熟睡的王后怀里抢走，掼死在冷杉树干上。王后抱着死去的幼崽，常常端坐在树梢上发呆，她瞅瞅怀里的孩子，再看看远处的山峦，大概是在期待着鲁茸达瓦归来。嘉央举着望远镜，想看清楚王后眼里是不是有泪水，可总也看不清楚。因为上级部门那位研究员对嘉央说过，说只有人类才会用眼泪表达自己的情绪。嘉央不相信，他说魔伽吒也会流眼泪。研究员说，魔伽吒也有可能流眼泪，那肯定不是因为情感，而是眼睛里进了东西。

一个礼拜之后，王后才把死蛇一样的幼崽扔掉。扔掉的幼崽，没有直接落到地面上，而是挂在树枝上。嘉央用一根细长的竹竿，捅了半天，才把幼崽扒拉下来。王后起初不明白嘉央的用意，还对着他龇牙嘶吼。嘉央从挎包里抽出一条碎花毛巾，把幼崽裹起来，找到一条清凉的溪水，在溪水边上掩埋了老猴王的幼崽。王后在树梢上荡来荡去，察看着嘉央的举动。嘉央埋完幼崽，用手指了指王后，冲着王后做了一个抱孩子的姿势，又指了指小溪边的土包，告诉王后，他把她的孩子埋葬了。

当时，天色已经暗了下来，嘉央掸了掸身上的灰土，下山去了。嘉央的坏心情没有持续太久，一是他二十年来埋葬了很多幼崽和老魔伽吒的尸体，二是他回到家就能看见自己的女儿阿笑了。

兴许是央金能够感应到嘉央的脚步，嘉央看见自己家门的时候，央金正好站在门口冲着他笑。嘉央打了一个问候的手语，央金也用手语告诉嘉央，饭已经做好了。嘉央好生奇怪，自己原先不懂手语，只会对着魔伽吒打一些固定的手势。可是，自从把央金娶回家之后，他不仅能看明白央金说什么，而且自己比画什么，央金也能明白。嘉央顾不上吃饭，他先洗了手，然后抱起小木床上的阿笑，左看右看舍不得放下。直到央金把热乎乎的汤菜端上饭桌，从他手里夺过阿笑，他才恋恋不舍地坐下吃饭。央金的嗅觉很是灵敏，她问嘉央，身上怎么会有一股难闻的味道？嘉央告诉她，说自己今天掩埋了一只猴王的儿子。看完嘉央的手语后，央金脸上掠过一丝不安，她指着怀里的阿笑，问嘉央能不能保护好自己的女儿。嘉央用手语发誓，说自己会用生命保护女儿的周全。

二

太阳再次照到澜沧江上时，嘉央正在擦拭他的猎枪。虽说鲜有开枪的机会，但是嘉央还是习惯一个礼拜保养一次枪。他喜欢对着阳光看枪管，刚刚上完油的螺旋膛线透着硬朗劲儿。最近两年，嘉央又开过几次枪，没有当着猴群的面儿，也不是为了赶走能叼走魔伽吒的大鵟，是为了赶走网鸟的偷猎者。嘉央不光赶跑偷猎者，还把偷猎者布下的鸟网从树上扯下来，卷成一团，再包裹上一块石头扔进深涧里。还有一回，一群人多势众的偷猎者，隔着一座山涧跟嘉央对峙了半天。嘉央没有手软，他举起枪，瞄准一个偷猎者腰上挂着的水壶，扣下扳机的刹那，把偷猎者腰上的水壶击个粉碎。偷猎者也向嘉央开枪还击，但是他们的枪法很烂，没有伤到嘉央一根毫毛。嘉央击碎第三把水壶的时候，偷猎者才明白，嘉央瞄准的不是人，只是水壶。这群偷猎者来不及收拾帐篷行囊，便仓皇逃窜下山了。

上级部门最初把枪发给嘉央的时候，还请来武警一位姓郭的班长教嘉央射击。郭班长用了一个礼拜时间，才把这支55式小口径运动步枪搞清楚。结果，嘉央只用了三天时间，就能熟练使用这支小口径步枪了，而且是郭班长指哪儿他打哪儿。临走那天，郭班长瞧着木讷的嘉央，心里满是不服气，因为他是省武警总队射击第二名。郭班长从林业站食堂里拿出六只鸡蛋，高高低低摆放在一块石头上，然后量出二十步的距离，他从嘉央手里接过小口径步枪，把其中三个鸡蛋一一击碎，随手把枪丢给嘉央。嘉央接住郭班长丢过来的步枪，心里明白郭班长的意思，是要他射击剩下的三个鸡蛋。嘉央没有举枪，他憨憨地笑着，对郭班长说："鸡蛋也是半个生命，我们卡瓦格博的子民不能随意杀生。"

郭班长说这不是杀生："我是你的射击教官，我要验证我的教学成果。"

嘉央无奈，举起手里的步枪，对着石头上的三个鸡蛋，瞄了一会儿，扣动扳机。枪响过后，石头上的三个鸡蛋纹丝不动，石头旁的一块竖在菜地里的木板却被打穿一个洞，足有鹌鹑蛋大小。郭班长脸上露出一丝得意，把他自编的射击口诀，对着嘉央又念叨了一遍。没等郭班长念叨完，嘉央紧接着"砰砰"又开了两枪，两颗子弹先后从鹌鹑蛋大小的孔洞上穿过，郭班长把自己射击口诀的结束语生生咽了回去。郭班长呆立半晌，走上前抓起嘉央的右手，掰开他的食指："在我们神枪手的眼里，你这个手指叫金手指，不过，我还是不服气，因为我的金手指是练出来的，你的金手指是生出来的。"

嘉央抽回他的右手，憨憨地笑着伸出左手手指："郭班长，我是左撇子。"

兴许是觉得阳光透亮，央金把阿笑的小木床搬到院子里，温暖的光线穿过散散碎碎的竹叶，洒满阿笑稚嫩透明的小脸庞。丰满的耳轮和小巧鼻翼上的毛细血管，像是碎裂的冰花，无序地延展在透明的冰面上。阳光里的阿笑，肌肤吹弹可破，让人不忍触碰。央金从竹篓里抓起一把野蓬菜，撒进墙根的鸡笼里。饿了一夜的母鸡们很是兴奋，"咕咕咕"地点头啄食，一把野蓬菜不消一刻便吃个精光。央金脸上挂着笑意，又往鸡笼里续了一把野蓬菜，看到母鸡们食欲正旺，她就像是看见了阿笑正在

"啧啧"有声地吸吮自己的奶水，她很开心。大概是因为不能说话的原因，央金的脸上总是挂着浅浅的微笑，微笑似乎是她脸上的一个器官，凡是能看见央金的眼睛、嘴巴、鼻子和嘴，就能看见她的微笑。开心的时候，央金会笑出雪白的牙齿。特别开心的时候，央金笑得连粉红色牙床也一并送出来。

嘉央只要睁开眼睛，不仅能看见央金的笑，还能看见她在不停地劳作。嘉央暗自纳闷：怎么看不见央金睡觉？央金睡觉的时候，脸上是不是也挂着浅笑？嘉央很想看看。刚结婚的时候，嘉央每晚都要搂着央金睡觉，可是央金却从未在嘉央之前睡着过。只要嘉央醒来，看到的还是央金的微笑和劳作。嘉央想看一眼央金睡觉时的样子，一直到生下阿笑，才算是得偿所愿。临盆那几日，嘉央没有上山，他日夜守护着央金。嘉央打着手语，跟央金商量："有人去县里的医院生孩子了，听说去医院里生孩子安全，咱们也去医院生孩子吧。"

央金笑着把头扭到一边去，手语里透着羞涩："听说接生的有男医生，赶上坏运气，碰上男医生，孩子又不等人，我们生还是不生？"

给阿笑接生的稳婆是个彝族人，人们都管她叫莫素阿妈。莫素阿妈也曾经给嘉央接生过。卡瓦格博的十寨八村，凡是比嘉央年岁小的人，不问男女，都是经莫素阿妈的手接生的。阿笑出生的时候，恰好是晚上，莫素阿妈整整忙活了一晚上。嘉央在正屋里不停地抽着竹筒水烟，"呼噜呼噜"的水烟声音间断的时候，是嘉央正在对着唐卡祷告，他祈祷央金能顺利生下孩子，祈祷生下的孩子健康聪明会说话。

早起的太阳照到澜沧江上，照进嘉央家院子的时候，嘉央听见阿笑的第一声啼哭。莫素阿妈嗓门很大，在里屋对嘉央说："是个拉姆，母女平安。"

莫素阿妈汗透衣襟，抱着已经清洗干净的阿笑走出来，问嘉央给孩子起了什么名字，嘉央说："就叫拉姆吧。"莫素阿妈说："拉姆不算是名字，所有美丽的女孩子都叫拉姆。"

阿笑出生这一天，嘉央终于看到了央金熟睡的样子，她脸上挂着汗珠儿，也挂着镌刻般的浅笑。嘉央脸上的鸡翅木纹理堆积到了一起，他也开心地笑了。那一刻，他想好了女儿的名字：阿笑。

掩埋了王后幼崽的第二天，嘉央用芭蕉叶裹好几块糌粑，装进挎包里。他告诉央金，说魔伽吒这两天在帽儿岭活动，晚上兴许会很晚才回来。央金笑着送嘉央出门，露出雪白的牙齿，手语里透着羞涩，叮嘱嘉央注意安全。嘉央把脸上的鸡翅木纹理又堆积到了一起，他笑着挥手，让央金赶紧回家，回家照看好阿笑。突然，一道黄色身影掠过竹梢，嘉央的心头也掠过一丝不祥的惊恐。黄色身影正是嘉央熟悉的王后，王后抓住一棵竹梢，荡进嘉央家的院子，另一只手从小木床上抓起酣睡的阿笑，借着竹子的弹力，瞬间消失在竹林里。天空中，只传来一声阿笑脆生生的啼哭。

三

　　整整两天两夜了，嘉央跟着猴群在深山老林里面四处乱窜。魔伽吒们在树梢上轻松悠荡三五下，嘉央在地上就要跑断腿。新晋的独眼猴王大概是要考验猴群的忠诚度，不停地迁移，嘉央就得跟着猴群不停地乱窜。嘉央的眼睛不敢离开王后，因为王后怀里抱着阿笑。王后在树梢上上下纵跃的时候，阿笑大概不适应以这样的速度运动，不停地啼哭着。阿笑的每一声啼哭，都会在嘉央的心里割开一条伤口。两天两夜过去了，嘉央的心已经被阿笑的啼哭割得七零八落。从昨天开始，阿笑的哭声越来越虚弱了。嘉央心里清楚，阿笑肯定饿坏了。

　　嘉央还有一个担心，他担心独眼猴王把阿笑当成老猴王鲁茸达瓦的子嗣，如果是那样，阿笑就更危险了。两天以来，嘉央手里的枪始终子弹上膛，只要独眼猴王敢接近王后，嘉央就会举枪瞄准。嘉央已经顾不上上级部门的指示了，上级部门给他发了枪、涨了工资，让他好好保护魔伽吒。他做到了，二十多年来，他对这群魔伽吒尽心尽力，可是魔伽吒怎么会给自己这样的回报呢？昨天，王后刚刚抢走阿笑的时候，嘉央甚至想对王后开枪。击中王后不是问题，问题是王后总在树冠上活动，阿笑从二三十米的冷杉上摔下来，那也是必死无疑。一想到刚刚降临人世的女儿要跟死联系在一起，嘉央就觉得脑门要裂开，自己的灵魂要飞出来，大概是想飞上树冠，夺回自己的女儿。嘉央心里乱成一锅沸腾的酥油茶。突然，阿笑的啼哭从空中传来，嘉央立刻端着枪跳起来。此刻，王后正抱着阿笑坐在他头顶这棵冷杉树上，而独眼猴王则从另一棵树上飞跃过来，在距离王后大概六七米的地方，怒视着王后。王后意识到了独眼猴王逼近的危险，她把正在啼哭的阿笑搂进怀里，并冲着独眼猴王龇开獠牙示威。嘉央举着枪，瞄准了独眼猴王的眉心，只要他敢往前再逼近一步，嘉央肯定会用他的金手指扣下扳机。嘉央全神贯注地盯着独眼猴王，他太熟悉这群魔伽吒的习性了，六七米只是一眨眼的距离。

突然，女儿的啼哭声在他耳朵里消失了，只剩下王后疯狂的咆哮嘶鸣声。阿笑为什么突然不哭了？是被独眼猴王的凶残吓到了，还是被王后的咆哮惊坏了？嘉央心里焦急万分，却不敢把眼睛离开准星，看一眼王后怀里的女儿。也许是王后愤怒的咆哮震慑住了独眼猴王，抑或是她身为一代王后的威严犹存，独眼猴王退却了，转身纵跃回了另一棵冷杉树。嘉央长舒了一口气，放下已经酸麻的双臂和枪。待他再看王后的时候，嘉央惊呆了，因为女儿阿笑正趴在王后的怀里，吸吮王后的奶水。

这一夜，嘉央没有再听见阿笑啼哭，大概是喝足了王后的奶水，阿笑安稳地入睡了。女儿吃饱了，嘉央也觉得自己饿了，他从挎包里掏出前天早晨装进去的糌粑，吃掉两块。糌粑历经两天来的挤压，已经变成了饼状，味道倒是还没有变。包裹糌粑的芭蕉叶上还有一点米渣，嘉央从地上捡起刚刚扔掉的芭蕉叶，把两片叶子舔舐得干干净净。挎包里还有两块糌粑，嘉央不敢全部吃掉，因为他还不知道自己要跟着魔伽吒转悠多久。嘉央打了一个饱嗝，倚靠在冷杉树干上休息。独眼猴王暂时没有对女儿形成威胁，加上阿笑刚刚吃饱了王后的奶水，嘉央一直揪紧的心略微宽敞了点儿。嘉央的心稍有宽敞，便想起了央金，他两天来只顾着女儿的安危，不知道央金怎么样了。央金的脸上还会挂着浅笑吗？大概不会了，嘉央心里清楚，央金对女儿的爱一点不比自己少。嘉央在想，央金在另一处肯定急疯了，她此刻会在哪里？她应该在四处寻找自己的女儿和丈夫吧。山里的路非常难走，其实，山里面根本没有路，央金应该找不到这里。嘉央又在想，如果央金真的进入森林来找自己，她会不会迷路呢？而且，这座无边无际的原始森林里，有狼、有熊、有豹子……

嘉央抱着枪，倚靠在王后和女儿栖息的冷杉树下睡着了，他实在太困了。

早起的太阳照到澜沧江上，也照到嘉央满是鸡翅木纹理的脸庞。嘉央的懒腰伸到一半就停下了，他抓着枪一骨碌爬起身来，脸上满是惊慌和不安，因为猴群已经离开了这片森林。嘉央疯了一样爬上一座山头，山头上有一块裸露的巨石，站在巨石上可以眺望周围大部分地貌。嘉央站在巨石上，举着望远镜，缓缓转动身体，不放过绿色树丛中一星星黄色，哪怕是一枝枯黄的树叶。他在巨石上，用望远镜扫视了三圈，没有发现猴群丝毫的踪影。嘉央没有耽搁，他迅速跳下巨石，跑回到昨晚栖息的那片树林，在地上细细地搜寻魔伽咤的粪便，想找到猴群迁移的方向。猴群每天早晨醒来开始觅食，觅食就会排便。按照以往的经验，猴群会在某个区域待上一阵子，才会长距离迁移。长距离迁移的主要动机，是为了食物和水。现在是春季，新树芽会从山脚下的树上抽出，随着气温回升，慢慢往山顶蔓延。猴群不会去山脚下活动，这个季节，它们应该一直徘徊在山腰附近，等待蔓延上来的新树芽。通过猴群粪便观察，嘉央发现猴群的异常行为，它们上山了。

循着地上的粪便，嘉央一路往山上追去。一边追赶猴群，他也不忘隔一段距离，就在树上绑上一根黄色丝带。在树上绑黄色丝带，也是上级部门说的，一位老研究员把一个黄色丝带球递给他，说是如果遇到紧急情况，可以在森林沿途的树上绑上黄色丝带，我们就能找到你和魔伽咤。

直至中午时分，他终于追上了猴群。嘉央在猴群里找寻王后的身影，但是没有找到。王后在哪儿？阿笑在哪儿？

整个猴群，三三两两散布在高山处的一个山坳里，嘉央不敢停歇，把整个山坳又巡视了一遍，还是没有看到王后。独眼猴王倒是在，只是左脸颊上添了一道伤口，血迹染红了左肩膀上金黄色的鬃毛。一万个坏念头闪过嘉央的脑海，他感到脑袋一阵眩晕，差点扑倒在地上。嘉央急忙扶住一棵红豆杉，做了几次深呼吸，让自己的大脑先冷静下来。这个办法是跟着松赞林寺一位仁波切学的，起初，嘉央以为这是佛教修行的功法。那位仁波切说不是，这个只是深呼吸。嘉央冷静下来，忽然听见更远处的山上传来一阵微弱的啼哭声，哭声若有若无。嘉央急忙往山上跑去，他一边跑一边拉动枪栓，将子弹上膛。哭声越来越近，嘉央无比肯定，这是阿笑的哭声。高山上的雪还没有融化，嘉央踩在雪地上，积雪发出"咯吱咯吱"的声响。他仰着头，搜寻着冷杉树上的黄色身影，却始终看不见王后。阿笑的哭声很清晰，虽然很虚弱。忽然，嘉央看到雪地上有几滴刺眼的红色，他心中一惊，蹲下身来仔细查看，的确是鲜血。嘉央站起身来，不远处的雪地上还有一块更大的血迹。这难道是阿笑的血吗？嘉央的心一阵抽搐。循着血迹，嘉央突然看见不远处一块石头上，坐着一个灰白黄鬃毛的魔伽吒，正是他苦苦追寻的王后。王后低着头，背对着嘉央，大概是在看怀里的阿笑。阿笑的哭声也来自那个方向，嘉央虽然看不见阿笑，但是他可以断定，女儿还活着。这是一个千载难逢的好机会，因为这群魔伽吒很少来到地面上，几乎都在高高的冷杉树上活动。三天前，嘉央就想对王后开枪，可他又担心阿笑从树上摔下来。这一刻，嘉央不再犹豫，他举起手中的枪，瞄准了王后的脑袋，然后将左手金手指轻轻地搭在扳机上。就在他即将扣下扳机的刹那，突然发现王后的脖颈子到后背，裂开一条深深的伤口，还在汩汩地流血。一瞬间，嘉央明白了，不久前肯定发生了一场殊死搏斗，独眼猴王要杀死阿笑，王后为了保护阿笑，与独眼猴王大打出手，她抓伤了独眼猴王的左脸颊，独眼猴王的獠牙也撕开了王后的后背。看到殷红的鲜血染红了王后的大半个后背，嘉央再也没有力气扣动扳机了，他缓缓放下枪。

旋即，他又举起枪来，因为嘉央明白，王后如果不是身受重伤，她不可能坐在石头上，这也许是自己救回女儿的唯一机会。嘉央重又瞄准王后的头颅，但他感觉自己的心脏跳得很快，迟迟扣不下扳机。松赞林寺那位仁波切曾经告诉过他："佛在心中，心跳得慢。魔在心中，心跳得快。所以，心跳得快的时候，不要做任何事，因为那是魔鬼的决定。卡瓦格博的孩子，要让佛主宰一切。"

松赞林寺仁波切的话，像一击击重锤，击打在嘉央的心头，他再一次放下枪。这一次，嘉央不光是放下了枪，还退出了枪膛里的子弹。嘉央决定不让魔鬼主宰自己，放下枪，退出枪膛的子弹，他的心脏渐渐恢复了常态，佛重新回到嘉央的心中。

不开枪，嘉央不知道自己还能做什么，他呆呆地立在原地。王后被嘉央子弹退出枪膛的声音惊扰，她转过身，警惕地瞪着嘉央。趁王后转身的机会，嘉央看清楚了她怀里的女儿，应该是安然无恙。阿笑依旧高一声低一声，有一声没一声地哭着，她的眼睛望着嘉央的方向，其实她根本看不到那么远的距离。看见了阿笑的两汪黑漆漆的眼睛，嘉央再也抑制不住喷涌的歉疚，两行眼泪夺眶而出，滑过鸡翅木纹理的脸颊，跌落在染血的雪地上。嘉央扔下手里的枪，扑腾一声跪倒在王后面前，然后伸展开双臂匍匐在地上，就像他无数次五体投地磕过的长头，并且用梵语乞求王后，让她把孩子还给自己。王后并没有被感动，嘉央的举动反而让她受到了惊吓，她护住怀里的阿笑，一个纵跃，攀上了身边的冷杉树。大概是伤势过重，王后的举止不像以往那般利落，身体显得有些许笨拙。

等到嘉央再次抬起头来的时候，眼前的石头上只剩下一摊血污的泥雪，王后已经不见了踪影。

四

在卡瓦格博森林的另一处，央金独自一人四处逡巡，她也在寻找嘉央和女儿。今天的央金跟以往有些不同，不同的是她没有穿袍子，而是穿了一身嘉央的防水冲锋衣裤，这些装备都是上级部门发给嘉央的。换了装束的央金，也像是换了一个人，她的背上还背着一只上级部门发给嘉央的背包，里面装着糌粑、牦牛肉干，还有一身防寒的冲锋衣裤，那是给嘉央带的。因为央金清楚地记得，嘉央三天前离开家，去追那只魔伽吒的时候，穿的是单薄的袍子。嘉央觉得袍子舒服，冲锋衣裤捆在身上，有些喘不过气来。不穿冲锋衣裤，嘉央就不会背双肩背包，他觉得斜肩挎包更方便。央金喜欢丈夫穿颜色亮丽的冲锋衣裤，背着双肩背包，挎着长枪，觉得这样穿戴比袍子和挎包好看。嘉央也承认这样一身打扮好看，可他还是不愿意这样穿。央金问嘉央，觉得好看为什么还不穿？嘉央打了几个很生僻的手势，半天之后，央金才弄清楚丈夫的解释：其他护林人没有冲锋衣裤，也没有背包，当然更没有枪，丈夫觉得穿戴这一身会让其他护林人不开心。

那天早晨，魔伽吒抱走女儿阿笑之后，嘉央随后追赶，央金也跟着嘉央追入森林。央金穿的是居家的长袍，跑不快。她一直在森林里转悠到天黑，也没有看见嘉央，更没有看见魔伽吒。央金决定先回家，她相信丈夫能够把女儿带回来。没准儿，嘉央此时此刻已经抱着阿笑进家门了。

央金在天黑后，终于摸索着回到了家，却发现家里黑洞洞的，根本没有嘉央的身影。央金安慰自己，没准儿半夜时分，嘉央就会把阿笑带回来。央金把阿笑的小木床搬进屋子，担心夜晚的露水打湿了床褥，女儿半夜回来睡觉会不舒服。接着，央金又往墙根的鸡笼里添了两把野蓬菜，一天没有吃食的母鸡们"咕咕咕"啄食。央金突然落泪了，她想起原先一天要给女儿喂四次奶水，可今天只喂过她一次，现在，阿笑肯定饿坏了……喂完了母鸡，央金又去后院喂香猪。为了防止云豹偷袭，嘉央把猪圈垒得很高。央金拎着盛满猪食的木桶，打开一人多高的猪圈门，六只小香猪闻听主人开门，欢快地嘶叫起来，大概也是饿坏了。就这样，央金像以往一样劳作忙碌着，一直等到深夜，还是不见丈夫和女儿回来。央金接着宽慰自己：大概是晚上山路不好走，嘉央没准儿天亮时分就把阿笑带回家了。盼着，盼着，央金便带着希冀睡过去了。

第二天，央金还是像昨天一样宽慰自己，并在自己的宽慰里熬过了一天又一夜。这一天一夜无事可做，她只能把吃饱了的母鸡和香猪喂了一遍又一遍。直到母鸡和香猪厌倦了她的脚步声，央金才跪倒在唐卡前，把她所有敬仰的神，从头到尾又从尾到头，祈祷了无数遍，乞求诸神保佑丈夫和女儿能够平安回家。

第三天早晨，央金不想再等了，她收拾好背包，换上了丈夫的冲锋衣裤，出了家门。她要进入森林，要跟丈夫和女儿感受一样的处境。走出家门，翻过两道山梁，央金又掉头折回家中。她先是打开鸡笼，把笼里的母鸡赶出来。然后又去打开猪圈圈门，把六只小香猪也放走了。央金觉得丈夫已经离开三天，就算此刻找到阿笑，返程至少还得三天。家里的母鸡和香猪如果三天不喂，肯定都会饿死。与其饿死这些生灵，倒不如放它们一条生路，各安天命去吧。央金突然想起了什么事儿，她一头钻进床底下，在一个破陶罐子里面，找到了父亲陪嫁给她的接骨药膏，塞进背包里。丈夫这两三天在森林里东奔西跑，不比寻常看护魔伽吒，万一有个什么闪失……一丝不好的想法划过央金心头。

初春季节的卡瓦格博森林，晚上的温度会下降到零下七八度，丈夫和女儿这两天想必受了很多苦。央金最了解丈夫，嘉央是一个诚实又听话的男人，上级部门要求不能把火种带入森林，嘉央真的养成了上山不抽烟的习惯。就算是要在山上过夜，他也不会带上竹筒水烟。所以，丈夫回到家第一件事，便是抱着竹筒水烟"咕噜咕噜"抽上半天。现在，丈夫变了，回家第一件事是抱着女儿阿笑，亲够了看够了女儿，才会去抽竹筒水烟。丈夫和女儿在森林里已经过了三天三夜，这个天气不带火种，晚上如何熬得过来啊……

嘉央离开家的那天早晨，央金清楚地记得丈夫说过的话，说魔伽吒最近在帽儿岭一带活动。央金去过帽儿岭，那是前年冬天的事情，她跟着丈夫去过帽儿岭采松露。松露很珍贵，据说外国人管松露叫能吃的黄金。嘉央将来想把孩子送进城里去读书，去城里读书肯定得让央金陪着孩子，母亲和孩子要在城里吃住，花费肯定不菲，所以他要多采一些松露卖掉换钱。听到丈夫关于孩子的畅想，央金笑了，她对着嘉央做了一个羞涩的手势。嘉央不觉得害羞，他认为结婚、生孩子都是顺理成章的事情。

嘉央跟别人采松露的方法不一样，别人大都是凭借经验和记忆，例如上一年在哪个地方采到过松露，今年那里肯定还会有。嘉央采松露，不靠经验，也不靠记忆，靠一头猪。嘉央每年还会养上几头香猪，采松露的时候，他会抱着一头母香猪一起去，母香猪在哪里拱地，哪里就能挖出来松露，而且百试不爽。

凭借着记忆，央金找到帽儿岭，也去她和嘉央采松露的地方，没有看到丈夫，也没有看到猴群。

突然，央金看到一棵冷杉树下的两片芭蕉叶，芭蕉叶的颜色是经过加热后的深绿色，这是丈夫留下的，她十分肯定，因为这么高的山上是不可能有芭蕉叶的。央金把两片芭蕉叶塞进背包的侧兜里，继续往前找寻丈夫嘉央的踪迹。

央金还有一点与以往不同，她的脸上没有了往日的微笑。没有往日的微笑，倒也看不出她难过和绝望，因为她相信菩萨和卡瓦格博会保佑阿笑，更相信嘉央会把女儿带回来。央金的脸上没有微笑，也没有难过和绝望，倒是多了一分淡定，一分饱含希望的淡定。

　　央金在山坳里徘徊了许久，在上山的方向，发现了绑在树上的黄色丝带。这回，她不敢确定，这条丝带是不是嘉央留下的。嘉央的挎包倒是有一团黄丝带，他还把老研究员的话，比画了一遍给央金，说是在原始森林里如果遇到紧急情况，可以在沿途的树上绑上黄丝带，以便于后援寻找。嘉央还说，这个办法挺好，他把多余的黄丝带还送给了其他护林人。央金仔细看了树上的黄丝带，觉得颜色很新鲜，应该是这一两天绑上去的。在这一两天里，最紧急的情况应该发生在嘉央身上，此刻，央金只能相信黄丝带是丈夫留下的记号。

　　沿着黄丝带标记，央金一路往山上爬去，只要在没有树木的开阔地，她就能看见白雪皑皑的卡瓦格博峰。黄丝带真的是丈夫留下的吗？她听嘉央不止一次说过，说阿笑出生在一个好季节里，魔伽吒们都在山腰一带活动，他就可以每天都回家。如果到了夏天，魔伽吒上了山，他就得在山里过夜，两三天才能回家一趟。可是现在距离夏天还早，魔伽吒怎么会在这个季节上山呢？央金少作踌躇，便继续往山上爬去。其实，她也没有其他路可以走，只能循着黄丝带前行。她记得丈夫对她说过，在卡瓦格博森林里行路，心里要装着念想，才会走得轻快。嘉央说自己就是这样，上山的时候，心里装着魔伽吒，下山的时候，心里装着央金和阿笑。

　　央金心里装着丈夫和女儿，一路往山上爬去。

大概到了五六岁的时候，央金才知道，自己与别人不一样。兴许是天意，父亲给她起的名字叫央金，寓意居然是妙音天女。生活在一个寂静世界里的央金，看到别人是用嘴巴交流的，而她只能靠手势。其他小孩子们见面，相互动一下嘴巴，他们红扑扑的小脸上就会绽放出花儿一样的笑容。央金也想像别的孩子一样，于是，从那个时候开始，只要见到人，不等别人的嘴巴动，央金就先在自己脸上绽放出微笑。这一招很有效，不管是小伙伴还是大人，不管是藏族人还是汉族人，不管是外国人还是夏尔巴人，只要看见央金的微笑，都会回报以微笑。从此，微微的浅笑就镌刻在了央金的脸上，成了她脸上的一个器官。

　　循着黄丝带，央金一路往高山上攀爬。接近天黑时分，央金觉得自己再也爬不动了，便坐在雪地上歇息。突然，她看到不远处的雪地上有一线刺眼的红色，她急忙爬起身来快步走过去，发现那一线刺眼的红色竟然是血迹。她对着森林"呃呃"地发出自己仅有的声音，眼睛里却流下了泪水。因为，黄丝带如果是嘉央留下的记号，那雪地上的血，要么是丈夫的，要么是女儿的。

　　天色完全黑了，铁灰色的夜空中飘落下雪花，慢慢地覆盖了雪地上的红色血迹。这一刻的央金，瘫坐在雪地上，背靠着背包，仰脸望着夜空，默默地流泪，直到雪花盖住了她的身体。

五

　　嘉央追随着王后，不停地迁移。魔伽吒们没有再往山上行进，因为再往上面就没有森林了。它们也没有往山下去，而是沿着雪线平行往前。这是嘉央看护魔伽吒以来，不曾有过的奇怪现象。这个季节，猴群本应该在温暖的山腰，吃着杉树上刚抽出来的新芽，还有红杉树上新鲜的苔藓。二十年来，他从未在这个季节来过雪线，魔伽吒们这是怎么了？

　　嘉央的眼睛只顾着盯着树上的王后，还有她怀中的阿笑，突然脚下一绊，踢到了一个软软的东西。嘉央低头才发现，是一只刚刚死去的老魔伽吒。老魔伽吒的尸体枯干如柴，大概是饿的，因为这个季节的雪线上，能够吃的东西不多，加上气温骤降，许多老魔伽吒会吃不消的。以往，嘉央会及时掩埋掉死去的魔伽吒。此刻，他却顾不上了，因为他不敢放松对王后的跟踪。嘉央心里想，尸体在这个温度里不会腐烂，等到救回女儿，再来掩埋老魔伽吒的遗体吧。

　　饥饿的原因，猴群里几只公猴偏离了雪线，开始往山下方向悠荡。独眼猴王看出了它们的企图，几个纵跃从猴群中冲出来，上前抓住一只偏离行进路线的公猴，一阵狂撕猛咬。另外几只公猴吓了一跳，急忙返回到了猴群中，再也不敢妄作主张。

　　猴群走走停停，走的时候不是为了食物，停下的时候也不是为了食物。嘉央发现，猴群停下的时候，独眼猴王会下到地面上，东嗅嗅西望望，似乎是在寻找什么东西，又似乎没有发现自己想要的东西。一阵东张西望之后，独眼猴王蹿上树冠，带领猴群继续沿着雪线往前行进。

　　在一处稍微宽阔的高地上，有一座玛尼堆，从很远的地方就能看见迎风飘动的经幡。每年夏天，嘉央都会陪伴魔伽吒来到这里，二十多年来，他至少背上来十几块刻着六字大明咒的玛尼石。看到魔伽吒们行进的速度不快，嘉央便匍匐在玛尼堆的经幡前，无比虔诚地祷告起来，他祈祷神灵保佑女儿阿笑能够平安回家。祈祷完了，嘉央接着往前奔跑，去追赶魔伽吒和女儿。

　　这一天当中，阿笑哭了好几回。阿笑一哭，王后就会给她喂自己的奶水。吃上奶水的阿笑，瞪着一双乌黑的眼睛，愣愣地盯着眼前的王后，既不感到惊奇，也不觉得害怕。每当这个时候，王后也会凝神瞅着怀里的阿笑，眼睛里看不到开心，也看不到难过。

　　阿笑每一次啼哭，都会招来独眼猴王厌恶的眼神。这个时候，嘉央会很紧张，紧紧地握着枪，随时做好击毙独眼猴王的准备。不知道是受伤的原因，还是为了躲避独眼猴王，王后抱着阿笑，一路上都躲在猴群最后面。傍晚时分，整个猴群停下来，王后又给阿笑喂了一次奶水。可这一次喂完奶水，阿笑还是哭，而且越哭越凶。听到女儿的哭声比前几天有劲了，嘉央有些开心，暂时不用担心阿笑挨饿了。天黑了，猴群安静下来，整个森林里只有阿笑的啼哭声。王后只会把阿笑凑到自己的乳头上喂奶水，阿笑却用小手推开王后的乳头，继续啼哭。

夜空中开始飘落雪花，阿笑的啼哭声还在树梢上飘荡，嘉央突然明白了：阿笑冷了。嘉央急得在树下直搓手，他从地上捡起一块石头来，对着王后栖息的冷杉树敲击了两下。王后居然真的低下头，看了一眼嘉央。嘉央一阵欣喜，急忙摘下挎包来，双手做了一个搂住挎包的手势。王后直勾勾地看着嘉央，不明白他在做什么。嘉央站在树下，反复地做着搂抱挎包的动作，期待王后能够领悟。王后看了一会儿嘉央，大概是觉得无聊，就把眼神转向怀中啼哭的阿笑。嘉央不甘心，接着再用石块敲打树干，继续吸引王后的视线，让她看清楚自己做的动作。也许是独眼猴王不耐烦阿笑的哭声，他从远处纵跃过来，挂在距离王后和阿笑七八米远的树枝上。王后看到独眼猴王奔过来，下意识地搂紧怀里的阿笑。深埋进王后柔软的鬃毛里，阿笑的冷得到了缓解，哭啼声渐弱下来。嘉央再次举起枪，瞄准了独眼猴王的脑袋。王后与嘉央一样紧张，她立起身来，一只手抱紧了阿笑，另一只手抓住树枝，龇出獠牙，朝着独眼猴王示威。几只公猴一起围拢过来，在不远处静观其变，其中包括刚刚被独眼猴王撕咬过的那只公猴。不知道是因为阿笑止住了哭声，还是碍于周围几只强壮公猴的围观，独眼猴王"吼吼"嘶叫两声，转身纵跃回到他栖息的树上。

雪越下越大，嘉央蜷缩在树根里，单薄的袍子根本抵御不了雪线的寒夜。嘉央吃掉最后一块糌粑，就如同往巴松措①里投下一块小石子，瞬间化作无形。回想起这几天的遭遇，嘉央觉得如梦如幻，他真的希望这只是一场梦，梦里醒来，依旧能看到早起的太阳照到澜沧江上，看到可爱的阿笑躺在小木床上。《柱间史》《玛尼宝训》和《五部遗教》里都记载过人与魔伽吒亲密的关系，甚至还有"魔伽吒救人"的故事，难道这些记载都是假的吗？嘉央禁不住对经书里面的故事产生了怀疑，对现实世界里的人与魔伽吒的关系也有了怀疑。二十多年来，嘉央从未怠慢过魔伽吒，更不曾伤害过它们。他认为这片森林里的一草一木、一山一石都是有灵性的。而且，嘉央从小就知道，这里的所有藏民和生灵，都是卡瓦格博的子女。既然都是卡瓦格博的子女，我们为什么要相互伤害呢？

白雪覆盖住正在冥想的嘉央，只剩下一张脸，仰望黑暗的夜空。面部因为呼吸产生的热量，融化了雪水，雪水流进脖子里面，他才中断冥想坐起身来。嘉央感觉四肢僵硬麻木，就站起身来，伸展一下四肢和腰身，让血液流通起来御寒。他抬头看了一眼树上的王后，王后身上也覆盖了厚厚的一层雪，但是她头部前倾，把阿笑紧紧搂在怀里。阿笑身上应该没有落雪，嘉央心里想。此刻，他对前几日十分憎恶的王后，竟然生出几分感激。其实，感激之情从昨天看到王后背上的伤口就开始了。

① 藏民们心中的神湖，措，藏语湖。

嘉央心里清楚，如果不是王后舍出自己后背，女儿阿笑恐怕早就被独眼猴王咬死或掼死了。

王后今天的状态不是很好，大概是流血过多，或者是高寒地区缺乏食物的原因，总之，王后的身体越来越虚弱，纵跃行动也迟缓了很多。这个状态再持续下去，王后将无力保护阿笑，嘉央心里想。也就在此刻，嘉央做了一个重要决定：他要在今天晚上爬上冷杉树，夺回自己的女儿！

嘉央从挎包里掏出一根绳子，将绳子绕了树干和自己一周，比量一下，然后按照比量好的长短，把整条绳子绕成一个两米多长的环形，最后，他在绳子上打了一个结。这是最简易最有效的爬树工具，几乎每个护林人的包里都有一条差不多长短的绳子，既能用来爬树，遇到悬崖陡壁的时候，也能借助绳子通过。嘉央心里清楚，时间再拖延下去，体力不支的不光是王后，还有他自己。今天是王后抱走女儿的第五天。五天里，他只吃过四块糌粑，现在已经明显感觉到因为饥饿导致的虚脱。今天晚上是了结的时候了，嘉央心里暗暗下决心，因为等到了明天，他恐怕连爬树的力气都没有了。做好了爬树的准备之后，嘉央把枪和挎包从身上摘下来，放在树底下。一会儿，他要四肢并用攀爬这棵二十多米高的冷杉树，枪和挎包都成了多余的累赘。嘉央再次抬起头来，观察王后的动静，确认她已经入睡。他跨入绳套，绳套一端是树干，一端是自己的后腰。嘉央把身体稍微后仰，绷紧了绳套，然后两条腿蹬到树干上。借助脚蹬的力量，嘉央的身体往上一蹿，在向上的惯性中间，他双手抓起树干一端的绳套往树干上方套去。如此循环往复，片刻之后，嘉央已经上到距地面十米左右的距离。大概是体力不支的原因，攀爬到一半，嘉央已经觉得气喘吁吁，只好双腿蹬住树干，停下来休息一会儿。歇息的最好方式是松赞林寺的仁波切教他的办法：深呼吸。等到把气喘匀净了，嘉央又接着往上攀爬。随着树干往上变得越来越细，嘉央双腿蹬树干的力量也减轻了。减轻蹬力不是他没劲了，而是担心力量传导到树冠，惊醒王后。

在遇到第一根树杈后，嘉央抓住树杈，将身体从绳套里面脱离出来。他用脚钩住绳套，把绳套搭在树杈上，以备夺回女儿后，下树的时候使用。冷杉这种树很奇特，笔直的树干会高达二三十米，只有在树干的上方才会分离出枝杈来。一旦有了枝杈的地方，就不用再担心攀登问题了，因为冷杉树的上方会衍生出许多枝杈来。

嘉央坐在枝杈上，再次歇息，做深呼吸，同时也在观察王后的动静。此时，王后端坐的树杈，距离他只剩下三四米左右的距离，嘉央已经能够看清楚阿笑露出的后脑勺了。只要再攀上三根树枝，就可以触碰到女儿了，嘉央的心跳不由得加速了。松赞林寺的仁波切说过，魔鬼进入内心，心跳就会加快。嘉央已经顾不上了，此刻，他只想抱回自己的女儿。嘉央轻轻地攀上一根树杈，然后试探着抓住上方的另一根树枝。他先用力拽拉一下树枝，感觉承受自己的重量没有问题。然后胳膊腿暗自发力，又攀上第二根树枝。第二根树枝微微抖动一下，远端树梢上的积雪悄悄跌落到雪地上，发出轻微的"噗噗"声。嘉央稳住神，踮了一踮脚才摸到第三根树枝。正因为他踮了一踮脚，整个树冠受了力，轻微晃动了一下，树冠顶端的积雪纷纷落下来，一团雪正好落在王后怀里，砸在阿笑的后脑勺上。阿笑或许是受惊了，大声啼哭起来，王后瞬间睁开了眼睛。站在王后脚下的嘉央屏住呼吸，几乎连眼睛都不敢眨一下。王后看了一眼怀里的阿笑，大概明白了阿笑啼哭的原因，她扒拉掉怀里的积雪，这些散落的积雪大部分落到嘉央的头上脸上和脖子里。幸亏王后的注意力都在啼哭的阿笑身上，没有低头看脚下。饶是如此，嘉央还是惊出一身冷汗，一颗心悬到了嗓子眼。

阿笑渐渐止住哭声，再次进入梦乡，王后也缓缓地闭上眼。一切又归于平静，只有用心倾听的时候，才能听到雪花飘落的声音。嘉央仍旧一动不敢动，生怕尚未完全入睡的王后觉察到他。也许是站立在树杈上太久了，加上要保持稳定的站姿，嘉央的腿开始微微地抖动起来。就在这时，一滴湿乎乎的东西落在他的脸上，嘉央用手抹了一把，凑到鼻子下面嗅了嗅，竟有一股血腥味儿。嘉央转瞬明白了，这是王后后背伤口流出来的血。王后如果再不进行治疗，她应该撑不过明天晚上。想到这一层，嘉央再也不愿意等待了，他接着手脚并用，攀爬上第三根树枝。每一棵树的树冠都不是肆意任性生长的，而是根据树根的深度和树干的年轮而定，这也许就是嘉央认为的，卡瓦格博森林的一草一木一山一石都是有灵性的。此刻，这棵冷杉树上不仅承受了厚厚的积雪，还栖息着三只魔伽吒和两个人。这些重量虽不至于压断树枝，但在山风吹来时足以导致树冠晃动。就在嘉央攀上第三根树枝尚未站稳时，一阵山风袭来，整个树冠晃动起来。嘉央决定不再做任何犹豫，因为他的头已经跟王后端坐的树干平行，只要往后一睁眼就能看见自己的脑袋。嘉央左手抓牢一根树枝，探出右手伸向王后怀里的阿笑。不知道是树冠晃动的原因，还是王后嗅出了异类的气味，嘉央的手伸到一半时，王后已经睁开了眼睛。嘉央和王后四目相对，映着白雪的光亮，双方都看到对方眼神里的惊恐。就在嘉央的手触碰到女儿身体的同时，王后的一条后腿蹬向嘉央的脸。王后蹬出一条腿的同时，一条手臂搂住阿笑，另一条手臂抓住上方一根树枝。人类终究快不过魔伽咜，嘉央在感觉到右眼一阵刺疼之时，王后抱着阿笑已经荡悠到了上方一根树枝上。一丝绝望划过嘉央的心头。因为眼睛刺疼失去了平衡，嘉央的身体荡在空中，全身的体重全靠他一只左手抓住的树枝。他的双腿在空中胡乱踢踹，想尽快找到一处落脚的树枝，因为嘉央感觉到自己的左手已经在渐渐松离开树枝。就在他的左手尚未完全松开的时候，"咔嚓"一声响，树枝断了。嘉央被最下面的一根树枝阻挡了一下，但他没有抓住最后一根树枝，从树上重重摔落下来，当即晕死过去。

六

　　大雪扑扑簌簌地下着，地上铺满积雪，黑暗的森林泛出黎明时分才有的明亮。如果没有这场雪，央金是无法在夜晚的森林里行走的。循着黄丝带往前走，就有可能找到丈夫，找到丈夫也就找到了女儿。夜晚的卡瓦格博森林，没有让央金觉得恐惧，一点都没有。因为她知道，在这片森林的某一处，还有丈夫和女儿。

已经过去五天了，阿笑现在在嘉央手里还是在魔伽吒怀里？不管女儿在哪一个手里，她饿了吃什么？已经是春天了，还会下这么大一场雪，这必定是菩萨的恩赐，让她能够在夜晚的森林里看见黄丝带。央金也有一丝隐忧，雪下得这么大，女儿阿笑会不会冷？她被魔伽吒抱走的时候，身上只穿了一件单衣。这一刻，我到底是祈祷下雪，还是祈祷雪停下，央金在心里反复地问自己。一边走路一边祈祷，是央金从小养成的习惯。央金从来没有问过为什么要这样做，因为爸爸妈妈就是这样做的，爷爷和奶奶也是这样做的，据说爷爷的爷爷和奶奶也是这样走路的。央金至今还记得跟着妈妈第一次转湖磕长头的情景，那一年，她才七岁。跟在妈妈的身后，学着妈妈的样子，两手合十举过头顶，往前迈上三步，两手合十移到胸口，然后平行往前伸开，掌心朝地，膝盖跪地，全身俯地，额头叩地。离家之前，爸爸用很多很复杂的手语告诉她如何磕长头，五体投地是为身敬，心中有佛是为意敬，念诵大明咒是为语敬。这个时候，在一旁缝制牦牛皮手套的妈妈打断了爸爸的手语。妈妈似乎有些生气，她跟爸爸说了很多话。爸爸后来用手语跟央金解释："你无法做到语敬，就在心里多祈祷吧。"

不能做到语敬，央金总觉得自己亏欠了什么，亏欠了佛，亏欠了卡瓦格博，所以就像爸爸说的那样，她只能时时刻刻在心里祈祷。此刻，到底是应该祈祷下雪，还是祈祷雪停下呢？央金很快做了决定，不再管下不下雪了，雪是卡瓦格博的白袍子，下不下雪交由卡瓦格博来决定吧。

央金继续往前艰难独行，雪地上的雪已经没过膝盖，每往前一步都要付出全身力气，她觉得自己有些支撑不下去了。此刻，她非常怀念家，怀念那个有女儿有丈夫有炉火的家。而且，她已经看见了炉火，温暖的炉火。央金觉得脚下一软，整个身体扑进了松软的床上……

不知道过了多久，央金醒过来，她醒过来的第一感受就是疼痛，刮骨钻心的疼。央金觉得四周光线很暗，空间也很狭窄，身边全是厚厚的积雪，自己几乎被埋在雪中。她努力地回忆，想知道自己此刻所处的位置。先是看见家里的炉火，觉得自己很累，然后就上了床……央金觉得额头疼得尤其厉害，她摸了一把额头，发现肿胀起一个大包。片刻之后，央金才明白：她从悬崖上摔了下来。

央金试着活动一下四肢，虽然觉得酸胀疼痛，幸运的是没有折断。她听丈夫说过几回，说森林里的大雪天很是危险，积雪会覆盖住一些石缝和深坑，一脚踏空就没命了。因此，只要是下雪天，只要嘉央还没有回家，她就会担心丈夫会不会掉进山沟石缝里。担心归担心，只要嘉央进了家门，看到的永远都是微笑的央金。

央金努力地站起身来，背包还在，仍旧背在后背上。央金不知道，正是背上的背包和脚下的积雪救了她的命。她伸手摸索着，发现两侧都是陡峭的岩石，已经无法回到地面上去。于是，她只好沿着这条细长的山涧往前走。高高低低走了许久，周遭变得开阔起来，甚至有了树，一人多高的红杉树和红豆杉树。越往前走，树木越粗壮高大，但是两侧的悬崖依旧陡峭，无法徒手攀登。大雪丝毫没有停下来的迹象，四周时不时有被大雪压断的树枝掉落，只是央金听不到。突然，央金眼前一黑，她急忙止住脚步，以为自己又产生了幻觉。等仔细看清楚眼前的环境，她很庆幸自己的谨慎，眼前的黑色居然是一条更宽的峡谷，至少有自己家房子那么宽，深不见底，左右望不见头。跌落下悬崖之后，央金就再也看不到丈夫留下的黄丝带了，只能沿着峡谷往前走，谁知道居然走到绝处。

央金瘫坐在悬崖边上，不知道坐了多久。央金的脸上虽然没有了以往的笑容，但也看不到绝望，因为她的心里一直在祈祷。先是滑落下悬崖，接着出现一条峡谷，这一切都是魔鬼在阻挠她寻找丈夫和女儿。央金心中更加笃定，菩萨一定会帮她，卡瓦格博一定会帮她。央金决定再吃掉一块糌粑，进入森林两天来，她只吃过一块糌粑。背包里装了很多牦牛肉干和糌粑，她想留给丈夫。吃糌粑的时候，央金觉得有些口渴，她抓起一把雪，刚要塞进嘴巴里，突然想起莫素阿妈叮嘱她，不能喝冷水冰水，容易回奶。央金扔下雪团，下意识地揉了揉丰满的乳房，这些天来没有喂奶，两只乳房胀疼难忍。忽然，央金拉开冲锋衣拉链，解开内衣，捏住乳房，一股细细的奶线喷射出来。央金从背包里找出一只塑料袋，套在乳房上，两只手交替挤压乳房，很快就挤出来小半袋奶水。喝完两只乳房的奶水，央金觉得乳房舒服多了，胀疼感立刻消失了。

央金站起身来，往后面走去，因为悬崖口上风大，吃东西的时候凉风会钻进肚子里。央金往前走了几步远，忽然觉得脑后一阵疾风吹来。待她回头看时，一阵剧烈的刺疼划过她的后脑勺。央金不自觉地用手捂住后脑勺，她感觉到一股热乎乎的东西流过指缝，肯定是出血了。这个时候，央金才看明白突如其来的变故，对面悬崖上一棵高大的冷杉树倒下了，正好横担在悬崖的两端。这一刻，央金热泪盈眶，她两手合十举过头顶，再收回到胸口，然后平行往前伸开，掌心朝地，膝盖跪地，全身俯地，额头叩地，心里无比感谢佛的帮助，感谢卡瓦格博的帮助。

央金寻到一个避风处，就着自己的奶水，不急不慌地吃掉一块糌粑。刚才祈祷时，突然生出饿意，所以她才离开悬崖。如果自己还坐在原处，倒下来的冷杉树正好砸中她。所以，央金觉得一切都是佛的安排，一切都是卡瓦格博的帮助。

七

央金努力地往雪线爬去，四周全是雪，判断雪线的位置就剩下森林了。通常情况下，森林的边缘是雪线，雪线的边缘是森林。森林里的光线越来越亮，大概是天快亮了，央金心里想。

央金已经看到雪线了，而且找到一根绑在树枝上的黄丝带。看见黄丝带，就像是嗅到了丈夫和女儿的气味儿，央金一阵欣喜，久违的微笑又挂上脸庞。她沿着黄丝带平行往前走去，不再爬山了，省了很多力气，速度也加快了不少。突然，央金脚下被什么东西绊了一下，她整个身体扑倒在雪地上。当央金回头看过去时，发现地上坐起来一个雪人，吓得她瞪大眼珠，嘴巴里只会发出"呃呃呃"的惊叹声。"雪人"抹掉脸上的积雪，央金才发现，这个绊倒自己的"雪人"正是丈夫嘉央。嘉央冲着自己做了一个噤声的手势，央金赶紧止住兴奋的"呃呃"声，爬起来扑倒在嘉央怀里，轻抚着丈夫乌黑受伤的眼睛，心里满是疼惜。央金旋即又挣脱开嘉央，用手语询问丈夫：女儿在哪里？

嘉央举起手，指了指头顶上的冷杉树。央金站起身来，想查看一下女儿的状况，却被嘉央一把拽住，示意她不要动弹。央金蹲下身来，做了一个询问的手势。嘉央把昨晚的大概经过，向妻子"讲述"了一遍。央金急忙查看丈夫的身体四肢，嘉央阻止了妻子，告诉她，自己左腿小腿大概已经断了。央金从背包里掏出那瓶黑色药膏递给丈夫，嘉央这才想起来，自己家里有老藏医的接骨神药。央金指着树上问丈夫："女儿怎么办？"嘉央从屁股下面抽出枪来，拉动枪栓，把枪膛里的子弹退出来，交给央金，用手语告诉妻子："我教会你用枪，你带上枪，继续跟着猴群，主要看住独眼猴王，他总在找机会杀死我们的女儿。"

央金用手语问道："为什么不在这里解决独眼猴王？"

嘉央回复道："我们和魔伽吒，都是卡瓦格博的孩子，不应该互相伤害。"

央金："都是卡瓦格博的孩子，魔伽吒为什么要伤害我们的女儿？"

嘉央："不全是伤害，王后一直在保护我们的女儿，如果不是她喂奶水给阿笑，我们的女儿早就饿死了。"

央金："可独眼猴王是魔鬼。"

嘉央："猴群里没有猴王，就像是羊群里没有了领头羊，不到万不得已，我们没有权利这样做。"

央金指着嘉央的腿："那你怎么办？"

嘉央："一会儿天亮了，你帮我去砍几根竹子，有你们家的祖传神药，我再用竹片固定好，过些日子就恢复了。"

央金不再问了，她从背包里拿出牦牛肉干，喂给丈夫吃。然后，央金又转过身去，为嘉央挤了半袋子奶水。这才起身，去给丈夫砍竹子。

天渐渐亮了，猴群开始骚动起来。早间猴群骚动是正常的，因为睡了一晚上的魔伽吒，要在早晨寻找食物。厚厚的大雪覆盖了地面，高山上的树还没有发出新芽，冷杉树干上的苔藓早已枯干，魔伽吒们几乎找不到任何可以吃的东西，只能勉强薅几把树胡子充饥。一些年轻强壮的魔伽吒发出不满的嘶叫声。独眼猴王也觉察到了猴群的一场骚动，他的脸上也显现出焦躁和不安。

躺在地上的嘉央，眼睛一刻也没有离开过王后，他把退出的子弹重新填入枪膛。让嘉央感觉不安的是，整个猴群都在骚动，只有王后一动不动地端坐在树杈上，活像是冷杉树的一部分。

央金抱着一捆竹竿回来，嘉央接过她手里的砍刀，分解竹片。然后打开接骨神药的瓶子，一股辛辣刺鼻的味道直蹿进鼻孔。嘉央用一根小竹片，从瓶子里挑出黑色药膏，涂抹在小腿断骨处，即刻感觉到皮肤火辣辣的刺疼。

还好，嘉央的挎包里还有足够的黄丝带，他用黄丝带把竹片捆绑在左腿小腿上，然后用手敲了敲竹片，示意央金不用为他担心。吃了牦牛肉干，喝了半袋子奶水，嘉央的精气神恢复了很多。就在此刻，头顶上传来阿笑的啼哭声，而且哭声越来越大，像是受了很大委屈。从丈夫脸上的神情，央金看到了不安，她也仰起头来，一起观察树上的王后。在寂静空旷的早晨，阿笑的啼哭声传遍整个猴群，独眼猴王的焦躁也到达了极限，他连续几个纵跃，跳上了王后栖息的冷杉树。树冠上的积雪纷纷落下，栖息在树冠的另外两只魔伽吒，觉察出了独眼猴王的愤怒，害怕惹祸上身，迅速逃离到另外的树冠上躲藏起来。王后仍旧没有大的动作，她只是转了一下头，怔怔地盯着独眼猴王。王后的反应大概也出乎了独眼猴王的预料，他嘶吼着，试探着往前迈了两步。王后蜷缩了一下身体，紧紧护住怀中啼哭的阿笑。

嘉央不再做任何犹豫，他举枪瞄准了独眼猴王的脑袋。在独眼猴王往前逼近第三步的时候，嘉央的金手指扣下了扳机。枪声震荡了森林，树冠上的积雪纷纷散落，独眼猴王和他的猴群四散逃窜。嘉央揉了揉眼睛，连他自己都不敢相信，如此短的距离竟然打不中独眼猴王。整个猴群只有王后没有逃窜，她仍旧坐在原处，晃了晃身体，像一团积雪一般摔下树来。嘉央心中一惊：难道我打中了王后？

看到王后跌落的姿势，嘉央确定了自己的判断，他已经见过很多死去的魔伽吒从树上摔落下时的样子，它们如出一辙。可就在王后即将落地时，她身体的姿态发生了变化，原先俯冲向地面的身体突然在半空中一拧身子，变成了后背冲向地面的姿势。也就在这电光石火之间，嘉央也想到了王后怀中的女儿，他扔下枪，双手撑地往后急速移动了半个身位，从树上摔下来的王后正好砸中嘉央的胸口。

阿笑的哭声只中断了片刻，旋即又啼哭起来。嘉央忍住胸口的剧痛，长长地吐出一口气来。央金扒拉开王后的胳膊，把女儿抱出来，搂在怀中再也不敢松开。嘉央挣扎着坐起来，整个胸腔剧痛难忍，他明白，肯定是肋骨断了，而且不止一根。嘉央咳嗽两声，吐出一口血水。央金的注意力都在阿笑身上，丝毫没有察觉到丈夫的伤势。嘉央抱起王后来，发现子弹击穿了王后的左肩膀，他很奇怪，自己明明瞄准了独眼猴王的脑袋，怎么会击中王后呢？嘉央伸手摸了一下王后的鼻子，发现她还有呼吸。嘉央明白了，王后刚才摔落下来的时候还有意识，她在落地的刹那间，舍出自己的后背来保护怀里的阿笑。

嘉央急忙抓过来挎包，找出里面的云南白药，敷在王后贯穿的伤口上，还把王后后背上的伤口也敷了药。接下来，嘉央脱下袍子，把袍里子撕成布条，包扎住王后的伤口。央金把背包里的冲锋衣取出来，让丈夫穿上。央金只用了一只手去取背包里的衣物，另一只紧紧地抱住阿笑，生怕女儿再次被魔伽吒抢走。嘉央穿好冲锋衣，疼得浑身上下出了一身汗。穿戴好了，嘉央把自己的袍子撕成两半，一半包裹住阿笑，一半用来包住王后。

八

天空依然没有放晴的迹象，卡瓦格博峰被云雾笼罩了许多日，让看不到神山的子民们心中有些惴惴，都在揣测神山发怒的原因。嘉央心里知道，生活在这片森林外面的人们，此时此刻心情跟他一样，期待着云开日出，期待着春天的阳光为卡瓦格博洒满金色。

卡瓦格博的雪只歇了一个晌午，又纷纷扬扬飘落下来。

嘉央明白，如果继续待在雪地里，他们一家三口连同王后都熬不过今夜。不在雪地里，又能去哪儿？王后还在昏睡，自己不仅断了腿骨，还断了肋骨，下山已是不可能了。即便是自己胳膊腿健全，他也没有把握能在这样的雪天，安全护送妻女下山。现在离开家至少有三天的脚程，而且，大雪覆盖了森林里的所有石缝和陷阱，任何一处都足以令他们一家三口丧命。何况现在还多了一只昏迷不醒的魔伽吪——王后。

阿笑在央金的怀里熟睡着，她刚刚吃了央金的奶水，这才是她熟悉的奶水、熟悉的气味儿。央金扒拉着阿笑的身体，检查了一遍，发现女儿身上青一块紫一块，满身都是瘀青。阿笑胳膊上还有一处猴爪子抓进皮肤的五指伤痕，伤口已经结痂，想必是王后那天从木床上抓走她的时候留下的。看着遍体鳞伤的阿笑，央金就会扑簌簌地流泪。流泪归流泪，一抹浅笑重又回到央金的脸上，她一边笑一边流泪。

一直昏睡的王后，身体突然间抖动起来。央金赶忙搂紧女儿，然后用手臂碰了碰嘉央，示意王后醒了。嘉央看着王后，发现她没有睁开眼，只是身体抖动个不停。嘉央意识到，这是伤口感染后的炎症，王后发烧了。

上级部门曾经派来一位女医生，给护林人普及过简单的野外急救知识，包括骨折后如何固定夹板。女医生姓魏，是汉族人，还跟随着嘉央上过山。那回，一起上山的还有两位研究员，专门研究魔伽吪的，据说是像魔伽吪一样的国宝级研究员。嘉央不是很理解，国宝研究国宝，能研究出个什么结果来。那一次上山的队伍浩浩荡荡，很长的一个马队驮着各种物资，算是让嘉央开了眼界。两位研究员不喝山里的水，光是驮水就用了六匹马。而且，两位国宝研究员每顿都吃热饭和汤，又多出一匹马驮着两个煤气罐。照相机和摄影器材，用了五匹马，因为随队还跟了一个摄影组。两位国宝研究员还有很多男女助手，每个助手都要单独睡一顶帐篷。此前，嘉央也带研究员上过山，大家都是一人一个背包，两人睡一顶帐篷，而且吃的都是压缩干粮和牦牛肉干。喝水就喝森林里的溪水，溪水都是雪山上融化的雪水。嘉央皱着眉头，对两位国宝研究员说："这么多人进森林，魔伽吒早就躲起来了，根本看不到。"

老研究员有些生气："国家一年花那么多钱，你让我看不到金丝猴，我怎么向上交代？你们还想不想要下一年的经费了？"

因为看护魔伽吒，嘉央要比其他专司护林的人每个月多领取三十块钱的补贴。一个月多了三十块钱，嘉央心里也多了一些不安。护林人每天都要上山进森林，看护森林和看护魔伽吒没有什么不同，它们都是卡瓦格博的子民。所有护林人，走一样的路，喝一样的雪水，吃一样的糌粑和牦牛肉干，自己为什么要多拿三十块钱？嘉央没有见过其他经费，所以，他以为研究员嘴里说的经费，就是每个月多发给他的三十块钱。于是，嘉央对研究员说："我不想要下一年的经费了，魔伽吒胆子小，看到这么多人，肯定会躲起来。"

两位国宝研究员相互看了一眼，哈哈大笑起来。老研究员对嘉央说："经费要不要，由不得你来说，你是看管魔伽吒的，找不到魔伽吒，就是你的责任。"

嘉央没办法，只好硬着头皮，带着浩浩荡荡的队伍进山了。进入森林的当天，天气阴沉下着细雨，大家的情绪都不高。第二天，早起的太阳照到澜沧江上，也照进卡瓦格博森林。魏医生从帐篷里钻出来，抬头仰望着白色的雪山和蓝色的天空，她突然跪倒在地上，像个孩子一样"呜呜"地哭了很久。

猴群当时在帽儿岭一带活动，大队人马在帽儿岭守了三天，连根猴毛都没有看到。两位国宝研究员最后骂骂咧咧地下山了，只留下摄影组拍摄魔伽吒，说是回去后等着看金丝猴的影像资料。魏医生没有走，她坚持要留下来，一直等到了猴群出现，最后才跟着摄影组下了山。魏医生临走的时候，给每个护林人发了一个急救药包，里面有消毒液，还有消炎药。魏医生还说，她回去会打报告，每隔半年给护林人发放一个急救药包。

嘉央打开背包的一个夹层，从里面掏出急救药包，仔细辨认出消炎药和退烧药。嘉央示意央金挤一点奶水出来，央金把熟睡的阿笑交给嘉央，她转过身去对着塑料袋挤了一阵子奶水。嘉央解开王后身上缠裹的绷带，用消毒液给她清理伤口，然后再敷上云南白药，重新裹好绷带。央金把装着奶水的塑料袋递给嘉央，嘉央扒开王后的嘴，把消炎药和退烧药塞进她的嘴巴，用央金的奶水送服。其间，王后曾经睁开过眼睛，看了一眼正在喂她喝奶的嘉央，随后又闭上了眼睛，却把塑料袋的奶水喝个精光。

嘉央一边收拾急救药包，心里一边想着魏医生。魏医生回去后，再也没有回来过。嘉央后来还问过上级部门来的人，打听魏医生的消息。据说，魏医生因为跪拜的事情被上级部门批评了，后来被派去了东北大兴安岭。嘉央问道："跪拜神山为什么会被批评？"

上级部门的人说："信仰动摇，不够坚定。"

嘉央说："我们也信仰很多神。"

上级部门的人说:"信仰太多会让一个人看不清脚下的路。"

嘉央说:"我们信佛、信菩萨、信神山、信神湖、信活佛、信喇嘛、信仁波切,凡是神圣的,我们都信,我们一样看得清楚脚下的路。"

上级部门的人笑了笑,对嘉央说:"你们属于泛神论,这是有区别的……你不懂。"

不知道什么时候,一只云豹站在一棵冷杉树下,警惕地看着嘉央一家。嘉央伸手抓过枪,他拉动枪栓,将子弹上膛。云豹大概是意识到了危险,扭身离开了。嘉央忽然想起,自己的枪法神准,怎么会瞄准独眼猴王却击中王后呢?他回忆起自己从树上摔下来的时候,正好砸在枪上,难道是把枪砸坏了?嘉央举起手里的枪,瞄准一棵红豆杉的树干,然后回忆起独眼猴王和王后之间的距离,把准星往左侧稍微偏离一点,瞄准点完全离开了红豆杉树干,随后扣下扳机。果然,"砰"的一声枪响,子弹击中了红豆杉树干,揭掉一块树皮。仅靠肉眼,嘉央识别不出来,问题到底出在枪管还是准星。但是,只要掌握好这支枪的偏右误差,还是可以使用的。央金听不到枪声,却把央金怀里的阿笑吓哭了。嘉央收起枪,歪过身子,去探看央金怀里的阿笑。阿笑吃足了妈妈的奶水,白嫩嫩的小脸上散发着圣洁的光晕,嘉央忍不住趴上去,亲吻了女儿的额头。阿笑止住了哭声,瞪着一双如巴松措一样清澈的眼睛,盯着嘉央的脸。女儿的眼神能在瞬间融化父亲的心,嘉央与女儿眼神交接的刹那,也激起他作为一个雄性动物保护幼崽的豪情。

突然，嘉央想起附近应该有一个山洞，去年夏天，他还在那个山洞里避过雨。护林人都知道那个山洞，大家管它叫火石洞。火石洞里有一些白色的火石，虽然火石成色很低，但是两块石头相互碰撞时，也能够冒出一点火星，还带着燃烧过的焦煳味儿。火石洞不大，但是足够三人一猴避过这场大雪。嘉央拄着枪，站起身来。他打量着四周，辨认火石洞的位置，因为他从未在大雪的天气里来过雪线。他掏出望远镜来，仔细地察看周围地形，望远镜里已经看不见魔伽吒的踪影，它们被枪声吓坏了。嘉央隐约判定了一个方位，转过一片巨大的冷杉树，就应该是火石洞的位置，还好距离不算太远，而且是平行稍微向下山的方向。

嘉央让央金又砍来一些长竹竿，他给自己做了两根可以靠腋窝支撑的拐杖。嘉央手很巧，他会用竹子编织筐子、编织鸡笼，还会在菜地边上用竹子给野猪设置陷阱。不消一刻工夫，一副竹子拐杖做好了。嘉央把王后背在身上，又用绳索捆绑固定住，这才强忍着胸口的剧痛站起身来，撑起双拐往前试探着迈出一步，他觉得有信心可以走到火石洞。央金背上背包和枪，怀里抱着阿笑，跟随在丈夫身旁，于漫天风雪中往前走去。

九

雪一直在下，嘉央一家行进得异常艰难。每往前一步，嘉央都会用拐杖先做好试探，不敢有丝毫鲁莽。因为腾不出手，嘉央和央金一路上很少交流。央金心里充实着她虔诚的祈祷，脸上挂着神一样的微笑，一点不觉得雪地里行走的艰辛。跟在丈夫的身后，踏着丈夫的脚印，佛在心中，最爱的两个人在身边，她敬仰的神在身后（卡瓦格博峰），在这场从未面临过的绝境里，央金脸上洋溢着从未有过的祥和。

嘉央的心里没有做祈祷，他一直在纠结自己的两个疑问：王后为什么抢走自己的女儿？独眼猴王为什么在春季大雪天带着猴群来到高山雪线？嘉央一个纠结也没有梳理清楚，手中的竹子拐杖就触碰到了一个东西，他用拐杖扒拉开覆雪，发现有一具年迈的魔伽吒尸体。嘉央弯下腰，仔细辨认魔伽吒的相貌特征，发现这是一只叫卓玛的母猴。卓玛是嘉央刚刚开始看护魔伽吒那年出生的，是这个猴群里年龄最老的，今年算来应该整二十岁。嘉央叹口气，直起腰来观看一下四周，早就没了魔伽吒的身影。他开始为猴群的命运担心了，如果独眼猴王还不带领猴群下山，如果大雪再持续两天，估计明年就见不到这群魔伽吒了。这片森林如果失去了魔伽吒，阿笑以后或许就再也见不到魔伽吒了。嘉央清楚地记得，小时候跟着父亲转森林磕长头的情景，在这片森林里，曾经遇见过三个族群的魔伽吒。在他刚刚做了护林人的时候，还能常常见到这三个族群。后来，随着森林的商业砍伐，还有旅游区建酒店，整个卡瓦格博森林被切成好几块儿。任何一块森林都养活不了三个族群的魔伽吒，魔伽吒们只能画地为牢，各占一片儿山林。最初开始看护魔伽吒的时候，有的族群出现新老猴王更替，哺乳期的母猴失去了幼崽，通常会把另一个族群的幼崽抱来喂养，嘉央曾经亲眼看见过。

这一次，找不到别的猴群的幼崽，王后的乳房肿胀难受，所以她抱走了自己的女儿。嘉央觉得极有这种可能，他准备日后见到上级部门的研究员，把这个情况汇报一下，让研究员来做一个正确判断。研究员曾经说过，一片森林只剩下一个猴群，猴群之间也就失去了交流机会，不仅再"借"不到猴崽，也"借"不到精子，猴群如果只能内部近亲繁殖，物种灭绝只是迟早的事情。

这么大的雪，加上腿断了，嘉央暂时无法掩埋卓玛的遗体。"等到雪化了再说吧。"嘉央自言自语道。他心里有一种隐隐的担忧，如果独眼猴王不带着猴群下山，待到雪化了，还不知道要掩埋多少魔伽吒的尸体呢。嘉央不敢再往下想了，他开始在心里向菩萨、向卡瓦格博祈祷，保佑魔伽吒们能够渡过这场劫难。

埋头走一阵子，嘉央就会抬起头，修正自己的方向。他努力地在脑海里面也下一场大雪，覆盖住自己曾经的记忆，以便与眼前的景象相吻合。他最后一次在雪地里站定，准备校正方向时，发现了距离自己十几米开外的三棵红豆杉，红豆杉后面就是火石洞。嘉央兴奋地指给央金看，央金的脸上笑得更加璀璨了。

剩下的十几米，两个人走得很快，还有什么能够比在雪天的森林里，找到一处庇护所更让人兴奋的事情呢。临近洞口，嘉央站住了，他犹豫一下，两个腋下夹住双拐，从央金肩上取下枪来。央金不解，怔怔地望着丈夫，想要一个解释。嘉央把枪插在雪地上，腾出双手对央金比画："大雪下了好几天，我担心有野猪、豹子和熊，躲在洞里。"

央金听了还是不解，她用一只手比画问道："野猪、豹子和熊可以住在一起吗？"

嘉央笑着摇摇头："有一样在里面，我们也受不了。"

嘉央从雪地里拔出枪，子弹上膛后，把枪挂在脖子上，扶住双拐跨进洞口。因为在雪地里待得时间太长了，嘉央一时半会儿无法适应火石洞里的光线，只觉得眼前一团漆黑，什么都看不见。但是他的耳朵清晰地听到动物蹿跳的声音，他急忙抓起挂在脖子上的枪，并急促地喊道："别进来！"

喊完之后，嘉央才意识到，央金听不到。他赶紧腾出一只手，想示意央金不要进洞，可他伸出去的手，已经触碰到了走进山洞的央金。从央金的身体语言，嘉央知道她不会再往前走了。耳边动物蹿跳的声音消失了，却传来一阵阵"嘶嘶"的嘶吼声。嘉央对这个声音太熟悉了，这是魔伽吒示威时才会发出来的警告。渐渐地，嘉央的眼睛适应了火石洞里的光线，令他吃惊的是，在火石洞内一处高台上蹲着的，正是多日不见的老猴王鲁茸达瓦。老猴王比先前瘦了很多，嘉央差点没有认出他来。高台下面，有一堆干枯的"树胡子"，应该是鲁茸达瓦这些天来赖以维命的吃食。嘉央心里清楚，魔伽吒平时不会吃这种毫无营养的东西，它们的主要食物是杉树的嫩芽和苔藓。

一时间，双方大概都有一点不知所措，一人一猴就这样僵持着。嘉央腾出一只持枪的手来，对着鲁茸达瓦做了一个下压的手势，示意他不要轻举妄动。然后，嘉央指了指自己后背，他稍微侧转一下身体，让老猴王看到自己后背上的王后。看到王后，鲁茸达瓦示威的嘶吼声更大了，他大概以为王后已经死了。鲁茸达瓦龇出獠牙，居然做出战斗的姿态。嘉央往后退了一步，并用身体挡住了身后的央金和女儿。同时，嘉央也看出来，鲁茸达瓦的一条后腿垂在高台下，显然是受了重伤。赶巧的是，昏睡了一天的王后，此刻居然醒了过来，她挣扎了一下，想从嘉央的后背上下来，却被绳子紧紧地捆住。嘉央干脆把身体一侧冲着老猴王鲁茸达瓦，好让王后和鲁茸达瓦能够充分交流。大概是夫妻久别重逢，两只魔伽吒"唧唧嘶嘶"地说个没完。嘉央轻轻地把枪放下，缓缓地解开胸前的绳子，把王后放到地下。他的每个动作都很缓慢，一是自己受伤了，二是不想让鲁茸达瓦觉得有威胁。嘉央松开一只拐杖，只用一只手拄着单拐，另一只手抱着王后，往前走了一步。鲁茸达瓦的身体往后靠了一下，又龇出獠牙。嘉央轻轻地把王后放在地上，这里更接近鲁茸达瓦，然后，他拄着单拐又退回洞口。

央金看着眼前的一切，觉得很是奇特，丈夫好像是在跟两个魔伽吒说话。在央金的眼里，丈夫就是这么神奇，无所不能。嘉央知道央金已经能够看清洞内的情况，示意她抱着孩子去火石洞的另一侧，避开两个魔伽吒。央金扶着嘉央坐下，感觉四周的石壁上比外面的冰雪还要凉。

火石洞很浅，不是地下洞穴，不具备任何冬暖夏凉的条件，只是起到了避风的作用。在下雪不刮风的时候，洞内洞外温度相差无几。森林里的夜晚总是有风，尤其是凌晨时分，一夜的寒气搅动整座森林，让所有生灵都觉得寒冷难耐。

从老猴王鲁茸达瓦迟缓的动作上，嘉央判断他的左腿骨折了。骨折后的老猴王为了躲避独眼猴王，在这个季节独自上到高山雪线，就是为了疗伤。想到此处，嘉央突然打了个冷战：独眼猴王冒着葬送整个猴群的危险来到雪线，就是为了彻底剿杀老猴王。

现在，独眼猴王找不到老猴王，会就此罢休带领猴群下山吗？这片森林里如果失去了魔伽吒，还会有卡瓦格博的灵性吗？别说卡瓦格博，就连自己都会不习惯的。这群魔伽吒都是嘉央看着长大的，他看着卓玛出生，看着卓玛长大，看着卓玛变成一个美丽的姑娘，看着卓玛恋爱，看着卓玛生下健康的孩子，看着卓玛老去，今天又看着卓玛死去。嘉央还记得鲁茸达瓦出生在一个雨夜，见证着这个男孩一天天强壮起来，见证着他第一次挑战猴王失败，见证着他第二次卷土重来，见证着他荣登猴王宝座后，还允许被他打败的老猴王留在猴群，直到老死在帽儿岭。

嘉央认定独眼是一个不称职的猴王，他觉得只有鲁茸达瓦才能拯救猴群，拯救魔伽吒。

鲁茸达瓦拖着一条断腿，从高台处爬下来，把瑟瑟发抖的王后搂进怀里。搂了一会儿，鲁茸达瓦伸出一只手，扒拉开那堆干枯的树胡子，从下面抽出一根新鲜的竹笋，递到王后的嘴边。王后看了一眼鲁茸达瓦，眼里满是感激的神色，而后才接过竹笋来。

嘉央用手语询问央金，问她刚才砍竹子的地方有没有竹笋。央金点头，回复说有一些。嘉央让她去弄一点竹笋回来，还要她把洞口的干枯树枝拖进来。央金知道丈夫的用意，要用竹笋来喂养魔伽吒。但是，嘉央让她把干枯的树枝拖进来，她有些不解。丈夫看出妻子的疑问，用手语解释道：他想生一堆火。央金说没有带火柴，嘉央笑着用手语比画道："我有办法。"

央金把阿笑递给丈夫，神色略有不舍。嘉央举起右臂，显示自己有能力保护好女儿，让她放心。央金这才站起身来，她学着嘉央的样子，起身和走路，都尽量放缓动作，不去惊动鲁茸达瓦和王后。卡瓦格博森林里，最不缺的就是枯树枝，央金先把就近的枯树枝拖进火石洞，这才去弄竹笋。

天色渐暗，嘉央叮嘱她快去快回，来回都要按着刚才的脚印走。央金笑着点点头，带上丈夫的砍刀，出了火石洞。嘉央目送着妻子出了洞口，他把熟睡的阿笑横在腿上，从挎包里掏出一把小刀，开始削枯树枝。嘉央的小刀很锋利，枯树枝被一片一片削成薄薄的细丝，堆成了一小堆。接着，嘉央抓起枪，拉动枪栓，从枪膛里退出一颗子弹。他把子弹塞进嘴里，用牙齿咬住子弹头，左右摇摆着脑袋用力，拔出了弹头。而后，嘉央把弹壳里的火药倒在地上，再在火药上面铺了一层枯树枝细丝。一切布置停当，他才抱起腿上的女儿，搂进怀里为她取暖。

　　天色完全黑了，央金抱着一捆新鲜竹笋回来了。嘉央示意央金，把竹笋轻轻地放在鲁茸达瓦身边。央金做得很好，轻手轻脚，每个举止都透着关爱。鲁茸达瓦也只是用警惕的眼睛瞪着央金，但没有显示出敌意。央金回到丈夫身边，从他怀里接过女儿。大概是过于寒冷了，阿笑啼哭起来。阿笑的哭声吸引了王后和鲁茸达瓦的注意力，他俩一边吃着新鲜竹笋，一边盯着嘉央一家三口。火石洞已经完全黑了，嘉央示意央金坐到自己对面，正好挡住了鲁茸达瓦和王后的视线。央金不明白丈夫要做什么，隐约看见丈夫拿着一块石头，举起来砸在地上的另一块石头上，两块石头相撞，擦出一点火星来。嘉央砸了一次又一次，丝毫没有停下的意思，火星不断冒出来。突然，一阵耀眼的光亮冒出来，子弹的火药迅速点燃了枯树枝细丝，照亮了整个火石洞。

　　火光吓坏了鲁茸达瓦和王后，两个魔伽吒同时龇出獠牙，并发出了"嘶嘶"的示威声。嘉央示意央金不要动，只管往火堆里面添枯树枝。火苗越来越大，火石洞随之温暖起来。鲁茸达瓦和王后也感受到了温暖，情绪渐渐稳定下来，两个魔伽吒暂时没有心情吃新鲜竹笋了，提心吊胆地看着火光，也看着被火光放大的央金的背影。嘉央悬着的心也放下了一半，他用手势示意央金往一侧稍微挪动一下，让鲁茸达瓦和王后看见一点火苗。看到火苗，老猴王的神经又紧张起来，他一拧身子，拖着伤残的左腿，蹿跳上了身后的高台。嘉央和央金没有理会两个魔伽吒的恐惧，还是自顾自地往火堆里添柴，整个火石洞里满溢着一阵阵热流。热流拂过身体，容不得拒绝，能够让所有生灵感受到生之美好、生之希望。老猴王大概是觉察到了没有危险，高台下还有他妻子期待的眼神，鲁茸达瓦拖着断腿再次下到地面上。

等到两个魔伽吒开始吃竹笋的时候，嘉央觉得时机成熟了，他让央金坐到自己身边，让全部火光直接映照到鲁茸达瓦和王后身上。两个魔伽吒的眼神只是略略警觉了一下，而后继续吃着竹笋。得到食物补充之后，王后的身体渐渐活了过来，不再像一具无骨的毛皮那般瘫软了。

十

早起的太阳照到澜沧江上，也照到白雪覆盖的卡瓦格博森林。天地间，寂静得像是央金的世界，没有丝毫响动。偶有一枝积雪，经不住松鼠的调皮骚动，整树枝积雪栽下树来，投进厚厚的雪地，发出"噗"的一声轻响。

火堆烧了一晚上，经石头传导，整个火石洞里暖融融的。三个人和两个魔伽吒，无论身体还是精神，都疲乏到了极点，以至于他们全都错过了清晨的太阳。一只鲁莽的大灵猫闯进山洞，惊动了老猴王鲁茸达瓦和王后，火石洞里的人们才纷纷醒过来。大灵猫知趣地溜出山洞，它感觉很奇怪，纳闷这两种生灵是如何共处一个洞穴的。

阿笑问候这个世界的方式就是啼哭，央金听不到女儿的哭声，但是分明感受到了女儿的饥饿。央金没有避讳两个魔伽吒的存在，掀开衣服给孩子喂奶吃。一旁的王后怔怔地看着央金，似乎想起自己的孩子，下意识搓了搓自己肿胀的乳房。鲁茸达瓦好像是很能体谅妻子的感受，他拍了拍王后的胳膊，给她递过来一根竹笋。

嘉央和央金各自吃了一块牦牛肉干和一块糌粑，塑料袋派上了新用场，在洞外装一袋雪，放在洞中一会儿就融化成了能喝的水。吃完东西，嘉央拿出消毒水和云南白药来，轻轻地走到王后跟前。老猴王立刻龇出獠牙，瘸着一条腿站立起来，挡在妻子前面。嘉央用手指了指王后肩头的绷带，又举着手里的药瓶示意，希望鲁茸达瓦能够明白。不料老猴王戒心不减，冲着嘉央发出"嘶嘶"的吼声，警告嘉央不要靠近。央金看出双方的僵持，她轻轻走过来，把怀里的女儿交给丈夫抱着，她冲着老猴王比画开了手语。央金的手语很快，而且都是一些嘉央不曾见过的复杂手势。说来也怪，经过央金的一番"解释"，鲁茸达瓦渐渐安静下来，扭头看着妻子，似乎是在征求王后的意见。央金又冲着王后打了一番奇怪的手语，王后居然对着央金比画了几个似是而非的手语。而后，央金转过身来，对着丈夫用普通的手语说："你可以给王后换药了。"

嘉央一时间觉得妻子很神奇，居然能够跟魔伽吒交流。他来不及询问妻子的神奇，先给王后解开绷带，然后仔细地消毒，换药。换药的时候，王后居然伸出一只手，想要去触碰央金怀里的阿笑，吓得央金急忙转身躲开。王后伸出去的手很缓很慢，大概也是担心央金误会。嘉央更熟悉魔伽吒的习性，这么近的距离，如果魔伽吒伸手快的话，肯定能够抓到阿笑。嘉央示意央金不要躲避，因为他觉得王后是善意的。央金听从了丈夫的建议，转过身来，把怀里的阿笑对着王后，但是两只手却把女儿抓得紧紧的。王后还是像刚才一样，舒缓地伸出手臂，弯曲着手指，用指背在阿笑的脸上轻轻地蹭了蹭，眼神中竟生出无限怜意。

嘉央为王后换完药，又让央金继续跟老猴王鲁茸达瓦沟通。嘉央想给鲁茸达瓦的断腿上药、固定上夹板，帮着他早日康复。央金继续用她的奇特手语与两个魔伽吒交流，鲁茸达瓦一直在思考，王后会偶尔与央金做一些互动手势。懂一点手语的嘉央能够看出来，王后的手语虽然简陋，但是与央金使用的手语完全是一脉相承的，这让嘉央更觉得吃惊：原来，人真的可以跟魔伽吒对话。

半晌过后，央金告诉嘉央："可以了。"

嘉央用砍刀劈开自己的竹子拐杖，比量好鲁茸达瓦的左腿，然后再用小刀修平竹片锋利的边缘，比给自己小腿做的夹板还用心。做好准备工作，嘉央从背包里掏出那瓶接骨神药，先解开自己腿上的竹片，然后挑出来黑色药膏，涂抹在自己腿上，以示安全。黑色药膏辛辣刺鼻的味道，呛得两个魔伽吒摇头摆尾。央金打着复杂古怪的手语，耐心地向老猴王夫妇解释了半天，鲁茸达瓦才勉强地伸过来断腿。嘉央用小刀麻利地剃掉老猴王腿上的鬃毛，然后从瓶子里挑出黑色药膏，敷在老猴王腿骨的断处，用极快的速度捆绑好夹板。老猴王疼得厉害，嘴里发出"嘶嘶"的吼叫，王后居然抓住他的一条胳膊，轻轻地安抚。

给老猴王固定好腿上的夹板，嘉央紧张出来一身汗，他守护魔伽吒二十年来，第一次跟它们这般相处。其中一个还抢走了自己的女儿，他为此付出了一条腿和几根肋骨。可是，嘉央并未因此怨恨魔伽吒，这不全是因为他有看护魔伽吒的职责。嘉央想起了魏医生说的话，人类进入了魔伽吒的领地，魔伽吒才是主人，我们人类只是客人，所以，人类应该尊重魔伽吒的习惯行事。嘉央觉得魏医生说的话很有道理，很多年过去了，人类不仅进入了魔伽吒的领地，还反客为主，大肆砍伐树木，把整个卡瓦格博森林分成了好几片儿，使得猴群之间没有了交流。由此看来，猴群之间失去沟通交流，不管是哪个猴群更替猴王，都是一场灭顶之灾。除非魔伽吒也学会祈祷，祈祷自己遇上一位有菩萨心肠的猴王，就像鲁茸达瓦。

鲁茸达瓦低头看着被竹片裹夹住的断腿，并尝试着用断腿在地上支撑自己的身体，竟然比先前好了很多。老猴王的眼睛里闪过一丝温和的眼神，嘉央能够看明白这样的眼神，里面充满了感激。嘉央不仅腿断了，胸腔里还有好几根肋骨也断了，他忙活了半天，渐觉得体力透支，只能就地瘫坐下来歇息。

接近晌午时分，天空接着阴沉起来，大雪随后飘落下来。

嘉央用手语问妻子："魔伽吒怎么会看懂你的手语？"

央金沉思一下，用手语给嘉央讲了一段陈年往事：有一年，松赞林寺一位活佛摔断了腿，前去老藏医家求药，因为与老藏医聊得来，便在家中住了下来。活佛看到央金是个哑巴，就用手语跟她交流，觉得央金颇有灵性，心中很是喜欢。活佛当即让徒弟回松赞林寺，取来一本册子，册子上画满了各种手势。活佛捧着册子，说这是他年轻时候云游去了东方的敦煌，在一个洞窟里，看见整个洞窟的墙壁上画满了这些手势，他觉得这些手势颇有规律可循，便比照着一一画了下来。册子最后几页，除了手势之外，还有一些魔伽吒的画图。最后一页的落款是八字的梵文："彼有灵性，六畜尽知"。活佛说自己闲暇时，经常翻看册子里的手势，发现这是一些手语。活佛只能破译一些简单的手语，结合自己能够识辨的手语，活佛基本上能够读懂最后那几页，那是一篇用手语讲述的跟魔伽吒有关的故事。故事的大意是，过去世上有一只魔伽吒猴王，带着五百只魔伽吒在山中悠闲度日，一年大旱，山中树木尽皆枯死，猴王便带着魔伽吒溜进一河之隔的国王的后花园，偷吃水果。国王得知园林被一群魔伽吒毁掉，非常生气，便命令卫兵包围园林，把魔伽吒全部困死在里面。猴王知道自己铸下大错，便想办法拯救猴群。他让魔伽吒们弄来园林里的藤蔓，编织成绳子，一头系于园林中的树上，自己牵着另一头藤蔓，趁着夜色偷渡过河。可是藤蔓长度不够，系不到河对岸的另一棵树上，猴王便将藤蔓系到自己尾巴上，然后伸出双手堪堪刚好抱住树干。于是，五百个魔伽吒沿着绳索、踩着猴王的身体过河，安全进入山中。

活佛说，《六度集经》的第六卷，记载过佛陀往昔为魔伽吒王，曾经以身化桥，渡劫五百弟子的故事，与敦煌洞窟里这个用手语讲述的故事大致相同。活佛还说，册子上的有些手语，他还参悟不透其意，尤其是八字梵文，"彼有灵性，六畜尽知"，至今未得其解。活佛还说，他曾经尝试着用这些手语与动物交流过，但是对牛弹琴，都没有结果。活佛觉得央金有灵气，就把册子送给了她，让她以后慢慢参悟。

央金不会说话，只会手语，所以她对册子里的手势，比会说话的人理解得快，学得也更快。可是终因修为有限，她也不明白八字梵文"彼有灵性，六畜尽知"的真谛，只是能够理解这些手语所要表达的意图。

央金在地上写下了八字梵文，给丈夫看。嘉央更是一个没有学识的粗人，哪里悟得了佛经禅意。嘉央用手语夸赞了妻子两句，站起身来，拄着双拐走出火石洞，察看天气去了。片刻，嘉央又走回洞中，他指着地上的八字梵文，对央金说："'彼有灵性，六畜尽知'，我想，大概是说每个有灵性的人都是佛，每个有灵性的动物也是佛，佛都有一样的品性，那就是大慈大悲的善。所以，只要是怀有一颗悲悯之心的生灵，不管是人，还是牲畜，都是现世的佛。"

十一

    嘉央不知道这场大雪还要下多久，他只能做最坏的打算，安心地在火石洞待下去。央金又去弄来一些竹笋，够鲁茸达瓦和王后吃两天的。洞口附近的枯树枝已经烧完了，她跑到稍远的地方，拖回来更多的枯树枝。嘉央在洞口又生起一堆火，让很粗的枯树干先在洞外冒完青烟，再拖进洞内，枯树干只剩暖洋洋的炭火，既温暖又不冒烟。另外，在洞口冒青烟，还有利于被人发现，嘉央希望上级部门能够察觉到自己一家人失踪，可以派出其他护林人上山营救。洞口点火堆还有一个重要作用，可以吓跑别的动物。自从住进火石洞，先后有一只大灵猫、一只云豹、一头棕熊、三只狼和三头马鹿光顾火石洞附近。看到马鹿的时候，嘉央曾经犹豫要不要猎杀一只？所带的牦牛肉干和糌粑，顶多还够两个人再吃三天。这两天来，央金每一顿只吃一块糌粑，喝一点雪水果腹。她还要给孩子喂奶，吃这点东西明显不够。尤其是汤水，在家里，央金每一顿都要喝牦牛骨汤，所以奶水十足。下午给阿笑喂奶的时候，阿笑总是一个劲儿地哭，央金自己用手捏了捏乳房，发现已经没了奶水。

    嘉央最终还是没有扣动扳机，他觉得卡瓦格博森林里的每一个生灵，都是神山的子民，不到万不得已的时候，不应该滥杀无辜。

夜幕再一次笼罩卡瓦格博森林，火石洞今晚的气氛远好过昨晚，人和魔伽吒不再相互提防戒备。老猴王和王后慵懒地倚靠在一起，王后啃食一根竹笋，鲁茸达瓦则在扒拉王后后背的鬃毛，捡食她皮肤上的盐粒。央金抱了一晚上孩子，胳膊累酸了，顺手就把阿笑放在背包改成的临时睡床上，不再像昨晚一样连觉都睡不踏实了。

　　嘉央和央金进驻石洞十天后，人和魔伽吒的给养都出现了问题。

　　雪线附近唯一的一丛竹林，新发的竹笋被央金砍了个干干净净，仍难以满足两个魔伽吒多日来的补给。弄竹笋的时候，央金顺便砍回来一根竹竿，让嘉央再给自己做一支拐杖。

　　牦牛肉干和糌粑也早就没了，嘉央和央金、鲁茸达瓦和王后尚能容忍，可是襁褓里的阿笑却不肯委屈自己，饿得她哇哇大哭起来，哭得父母心焦，哭得魔伽吒也烦躁。

　　无奈的嘉央最终还是射杀了一头马鹿。他已经掌握了这支枪的偏差，一枪命中。央金为此天天都在祈祷，祈祷菩萨和卡瓦格博，原谅丈夫猎杀马鹿。

　　这也是老猴王鲁茸达瓦和王后第一次吃到烤熟的肉，两个魔伽吒兴奋异常，吃掉一整条前腿。魔伽吒的适应能力已非人类能比，它们俩吃饱了一顿马鹿肉，立刻恢复了神采。央金却不行，连续多日的劳累和饥饿，加上没有喝到热汤热水，奶水连一点都挤不出来了。饥饿的阿笑只能用哭声来诉说自己的委屈，哭着哭着哭到累了，才会迷迷糊糊睡过去。然而，睡不了太久，阿笑又会饿醒，醒来后还是大声啼哭。嘉央甚至用马鹿的生血来喂养阿笑，阿笑的嘴巴很刁，只喝了一口，就把马鹿血尽数吐出来。

大人和魔伽吒的饥饿解决了，如何解决阿笑吃奶的问题呢？要想解决阿笑吃奶的问题，就得让央金有奶水。让央金有奶水，就得让她喝上热汤热水。去哪里弄来热汤热水呢？嘉央拄着双拐，一直站在洞口想着热汤热水。大雪还在下，此刻冒雪下山，无异于是送死。就算是自己的腿没断，就算是没有妻子和女儿拖累，他一个人轻手利脚，在这样的天气里也下不了山。嘉央无计可施，闻听女儿的哭声传过来，他懊恼地在地上杵了一下拐杖。突然，嘉央心里亮堂起来，对呀，可以用竹筒煮水嘛。

深夜时分，嘉央带上砍刀和绳子，拄着双拐走出火石洞。嘉央不想再劳动央金，一是她在哺乳期不宜劳累，二是能够煮水的竹子得是粗竹子，让央金去雪地里砍一根粗竹子回来，嘉央会很心疼。另外，嘉央觉得自己的断腿恢复得不错，也该活动活动筋骨了。在雪地里，嘉央时不时用左腿支撑一下身体，居然一点不觉得痛疼，不由得对老藏医敬佩有加，心里暗暗称赞：不愧是接骨神药。

满世界全是白雪皑皑，丝毫不影响视线，嘉央很快就找到了那丛竹林。这一丛竹林的新竹笋全被央金砍完了，弄回火石洞喂魔伽吒了。雪线附近只有几丛小竹林，不比山下和山腰，有大片的竹林。嘉央挑选了一根最粗的竹子，三五砍刀下去，竹子"哗啦哗啦"倒下了。倒下的竹子也带下一团黑乎乎的东西，嘉央走过去一看，发现又是一具魔伽吒的遗体。他几乎认不出这个魔伽吒是谁，因为它已经饿得皮包骨，完全脱了相。嘉央知道，肯定是猴群四处寻找竹笋果腹，而这丛竹林的竹笋早就被央金砍完了，才导致这个魔伽吒饿死在竹子上。

嘉央把能用的竹节一段一段砍下来，用绳子捆好之后，背上肩。他看了一眼雪地里的魔伽吒，对自己看护多年的这群魔伽吒的担忧，又加了一层。

还没有走到火石洞，嘉央就听见阿笑的哭声从洞里传出来，他不由得加快双拐的移动。突然，一阵窸窸窣窣的声音传进嘉央的耳朵，他抬头看时，发现两头高大的灰狼站在面前。嘉央赶忙解开胸前的绳子，卸掉背上的竹子。随后又扔掉一根拐杖，拔出砍刀来，与两头灰狼对峙着。阿笑还在继续啼哭，并伴着魔伽吒"嘶嘶"的嘶吼声，嘉央偷着瞄了一眼火石洞，发现竟然还有两头灰狼逼住洞口。嘉央再也顾不上犹豫了，他从地上捡起一节竹筒，对准一头灰狼猛甩过去，正好砸中灰狼的脑袋。这头灰狼本来已经做好了扑咬的准备，冷不防被飞来的竹筒砸中脑袋，吓得它往后蹿出好几米。嘉央接着又掷出第二个竹筒，砸中了第二头灰狼的腰。趁着两头灰狼士气受挫之际，嘉央捡起雪地里的拐杖，以最快的速度往洞口冲过去。大概是两头灰狼从未见过这样用"四肢"奔走的生物，吓得急忙往两旁躲闪。嘉央加快脚步，快奔到洞口时，嘉央如法炮制，甩出右手的拐杖砸中洞口左侧的灰狼。然后，用另一支拐杖支撑身体，往前一个纵跃，挥动砍刀砍向洞口右侧的灰狼。这头灰狼很是敏捷，躲过嘉央的砍刀后，就地跃起，张嘴咬向嘉央的后脖颈子。嘉央的后脖颈子几乎已经感受到了灰狼嘴里的热气，他急忙转身，趁势反手撩起砍刀，自下往上砍去。嘉央的应对完全合理，可是他转身时候的重心腿却是受伤的左腿，等他感觉到腿疼的时候才反应过来。嘉央没有时间做更多选择，只能右腿发力，将自己的身体掀倒翻转，才能完成挥刀的过程。嘉央倒地的同时，也听见这头狼痛苦的惨叫声，砍刀虽然没有划开灰狼的肚腔，刀锋却砍中了灰狼的下巴。这头灰狼跳跃着闪开后，另外三只灰狼几乎同时扑上来。嘉央刚才倒地时，他的脑袋已经接近火石洞洞口，他来不及起身，两只手撑地以最快的速度爬进洞口，因为他的枪就立在洞口一侧的石壁上。就在他即将摸到枪的时候，他的两条腿感觉到一阵剧烈刺疼，三头灰狼已经咬住他的两个脚踝，使劲地往洞外拖拉他的身体。嘉央一只手死死抓住石壁，伸出另一只手去抓枪，可至少还相差一根竹节的长度。嘉央看了一眼还在熟睡的妻子和正在啼哭的女儿，又看了一眼躲在高台上瑟瑟发抖的两个魔伽吒，嘉央不敢确定看她们一眼的目的，是不是告别，因为他觉得自己不够抵御三头灰狼的力量，他的身体正在一点一点被三头灰狼往洞外拖去。嘉央最后一次探出右手，想再次尝试一下去抓枪，可他发现自己距离枪越来越远了。就在这个时刻，老猴王鲁茸达瓦看出了嘉央的诉求，他从高台上跳下来，走到洞口，两只手抓起枪来，递到了嘉央手里。嘉央抓住枪的时候，身体已经被灰狼完全拖出洞口。拉动枪栓、子弹上膛、扣动扳机，嘉央一气呵成，一声枪响过后，一头灰狼当即毙命，另外三头灰狼瞬间跑没了踪影。

嘉央拄着枪从雪地里站起身来，看见鲁茸达瓦和王后站在洞口，正怔怔地看着自己。他旧伤未愈，又添了新伤，两只脚踝被灰狼撕咬得生疼。嘉央拄着枪，吃力地往洞口走去。突然，鲁茸达瓦和王后各自捡起一支拐杖，走到嘉央跟前，把拐杖交给嘉央。嘉央心中好生感激，他架好拐杖，伸出两只手摸了摸两个魔伽吒的脑袋，以示感谢。刚才，如果不是老猴王递枪给他，嘉央此刻应该已经命丧狼嘴了。

十二

央金喝上了热水，也喝上了肉汤。嘉央一个竹筒煮了雪水，又用另一个竹筒煮了马鹿肉汤，许多天来，央金的笑脸上第一次泛出红晕。可她还是没有奶水，任凭她如何揉搓自己的乳房，仍旧挤不出一滴奶水来。阿笑的哭声时有时无，大概是饿得有气无力了，连哭的力气都没有了。看着可怜的女儿，嘉央和央金一筹莫展。

突然，王后站起身来，走到嘉央和央金面前。王后伸手指了指阿笑，然后用两只手捧起自己的乳房，嘴巴里还发出"啧啧"的声音。央金瞬间明白了王后的意思，但她很是犹豫，看了一眼丈夫。嘉央看出了王后的用意，他也在迟疑：如果不是因为王后抱走阿笑，他们一家人就不会被困在雪线，还导致自己断了腿断了肋骨。如果不是自己误伤了王后，没准儿女儿此刻还在冷杉树上栖身，跟着魔伽吒悠荡到何处，自己都不知道。要把历尽艰险回到自己怀里的女儿，再交给王后，嘉央和央金心里怎么能不踌躇。

自从嘉央给老猴王鲁茸达瓦疗伤以来，人和魔伽吒之间建立了信任，彼此不再提防戒备。尤其是嘉央遭到灰狼袭击时，如果不是鲁茸达瓦帮忙拿枪，他应该早就命丧狼口。阿笑的安危，是人与魔伽吒之间的敏感地带。阿笑已经两天没有喝到奶水了，小孩子新陈代谢快，此刻的阿笑已经处于半虚脱状态，如果再得不到营养补充，后果可想而知。

还有比眼睁睁看着女儿饿死更坏的结果吗？嘉央觉得没有了。他冲着妻子点了点头。央金大概也想到了这一层，脸上挂着淡定的微笑，像是在鼓励自己，也像是在鼓励魔伽吒。央金抱起女儿，郑重地递到王后的怀里。王后抱着阿笑，转身回到鲁茸达瓦身边，依偎着丈夫坐下。她用一只臂弯兜住阿笑，另一只手捏住自己的乳头，塞进阿笑嘴里。阿笑的哭声瞬间止住了，用全身仅有的力气狂噬着王后的乳头，直到被奶水呛住了，才肯松开小嘴巴咳嗽一声。还未能待到一口气喘匀净，又急冲冲地张开小嘴，在王后的怀里找寻乳头。

王后给阿笑喂了一个小时奶水，直至两个乳房被全部吸干，阿笑这才睡过去。看到阿笑吐出自己的乳头，王后才站起身来，走到央金面前，把阿笑交给她。王后温和地看着央金，一样能够读懂她眼里感恩的目光。

自从阿笑吃奶的问题解决之后，火石洞里的日子变得不再煎熬了。马鹿肉足够他们再吃十天的，而且还有热热的肉汤可以喝。人和魔伽吒之间，不仅消除了敌意，在相互援手过程中，关系变得日渐和谐。每天交接阿笑喂奶的时候，央金和王后甚至还会嬉闹，活像两个哺乳期的女人一样，相互间既有体谅，也有些许嫉妒。央金嫉妒王后有充足的奶水，可以喂养阿笑。王后嫉妒央金有孩子可以疼爱，而她的孩子却惨遭独眼猴王的毒手。

相对于央金和王后，嘉央和鲁茸达瓦显得矜持多了。他俩时常一起站在洞口，默不作声地眺望着卡瓦格博森林，显得一副满是心事的样子。其实，他俩的确有心事，而且是同样的心事：他们的心里都牵挂着那群命运未卜的魔伽吒。

鲁茸达瓦对着嘉央做了几个手势，嘉央没有看明白，他急忙叫妻子出来。鲁茸达瓦又对着央金做了一遍刚才的手势，央金大概也有疑问，她也打着只有她和魔伽吒才明白的古怪手语。一人一猴交流了一会儿，央金才用聋哑人常用的手语，告诉嘉央她和鲁茸达瓦交谈的内容。原来，老猴王询问嘉央有多少魔伽吒被饿死。央金告诉老猴王，说嘉央总共看到三具遗体。

得知猴群的糟糕状况后，老猴王更加坐卧不安起来，整个夜晚都在焦躁中度过。

第二天，雪势渐渐减弱，天空似乎有放晴的迹象。

嘉央醒来后，发现王后站在洞口，怔怔地独自发呆。而后，又看见散落在地上的夹板和黄丝带，而老猴王鲁茸达瓦早已不见了踪影。嘉央急忙叫醒央金，让她问询王后，鲁茸达瓦去了哪里？结果跟嘉央预料的一样，老猴王去寻找猴群了，他要把所有的魔伽吒带下山。

嘉央独自一人行走在森林里，他也要去寻找魔伽吒，他心里清楚，独眼猴王能够轻易把大伤初愈的老猴王撕碎。嘉央丢掉了拐杖，手里只拿着一根长长的竹竿，用来探试雪地的虚实。老藏医的接骨神药果然名不虚传，从断腿之日起，满打满算才够十五天，他已经可以在雪地里行走了。鲁茸达瓦的恢复能力，应该强过自己，所以他拆掉了夹板。嘉央对断腿还是心有余悸，他没有拆夹板，觉得夹板可以给断裂处一些助力，有总比没有夹板要好。

老猴王把王后留在火石洞，是为了给阿笑喂奶水。嘉央觉得鲁茸达瓦如此仗义，他没有理由不去关心老猴王的死活。上级部门的研究员曾经叮嘱过他，让他不要干预猴群里的猴王之争，让猴群自然选择。嘉央做到了，他甚至觉得每一任猴王，都是卡瓦格博最好的选择。唯独到了独眼猴王，嘉央认为卡瓦格博选错了，因为独眼猴王为了一己之私，不惜葬送整个猴群。嘉央知道自己的职责是看护魔伽吒，可是上级部门没有告诉他，如果这群魔伽吒面临灭顶之灾，他应该做出怎样的抉择。

离开火石洞，嘉央也有些踌躇，他担心那群灰狼再回来。于是，他先用竹子给火石洞编织了一个坚实的竹门，再把剩下的马鹿肉分割成块状，埋在洞口的深雪堆里。接着，他又去四周拖来一些枯树枝，堆放在洞口。最后，嘉央把砍刀留下来，交给央金以防不测。临离开时，嘉央亲吻了妻子和女儿，王后居然也走过来，拥抱了嘉央的腿。嘉央叮嘱央金，尽量减少外出活动，并随时随地关好门，保留好火种。

当嘉央找到猴群时，一场以命相搏的厮杀，在一棵高大的冷杉树上战至正酣。树冠上的积雪飞溅、散落，营造出这个猴群不曾见识过的新老猴王争霸。其他魔伽吒躲在远处的树冠上，上下纵跃嘶鸣，嘉央听不出、也看不出它们在为谁助威。突然，树冠静止下来，积雪不再飞溅，也不再散落，周围的魔伽吒们也停下了喧闹。新老猴王相距五六米的距离，虎视眈眈地对视着，各自都做好了再次厮杀的预备姿态。双方静止下来，嘉央才看清楚，鲁茸达瓦的脸颊被撕掉一块毛皮，胳膊上裂开一条长长的口子，鲜血染红了整条左臂，血滴顺着爪子滴下来，滴到下面树枝的积雪上，树枝的红色积雪又跌落下来，分散开来的红色雪粒让森林的空气里弥漫着血腥味道。

独眼猴王毕竟年轻，加上他强壮的身体，老猴王鲁茸达瓦的败势已定。

嘉央不由自主地摘下肩上的枪，做了几个深呼吸，并在心中暗自祈祷，请求卡瓦格博给老猴王鲁茸达瓦留下一条命。他举起枪，左手金手指轻轻地搭在扳机上，瞄准了独眼猴王的脑袋，然后把枪口向左偏移出一小段距离。

"佛在心中，心跳得慢。魔在心中，心跳得快。所以，心跳得快的时候，不要做任何事，因为那是魔鬼的决定。卡瓦格博的孩子，要让佛主宰一切。"松赞林寺仁波切的话又在耳边响起，嘉央清晰地感觉到，自己的心脏跳得越来越快，越来越快……任凭如何深呼吸，嘉央的心跳仍然很快，快得像是要蹦出胸腔。搭在步枪扳机上的金手指，禁不住微微抖动起来，嘉央第一次感觉到扳机如此冰冷、这般生硬。嘉央缓缓放下枪，立在雪地里做着深呼吸，心跳渐渐缓了下来。

独眼猴王大概是不想让老猴王歇息恢复体力，他要一鼓作气去除心中的隐患。独眼猴王将身体一沉，准备扑向鲁茸达瓦。此刻，卡瓦格博的所有生灵都清楚，老猴王鲁茸达瓦决计躲不过独眼猴王这击势大力沉的扑咬。独眼猴王一沉身体，是这片森林里唯一的动作。沉肩垂肘，是魔迦吒攻击的准备动作，与示威恐吓无关，而是以命相搏的宣示。嘉央像条件反射一般举起枪，他要阻止独眼猴王杀死老猴王。上级部门让他不要干预猴王之争，但也让他保护好魔迦吒们不受伤害。救下一只老猴王，于情于理于职责于卡瓦格博，都是不二的选择。就在独眼猴王起跳的刹那间，嘉央瞄准了独眼猴王身前的冷杉树枝，他想用一枪示警来吓退独眼猴王。嘉央左手的金手指扣下扳机，枪响的瞬间，嘉央脑海里闪过一丝不祥：步枪出了问题，独眼猴王身前的位置才是击中独眼猴王正确位置……

随着一声枪响，独眼猴王应声跌落。他的身体被一根树枝阻挡了一下，随后，连同那根树枝上的积雪一起跌落到雪地上。

与独眼猴王同时落地的，还有嘉央手中的步枪。从脑海中掠过那一丝不祥后，嘉央便觉得心中一空，浑身瘫软无力，双膝一软，跪倒在雪地里。

老猴王鲁茸达瓦低下头，看了一眼躺在雪地里的独眼猴王，又看了一眼嘉央，眼神中居然无悲无喜。他抬起头，朝向空中发出一声嘶鸣，而后朝着下山的方向纵跃而去。躲在一棵棵冷杉树冠里的魔伽吒们闻声而动，紧紧跟随老猴王而去。一群金黄色的魔伽吒，在一纵一跃之间，所经树冠上的积雪纷纷洒落，沉寂多日的卡瓦格博森林苏醒了。

早起的太阳照到澜沧江上，也照到已经呆傻愣挺的嘉央。他跪在独眼猴王的尸体前，不知道过了多久，身体已经被冻僵，他的大脑一片混沌。两只秃鹰盘旋着落下来，立在一丈开外的雪地里，打量着嘉央和独眼猴王，它们嗅到了魔伽吒死亡的气息，但是不敢确定嘉央是不是也死了。试探着走近的秃鹰，惊扰了嘉央，他缓缓地伸出手，抓起雪地里的步枪，却没有瞄准秃鹰，而是把枪管插进自己嘴腔里。枪管支撑起嘉央的头颅，他最后看了一眼金色阳光照耀下的卡瓦格博峰，闭上双眼的同时，两颗泪珠儿涌出眼眶，一颗是为了妻子，一颗是为了女儿。嘉央闭上了眼睛，用他左手的金手指扣动了扳机……

两只走近的秃鹰没有听到枪响，却被一声沉闷的击打声吓了一跳。原来，步枪射击后，枪管发热，跌落雪地后融化了雪水，雪水随后在枪管里冻成了冰。刚才，嘉央扣动扳机，击发撞针没有撞击到子弹，只击打到枪管里的冰块。

嘉央把枪从嘴腔里抽出来，这是这支步枪从未出现过的状况，他平时不管用还是不用，几乎每隔七天就会擦一遍枪油，让步枪随时处于最好的状态。他相信这支步枪，就如同相信央金、相信自己一样。如此信任之物，出现这样的状况，只能说明一点：卡瓦格博不让他就此了结，而是要他承受背叛带来的痛苦。

嘉央扔掉步枪，痴呆呆站立起来，他不知道接下来该做什么。他背叛了自己的工作，背叛了自己的职责，也背叛了卡瓦格博，背叛是需要付出代价的，让自己痛苦地活在背叛的煎熬中，就是卡瓦格博对自己的惩罚。

嘉央踉踉跄跄地往前走了两步，走到冷杉树前，而后把左手五指伸开，贴在冷杉树的树干上，右手从腰间拔出一把藏刀，对着自己的金手指砍了下去。

空灵的卡瓦格博森林里，传来嘉央一声长长的惨叫，痛苦中竟带着几分欣然。两只逼近独眼猴王尸体的秃鹰，被这声惨叫吓得扑棱棱地飞逃上半空。背叛既然不可饶恕，那么，嘉央一样不能饶恕背叛了自己的金手指。

天黑了，嘉央在黑暗的森林里漫无目的地走着，他不知道自己要去哪里。他在卡瓦格博森林里乱走乱闯，像一头迷失了方向的棕熊。以前，他在森林里抬着头走路，为了看清楚魔伽吒。现在，低着头走路，偶尔也会平视前方，眼睛里却是满满的灰暗。

天黑前，他学着天葬师的样子，用藏刀把独眼猴王分割成小块，扔给了分散在四周的秃鹰。嘉央的血和魔伽吒的血合在一起，染红了一大块雪地。最后，嘉央把自己的那节"金手指"也一同丢给了秃鹰。

从天黑一直走到天亮，从天亮又走到天黑，卡瓦格博森林里只剩下孤独的嘉央。不管是守护山林，还是守护魔伽吒，在嘉央看来，都是一样的工作。他曾经听魏医生讲过一句话，说是能把自己的爱好变成工作的人，是幸福的。嘉央当时没有说话，在他心里另有一番考量，觉得能把自己的信仰变成工作，才是最幸福的。卡瓦格博的一草一木、一山一石都是有灵性的，何况是神灵中神灵的魔伽吒。自此，嘉央的工作职责里有信仰，信仰中也有工作职责。尤其是在娶了央金，生下阿笑之后，嘉央觉得自己成了卡瓦格博最幸运的子民。守护着妻子、守护着女儿、守护着魔伽吒、守护着卡瓦格博的嘉央，怎么可以亲手杀死一只猴王呢……

嘉央曾经试图说服自己：虽然误杀了独眼猴王，却帮助老猴王拯救了整个猴群。可是，当初上级部门就告诫过他，决不能干涉猴王之争，大自然才是衡量优胜劣汰的标准。嘉央欣然接受，他心里清楚，上级部门说的大自然，就是卡瓦格博。

说来也神奇，终日里在卡瓦格博森林里乱走乱闯的嘉央，从此再也没有看见过魔伽吒。嘉央也不清楚，自己到底还想不想再看见魔伽吒，他在大多时候都是麻木的、混沌的。

早起的太阳照到澜沧江上，却再也无法照进嘉央的心里。

十三

不知道走了多少天，嘉央走到一处断崖，他望着黝黑的山谷，看到的仍旧是灰暗之色。突然，一阵熟悉的嘶鸣声从头顶传来，嘉央缓缓地抬起头，眼睛里居然有了一丝颜色，他望见了一群金黄色身影纵跃而来。他看到了鲁茸达瓦，也看到了王后，突然，嘉央的脑海里闪过一丝清明：央金在哪里？阿笑呢，阿笑在哪里？

这丝清明还没有在脑海里消失，嘉央便看见了怀里抱着阿笑的央金，正站在不远处一棵冷杉树下，冲着他招手微笑。

早起的太阳照到澜沧江上，也驱散了笼罩在卡瓦格博的云雾。神山被耀眼的阳光镶嵌上一层金色，天地、山川、森林、万物，与之同辉同映。

嘉央辞去了护林员的工作，任凭上级部门万般挽留，他只是木讷地摇摇头。接下来，嘉央把家从山腰搬到山下，回到村子里居住。虽说回到了聚居区，嘉央却很少开口说话。央金不说话，嘉央也不说话，只有牙牙学语的阿笑发出这个家里唯一的声响。央金脸上的笑容依旧，嘉央鸡翅木般纹理的脸上却失去了笑容，变成了一块朽木。村子里的人开始议论嘉央，有人说嘉央娶了哑巴老婆，他也跟着变成了哑巴；有人说嘉央开罪了树神，才变得像冷杉树一样寡默；还有人说是央金害怕卡瓦格博的灰狼，嘉央才搬到山下住的；更有人猜测，嘉央是为了孩子学会说话，才搬回村子里的。总之，被议论的人，不会永远听不到议论他的声音。嘉央不再上山了，甚至很少出门。时间久了，村子里的人便不再想探究嘉央，也不再想知道他们一家三口为什么要搬下山。

时光荏苒，卡瓦格博的杜鹃花开了五次，谢了五回。阿笑已经长成小姑娘，白皙到透明的小脸庞变成青稞麸皮一般的颜色，饱满的脸颊上镶上了两团小小的高原红，标签似的告诉世人，她是卡瓦格博的宠儿。

五岁的阿笑已经跟随爸爸妈妈转山了，以她小小的身躯，磕着长长的头，纤纤的手臂贴近厚厚的大地时，露出胳膊上杜鹃花状的疤痕。

阿笑依偎在妈妈怀里，用手语问妈妈："魔伽吒不喜欢我吗？"

央金用手语告诉女儿："魔伽吒喜欢你，所以在你的胳膊上留下一朵杜鹃花。"

阿笑又问道："他们喜欢我，为什么不把我留在树上？"

央金抚摸着阿笑的头发，用手语比画道："因为爸爸和妈妈更爱你。"

2017 年 9 月 12 日

第三稿于崂山依山伴城

临摹

一

　　母亲从阳明山断崖跳下去的那一年，我刚满六岁，正在台北福林小学读一年级。父亲没有让我见到母亲的遗体，我哭着找妈妈的时候，父亲说妈妈去欧洲求学了，学习西洋绘画技巧。母亲的突然消失，让我很是害怕，害怕父亲有一天也会离开我。每天放学回家，我都会趴在窗口张望着，一直要到看见父亲的身影走进院门，我才能安心作画或写作业。

　　升入初中那一年的暑假，父亲告诉我，母亲没有去欧洲，而是去了天堂。父亲还说，母亲从阳明山的断崖上跳下来的时候，是头部先坠地的，他不想让我看到妈妈难看的样子，所以才一直隐瞒妈妈离世的真相。

　　这个结局，是我早就预料到的。我在梦里很多回梦见母亲穿着白色裙子飘在空中，我在地面上跟着跑，追赶母亲。母亲笑起来很好看，她笑着朝我挥挥手，大概是不让我追她。随后，母亲越飘越远，我就哭着醒过来。此刻，听到父亲说母亲去了天堂，我没有流露出过多的悲伤，因为我的眼泪都在梦里流尽了。我抓起画笔，在半成品的《千里江山图》上填了一只飞舞的白鹤，对父亲说："我早就知道了，她是这样飞走的。"

父亲抚摸着我的头发，安慰道："你不要怪妈妈，那不是她的本意。"

我渲染着白鹤的翅膀，说："我不怪她，她在梦里和我告别了，告别了许多回。"

看着我的画绢，父亲鼓起掌来，赞叹道："吾儿的冲天孤鹤，盘活了千里青绿江山，真是妙笔。"

幼清的名字是父亲给我起的，出自《楚辞》里的"朕幼清以廉洁兮"。父亲大概是希望我也像他一样，以淡泊自居，以清廉自许。

再来说说我的画展。读六年级的时候，福林小学为我举办了画展，这是我个人的第一次画展。说是画展，更准确地说是我的临摹展，因为所有画作都是我临摹宋明大家的。大概是冲着父亲在文化界的名望，前来看我画展的人颇多，不乏当时的社会名流。父亲推掉了一次重要的外交活动，参加了我的第一次画展。

四岁那年的夏天，母亲在阳台上描摹山色黄昏。夕阳将逝，最后一抹光亮为山镶了一条金边。母亲在阳台上，给我也安置了一个小画板，供我随意涂鸦。可当母亲回头看我的画板时，却被我的画吸引，她瞪圆漂亮的杏核眼，轻呼父亲来看我的画。

父亲盯着我和母亲一大一小两幅画作，问我是不是在临摹母亲的画。

母亲脸上露出难得的笑容，她对父亲说："居然临摹得一模一样，是不是很神奇？"

父亲的眼神一直都在比较两幅画作："神奇的不只是临摹的相似度，更是能够调出跟你一样的色彩，这才是幼清无与伦比的天赋。"

后来，父亲带我去医院检查身体，发现我一如常人，并无特别之处。只有在最后一项眼科检查中，医生发出一声惊呼，几乎吓到了我。父亲不无忧虑地看着医生，医生把眼睛从检测仪器上挪开，一边在纸上做记录，一边对父亲说："视网膜从外向内总共分为十层，第二层被称作视杆视锥层，这一层是由视杆细胞和视锥细胞构成。视锥细胞对强光和颜色特别敏感，正常人的视锥细胞有七百万，而令爱的视锥细胞比常人至少多了一倍，能够捕捉到普通人难以识别的弱色，她注定是一位绘画的天才。"

自此之后，我便开始了临摹，先是临摹母亲的画作，接着临摹各门各派的名家大作，以博采各位大师所长。

父亲是一个很温和的人，他待母亲温和，待我更温和。但是，父亲也会经常抱怨。他对母亲抱怨说，昨天有哪个高官来借唐寅的画，今天又有哪个要员来借米芾的帖，而且大都有借无还。

闻听此讯，母亲看上去比父亲还要焦虑，她问父亲："宋夫人借的《文会图》还回来了没有？"

父亲摇摇头，叹口气说道："加上上个月傅先生借的《腊梅山禽图》，赵佶的真迹都快被借空了。"

母亲突然站起身来，抓起茶几上的粉彩盖杯，狠狠地摔在地上，吓得我把画笔都掉落在地上。父亲急忙蹲下身来，捡起我的画笔，并把我抱进怀里。从那之后，父亲不再向母亲抱怨高官要员去中山博物院借文物的事。

二

家父曾经是外祖父的门生。外祖父是一位大收藏家，酷爱宋明画风，把晚清以来从宫廷散落出来的宋明画作大都收藏于手，几乎耗尽祖产。父亲无数回给我讲起外祖父的收藏故事，说他晚年时分，守着一屋子传世之宝，却过着入不敷出的日子。有一回，外祖父为买下《唐十八学士图卷》，甚至向太太和五位姨太太募借筹款，最终筹备出六根金条，才从一名清宫太监手里买下宋徽宗的这幅名作。

父亲说，日军入关后，中国局势紧张，外祖父心里清楚，凭一己之力，难于乱世中维护手中国宝周全，便将五十七件宋明真迹以女儿郭子绢之名，全部捐献给台北博物院。

母亲离开我的前一年，突然变得沉默寡言，不跟父亲讲话，也不跟我讲话，大概整整一年没有抱过我。很多年之后，我才从父亲嘴里得知，母亲当时得了抑郁症。

毕业那年，父亲为我举办了第三次画展。这次画展，父亲为我设定的主题是宋绢工笔临摹，几乎囊括了宋代所有大家的知名作品。台湾当地艺术界的大佬们也前来为我捧场，父亲与往常一样，平静地与诸位嘉宾寒暄并致谢。

母亲的闺密林阿姨也来了。自打母亲去世后，林阿姨经常来看我，也许是看望爸爸。林阿姨曾经是名动上海滩的电影演员，当红之日，拜倒在她石榴裙下的，既有政坛新贵，也有黑道大佬。林阿姨送我一身黑色露背的礼服裙装，她一再叮嘱，要我在画展剪彩当天穿。

父亲觉得裙装露背太多，遭到林阿姨讥笑，说他是个老古董。

父亲似乎很听林阿姨的话，笑了笑，算是允许我盛装出席自己的画展。

在台大读大二那年，我恋爱了。他叫陈秉国，是高我一届的学长，和我同读国画专业。我父亲是台大的客座教授，陈秉国曾经上过父亲的篆刻课，自此便以父亲的门生自居。秉国嘴巴很甜，总能说一些让我熨帖的话，只要有他在，我的世界便阳光普照。林阿姨也喜欢秉国，说他将来会是台湾文化界的一缕阳光，能够驱散传统文化里的阴霾。

父亲却总是不以为然，每当林阿姨赞誉秉国时，他只是礼貌地笑一笑，笑容就像春风里飘舞的樱花花瓣，风停花即落。

对于父亲不置可否的态度，我有些不满，曾经当面质问过父亲。

父亲沉思半晌，答非所问道："女人要在纷繁中为自己筑一堵有尊严的墙，以免被这个薄情的世界伤害。"

早我一年毕业的秉国，也进了台北中山博物院。我们国画系每年毕业大批学生，能够进入中山博物院的都属凤毛麟角，让同学们馋涎不已。秉国登门向我父亲称谢时，父亲却矢口否认，说他并不曾为秉国做过任何推荐，弄得我都替秉国尴尬。

待事后我跟林阿姨抱怨，方得知是林阿姨向蒋院长举荐的秉国。林阿姨还说，她压根儿就没打算让父亲帮忙，她也看出来父亲不待见秉国。

一年后，迎来了我的毕业季，还有我的第四次个人画展。这一回，父亲建议画展主题是"成长"，把我从画十八年的作品以时间为轴，以成长的次序梳理作展。父亲和林阿姨一起帮我挑选参展画作，我临摹母亲的作品作为画展的第一单元，林阿姨建议这个单元的主题叫"母爱"，父亲颔首，深表赞同。

鉴于我的画作成就，蒋院长亲自向我发出书面邀请，希望我毕业后能够进入台北博物院，并承诺将出席我的毕业画展。中山博物院于我毕业前夕，正式更名为台北博物院，我父亲出任主管金石和书画的副院长。秉国刚刚入院一年，便干得风生水起，已经从实习生进入了蒋院长的行政办公室，深得蒋院长器重。

收到蒋院长邀请函的当天，我兴奋不已。还没到下班时间，我便踩着单车进了博物院，想把这个好消息告诉秉国。秉国不在办公室，他的同事说他回宿舍了。台北博物院的宿舍在山脚下，是一片掩映在桉树林后面的二层楼房。我欢快地上了二楼，走到顶头的那间宿舍。门上没有挂锁，秉国果然猫在宿舍里。我敲了半天门，房门终于打开了。秉国一脸窘迫，慌乱地看我一眼，问我什么事儿。

我心里很是纳闷，问秉国为什么老半天才开门。秉国支支吾吾地说道："刚才……跟同事讨论、讨论下个月的玉器展览。"

我一把推开秉国挡在门口的身体，硬闯进宿舍，发现一位身材纤细、容貌娇媚的女孩站在床边整理衣衫。半年前的一个傍晚，在暮春里，就在这张床上，秉国缠了我许久，终于拿走了我的第一次。那次的疼痛，至今我还记忆犹新；那次的床单，也浑似今天这副模样……

秉国走过来，站在我和那个女孩中间，对我说："这是我的同事沈碧涵，我们正在讨论工作……"

没有等秉国把话说完，我便甩手抽了他一记耳光。这是我平生第一次动手打人。

接下来，我把自己关在房间里，整整一个月没有出门。不想出门的原因，是门外的所有景物都会勾连起我和秉国在一起的回忆。我错过了大学毕业典礼，也拒绝了出席父亲和林阿姨为我精心筹备的第四次画展。我整日躺在床上，四肢像是在渐渐融化、衰老，甚至懒得为自己抹去泪水，更不消说举起画笔。我觉得自己正在死去。首先死去的是灵魂，它像春尽时分飘零的樱花花瓣，一片片凋谢枯萎。等到最后一片花瓣落下，生命也许就走到了尽头。对那一刻，我似乎有些期待，期待着自己飘在空中时，可以遇见妈妈。妈妈飞走的时候，我还是个乳牙未退的孩子，她现在能认出我的样子吗？我喊她妈妈的时候，她会是怎样的欣喜呢……

林阿姨悄无声息地走进卧室，一脸凝重地把我搀扶起来，说要带我去医院。我不再拒绝，也没有拒绝的力气，因为我觉得医院里四处都是白色，跟妈妈白色的裙子相得益彰，也许医院是我告别这个世界的最好去处。

爸爸和司机在门口候着，看见林阿姨扶我出来，急忙走过去打开车门。车子启动的那一刻，我感觉到一阵眩晕，然后就飘浮起来。这一刻终于来临了……

等到有意识的时候，我发现自己躺在医院里。白色的墙壁，白色的床单，还有白色的窗帘。我听见白色的屏风后面，传来爸爸略带沙哑的声音："范医生，您确定幼清是重度抑郁吗？"

三

出院的时候，已是冬季，冰冷的雨水打在我额头上，竟如炭火烤炙般生疼。我没有坐车，想走路回家，因为我要冰冷的雨水扑打我的额头和面颊，疼痛让我有存在感。林阿姨冲着司机点点头，然后牵着我的手，陪我一同往家走。父亲不远不近地跟在后面，我想他的脸色比台北的天空还阴郁。医生之所以同意我出院，说是我的意识里已经有了别人，说明我的状况有所好转，因为那天我看见林阿姨脸色苍白憔悴，劝她回家休息。

父亲几乎不再去台北博物院上班，每天都在家里陪伴着我。博物院偶有要紧事宜，他也是打电话给林阿姨，等林阿姨来到之后，才会出门。为了让父亲不再为我付出那么多，我拼尽全力多说话，且配合父亲的良苦用心，每天早晨跟着他出门散步。

林阿姨拉着我的手，对我语重心长地说："爸爸是担心你走上妈妈的老路。要想让爸爸放心，你不光要跟父亲说话，你还得拿起画笔来。"

作画对我来说，难度很大，因为我无法像从前那样集中精力。秉国时不时地会走进我的脑海，我们第一次牵手，我们第一次拥吻，我们第一次交欢……

林阿姨从父亲的工作室找出一幅油画，是母亲在阿里山写生的画作《高山人家》，让我比照着临摹。我心里清楚，自己的抑郁症给两位老人带来无比焦虑，我也想尽快走出抑郁，便顺从地拿起画笔。我用了整整一个下午，临摹出来的《高山人家》只有局部的神似，其余大部分几乎是一团糟。我那比常人多一倍的视锥细胞，大概已经无法聚焦，调出来的颜色不是浅了就是浓了。尤其是画中的一位高山族女孩，她那纤细的腰肢让我联想起沈碧涵，从沈碧涵身上自然而然又会想到秉国。我的眼泪止不住地流下来。林阿姨走过来抱住我，我伏在她的肩上，哭着说："我的视锥细胞被泪水都带走了，我再也不能作画了……"

台北的雨季到了，我的状况依旧没有好转。唯一有所改变的是父亲，他不再翻阅心理学书籍，也不再时刻陪在我身边，而是躲到楼下的工作室里，没白没黑地刻印治印。有时候，林阿姨到来，他也浑然不觉。直到林阿姨下楼告辞时，父亲才知道林阿姨来了。有一回，父亲撑着略显佝偻的身躯出门送林阿姨，我在楼上听到林阿姨嗔怪父亲："你昏天黑地忙叨什么？我怎么觉得你也快抑郁了？女儿还没有出来，你可别又进去了。"

我听见父亲回道："曾经沧海难为水，我经历过了子绢，便不再有能击倒我的困苦了。"

林阿姨听罢，似乎有些不悦，她用幽怨的口吻岔开话题："你整日里神神道道乱折腾个啥？"

父亲说："大乱方得大治，我正在给幼清开药方子。"

一周后的晚上，林阿姨又来了，说是父亲要去博物院开会，给她打了电话。

父亲临出门的时候，上得楼来，告诉我和林阿姨，博物院新馆落成布展需要开个紧急会，估计时间会很晚。

林阿姨面色像往常一般沉稳，她面朝着我，却对父亲说："你随意，我已经预订了阿健的黄包车，让他晚上十点钟来接我。"

父亲略微踌躇道："不知道那个时间能否赶得回来，要不……您就留下来过夜，如何？"

林阿姨把头转向父亲，轻启嘴角笑了笑："留下过夜成何体统，就此辱没了先生忠妻美名，岂不辜负了这番长情？"

父亲讪讪地笑了笑，退出房间后，顺手关上房门。望着闭上的那扇房门，林阿姨的眼神怅然若失，她转而抓起我的手，问我最近作画的状态如何。

我摇摇头，说还是找不到从前的感觉。

林阿姨说："不要着急，那是你的天赋，既然上帝慷慨地赐予你，就不会轻易收回，上帝只是在考验你的耐心。"

林阿姨到了台湾之后，成为一个虔诚的基督徒。在陪我的大部分时间里，林阿姨都不停地向我布道，希望上帝能够拯救我。我敷衍着林阿姨，问道："你喜欢我爸爸吗？"

林阿姨的反应依旧平静，可红晕从她细细的鱼尾纹播散开来，两个脸颊瞬间罩上一层淡淡的绯红。一时间，我惊诧自己的眼睛已能够捕捉到如此细微的变化，难道我的视锥细胞恢复了？

　　林阿姨轻轻叹口气，说道："你爸爸的心思全在你妈妈那里，你妈妈去了天堂，你爸爸的心思也就不在人间，这个世界上的爱与恨全与他无干。"

　　突然响起的门铃声打断了林阿姨的感慨，我和林阿姨下楼来开门，发现是邮政员送来一个牛皮纸信封。因为信封淋了雨水，邮递员叮嘱即刻打开信封，以免浸湿里面的文件。我看了一眼封面，这是一封国际邮件，发件地址居然是法国，收件人则是父亲张恺之。林阿姨遵从邮政员的话，用裁纸刀小心翼翼地划开信封，从中取出一沓资料和图片。林阿姨似乎是为了避嫌，并未翻看资料，而是将其递到我手里。我被资料最上面的一幅照片吸引：照片是彩色的，拍的是一座小型的欧洲巴洛克式城堡。其他资料则是一些施工图纸，还有铅笔画的效果草图，貌似一座地下室的布局。看到资料没有遭受水浸，我便收拾好放进父亲的工作室。

　　接下来的一周时间里，一股强台风覆盖了整个台湾岛，台北的白天黑夜都在下雨。这天晚上，父亲正在陪我吃晚餐，突然，家里的电话铃声响起，说是博物院的变电箱遭遇雷击，地下十一号恒温室浸水了。父亲赶忙换上出门的衣衫，随即要给林阿姨打电话，却被我制止了。我说下大雨不要惊动林阿姨，我可以照顾好自己。

　　父亲用不无担忧的眼神看着我说："这么大的台风，随时都有可能断电……"

我说:"没关系,上帝会给我光明。"

四

台北博物院的损失颇为惨重,变电箱遭遇雷击后,地下十一号恒温室的排水系统停电,导致六箱宋明古画被水浸泡。父亲已经连续去博物院开了三天会,研究如何抢修被雨水浸泡的宋明古画。父亲是整个台湾最权威的装裱修缮专家,可他在会上表态,无心亦无力参与这么浩大的修复工程,原因都清楚,因为他有一个得了抑郁症的女儿。林阿姨对我说:"你爸爸不让我告诉你这些事情,但我还是要说,希望你能尽快从抑郁中走出来,不要枉费爸爸的一片苦心。"

林阿姨刚刚把话说完,父亲便顶着一头雨水上得楼来,他用食指将了将两道剑眉上的水珠,脸色轻松地说道:"蒋院长亲自定了盘子,要我在家里工作,修复浸水的古画。"

父亲揭裱的第一幅古画,是宋徽宗赵佶的《溪山秋色图》。

开工当日,父亲叫我去他的工作室。他往一盏青铜水盆里注满清水,然后认真地清洗他那双细白且枯干的手。待用白色毛巾擦去双手水渍,而后点燃一炷香,恭恭敬敬地插在一只宣德年造的冲天耳炉里。父亲惯有的轻松脸庞上,堆砌着凝重,他仪式感极强地做着手里的事，浑似我不在屋里。接着，他从装裱台下的抽屉里取出一副白色手套戴上，然后打开案几上一只封着"台北博物院民国五十八年七月二十三日"印的铝合金箱子，从中捧出一卷古画，在装裱台上缓缓展开。父亲立在台前，凝视古画良久，才回头招手示意我过去。父亲的凝重审慎影响到了我，我轻手轻脚地走到装裱台前站定。父亲看着画卷问道："你知道这幅画吗？"

我点点头："赵佶的绢本《溪山秋色图》，设色清淡雅致，行笔稳健流畅，画面正中是宋徽宗著名的'天下一人'的画押和葫芦御印。"

父亲望着我说："看来这些古迹珍本早已入了吾儿的心。自今日始，我们家昼夜都有八名安保人员守护，我修复一卷，安保人员运走一卷，然后送来待修复的第二卷。我粗略计算，这批传世国宝全部修复完毕，大概四年时间。作为普通人，很难如此大规模地接触传世精品，为父希望你珍惜这个机会，把所有名家大作细细临摹一遍。"

我知道父亲的良苦用心，范医生也提示过，说是最好通过一件事情，把我的注意力高度集中起来，只要坚持足够长的时间，我就会从重度抑郁中走出来。我不忍心辜负父亲的良苦用心，承诺会集中所有精力临摹这些传世之宝。

博物院派了一名摄影师，每天到父亲的工作室拍摄照片，记录揭裱过程的每一个环节。父亲告诉我，这个建议是陈秉国在开会时提议的，他还特别提议进行到"揭画心"这道工序时，摄影师必须全程跟踪拍摄。

　　说到此处，父亲冷冷一笑："陈秉国美其名曰要为博物院保留图像资料，还要记录我精湛的揭裱技艺，其实是监督防止我劈层。"

　　我问父亲何为劈层？

　　父亲说："宣纸至少由三层纸合成，如此一来，一幅古画便有可能被劈成三张，而好的宣纸甚至可以劈出十层。"

　　我问道："一幅画变三幅画，色彩和神韵不会受损吗？"

　　父亲说："受损是必然的，古画劈层如同把一个人的精、气、神拆分开来。这些画大都是你外祖父倾尽毕生心血收藏的，你母亲的早逝也跟这些画作密切关联，即便是与你外祖父和母亲不相干，我又如何忍心毁了这些传世国宝的精气神呢？"

　　今天是《溪山秋色图》揭画心的工序，博物院派来的摄影师果然早早来了。他不停地按动相机快门，记录着揭画心的每一道程序。揭画心加上托画心用了整整一天时间，摄影师在父亲工作室"陪伴"一整天，直到画心挂上挑杆阴干。待摄影师离开后，我问父亲，《溪山秋色图》乃是绢本，绢本无层可劈，为什么还要派人来现场监督拍照？

　　父亲用毛巾擦拭着他那双干枯白皙的手，说道："总不能只'记录'纸本，不记录'绢本'，那样做过于明显。这个陈秉国绝非善类，凡有防人之心，必有害人之意，这个人不值得吾儿为之牵绊。"

时值台北雨季，《溪山秋色图》湿水上墙后，足足十日才得干涸。上墙后，父亲便让我开始临摹。我置好画架，父亲将一张与《溪山秋色图》画心同样大小的宣纸递给我。我接过宣纸，卡在画架上，开始用淡墨勾勒布局。父亲站在我的身后，一声不吭地看着我作画。待我勾勒第二座远山山峰时，父亲叹一口气，说道："比例错了。"

我将画笔扔进笔洗中，然后瘫坐进父亲常坐的那把鸡翅木太师椅中，愤愤地说："我知道，您为了帮我治疗抑郁症，让我集中精力临摹真迹，我已经尽全力配合了，可我现在作不了画……我真的画不了。"

说完，我的眼泪一如既往地流下来，滴落在手背上，将手背上的一点墨迹晕开，泪水很快变成了黑色。

五

父亲走到太师椅前，把我揽在身边，任由我的泪水在他浅黄色的亚麻裤子上弄湿了一片。待我止住哭泣，父亲牵着我的手走进工作室的内室。他摘下墙上一幅母亲画的油画《九份》，墙壁上露出一个保险柜。我进过这间内室，但是第一次知道墙壁里还有一只保险柜。我的脑子里迅速想到"间谍""特务"等字眼。父亲旋转保险柜上的按钮，打开厚重的柜门，将柜子里的五排抽屉依次拉开，抽屉里密密麻麻摆满大小形态各异的印章。父亲示意我上前，我很是好奇。我已经许久没有好奇心了，自从与秉国分手之后。我从第一层抽屉里捡起一枚长方形印章，是一枚阳文虫篆，辨认片刻方识得是"道宁斋"三字。我又捡起第二枚印章，上面刻有"六如居士"。我自幼临摹宋明古画，对这两枚印着实熟悉，只是不曾见过真章。乾隆帝在无数画作上盖过"道宁斋"，而"六如居士"则是唐伯虎的印章。我接连翻看着保险柜中的印章，居然全是我熟悉的宋明大画家的印章。我十分不解，父亲为什么要治这些印章，要知道父亲治印的润刀费价格不菲，而且不轻易为人治印。

父亲用手轻轻地抚摸着印章，似是在对印章说话："没错，这里总共是三百零八枚印章，涵盖了这次需要修复的古画的所有印章。每一枚印章与真迹上的印章，几乎是毫厘不差，我已经反复修改和确认。"

听完父亲这番话，我不由得一惊：我一向敬重的父亲莫非起了贪盗之心？一时间，鄙夷之心顿起，我将头扭向一侧，不再看那些印章。父亲对我的情绪变化浑然不觉，他轻轻拍了拍我的肩膀，示意我看保险柜旁的一个榆木橱柜。父亲拉开橱柜门，柜子里面装满了一个个精美的白色青花瓷瓶，瓶身上贴满标签：朱砂、赭红、胭脂、银朱、藤黄、雄黄、铅丹、铅白、炭黑、石青、佛青……

父亲的言语里不乏激动，他指着柜子里的瓷瓶说："这些染料没有一样是化学成分，全都是矿物颜料和植物颜料，是我历经十年之久收集起来的。"

我抬起头来，直视父亲，问道："您要把故宫博物院的传世国宝偷梁换柱？"

父亲赞许道："吾儿聪慧。"

我把脸扭向一侧，正好看见一尊孔子的紫檀雕像，不禁愤而说道："孔子过盗泉，渴而不饮，恶其名也。您为人父、为人师、为人长，却处心积虑行此等鸡鸣狗盗之事，不觉得可耻吗？"

父亲将橱柜门合上，又将保险柜关闭，挂上母亲的遗作《九份》，拍了拍他那双干枯细白的手，这才说道："吾儿此言差矣，为父非偷非盗，而是拿回你外祖父用一生心血收藏来的画作，多一张不取。"

我说："外祖父已经将它们捐献给博物院，不管我们用什么方式取回来，都是出尔反尔。外祖父地下有知，也会无地自容。"

父亲说："外祖父之所以将其捐献，是想为国宝找一个更好的归宿，确保它们不会毁于战乱，谁承想所托非人。你祖父所捐之丹青墨宝，已近半数被附庸风雅的权贵们中饱私囊，有的甚至已经黑市被转卖到了欧洲。我们如果再不动手，这些国宝恐怕迟早都会落入贼手。"

父亲一番慷慨陈词，让我有些发蒙："这些宝贝都是以母亲之名捐献的，我们以这样的方式狸猫换太子，会不会有辱母亲清誉？"

父亲朗声一笑，指着母亲的油画《九份》说道："你以为这三百零八枚名家印章，是我一朝一夕刻完的吗？我的计划是跟你母亲一起商定的，在她尚未自杀之前，我便开始治印，并利用我的工作之便，一丝一毫比对校正，其间废掉的章料不计其数。随着权贵们前来'借阅'的国宝越来越多，你母亲的焦虑情绪也日甚一日，她最终未能等到我的计划实施，便撒手人寰。"

提及母亲之死，父亲和我都沉默下来。过了片刻，我问道："就算我们能够把这些国宝偷梁换柱，难道您就没有当年外祖父之忧吗？"

父亲说："关于这些国宝的去处，我与你母亲早就计划好了。我们在法国有一位好朋友叫克洛德，克洛德先生承诺将他城堡的酒窖改造成一座恒温恒湿的大保险柜，替我们暂时保管这些画作。"

父亲的这番话，让我想起前不久收到的那封来自法国的信件，里面的确是一座巴洛克式城堡，还有一些地下室的施工图纸，看来父亲所言不虚。

我将信将疑地问父亲："您的计划还包括什么？"

父亲拉着我的手，回到工作室的茶几旁，我们俩相对落座。

父亲斟了两杯茶，说道："这个计划，其实是从发现你具备临摹天赋的时候萌生的，这就是为父让你遍访名师，又主攻宋明画作的本意。待你大学毕业后，你的画技已经极具宋明气质。既然吾儿的临摹水平已经成熟，我便开始寻找机会。恰逢台北博物院新馆落成，需要重新布展，我便将你祖父所捐字画分散于六只箱子打包，暂存于博物院的第十一号恒温地下室。新馆布展本应于一个月前进行，我找了各种借口予以延误，终于挨到雨季……"

我忍不住打断父亲："这些宝贝遭雨水浸泡，也是您……"

父亲点点头："那晚进博物院开会的时候，我在变电箱里做了手脚，造成排水设备停机，第十一号地下恒温室才会浸水。"

闻听至此处，我有些气愤："难道您……真的忍心让这些宝贝遭此劫难？"

父亲微微一笑，举起自己那双干枯细白的手，隔着灯光照了照，自信满满地说道："这些宝贝遇到我这双手，一次浸水权当是为它们做了一次清理，换了一件新衣。揭裱之后，它们会更加饱满灿烂。"

可是，这件事情对于我来说，实在太过离奇了。况且，我已经失去了临摹的天赋，如何能够保证不露破绽呢？

父亲端起茶杯来，示意我喝茶。

我机械地端起茶杯，不无忧虑地说："我恐怕做不到……"

父亲饮尽杯中茶，打断我的话："必须毫厘不差，若是出了纰漏，不仅仅是我十几年的心血白白浪费，你的外祖父和母亲在天堂也难以安宁。"

我说："就算我的临摹天赋能够回来，做到毫厘不差，就算您的染料不是化学合成，可那些绢、那些宣纸，是骗不了人的。"

父亲给自己斟上茶，悠悠地说道："国宝当年从北平南下之时，其中有两箱明朝万历年间的苏州绢和蜀山宣，我也学着权贵们'借阅'了一些，足够临摹我们需要的画作。如此一来，只要吾儿的画技不出意外，就算是火眼金睛，也难觅真假玄宗。"

六

台北七月，烈阳如火。从太平洋上袭来的台风，与亚热带的闷热交替肆虐，活像要把整座台湾岛从欧亚板块的大陆架撕扯进太平洋。

父亲已将《溪山秋色图》上墙十几日，画心完全干透，原作的本色和神韵都已显现出来，这是临摹的最佳时间。我尝试着遵循父亲的忠告，收拾起全部私心杂念，不再去想陈秉国。可树欲静而风不止，椰树在狂风中的悲唱，雨滴斜打在玻璃上的哀鸣，都会把我的思绪从工作室里拽回记忆中。我很清楚，在台风中撕扯的不仅仅是椰树和雨滴，还有我脱缰的情绪。

每当我停下画笔愣神的时候，父亲总会及时地介入，要么递来一杯咖啡，要么递来一杯热茶。今天，父亲递过来的是一瓶可口可乐，我很是诧异。父亲没有像以往那般说教，而是说起了自己："在金石书画堆里摸索半生，吾儿可知为父最怕什么？"

我摇摇头。

父亲说："我不怕死，但是怕中风，或是老年痴呆，一旦不能自主，人就会活得没有尊严，这才是最让为父害怕的。"

父亲总是寓己于教，我也深知此番话的言外之意——面对一个移情别恋的男人，我失去了对自我情绪的把控，不仅是活得没有尊严，且爱得没有尊严。正如父亲所言，大义当前容不得个人的自怨自艾，舍弃小我方能成就大我。眼前的大义，便是这批岌岌可危的传世国宝的命运。这些中国绘画史上堪称里程碑的名家大作，是父亲运筹近二十年的必得之物，是外祖父穷尽毕生的心与血，也是母亲以名以情以命相搏的信念。

一直到我临摹第五幅《溪山秋色图》的时候，父亲才算点头认可，同意我着色渲染。我已经渐渐找回属于我的天赋，画作的布局和颜色在我的眼睛里一帧一帧放大，任何一丝细微的笔触和颜色都成了我眼中的浓墨重彩。在我为《溪山秋色图》做第四遍渲染时，站在我身后的父亲说道："吾儿成矣！"

翌日，便是我和父亲约定的正式临摹之日。早晨，父亲让我洗漱洁净再进工作室。他说，仪式化使人有神圣感，我们行的是君子之道，而非小人的鸡鸣狗盗。

待我洗漱完毕，换上一身亚麻罩衣，走进工作室的时候，看见父亲正在宣德炉前焚香。清香余绕间，父亲轻启一方檀木匣盒，从中取出一方与《溪山秋色图》大小相近的绢帛递给我。我接过绢帛，卡在画架上，却被父亲拦住。父亲把绢帛从我的手中抽走，走到装裱墙边，将绢帛罩在《溪山秋色图》的画心上，对我说："这回是摹，而不是临。"

我说："我从小都是临写，而且我现在的状态正在回升……"

父亲没有说话，他把绢帛放下，拿起我昨天着色的第五幅临摹画作，罩在《溪山秋色图》上，手指着画作中间部分，说道："你走过来看仔细，隐现于云雾中的这座远山，比原作偏左了至少有三毫米。"

我反驳道："赝品面世时，真迹远遁法国，只要真迹不出，谁人又能记得这三毫米？"

父亲面色一凛："每一件出博物院的文物都必须拍照存档，这是当年蒋院长和我亲自制定的制度。万一有细心人追究起来，这三毫米足以让你我前功尽弃。我们父女身败名裂不足惜，让这些传世宝贝落入贼手，你我才是百死莫赎。"

父亲接着道："临摹，临摹，临为心生，摹为本生，摹本不仅比例不差，而且题跋无虞。"

在下一个雨季冲刷台北时，我已经完成了九幅画作的临摹。

用父亲的话说，我已经将临与摹结合得天衣无缝。纯粹勾摹可得形似，但是画作拘谨沉闷；一味地临写，虽有灵动之气，却无法确保比例尺度。因此，每一幅画作，我只在真迹之上进行重要布局的勾摹，而后再做临写。此举，不仅能让比例准确无误，还能确保赝品不失原作的神韵和风采。题跋全部采用摹书勾填之法，父亲先在硬纸上熨涂黄蜡，至其透明后，罩蒙在真迹题字处，以淡墨做细线，依照笔法勾出轮廓。随后取下"硬黄"，罩在赝作的题字处，以浓淡干湿墨填空成字。父亲称之为"双勾廓填"法。勾填出来的字难免呆板，好在父亲的书法造诣了得，十几年来都在临写画作中的题跋，几个字略作修笔，神韵便跃然纸上。父亲在勾填完一处宋徽宗的瘦金体后，长舒一口气道："对于画作，人们的注意力都在画上，只要画和章不出纰漏，很难有人细究题字。"

临摹纸本相对麻烦一点，若是临摹绢本则容易得多，因为绢帛远比"硬黄"透明度高，可以直接罩在真迹上勾填。采用"双勾廓填"技法，任一幅画作有多少人题跋留字，都难不倒我们父女。

林阿姨保持着每周一次来看望我们的频率，她和父亲，父亲和她，一如既往地保持着若即若离的距离，二十几年来不曾有过改变。父亲和我深居简出，在工作室日夜不停地劳作，幸亏林阿姨时常带来外面的新闻，例如一个叫林怀民的年轻人创研出一套现代舞，演出遍及台湾各地，产生了不小的轰动效应；还有一个叫邓丽君的女孩，凭着《海韵》和《千言万语》两首歌，已经唱红东南亚……

林阿姨这一次带来的消息，是她的私生子林小格在美国读完医学博士，于上周末荣归中国台湾，目前受聘于台大医院神经内科。说起儿子林小格，林阿姨脸上就会洋溢出满满的骄傲，说他的博士生导师是如何器重小格，希望他能够留在美国的大学任教，可是小格如何放心不下母亲，务必要回台陪伴母亲的晚年……林阿姨还自作主张，说这个周末要在圆山大饭店金龙厅给小格接风洗尘，并邀请我和父亲参加。

还不等我表态，父亲便应承下来，说是该让我放松一下，也借机亲近一下留美归来的小格哥哥。我小时候见过小格几次，他比我大八岁，个子很高，眼睛很大，鼻梁很挺，头发卷曲着，是那种能让小女生尖叫的学长。

周末，在圆山大饭店再次见到小格的时候，才发现他越发挺拔俊朗，整整比我高出一个半头。小格见到我也不生分，主动迎上前来拥抱我，还夸我越长越漂亮了。欢迎宴会的气氛很融洽，林阿姨高朋甚多，有些人还身居高位。

我不关心大人们心照不宣的笑话，只注意到父亲跟小格谈兴甚浓，时不时地耳语交谈，颇显忘年交之融洽。

七

倏忽之间，三载已过。

待揭裱古画只剩下文徵明的《花卉册》和仇英的《仕女图》，只等临摹完成这两幅作品，我们父女便可大功告成。每一幅画作揭裱完成后，便由安保人员运送回台北博物院，然后送来下一幅画作。也有几次例外，例如几幅小幅画作，为了节省时间，便一起送过来。这样便可在同一时间和同一工序里面，一起揭裱几幅画作。可我和父亲做的不仅仅是揭裱，还要在与以往同等的时间里，临摹出一幅幅与真迹毫无二致的作品。为了不露出破绽，我和父亲只好日夜赶工，在差不多的时间里准时把"揭裱"好的赝品送进博物院。每一幅作品的真迹和赝品，父亲都会把它们装裱得一模一样，锦、绫、绞、绢、天、地、轴、杆，均采用同质、同色、同款的装裱。每一幅大作完成，父亲都会将两幅画挂在墙上，然后和我肩并肩地站在一处欣赏。两幅经我们父女之手而过的画作，不要说外人，就算我们自己都难辨哪幅是真迹，哪幅是赝品。

有一回，我问父亲："会不会把真假弄混了？"

父亲说："放心吧，把这两幅画调转一千回，我也能辨出真伪。"

我问父亲是如何做到的，父亲微微一笑："把这些传世大作临摹完，你的绘画技艺必将自成一家。以后记住了，一定要在属于你的作品里镶嵌进去自己的密码，就算有人能够临摹到你的水平，但却无法破解你的密码。"

我问道："您的密码是什么？"

父亲神秘地摇摇头："等我不再期待这个世界之时，再告知吾儿。"

我和父亲，静静地站在真伪两幅画作前，观赏约莫一炷香的时间，父亲轻轻地抱握我的肩头一下，说道："收了吧。"

三年以来，我和父亲歇息的时间屈指可数，甚至有两个除夕的晚上都在赶工序。我似乎已经迷恋上了这样的临与摹，它把我的身体和精神拢在一起，让我全力以赴。每一幅作品都是不同的内容，我尽可以跟随作者走进山川沟壑，走近仕女雅士，贴近市井田间，观察花鸟鱼虫。薄如蝉翼的纸绫绢帛，寿延千年，所承载的画作会更长久地影响着人类。人生不过百年，竟抵不过一片薄薄的纸……每每生出这些感慨，便为先前几年的失态而羞愧。如今，不过三年光阴，陈秉国与沈碧涵就像轻雾浮云，再也无法影响我的情绪。

三年居家工作，蒋院长数次探望我和父亲，有一回还带了陈秉国和沈碧涵一起来。此前几次探望，博物院会有人提前电话告知，我便会回避上楼，因为博物院大多数人都知道我得了抑郁症。这一回不知何故，蒋院长带着陈秉国和沈碧涵突然造访，我临摹的画架都没有来得及收起，便被众人撞了个正着。

进门后，蒋院长憨笑着解释道："恺之兄切莫见怪，是小陈出的主意，说是要给张副院长一个惊喜。没想到还见到了幼清侄儿，真乃意外惊喜呀。"

父亲倒也镇定，不等我开口，便对蒋院长解释道："幼清心情好的时候，便会下楼临摹这些名家大作。"

蒋院长凑上前来观看我临写的半成品，嘴里不停地啧啧称赞，直夸我是个有悟性的天才。同时，蒋院长也希望我能早日康复，前去博物院履职。

蒋院长是位两耳不闻窗外事的君子，他不会知晓我和陈秉国之间的事情，所以才会带陈、沈二人前来。初见陈秉国，我心里咯噔一下，还是有些不舒服。他和沈碧涵像是演练过，用十二分的热情与我寒暄，我只是冷冷地点点头，接着继续给仇英的《仕女图》渲染着色。待父亲与蒋院长落座后，陈秉国凑到我的画架前，仔细地比对着墙上的真迹看我的临写，用很夸张的声音赞叹道："像！太像了！简直是丝毫不差。"

父亲为蒋院长斟茶，并介绍道："自小女状况好转以后，凡是她临摹较好的画作，全色这道工序便让她来做。恺之年事已高，调色难免失准，幼清在识色调色方面，已经胜出我一筹。"

全色是揭裱中最关键的一道工序，需要识别原作中的原色，再调出同样的色彩为古画润色。从《溪山秋色图》开始，所有画作的全色都是由我来完成的。

蒋院长闻听，很是欣慰，举茶杯赞道："恺之父女乃国画之福缘呀。"

蒋院长话音刚落，陈秉国伸出手，在我临摹的绢帛上轻轻触摸着，继而问道："幼清真奢侈，随意临摹之作，竟也用此等上好的绢帛。"

陈秉国顿了顿，用蒋院长也能听见的音量说道："同样的绢帛，还有丝毫不差的临摹，再加上幼清天才一般的识色调色，这样的临摹作品拿出来，绝对是真伪难辨呀。"

陈秉国的一番话惊出我一身冷汗。已经从我心里走出去的陈秉国，这一刻像是一只挥赶不去的苍蝇，让我厌恶至极。我举起画笔，狠狠地抽在陈秉国的手上："拿开你的脏手。"

陈秉国讪讪地缩回手，冲着一旁的沈碧涵吐了吐舌头。沈碧涵装作什么都没有看见，把头扭向正在聊天的父亲和蒋院长。蒋院长提议，待这批浸水的名家大作重新装裱完成，要在台北博物院新落成的丹青展厅里搞一个展览，一为新址落成，二为展示我们父女的圣手回春。

蒋院长问我父亲："把展览日期定在新年元旦如何？"

父亲说："只剩下仇英的《仕女图》和文徵明的《花卉册》，赶一赶工序，应该不会耽误元旦的展览。"

元旦距今还有四个月的时间，剩下的两幅画作虽说难度较大，但我和父亲都自信可以如期交画。

八

我从来不知道父亲几时入睡，也不知道他几时起床。每天早晨，我下楼之后，餐桌上都会摆放着煎蛋、面包和牛奶。今天下得楼来，看到餐桌上没有早餐，我顿生诧异。我推开工作室的门，还是没看见父亲的身影。我急忙再打开工作室的内门，发现父亲卧倒在保险柜前面，保险柜柜门开着，几枚印章散落在地上。我一时间惊慌失措，跪在地上推搡着父亲，他却没有丝毫反应，唯有嘴角流出一缕浑浊的口水。我急忙奔出内室，到门口呼叫安保人员。

父亲在台大医院的抢救室醒过来，看见我和林阿姨，眼角竟有些湿润。小格把我和林阿姨叫出来，说父亲身体暂无大碍，是疲劳过度所致，但是已经显现中风前兆。小格还叮嘱说："日后，伯父的身边恐怕离不开人了。昏迷这样的状况还可能随时发生，万一贻误抢救时间，后果不堪设想。"

林阿姨看了我一眼，一副嗫嚅的样子，最后对我说："幼清要辛苦了，以后睡觉也要警醒一些。如果觉得辛苦，就告诉阿姨，阿姨替你照应些时日。"

　　父亲在台大医院治疗休息了十天，便急匆匆出院了，因为还有两幅画作在等待临摹揭裱。回家的当天夜里，父亲又进了工作室，开始收拾保险柜里的印章。此时，我才发现，此前刻好的印章已经被打磨平，又变回了章料，只剩下《仕女图》和《花卉册》的用章。奇怪的是，一枚仇英的"十州仙史"方印不见踪影，任我和父亲找遍内室的犄角旮旯。父亲有些沮丧，鱼尾纹密布的眼角散射出疲惫之态，让我也心有戚戚。我劝慰父亲先行休息，等明天再找。

　　半夜里，我似乎听见楼下有响动，急忙下楼来查看，发现父亲正在内室捉刀治印。

　　我问父亲："是不是在治'十州仙史'印？"

　　父亲没有抬头，他吹去印章上的石粉，升腾起的石粉末糊住他的花镜，这才摘下眼镜擦拭。

　　我嗔怪父亲不该继续劳心劳力，让他赶紧去休息。

　　父亲说："为父天赋不如你，治一枚印，报废率极高，所以得抓紧时间。"

　　我不再听父亲解释，抢过他手中的刻刀和章料，硬生生将他送回卧室睡觉。

翌日，待我下楼时，第一眼便看见餐桌上的早餐，心中踏实许多。吃罢早餐，我走进工作室的时候，看到父亲拿着放大镜正在看一枚印章。我很是吃惊，问道："一大早，您就把'十州仙史'印刻完了？"

父亲放下放大镜，对着我摇摇头，答非所问道："昨天，榆木柜子下面，你找了吗？"

我说："找了，柜子下面什么都没有。"

父亲说："我也在柜子下面找了两遍，可奇怪的是，今天早晨我再寻的时候，发现这枚印章就在柜子下面。"

我说："兴许是昨天晚上光线不好，找到就好，找东西有时候就这样。"

父亲摇摇头，一副若有所思的样子。

事有凑巧，临摹最后一幅仇英的《仕女图》时，画面左下角有一位仕女的丫鬟，丫鬟裙摆下面露出一只红色鞋子，红鞋既非朱砂红，也不是胭脂红，而是暗红，而调暗红色的花青恰巧用完了。我正踌躇，突然想起父亲"应该在自己的作品里植入密码"之说，顿时起了童心，便用石青调朱砂，点上一粒暗红色。暗红色鞋子仅有米粒大小，外人绝无可能分辨出究竟是花青暗红，还是石青暗红。我想，这大概就是属于我植入作品的密码。父亲的作品是印章，他的密码肯定在印章里，又会是什么样子的呢？

接下来，我和父亲继续开足马力工作，终于在元旦前夕顺利完工。八名安保人员带着最后一幅赝品《花卉册》离开后，父亲立在门口，望着远去的车辆，神情一如往常般平静。父亲关上房门，示意我一起进工作室，随后将工作室的房门也关上。

父亲转过身来，说道："今天晚上，咱们先搞一个真迹展，以告慰你外祖父和母亲的亡灵。"

我们用了一个钟头的时间，将保险柜里的古画真迹取出来，一一悬挂在内室的四面墙上，顿觉蓬荜生辉。望着三年半以来揭裱的三十三幅传世大作，我的心里没有丝毫偷窃的不安，相反竟是满满的陶醉和自豪。

父亲于宣德炉中燃起一支香，嘴中念念有词："尊敬的岳父大人并吾妻子绢，一九三六年，岳父以子绢之名捐献五十七件宋明古画，三十多年以来，国宝不曾毁于外敌，亦未毁于内战，辗转万里，幸存台岛。然奸佞弄权，不仅秽乱朝纲，连博物院都未能幸免。当初，岳父大人所捐传世佳作，已有二十四件或借或窃，不知所终。今日，小婿恺之与外孙幼清合力，将剩余三十三件国宝取回，将另图栖身之地，以告慰岳父大人与吾妻之亡灵……"

九

元旦前一天，台北博物院布展完毕。临近傍晚时分，父亲带我进了博物院，偕同蒋院长一起视察预展。此刻，博物院里只剩下工作人员。进入丹青厅时，我看到陈秉国正站在一只方凳上，对着仇英的《仕女图》凝神拍照。我当时心头一紧：莫非他看出我植入密码的端倪了？

直到工作人员跟父亲打招呼的时候，陈秉国这才急匆匆跳下方凳，头也不回地从丹青厅另一头出去。蒋院长一行人，一边观看揭裱过的宋明古画，一边不住嘴地盛赞父亲和我。此刻，我想我脸上的神情肯定极不自然。待走到仇英的《仕女图》前，父亲大概是觉得仕女图挂得不够正，便上前轻轻拽了一下画幅的左侧。突然，哗啦一声，《仕女图》从墙上掉下来。工作人员赶忙上前，小心翼翼地捧起画幅，才发现是天杆上的绳带断了。

父亲检查绳带断裂处，说道："糟糕，这批颜色和材质的绳带都在我家里，这可如何是好？"

蒋院长说："还得劳烦恺之兄动手修复，明天是展览的正日子，让安保人员带上画作，送到恺之兄府上吧。"

父亲摆手道："小事一桩，今天安保人员都要值夜班，干脆派两名工作人员随我回家，十分钟便可更换绳带。"

一九七三年元旦，台北博物院扩建新馆落成，大批从未在台湾岛面世的珍品展出，整座台北市几乎万人空巷，人们全都拥进博物院，等待进院的队伍排出足有两公里。

在丹青厅里，博物院为父亲和我举办了一个小小的表彰仪式。蒋院长亲自致贺词，并邀请我父亲上台讲话。父亲略微谦让几句，便走向有麦克风的发言台。刚刚说完开场白，突然间，人群中涌起一阵小小的骚动，陈秉国举着一沓杂志大小的照片，快步走上主席台。他径直走向发言台后面的专家席，将手中的照片一一分发给众人。

趁着众人低头看照片时，陈秉国强行夺走主持人手中的麦克风，说道："诸位，今天我要当着博物院领导和专家的面，剥掉一个盗窃国家文物的大盗的画皮！"

闻听此言，我的大脑一片空白，紧握的手心里全是湿津津的冷汗，意识里只有一个声音：完了！

因为不敢看父亲的脸，我只能紧盯着陈秉国。我的生命，怎么会与这个畜生交织在一起？恍惚间，我听到陈秉国说："诸位也许没有想到，今天这座丹青厅里的宋明画作，全部都是赝品，而制作这些赝品的人，就是眼前这位受人尊重的台北博物院副院长张恺之先生。"

陈秉国话音刚落，一阵阵喧嚣声便在丹青厅弥漫开来。

果然不出所料，我一时的童心居然铸下大错，让父亲栽了跟头……

突然，我听到父亲的声音传来："年轻人说话要谨慎，免得给自己难堪。"

陈秉国冷笑着说道："诸位领导和专家手里有三张照片。编号一是博物院摄影师拍摄的《仕女图》局部。这是《仕女图》送达张恺之家之前拍摄的，其中包括这枚绘画作者的'十州仙史'破边印。编号二是张恺之先生为赝品治的'十州仙史'印。不得不佩服张先生的治印水平，简直是毫厘不差。第三张照片是赝品上的'十州仙史'印，也是被我做过手脚的印，右上角破边的尖角，被我改成了钝角。"

陈秉国边说边走到《仕女图》前面："现在就请诸位移步，过来看看这幅带有'十州仙史'钝角印章的赝品。"

众人纷纷起身，走近仇英的《仕女图》。一旁的沈碧涵拿着六七只放大镜，为专家一一递上。此刻，整座丹青厅哗然，唯一立在原地没有行动的，就是台下的我和台上的父亲。我忍不住看了父亲一眼，他站在台上，就像是沙漠里一棵干枯的胡杨，所有见过它的人，只需一眼便知道它最终的命运。三年半，一千多个日日夜夜的操劳，使得父亲已经两鬓斑白。遥望着父亲的白发，我禁不住鼻子发酸，泪水止不住滚落下来。父亲的脸色一如往常一样平静，只是不知道，这样的平静还能保持多久……

突然，围在《仕女图》前的人们发出一阵轻微的喧嚣，紧接着，听到一位专家说道："没错呀，这幅《仕女图》上的'十州仙史'印的破边是尖角，跟摄影师拍摄的印章局部照片完全一致。"

围观者们旋即发出一阵嘘声。

陈秉国急吼吼地嚷道："不可能，印章是我亲自操刀改的。"

陈秉国从沈碧涵手里拿过最后一只放大镜，扒拉开身前的人，对着仇英的《仕女图》仔仔细细地观察，看着看着，便有一颗汗珠滚过他的脸颊。他直起身来，扔掉手里的放大镜，对着周边的人狂喊道："绝无可能，绝无可能！我查阅资料了，这批揭裱的画作，全都是张恺之的岳父捐献给台北博物院的，他这是处心积虑想把这批东西拿回去。"

其中一位专家举着编号二的照片，问陈秉国："你又是从何处得到这枚印章的呢？"

陈秉国擦了一把额头上的汗水："张……副院长中风晕倒那天，安保人员发现地上有几枚印章，顺手带回一枚让我看，正是《仕女图》里的'十州仙史'印，我便将破边的尖角改成钝角，并交给安保人员放回张副院长的工作室。"

蒋院长鄙夷地看了一眼陈秉国，说道："早有风闻，你为另攀高枝抛弃幼清，看来此事不虚。关于你的升迁，张副院长两次拒绝签字，是基于你的能力和人品，你便怀恨构陷，实在讨厌。从明日起，你不要再踏进博物院半步。"

蒋院长说罢，转身对父亲说道："恺之兄，你能否解释一下那枚'十州仙史'印？"

父亲依旧平静，朗声说道："在座的仁兄，大概都有恺之的拙作，诸位不妨回去仔细观察一下恺之的治印。我所治之印的左下直角处，都有一条头发丝粗细的阴刻，占印边的三分之一长度，我称其为个人作品植入之密码。这枚'十州仙史'此刻就在我家中的工作室里，一会儿便可派人去取。小女幼清自幼便有临摹天赋，但是，不幸患上抑郁症，与其母当年所得病症一致。为了缓解爱女病情，我便让女儿与我一同临摹这些名家的传世大作，以……"

父亲的声音戛然而止，一头栽倒在地上。

我想惊呼，可是发不出声音来，只看见父亲的一条腿不停地抽搐。

十

台北又一个雨季到来时，我推着轮椅上的父亲，登上飞往巴黎的客机。

林阿姨和小格送我和父亲到桃园机场，随行的还有我们父女通力合作的三十三幅宋明古画的赝品。此行是应法国一个慈善组织"父亲联盟"的邀约，前去巴黎举办"用绘画见证一场伟大父爱"主题的展览。

前来桃园机场送行时，还有一位领导一脸阴郁地对我说："我们接到陈秉国的取证，证明令尊亲自调配这些画作，置放于博物院第十一号恒温地下室，而这些画作凑巧都是你外祖父捐献的。于公于理，我们都不想让这批画作出境，可此事已经全球周知，甚至连宋夫人都支持你去巴黎参加画展，所以，我们也只能放行。"

领导顿了顿，又说道："我们希望你早去早回，而且要把这批画作尽数带回台湾。"

我冷冷地回道："这是我和父亲临摹的赝品，我们有权对它们做任何处置。"

领导摇摇头，苦笑一声，钻进了林肯轿车。

去法国参加"用绘画见证一场伟大父爱"画展的起因，还得从我的父亲说起。

父亲在博物院丹青厅晕倒后，迅速被送往台大医院抢救。这一次，父亲没有那么幸运，再次晕倒让他对整个世界失去了感知。翌日，小格对前来医院采访的媒体传达了最新诊断：父亲受到强烈刺激后造成脑出血，其行动、语言、思维和意识受到彻底阻碍……

第二天早晨，林阿姨陪我回家收拾陪床用品时，我看到父亲书桌上置放着那枚"十州仙史"的破边印。果然，破边的角是一个钝角。我冲进工作室内室，从墙上摘下母亲的油画遗作《九份》。打开保险柜时才发现，保险柜根本没有设置密码。我从保险柜里找出仇英的《仕女图》，图上"十州仙史"印的破边的确是钝角，左下直角处有一条头发粗细的阴刻，占印边的三分之一。而且，仕女丫鬟露出裙摆的绣花鞋，也是我亲自调的石青暗红。联想起父亲那天在丹青厅说的话，我的心里似乎明白了一些缘由，一股泪水涌出眼窝。我旋即仰起头，生怕泪水打湿了《仕女图》赝品。是啊，它是赝品，可它在我的心里比真迹还要贵重，因为这是父亲给予我的最厚重的爱。我接着打开其余的宋明画作，真迹的全色和赝品的临摹，所有色彩都是我调的，仅从色彩和比例上，我无从识别真伪。好在父亲道出了他植入作品的密码，每一枚印章的左下直角处，都有一条头发粗细的阴刻，占印边的三分之一……果然，保险柜中的三十三幅宋明古画，所有印章的左下直角处，都有一条头发粗细的阴刻，占印边的三分之一。也就是说，保险柜中的画作才是赝品。如此说来，父亲虚虚实实编织了一个弥天大谎，甚至不惜搬出已故的外祖父和母亲来，只为了让我在三年半的时间里集中精力临摹古画，来医治我的抑郁症。

为了证明父亲的清白，我赶紧收拾好仇英的《仕女图》赝品，还有那枚被陈秉国改动过的"十州仙史"的破边印章，送至台北博物院。我走进蒋院长办公室，正好赶上他跟几位专家在开会。蒋院长从我手里接过两件物品，看也不看地递给其他专家。蒋院长拉着我的手，忙询问我父亲的病情，我把我知道的最坏结果告诉他，蒋院长摇着头感叹道："可惜，可惜，天妒英才！"

蒋院长稳住神态，转身问几位专家："你们还怀疑恺之吗？"

其中一位专家有些讪讪："一目了然，这幅画的确是赝品。"

先是林阿姨的朋友们周知此事，接下来，台岛的媒体开始报道。后来，全世界都知道了张恺之，知道了台湾有这样一位伟大的父亲。于是，在全球媒体舆论的合力下，终于促成了我和父亲的欧洲之行。

法国的"父亲联盟"把我们的画展安排在巴黎郊区，一座世纪初建造的巴洛克式风格的城堡里。初见这座城堡时，我竟有似曾相识的感觉。直到晚间临睡时，我才想起三年前收到的法国信件，里面其中一幅照片就是这座城堡的样子。

有了媒体助力，前来城堡看画展的人络绎不绝，很多人都要求与我和父亲合影。可怜的父亲一语成谶——三年前，父亲说自己不怕死，但是怕中风，因为一旦不能自主，人就会活得没有尊严……

午后，工作人员将我父亲推走，说是要送回酒店休息。我继续留在展会上，与前来看画展的人握手、合影，一直忙碌到闭馆。

工作人员陆陆续续离开后，一位留着花白胡须的老者朝我走过来，伸出手自我介绍道："亲爱的幼清女士，我是克洛德，也是这座城堡的主人，请允许我尽地主之谊，陪你共进晚餐好吗?"

城堡的餐厅很是宽敞，墙上特意挂上了我临摹的《溪山秋色图》。一张阔大的餐桌，只有我和克洛德先生就座，却摆着三份餐具。正在我们举杯时，突然，餐厅的大门推开，我父亲昂首阔步走了进来。

我顾不上捡起掉在地上的餐具，吃惊地望着父亲："您……您怎么站起来了?"

父亲微笑着说："因为我不想就此坐在轮椅上。"

突如其来的一切，让我一时间梳理不清楚："我们带一批赝品来法国展览，父亲何至于费如此大的周折呢?"

父亲笑道："吾儿错矣，我们带来的只有仇英的《仕女图》一件赝品。"

我说："我察验了您植入的密码，每幅画作的印章都有那根头发丝粗细的阴刻纹。"

父亲笑了笑，没有说话，他端起餐桌上的一柄烛台，径直走到《溪山秋色图》前，并伸手示意我和克洛德先生也过去。

父亲举起蜡烛，烛光照亮下的《溪山秋色图》，竟然显现出一份凝重的古意，若不是知情人，真的会以为这是一幅宋徽宗的真迹。

父亲伸出他干枯细白的手，用小拇指的指甲在"宣和"印章的左下直角处挑了两下，一根细小的黑丝粘在父亲雪白的指甲上。他举着小拇指，贴近烛火，"吱"的一声细微的声响，指甲盖上细小的黑丝化为灰烬。父亲用嘴吹了一下小拇指，灰烬消失了。

父亲微笑着说："是真的头发丝。"

2019年2月21日星期四

完稿于崂山依山伴城